U0068399

被殖民者的精神印記

精神印記

殖民時期臺灣新文學論

計璧瑞——著

推薦序

劉登翰

　　臺灣文學研究在大陸，肇始於上個世紀70年代末。這自然得益於那個時期從政治到經濟，並且廣泛影響於整個文化的「開放」浪潮。打開國門，也打開了人們的文學視野。隨著一波波「臺灣文學熱」逐浪而來的臺灣文學研究，也呈現出一種非凡的「繁榮」景象。這一時期的研究，既受益於政治開放的推動，自然也不免要受到特定時期政治維度的囿限。隨著時間的發展，當潮頭湧過，泡沫拂去，文學（和它的研究）回到文學，一時的喧囂便開始靜息下來。從表面上看，近些年的臺灣文學研究，沒有了往常的「熱鬧」。一些因種種緣由進入這一領域的研究者，又因為種種緣由陸續退出這一領域，或轉向其他相關領域──例如港澳、海外的華文文學研究。這種情況相對於彼岸近年的臺灣文學研究，從冷清走向熱絡，形成鮮明的反差。然而深入地觀察，近年大陸臺灣文學研究相對的「冷」，只是熱潮過後回歸的正常和平靜。一批富於理論識見、精於文本分析、著力於扎實史料建設的中生一代研究者，始終默默堅持在臺灣文學研究的第一線。在表面「冷」的背後，是實質上內涵的「熱」，使這一領域的研究有了難得的深入和拓展。他們和另外一批在港澳和海外華文文學卓有建樹的中年學者一起，成為這一學科研究承續有序的新的中堅。

計璧瑞博士是他們之中值得敬重的一位。她從上世紀90年代中期開始介入這項研究。那時她自北大研究生畢業不久，從中國當代文學學科轉入這一領域，起初跟隨北京大學教授汪景壽先生，做了一些臺灣旅美詩人的研究，繼而便將注意力集中在臺灣本島文學的討論上，尤其是在臺灣極有獨特歷史特徵和學術價值的殖民時期文學的研究。孜孜十餘年，從攻讀博士學位，以及此後繼續在大學的教職，她都始終抓住這一課題不斷深入和拓展。她是把臺灣文學既作為自己的職業（她在大學一直開設臺灣文學選修課），又作為自己的事業來進行的。臺灣文學，尤其是殖民時期的臺灣文學研究，相對於時下文學的另外一些部門，是一個不甚熱鬧，甚至可以稱得上是比較寂寞的領域。加之她為人低調，性格沉靜，不愛張揚，她的努力，並不大能為人所認識；甚至有時，她所堅持的學術立場，還曾引起誤解。不過這一切，她都無所計較地淡然處之，以一種耐得寂寞的專注精神，在自己所認定的目標上，一步一個腳印地堅持下去。

　　現在，擺在我們面前的這部《被殖民者的精神印記——殖民時期臺灣新文學論》，是她多年耕耘的收穫。彼岸的臺灣文學研究，近年最重要的突破之一是史料的大量發現和整理。由島內各縣市文化中心牽頭組織對本地文學史料的搜羅與發掘，整體性地使臺灣自明鄭至當代以來這一漫長時段的文學事蹟和著述，清晰地展露在讀者面前，同時也激起了學者的研究興趣和熱潮。計璧瑞十分重視這些史料的發現，將之作為自己研究的史實背景和論說資源。然而她並不是平面的重炒這批史料，而是在史料的基礎上形成自己的研究框架，提煉自己的學術觀點，展開深入的解讀和詮釋。她的視野集中在「殖民時期臺灣」這一深刻影響臺灣社會文化變故的歷史時段上面；然而她的觀察視角和立論基點卻在今天，在整個東亞，在我們這個充滿了弱肉強食的星球和時代。她探視和剖析的焦點是「殖民時期臺灣」被殖民者的精神創傷，而這也同時是我們這個不幸

星球上所有被殖民者共同的心靈創傷。因此，當我們閱讀這部著作時，我們一方面感到作為研究對象的歷史深刻性，另一方面又感到這一研究論題的當下立意，研究者鮮明的當下立場。對象的歷史性和研究的當下性，二者的兼具和統一，是這部著作的鮮明特點，也使這部著作有了較高的學術品位。

這一學術品位的獲得，有賴於作者廣闊的理論視野和理論與對象之間詮釋的契合度。在作者層層剝筍式的深入分析中，從整個論述體系的建立，立論的形成，文本的解讀，到結論的推出，我們都注意到作者對理論的重視，嘗試運用並初步形成一套與研究對象相契合的理論話語。早期大陸臺灣文學的研究，常被指稱為缺乏方法和理論深度不足。隨著一批在八九十年代教育背景下廣泛接觸西方各種新理論的中青年一代學者進入這一領域，這一不足有了明顯的改觀。然而，盲目搬用西方的新理論，甚至胡亂套用，並不是我們的目的，也不為讀者所歡迎。理論的有效性，並非只是理論的自我生產和演繹，而在於它對於對象的實踐。在這裡，理論是我們深入對象的一種方法（途徑）和剖析的工具。在這個意義上，文本以及由文本所構成的整個對象，是第一性的；而理論是進入對象的手段，是第二性的。計璧瑞在這部著作中表現出的對理論的極大重視，並不是純粹的理論演釋；她所關注的，是理論對自己研究對象闡釋的有效性，是理論與對象之間互相契合的解讀。理論性和實踐性的統一，是這部著作值得稱道的另一個特點和優點。

在當前兩岸錯綜複雜的政治文化語境中，臺灣文學的政治敏感度很高。無論統獨，都十分關注文學，因此也很容易使文學越出自身而歸附於某種政治或成為某種政治話題。我們雖然希望，政治歸政治，文學歸文學；但說說容易，做到卻難。作為意識形態之一種體現的文學，雖不能等同於政治，卻也不能完全與政治無關。置身如此複雜的語境之中如何堅持文學的立場，這就看不同作者的各自選擇和處置。我欣賞這部著作的作者所取的態度：理性和冷靜。對

目　次

導 言

　　殖民時期臺灣新文學特指從20世紀20年代至臺灣光復期間在臺灣產生、由臺灣人創作的中文白話文或日文（其中絕大部分已譯成中文）的新文學作品，以及以臺灣人為主體形成的其他新文學現象，其產生與殖民社會文化密切相關。由於臺灣新文學誕生和存續於特殊的殖民社會中，它不但具有一般文學研究對象的共同特性，而且提供了許多漢語文學的其他領域所沒有的獨特經驗，如殖民時期文化對文學的影響、殖民處境下的文學傳承和想像特質、殖民現代性與文學書寫的關係、殖民時期文學語言的轉換與文學變異等等。它是整個臺灣新文學發展的初始階段，戰後乃至當下臺灣文學的一些發展脈絡和基本問題均可追溯到殖民時期。本時期臺灣新文學與大陸文學和中國文化的關係亦因其特殊處境而呈現錯綜複雜的狀態，為考察漢語文學的地緣關係和文化源流以及作家身分認同等問題提供了極佳的案例。對殖民時期臺灣新文學的研究不但直接影響到對臺灣文學的總體把握和細部分析，也對認識漢語文學的整體發展具有重要意義。

　　本文試圖在以往眾多殖民時期臺灣新文學論述的基礎上，吸收借鑒現有研究成果，運用已有材料，以問題研究的方式，適當引入文化研究理論方法，重點探討殖民時期臺灣新文學研究領域中有價值且有闡釋空間的問題。論述對象包括殖民時期臺灣新文學的文學現象、文學論爭、作家經驗、作品構成諸因素（想像方式、語言等）

及其相互關係，重點在於本時期本地區文學特殊性，如身分確認、文化想像演變、殖民現代性認知、語言轉換導致的文學變異等問題的分析和清理。具體文本分析和語言社會功能探討以新文學中的小說和部分傳記文本為對象，不涉及詩歌文本和通俗文學寫作。由於殖民時期文學與戰後文學的密切相關性，以及在整個中國文學場域內的特殊意義，部分問題在時間和空間上或可逸出殖民歷史之外，如語言論爭與大陸國語運動的關係、戰前戰後語言轉換的深刻影響、當代臺灣文學文化界關於殖民時期臺灣新文學及戰後臺灣文學論述的變異和對殖民現代性的肯定與否定的認知等。具體問題包括：

殖民地處境與臺灣新文學的關係；

殖民時期臺灣新文學的文化想像問題；

文學書寫對殖民現代性的認知；

殖民時期文學的語言問題；

殖民記憶與戰後文學論述的變異。

就個人論述而言，這樣的方式也許可以避免個人獨自建構大的史論或綜論所可能導致的空泛、平淡和力不從心，以及為考慮框架的完整統一而割捨某些現象和意義；能夠較靈活地選擇獨特的問題，同時，討論的餘地較為充裕，結構的組織剪裁也較為自如。由於大規模地全面佔有海內外相關材料比較困難，從問題出發，可使材料收集相對更集中有效。這種方式可能導致的缺憾是，問題的相關性和結構的整體性可能會減弱；各個問題及其解答的分量和比重可能不夠均衡等。將各不相同的問題貫穿以基本統一的分析方法，在每一個問題中注重現象的演變軌跡；增強各個問題之間的相互連繫等或可將這種缺憾盡可能減低。由於殖民時期臺灣文學的複雜性和不同論述者立場的差異甚至對立，論述的絕對客觀性是難以企及的，但堅持學術立場是本文追求的目標。

殖民地處境與臺灣新文學的關係，這是首先要深入辨析的問題。它涉及殖民地社會的基本性質對文學的決定性影響，也是全篇

立論的關鍵所在。這裡重點討論臺灣作為殖民地的特殊境遇、歷史文獻和個人化文本中的社會發展脈絡和文化身分問題，以及殖民時期臺灣文學和作家身分確認的複雜和困惑等。首先通過史實和比較，考察殖民者的軍事佔領、政治專制、經濟掠奪、文化同化等一系列統治策略所造成的臺灣殖民社會的特殊性，以及由此引發的臺灣民眾文化身分的模糊與喪失，並結合殖民與後殖民理論觀點的應用，說明身分問題在殖民社會對立雙方衝突中的重要性。身分的演變及其原因的分析非常有助於認識臺灣民眾殖民初期到末期原有民族文化印記被逐漸塗抹的事實和可能產生的嚴重後果，或可為考察殖民時期文學特質提供闡釋的基礎。身分理論的介入顯然提供了用殖民理論觀點說明殖民社會文化現象的機會，十分適合複雜文化問題的表述，能夠清晰地辨析殖民統治及其文化同化政策對臺灣民眾民族文化主體的改造。

選擇歷史文獻和個人化文本中的社會發展脈絡和文化身分辨析，是尋求在殖民社會文化分析的基礎上，以細部考察的方式論證殖民文化特質的具體表現形態，從殖民者和被殖民者兩方面接近歷史。《臺灣社會運動史——文化運動》作為《臺灣總督府警察沿革誌》的重要構成，展示了殖民者對被殖民者文化反抗活動及其成因的認識和評價，透過這份歷史文獻不但能夠發現被殖民者歷史實際上由殖民者所保存這一事實，而且可以觀察到殖民者的基本立場和對被殖民者的態度，即站在殖民者的角度將臺灣文化運動歸結為民眾濃厚的漢民族意識，表明對漢民族意識的堅守和摧毀實為殖民社會雙方較量的實質。《雙鄉記》這部臺灣知識分子傳記作為典型的個人化文本成為殖民時期臺灣知識分子尋求身分認同過程中歷經苦難的見證，對它的分析描述了一個有著「雙鄉的心理和心理的雙鄉」的臺灣人曲折的認同之旅。《里程碑》和《無花果》同樣可以作為樣本，用來說明國族衝突下民族意識的多重樣態；民族主義研究論述的引入有助於這種說明。

考察文學和作家多重身分的錯綜關係和由此而來的文學變貌是說明殖民地文化與臺灣新文學關係的又一關注點。本文通過臺灣新文學的歸屬、作家文化身分、文學傳承和創作語言等方面改變的辨析，試圖說明殖民統治對文學的深刻影響。文學傳承方面，臺灣新文學對五四新文學的接受直接造就了臺灣白話文學的興盛，而這種接受又根據臺灣社會的實際做出了相應的調整，在批判文化傳統的保守性的同時也闡發其中的合理性。由於語言的轉換，殖民時期臺灣新文學逐漸由以中文創作為主過渡到中日文並舉直至完全使用日文，形成了中文作家和日文作家兩大群體，文學傳承也從全面接受五四新文學並在其影響下形成新文學運動，逐漸轉變為以吸收日本文學或通過日本學習西方文學為主；這種直接經由歷史的變動所造就的作家身分和寫作形態的變異正是理解殖民時期臺灣新文學文化想像和語言問題的鑰匙。

　　殖民時期臺灣新文學的文化想像問題。這裡所說的「文化想像」不同於作為具體表現手法的文學想像方式，而主要指文本中顯現的對特定文化對象的認知狀況和認知態度。殖民時期臺灣新文學的表現對象及其引發的文化意義相當複雜，作家和文本的每一種立場和身分的調整都會帶來想像對象、寫作姿態，以及文本文化意義的激發。由於語言轉換與殖民時期臺灣社會變化存在對應關係，本文從寫作語言的角度標明作家身分類型，以考察不同階段、不同社會處境下作家和文本的想像形態；「皇民文學」作為殖民晚期文學迎合殖民統治的文化想像也被納入考察範圍之內。

　　中文寫作作為殖民時期臺灣新文學前期的主要創作形態，在對日本和臺灣的想像之中，形成了以殖民者和被殖民者政治經濟文化的直接衝突、殖民社會的世相百態、底層人物的悲慘命運為基本結構方式和表現內容的想像形態，這種想像形態隨著殖民社會的發展而呈明顯的變化。以日本想像為例，單純的、敵對的、絕對外在於臺灣的殖民力量逐漸在客觀上呈現出多重的文化意義，在作家民族立場沒有

絲毫改變的情況下，原有的單一組織直接民族衝突的方式發生了改變，賴和的寫作已經將直接的控訴上升到對殖民社會存在的深刻質疑。中文寫作的臺灣想像是民族自我想像的一部分，啟蒙思想和民族、階級意識支配和決定了自我想像的側重點和切入角度；悲苦的民眾形象成為想像的重要表徵；文化傳統和民族性格在自我審視中更多地被想像為對社會進步的阻礙，顯示出作家自覺的文化選擇。

在與中文寫作的比較中，日文寫作呈現了明顯的想像變異，日本不再作為絕對外在於臺灣的形象出現，它對臺灣社會生活的影響激發了作家對諸如傳統與現代的關係等複雜文化問題的思考。同時，日本想像開始與臺灣想像相融合，即在想像日本中想像臺灣。自我想像一方面延續著關懷下層民眾的共同主題，另一方面格外關注文化傳統和知識分子的精神境界，傳統在文化想像中維繫民族身分的作用得到加強，知識分子的精神痛苦成為殖民社會晚期文化想像的重要一翼。

對「皇民文學」的考察側重於以這一殖民社會晚期特殊的文學現象說明殖民意識對被殖民者思維的宰制和由此形成的「類殖民者」的心靈扭曲，而不在於簡單地做出是非判斷和道德評價。「皇民文學」的出現源於殖民社會雙方關係的演變，被殖民者在殖民初期的頑強抵抗會隨著權力的逐漸喪失而改變方式甚至消失，他們中的一部分人開始適應殖民統治，直至模仿殖民者，因而殖民社會晚期會出現完全遵從殖民者意志、自覺否定原有身分的文化想像。此外，「皇民文學」的存在及後續影響還表明殖民意識形態對被殖民者思維的侵蝕並不僅僅局限於殖民時期。

文學書寫對殖民現代性的認知。殖民現代性是認識殖民地文學與文化的關鍵因素之一，也是當今現代性問題討論中的重要議題。經日本殖民統治直接導入臺灣的現代性因素不僅為殖民主義合法化提供了某種文化政治邏輯，而且從制度、觀念等各領域強制性地改變殖民地原有的社會形態，被殖民者對現代性的被動接受使殖民現

代性形成了兩個層面的意義，一是殖民者自認的現代性；二是被殖民者眼中的現代性。殖民時期臺灣作家集殖民現代性的接受者、拒斥者和批判者於一身，並通過文學書寫來選擇對殖民現代性的接受、反思與批判，顯現出在傳統性／民族性與殖民性／現代性關係糾葛中的多重認知。

考察文學書寫對現代性表徵的不同處理方式有助於理解被殖民者的現代性認知。這些殖民現代性表徵被大致劃分為幾種形態，如觀念、制度、精神層面的現代性因素和物質性的現代化外觀等。現代醫學、現代教育和現代時間等成為重點分析對象。賴和對現代醫學的書寫流露了認同現代性和否定殖民性的衝突與對立，表現出反思現代性、批判殖民性的思想特徵；周金波則通過讚美現代醫學表達對現代性／殖民性的認同，使現代性完全等同於殖民性。當作家可以通過將公學校單純地當作現代教育的標誌去肯定其啟發民智的重要作用時，公學校的意義單純而正面；一旦涉及公學校的殖民特質，其殖民現代性的內在矛盾就會自然顯露。對現代時間因素的關注在於考察文學如何表現殖民現代性對傳統生活形態的改變，以及作家如何通過對現代時間因素負面意義的否定和對傳統時間正面意義的肯定間接實現對殖民現代性的批判。

對左翼書寫與馬克思主義現代性論述關係的認識在於嘗試以馬克思主義對現代性的理解去認識殖民時期臺灣左翼書寫的歷史意義。這種嘗試一方面涉及如何理解馬克思主義作為現代性的思想資源；另一方面關注怎樣對殖民時期作家對左翼思潮的認知做出解釋。首先是將馬克思主義對早期資本主義的深刻分析理解為對現代性的反思與批判，即與資本主義現代性相異的「革命現代性」，進而考察左翼書寫對階級意識的強調和對資本主義生產關係的分析及其與馬克思現代性論述的一致性，試圖說明左翼書寫是在馬克思主義影響下以文學形態表現殖民資本主義現代化過程的破壞性一面和被壓迫者得到解放的可能性。

被殖民者在殖民現代性認知中情感經驗的作用同樣值得關注，這有助於尋找同一時期被殖民者形成截然不同的現代性認知以及文化抗體強弱和形式差異的情感因素。這種嘗試可能仍然不能確切說明這些情感經驗的成因，但或許可以換一個角度，從「凝固的形式」或明確的範疇之外尋求別一種說法。殖民統治引發的「痛感」和「快感」體驗在文學文本中有著較為清晰的表述；二者之間還存在一些含混、「中性」的情感表現。情感經驗具有不確定性，不能簡單地將情感和意識完全等同。同時，不同的情感經驗怎樣統合為一個時期的基本情感結構；殖民主義引發的痛感／快感及其遺存的產生機制究竟如何；情感經驗與文學文本顯現的思想傾向是否是直接對應的關係等問題仍然有待探討。戰後臺灣存在的殖民統治「肯定」論和「否定」論，其焦點在於對殖民現代性認識的差異，這也與殖民時期的情感經驗或記憶相關。

殖民時期文學的語言問題。語言問題決定了殖民時期到戰後一段時間內臺灣文學語言運用的特殊性和由此引發的一系列文學和社會政治話題。本文提出的部分概念和闡釋從語言社會功能的角度論證了殖民時期臺灣文學語言狀況的複雜性。語言問題的根源在於日本殖民者實施的「語言文字的殖民」，即語言同化，其後果是使殖民時期臺灣新文學的寫作語言發生了徹底的改變，這一改變之前、之中和之後文學寫作的語言困境成為影響作家命運和文學生態的重要原因，直接造成了殖民時期新文學中文寫作的被迫中止和以殖民者語言文字書寫被殖民者生活的奇異景象，也決定了戰後日文寫作終結的現狀。在殖民社會民族衝突的大背景下，殖民者語言的文化象徵意義和被殖民者寫作內涵的意識形態形成衝突；在衝突趨於隱蔽的情形下，語言的工具性則相當明顯。

殖民時期的歷次語言運動和語言論爭的根本性質是被殖民者面對文化同化的壓迫尋求文化自救、突破語言困境的種種嘗試。本文重點探討臺灣話文論爭雙方為解決殖民地語言問題的艱苦努力和難

以擺脫的理想困境，指出論爭雖然提出了不同的設想，但它們都因社會境遇、地域文化等限制，存在某種缺陷，缺乏足夠的現實可行性；同時將論述擴大到大陸國語運動和大眾語討論，力圖從整個中國邁向現代的歷史進程中認識臺灣話文論爭的真實狀態和重要意義。

語言轉換中文學的哪些因素得以保留，哪些因素受到損失，是分析語言社會功能和日文寫作表現民族文化形態的主要切入點。本文借助語言學理論，將語言的「潛在內容」，即不受語言形式和質料的限制，可以轉移到另一種語言媒介中而不受損失的非語言藝術的部分，稱為語言的非物質性，考察這種非物質性在日文被作為工具的使用過程中，彌合語言種類的文化象徵意義與寫作者身分和文本意識形態之間衝突的功能。這種非物質性在日文寫作中有不同的表現層面，首先，當日文被作為媒介和工具描述被殖民者處境的時候，臺灣人的命運和生活圖景並未因日文的使用而發生變形，在深受左翼思想影響的日文作家那裡，文本意識形態內涵的強調恰與語言意識形態色彩的淡化成鮮明對比；第二，日文的使用沒有對文本內容「臺灣屬性」的表現造成大的障礙；第三，部分表現人的存在狀態的日文寫作徹底超越了語言本身的文化象徵意義。總之，日文寫作的成熟伴隨著日文逐漸脫落其民族文化屬性、走向純粹工具化的過程，但其被殖民特徵並不能被忘記。

戰後的第二次語言轉換對日文寫作帶來的衝擊顯示了有著合理外殼的戰後語言政策與臺灣社會實際步調的錯位，表明在社會政治動盪中，語言轉換的內在漸變規律和外在突變現實的激烈衝突，會使殖民地民眾在回歸民族文化身分後仍可能遭受失語的痛苦和心理的傷害。

殖民記憶與戰後文學論述的變異。這一問題是就當今「本土化」臺灣文學論述對殖民時期文學和戰後文學論述的改寫所作的分析，試圖通過現象的辨析顯示改寫背後的動機及其與臺灣社會思潮

變遷的密切連繫。戰後臺灣文學論述在近20餘年中的急劇變化，客觀上與「本土化」思潮的興起直接相關，本質上仍是研究者對歷史再度想像的產物。殖民時期臺灣新文學局部論述的改寫表明論述對象已被當作歷史資源參與了「本土化」文學論述的建構。對張我軍文學主張及「皇民文學」評價的變化即代表著「本土論」者通過文學論述改寫尋求「去中國化」的文化政治目的。「本土意識」興起後，作為歷史資源的張我軍的理論主張開始不能滿足顯示「本土意識」的臺灣文學論述的需求，甚至與「本土化」論述形成矛盾，而逐漸受到質疑以至被「荒謬化」。質疑和「荒謬化」的焦點集中於張我軍對臺灣特殊性的「忽略」，這一點無助於「本土性」的建立，因此他的文學史地位才發生了變化。「皇民文學」評價改變的原因與此相同，「本土論」者對「皇民文學」的熱切關注目的不在於「去殖民」，而是呼籲「同情、理解」「皇民文學」，以被殖民歷史經驗作為資源，對抗所謂「中國民族主義」。這也說明為對抗「中國意識」，「本土意識」並不拒絕與殖民意識合流。

臺灣文學史寫作者葉石濤對臺灣文學概念的建構和置換也是臺灣文學論述演變的一部分，其內在矛盾和發展軌跡與「本土化」文學論述的成長和特質相一致，是一個不斷提升臺灣「本土」文學的重要性，建構「臺灣文學」話語的過程。這一過程從為臺灣本土文學爭取生存權和發展權始，到具有明顯的權力意識和排它性，最終時時淪為政治論述。

兩岸有代表性的臺灣文學史論述是想像臺灣文學的不同立場和方式的抽樣，從中可以考察文學史想像的成因、寫作者想像變異的表徵和運作軌跡；分析不同的文學史想像對現象的彰顯或遺忘，以及這些彰顯或遺忘的動機和效果。這些文學史文本的出版時間幾乎一一對應，可以顯示同一時段兩岸想像的對比和差異；它們又各自形成鏈條，表明自身前後的想像變化。考察以部分重要史實和現象為座標，闡發文學史想像對歷史資源和文學傳統的利用、對作家作

品的評價和再評價、對臺灣文學概念的解說和地位性質的認定等問題，說明不同時段的不同想像可能賦予文學史寫作以歷史不確定性和多義性以及文學史文本與社會語境的「互文本性」。文學史寫作是一個想像的過程；大陸版寫作的想像構成、想像立場和方式相對穩定；臺灣版寫作出現了較大的變化，變化的根本原因在於臺灣社會變遷、權力更迭，以及不同群體利益關係的變動使部分人認為需要修改論述以影響現實。

　　由於分析對象在文學和文化意義上的豐富性和多層面，上述問題的探討仍然是初步和有限的，在論證的嚴密系統和深入細緻以及新問題的發現等方面仍有相當大的改進餘地和研究空缺，這些餘地和空缺大致分為兩種，一是可以由研究者直接推進和深入，卻因多重原因未能得到充分探討的重要問題，如在東亞現代化時空內，臺灣文學書寫對日本的認識相比其他區域的特殊性；日文寫作語言意識形態與文本意識形態衝突的內在表現；文化想像的其他形態等等。二是受制於主客觀條件暫時無法獲得重大進展的問題，如日文作家寫作心理、日文寫作藝術表現；文學傳承的具體細節等。無論如何，問題解答上的空缺或可為今後的探討提供新的空間。

第一章
殖民地處境與臺灣新文學

　　現在，我們面對的是真切的殖民時期社會，而不僅是話語性質的殖民主義或後殖民理論。這裡的意思是，當後者從前者出發，形成系統的說明殖民文化特質、東西方文化衝突和後殖民時期文化現象的理論架構時，它無疑能夠成為認識前者的一種獨特角度，然而，它尚不能取代真切的殖民地社會狀況帶來的強烈衝擊。換句話說，真切的殖民社會生活遠比話語意義的殖民理論更具體可感，更發人深思。何況，「目前文化研究往往籠統地以『殖民』概念來指涉不同權力結構中的壓迫關係，……建構這種全球化的跨歷史性殖民主義最重要的效應是架空了這個字的意義，擴散其意義的結果是我們不再能談特定結構下的特定歷史……」[1]除話語意義的擴散外，這裡似乎包含一個先後順序的問題，即在經過話語確認的後殖民時期，人們認識文化現象往往首先通過理論話語切入，然後證明現象的「殖民性」或「後殖民性」；而對於實在的殖民社會而言，其殖民性質已不需要證明，人們更應深入具體情境，考察殖民社會的運作方式和演變軌跡，進而借助理論去說明其內涵。

　　殖民社會與臺灣新文學的關係是一個顯而易見而又充滿複雜糾葛的問題。殖民處境下文學寫作題材、主題等方面的改變僅僅是最容易觀察到的表層形態，殖民社會政治、文化對被殖民者精神的壓

---

[1] 邱貴芬：《『後殖民』的臺灣演繹》，見邱貴芬：《後殖民及其外》，臺北：麥田出版公司2003年版，第277-278頁。

抑和滲透、對寫作者身分的改變和心理的影響以及這些影響在不同時期的不同形態，應是認識殖民社會與文學關係的更深層次的問題，也是劃分殖民地文學與非殖民地文學的重要尺度。在全球漫長的殖民歷史時期中，殖民社會、殖民者與被殖民者的關係並沒有一個固定的模式，英國殖民者對印度的幾百年殖民統治與法國建立的非洲殖民社會不具有相同的社會形態；同一個殖民宗主國在不同地區的殖民地也有不同的統治策略。因此，在探討殖民社會對臺灣新文學的影響之前，應該首先關注日本對臺灣殖民統治的特殊性。

第一節　殖民地臺灣的特殊境遇

作為19世紀末葉東亞地區唯一走向帝國主義的現代國家，日本在崛起之際面對的是狹小的國土和貧乏的資源，以及老牌帝國主義國家幾將全球殖民地瓜分完畢的現實，因此亟需通過擴張和征服為自己贏得更多的利益，「正如非洲的分割和柏林會議（1885）所顯示的，偉大的民族都是全球的征服者。那麼，為期盼日本被接納入『偉大』之林，就算它是後來者，而且要走過漫漫長路才能迎頭趕上，它也應該化天皇為皇帝，並發動海外競逐才對——這個主張聽起來是多麼合理啊！」[2]如此意識在當時和以後相當長的時期內都支配著日本的社會心理和行動，[3]「加上日本生產技術落後，國內封建殘餘嚴密，勞動群眾貧困，市場十分狹小，無力與歐美工業化

---

[2]　〔美〕本尼迪克特・安德森（Benedict Anderson）：《想像的共同體》，吳叡人譯，上海：上海人民出版社2003年版，第113－114頁。

[3]　1924年，日本思想家北一輝就曾有這樣的論述：「正如國內的階級鬥爭旨在重整不平等的區分，國際間也可以為了重新劃定現階段不公不義的勢力範圍而光榮出師。英國是橫跨全世界的大富豪；俄羅斯是佔有北半球的大地主。被劃定在散粟般島嶼界限內而在國際間居於無產者地位的日本，難道無權以正義之名向那些強權宣戰以奪取彼等獨佔的財富嗎？……應該無條件承認作為國際的無產者的日本可以充實陸海軍的組織性力量，並以開戰來匡正不義的國際劃定線……以合理的民主社會主義之名，日本要求對澳洲與遠東西伯利亞的所有權。」轉引自上書，第114頁。

的列強競爭，因而日本帝國主義具有特別瘋狂的侵略性」，[4]開始向走向衰落的清王朝邁出擴張的第一步。甲午戰爭清王朝戰敗後，臺灣成為日本在海外的第一塊殖民地，完全沒有殖民地統治經驗的日本殖民者由此開始了它的殖民統治實驗。在割地議和之初，日本陸軍主張取遼東半島，海軍則主張取可做「南進跳板」的臺灣，結果兩者皆在割讓之列，最終因俄法德三國的干涉，日本退還遼東半島，取得臺灣和澎湖列島，在諸列強對東亞的覬覦中，獲得了對外擴張的重要基地。從這時起，日本成為帝國主義來自東方的新成員。

日本殖民者初獲臺灣並沒有絲毫的治理經驗，由於本國資本主義尚未發展充分，出於資本壓力攫取殖民地的要求尚不明顯。1898年，時任臺灣民政長官的後藤新平曾認為日本經營殖民地具有特別的困難，其中之一就是「本國的利息高，使資本不易在殖民地投資。」且為維持軍政，日本國內需支付大量的補助金，因而有人認為「臺灣之於日本，為一『奢侈』」，甚至「可以一億圓拿臺灣賣給外國或中國」。[5]清王朝重臣李鴻章在甲午戰敗議和時，也列舉理由，如匪亂、鴉片、惡劣的氣候和生番等，說明臺灣不易統治，希望日本放棄。然而戰爭賠款的取得、[6]臺灣的佔據、外債的募集等，不可遏止地膨脹了日本帝國主義的野心，極大地促進了日本資

---

[4] 梁志明主編：《殖民主義史・東南亞卷》，北京：北京大學出版社1999年版，第475頁。

[5] 〔日〕矢內原忠雄：《日本帝國主義下之臺灣》，周憲文譯，臺北：海峽學術出版社1999年版，第8頁。本書較為翔實具體地就日本據臺最初30餘年的社會狀況，特別是經濟發展做出分析。雖然出發點在於提供社會分析和總結，以利「合理」的殖民統治，但作者仍希望「『被虐者的解放，沒落者的上升，而自主獨立者的和平的結合』。在日本軍國主義瘋狂的時期該書在臺灣被禁，矢內原本人也因為批判日本侵佔滿洲問題，被逐出東京帝國大學農學院。」見本書作者簡介。可見本書具有一定的客觀性和對日本帝國主義的批判色彩。

[6] 日本從清朝索取的賠款包括戰爭賠款二億兩，歸還遼東半島的代價三千兩，以及上述賠款付清之前由日本佔領威海衛作為保障期間的軍費一百五十萬兩，總計二億三千一百五十萬兩。沒有一個外國從中國攫取如此龐大的現金的先例。〔日〕井上清：《日本帝國主義的形成》，宿久高等譯，北京：人民出版社1984年版，第46頁。

本主義的發展，也使殖民者更有信心經營殖民地。據臺10年後，臺灣治安狀況和衛生條件大大改善，經濟和金融業迅速發展，財政獨立，不再需要本國政府的補助。此後的臺灣完全成了日本帝國主義的聚寶盆，開始給殖民者以豐厚的經濟回報，並在以後的帝國主義擴張中，成為殖民者文化和軍事侵略的重鎮和跳板，在日本的各海外殖民地中扮演著舉足輕重的角色。

　　日本對臺灣的殖民統治建立在嚴苛的軍事鎮壓和經濟掠奪的基礎之上，這本是殖民主義的本質，在臺灣又有其特殊的表現形態。在半個世紀的統治中，自始至終存在著世界範圍內罕見的嚴密的警察政治，不但治安、衛生等由警察管理，稅務、市鎮規劃、土木建設等地方行政也由警察實施，至於戶口管理、保甲制度、土地買賣、股票公債募集、民眾出入留學等等，均在警察的監管之下。「凡在臺灣，不靠警察的力量，任何事情都不易實施；同時，有了警察的力量，則無事不可為。」[7]無孔不入的警察政治成為剝奪臺灣民眾各種權利的有效手段。臺灣的經濟具有殖民地經濟典型的單一化特徵，其發展是以損害臺灣廣大民眾利益的政策扶植日本壟斷資本的過程。通過各種手段，如強制性土地買賣、專賣制度和稅收制度，殖民者佔據了大量的土地、山林等自然資源，壟斷了作為臺灣經濟命脈的蔗糖、煙草、稻米的生產與加工，大宗農產品源源不斷地輸入日本，也為日本工業，包括肥料、紡織和其他重工業創造了巨大的市場。而殖民者聚斂大量財富的同時是廣大臺灣民眾的破產。

　　與警察政治一以貫之同時，殖民者在不同時期對具體的統治策略也作了相應的調整，前期的20年，採用血腥的軍事行動鎮壓了始自1895年臺灣巡撫唐景崧的「臺灣民主國」，終至1915年民間的「西來庵事件」等多次武裝反抗，屠殺民眾數以萬計，無數臺灣人

---

[7]　《日本帝國主義下之臺灣》，第195頁。

被投入監牢。後期的30年，在臺灣民眾的武裝抗日被迫終止後，殖民當局進一步推行文化同化政策，主張所謂「內地延長主義」，即將臺灣視為日本本土的延長，將臺灣民眾視為日本國民，以「一視同仁，共存共榮」的口號，掩蓋差別待遇，繼續剝奪臺灣民眾的政治權利，限制言論自由。1930年代後期至1940年代前期，隨著全面侵華戰爭的開始和太平洋戰場的鋪開，日本加劇了對臺灣的全面控制，文化上大力推行「皇民化運動」，試圖通過「改姓名」，推廣「國語家庭」和日本宗教信仰、生活方式等將臺灣徹底日本化；軍事上臺灣真正成為日本向南擴張的跳板，即日本本土與太平洋戰場之間的重要樞紐，且實施「志願兵制度」，徵募臺灣民眾加入日本軍隊，前往中國大陸或太平洋戰場與當地軍民作戰；經濟上臺灣成為日本侵略戰爭的巨大物質供給地，大量物資輸送到日本本土和海外各個戰場。臺灣在日本帝國主義成長過程中的重要性是日本的其他殖民地和佔領地所無法比擬的。

從殖民者的立場看，日本對臺灣的殖民統治是相當成功的，其資本主義開發較其他殖民地更為成熟，主觀上為殖民者帶來了巨大的利益，客觀上強制性地實現了臺灣由封建社會到近代資本主義社會的轉變。[8]特別值得注意的是它還成功地阻隔了臺灣與中國大陸文化母體的連繫，培養了在情感上傾向於殖民者的文化力量，對以中華文化為主體的臺灣本土文化帶來了毀滅性的打擊。這種對被殖民者民族文化的摧殘在日本對朝鮮和其他中國佔領區如「滿洲」、

---

[8] 這裡涉及馬克思關於殖民主義「雙重使命」的學說，即殖民主義的「破壞性使命」和「建設性使命」，前者指摧毀殖民地舊的社會形態，後者指建立資本主義社會。對被殖民者而言，無論哪一種使命都可能具備有益和有害兩方面因素。殖民者在瘋狂掠奪殖民地財富、摧毀殖民地文化的同時，也在客觀上改造了落後的殖民地社會經濟，引進了較為先進的教育制度、法制觀念以至民主政體等。見林承節：《關於殖民主義「雙重使命」的幾點認識》，《北大史學》1996年第3期。殖民地臺灣同樣存在殖民統治的「雙重使命」，它與臺灣的特殊性交織在一起，構成了殖民時期乃至今日臺灣社會的諸多問題，增加了認識殖民地臺灣的複雜程度。

「關東州」[9]和各租借地的統治中都未能實現，也使臺灣民眾遭受的精神奴役遠比其他日本殖民地、半殖民地的民眾更加深重。

日本在華統治區有著各不相同的統治方式，但歸結起來主要有兩種基本形式，一是在割讓地和租借地建立直接的軍政殖民統治機構，作為佔領區名義上和事實上的最高統治機關，對所在地人民實施公開統治，臺灣的總督府以及「關東州」的都督府和隨後的關東廳和關東軍就是這樣的統治機關。一是在淪陷區，日本人在幕後扶持漢奸傀儡政權，以中國人管理中國的名義實施殖民者的實際統治，如偽「滿洲國」。在前一種直接、公開的統治中，還存在割讓地與租借地的區別。臺灣被割讓給日本，併入日本版圖，臺灣民眾成為名義上的日本國民，臺灣與大陸完全隔離，傳統的文化、經濟往來被迫中斷，有關外交事務也由日本政府或臺灣總督代表日本政府處理，中國在臺灣的所有權益均已喪失，臺灣總督成為集立法、司法、行政、軍事、外交各項權力於一身的獨裁者；而「關東州」和膠州灣雖被日本視作其海外領地，但所在的整個東北和山東地區仍處於中國政府管轄之下，佔領區與周邊的經濟、文化和民間往來從未間斷，關東廳和青島民政署[10]也沒有獨立處理對外事務的權力，它們同臺灣總督府相比，是低一級的殖民統治機構。[11]即便是日本資深政治家也並不認為租借地在主權上等同於割讓地。伊藤博文就日本軍政部門在獲得關東州後急劇膨脹的統治欲望，如兒玉源太郎[12]提出的「經營滿洲」、「將滿洲主權委於一人之手」、「重新組織起指揮一切的官衙」等駁斥道：「兒玉總參謀長等人似乎完全誤解了日本在滿洲的地位」，「日本在滿洲的權利只不過是根據

---

9 日本在日俄戰爭中佔領了原俄國租借的旅順、大連地區，繼承了俄國的租借權，改稱關東州，地理上屬於滿洲的一部分，即南滿地區。

10 青島民政署為1917年後日本殖民者在膠州灣的最高行政機關。

11 參見張洪祥主編：《近代日本在中國的殖民統治》之「緒論·日本侵華與殖民統治的特點」，天津：天津人民出版社1996年版。

12 兒玉源太郎1898年4月至1906年3月任第4任臺灣總督。

和約從俄國承受的，即除了遼東半島的租借地和鐵路外別無他物。經營滿洲這句話是戰爭期間我國人說出來的，現在不僅是官吏，連商人也經常談起經營滿洲。但滿洲決非我國的屬地，而完全是清國領土的一部分。在並非屬地的地方行使我國主權是沒有道理的……經營滿洲的責任應由清國政府承擔為宜。」[13]

　　這很清楚地表明，日本雖然在租借地獲得了統治權和軍事及經濟利益，卻沒有取得最終的主權；佔領地內的民眾仍然保有中國人的身分。而臺灣則正式成為日本的屬地，殖民者把臺灣當作其本土來經營，因而在鎮壓反抗、掠奪資源之外還有社會組織建構、經濟建設和文化同化，後者與政治上的專制並行不悖，為日本殖民者從臺灣獲取最大利益提供了條件。「蓋在經濟及教育，同化是日本及日本人的利益；擁護這種利益的武器，則在政治的不同化，即專制政治制度的維持。」[14]這種政治專制與經濟發展、文教衛生等方面的進步構成的巨大不和諧既體現著殖民主義的特質，即在鞏固統治和獲取利益方面尋求最佳的結合點，又是殖民地臺灣的特殊性之所在，甚至專制政治本身是使臺灣經濟發展和殖民掠奪得以保證的重要原因。這在與日本的另一殖民地朝鮮的比較中可以看得更加清晰。

　　日俄戰爭之後，韓國喪失了獨立，成為日本的被保護國。1910年日韓合併，日本廢韓國國名，改為朝鮮，設置總督府，朝鮮正式成為日本的殖民地。政治上日本殖民者對朝鮮採取的是「英國式的保留君王血統，剝奪『國體』的作法」，[15]名義上保留了朝鮮的國君，其他政治制度和臺灣相比專制程度也較低。在朝鮮相當於臺灣民政長官的統治者是政務總監，但臺灣民政長官掌握警察，可任意行使民政而不受守備軍的干涉，朝鮮的政務總監則沒有這樣的

---

[13] 轉引自《日本帝國主義的形成》，第256—257頁。
[14] 《日本帝國主義下之臺灣》，第201頁。
[15] 《日本帝國主義的形成》，第235頁。

權力。在朝鮮地方協議會中，「府」及特別重要的「面」（村莊）的協議會員全由當地人選舉；「道」一級的評議會員的三分之二從「府」、「面」協定會員候選人中由道知事選任，學校評議會也實行相當程度的選舉制；而在臺灣本地居民中則不實施任何選舉制度。朝鮮的行政官員有許多是朝鮮人，1920年起，朝鮮人擔任的推事檢察官與日本人擔任的同等職務許可權相同；臺灣的行政官員極少有臺灣人，司法官則是空白。臺灣還是日本統治下所有地區中警察配置密度最大的地區，不但大大高於日本國內，也明顯高於朝鮮。[16]臺灣實行的保甲制和連坐法在朝鮮也沒有實行。「不論是統治的制度、原住者的官吏任用、言論的自由，顯然都是臺灣的政治情形比較朝鮮尤為專制。」[17]

在經濟和文化方面，朝鮮也沒有像臺灣那樣獲得殖民者的「青睞」，朝鮮的殖民統治長時期需要日本國庫的補助金，臺灣則在統治10年後即獲得了財政獨立；臺灣企業發展和居民的富裕程度也較朝鮮為高，日本雖然把朝鮮視作廉價的糧食和原料供應基地和商品輸出市場，卻沒有使朝鮮境內的產業得到迅速發展；教育上，初等教育的普及程度以及懂日語的人數比例臺灣高於朝鮮，壓制當地民族教育的措施在朝鮮也沒有獲得在臺灣的成效。[18]作為同化主義極端形式的「皇民化運動」在朝鮮和臺灣的具體形態和反應也各不相同，就「改姓名」而論，臺灣的強迫程度較低，而朝鮮的「創氏改名」強迫性相當高，甚至有人因拒絕改姓名而喪命；臺灣人對「志

---

[16] 按照1922年的統計，以地域面積計，朝鮮平均每平方公里配置警察2.6人，臺灣則高達6.2人；以居民和警察人數比例計，北海道地區是1743：1，日本其他地區1228：1，朝鮮是919：1，臺灣則是547：1。到抗戰後期，臺灣居民與警察人數比竟高達160：1。見《近代日本在中國的殖民統治》，第25頁。

[17] 《日本帝國主義下之臺灣》，第202頁。

[18] 1911年日本殖民當局制定「朝鮮教育令」，試圖以日本式教育消除朝鮮人的民族語言和民族文化，但遭到朝鮮人的抵制。1918年，朝鮮人自己的「書堂」有24294所，每個村莊有將近10所；而普通公立學校只有462所。見《日本帝國主義的形成》，第249頁。這種情形恰與臺灣形成鮮明對比。

願兵制度」的反應也比朝鮮熱烈。[19]這些都表明臺灣在殖民政治高壓下，經濟、文化被同化的程度遠遠高於其他日本殖民時期，是日本本土外日本化程度最高的地區。

這些在不同統治區的不同統治方式導致了不同地區的不同社會形態和民眾身分，並導致了不同地區的民眾對殖民者認識的差異。大陸日本佔領區的民眾從來沒有懷疑過自己的中國人身分，對日本帝國主義的侵略行為在認識上也從未有絲毫的含混，廣袤的國土和全民的不間斷抵抗迫使日本無法實施全面深入的侵華戰略，不得不以失敗而告終。朝鮮民眾一直持續著為恢復國家獨立而進行的對日抗爭，武裝力量以北部山區為根據地，或深入中國和西伯利亞沿海地區維繫抵抗運動。而臺灣孤懸海外，原有清王朝的政治、經濟力量相對薄弱，民眾在經歷了長時期嚴苛的殖民統治和文化同化，被強迫改變國民身分之後，對殖民者的認識也呈現出與其他地區民眾不盡相同的狀態，特別是在殖民後期，雖然絕大多數民眾清楚地意識到異族統治的壓迫，但殖民者的意識形態以及由殖民統治而傳入的科學文化、生活方式乃至審美趣味也逐漸滲透其中，緩慢而持續地塗抹著民眾原有的民族印記，模糊著民眾的文化身分。殖民者更特意使臺灣遠離大陸，為大陸和臺灣間的連繫設置重重障礙，如通過關稅法使臺灣的貿易路線由大陸轉向日本，阻止開辦只由大陸人或臺灣人組成的企業，禁設中國領事館，對兩岸人員往來實施特別限制等。

與大陸的隔絕使臺灣人衍生出濃重的孤兒與棄兒意識，在與殖民者抗爭的漫長歲月中，他們也曾受辛亥革命的影響，並以「中國有援兵來」或「受中國政府的冊封委任」為號召，集結民眾反抗日本統治；文化上努力維繫民族傳統，以各種「非法」或「合法」的方式爭取自己的權益。從公開到隱蔽，從武裝反抗到文化抵抗，臺灣民眾的抗爭此起彼伏，但卻很難得到來自外部的有效支持。魯迅

---

[19] 參見周婉窈：《從比較的觀點看臺灣與韓國的皇民化運動》，收入張炎憲、李筱峰、戴寶村主編：《臺灣史論文精選》（下），臺北：玉山社出版公司1996年版。

《而已集・寫在勞動問題之前》記載的張我軍來訪一事即已透露出臺灣知識分子得不到來自大陸的精神力量而產生的悵惘和期待。[20]殖民統治下的大多數臺灣民眾不相信苛政下的所謂「內臺親善」，其文化傳統使之不願意也不可能成為真正的日本人，但他們也不再具有明確的中國人身分，這也是臺灣話文提倡者黃石輝所說的「臺灣是一個別有天地，政治上的關係不能用中國的普通話來支配；在民族上的關係，不能用日本的普通話來支配」[21]這段話產生的社會背景。日本據臺50年，恰是其侵華戰爭逐步推進的50年，這一過程中，中日兩國成為敵對國家，臺灣不幸承載了近代以來中日交往中中華民族最初的，也是最沉重的屈辱和痛苦。特別是中日全面戰爭爆發後，臺灣民眾一方面與大陸有著相同的文化和血緣，一方面又被殖民者所驅使，服務於針對祖國的不義的侵略戰爭，在兩大敵對國家的夾縫中，苦苦地、徒勞地尋找著救贖之道。他們除了內心的民族意識外，已經很難憑藉自身力量為自己做出明確的定位，甚至，一部分人的內心也充滿迷茫和惶惑。許多知識分子奮鬥歷程和內心矛盾痛苦的記錄完全可以作為這段民族和個人慘痛歷史的注腳。殖民時期臺灣民眾民族文化身分的復歸只能待全民族抗日的最後勝利才可能實現。

---

[20] 魯迅在這篇文章中寫到：

「還記得去年夏天住在北京的時候，遇見張我權（軍）君，聽到他說過這樣意思的話：『中國人似乎都忘記了臺灣了，誰也不大提起。』他是一個臺灣的青年。

我當時就象受了創痛似的，有點苦楚；但口上卻道：『不。那倒不至於的，只因為本國太破爛，內憂外患，非常之多，自顧不暇，所以只能將臺灣這些事情暫且放下。……』

但正在困苦中的臺灣青年，卻並不將中國的事情暫且放下。他們常希望中國革命的成功，贊助中國的改革，總想盡些力，於中國的現在和將來有所裨益，即使是自己還在做學生。」

《魯迅全集》第3卷，北京：人民文學出版社1981年版，第425頁。

[21] 黃石輝《我的幾句答辯》，原刊於《昭和新報》142－144號，1931年8月15、22、29日，現收入〔日〕中島利郎編：《1930年代臺灣鄉土文學論戰資料彙編》，高雄：春暉出版社2003年版，第70頁。這段話常被今日主張「臺灣文學自主性」和「臺語文學」者視為殖民時期已存在自覺擺脫中國影響的臺灣「自主性」的依據。

「身分」其實是在文化、國家、種族等範疇內個人、群體、種族用以區分其他主體的標記性特徵和定位，它並非一種自然存在，而是一種文化、政治意識形態。純粹的、生物性的自然人特徵固然不具有「身分」的政治、文化意義，即便不同種族、人群之間存在膚色、語言和生活習慣的差異，但如果他們彼此間不發生關係，這種差異也就不會自動產生文化上具有區別意義的身分意識。因此，除了差異以外，任何身分的意義都與社會身分系統中其他部分的關係互相依存，一種身分只有在特定社會結構中才得以彰顯或消隱。身分問題的被關注及其理論化在後殖民理論的發展中得到了充分的展現，在一定程度上可以為理解和解釋真實的殖民地民眾的生存狀態提供觀察角度和方式，因為無論後殖民理論如何龐雜，其話語的形成都基於殖民社會的歷史存在以及所產生的一系列後果。換句話說，身分問題雖然只有在殖民時期之後的理論話語中得以建構，但它的實際內容和深廣影響，如殖民者憑藉統治權力對被殖民者實施的政治、文化壓迫以及被殖民者因文化身分的模糊和消隱產生的焦慮等，在殖民社會產生之時就已存在。

　　由於身分涉及不同主體的相互關係，身分的確定就不是單一主體可以完成的，必然包含主體對自身的定位和來自其他主體的身分指認，即所謂「自塑身分」和「指派身分」。[22]當兩者發生衝突時，導致衝突形成的主體雙方會借助各自的政治、經濟、文化力量，迫使對方接受自己對自身或對對方的身分認定，力量相對弱小的一方其身分會在衝突中被模糊或徹底喪失。因而身分問題也可歸結為權力問題，權力的支配者和擁有者無疑在這一問題上享有主動。而權力「確立和維護某種身分系統，是為了使社會的某一部分比其餘的部分能獲得較優越的地位。」[23]維護或貶抑某種身分直接關係到權力和利益的分配，喪失身分的主體也就隨之喪失其固有的

---

[22] 徐賁：《走向後現代與後殖民》，北京：中國社會科學出版社1996年版，第192頁。
[23] 同上，第194頁。

社會地位乃至合法性，直至導致對自身存在的疑問。在真切的殖民社會中，殖民者與被殖民者形成兩大對抗集團，擁有絕對權力的殖民者對被殖民者身分的改造必然會與後者自我身分的確認發生激烈的衝突，即後者的自塑身分與指派身分嚴重偏離。事實是，在殖民統治初期，兩大對抗集團壓迫與反抗的衝突最為激烈之時，被殖民者自塑身分的願望也最為強烈，其身分認同相對集中於自我身分的確認，而排斥殖民者強行賦予的指派身分；隨著殖民統治的穩固，被殖民者在喪失各項權力後，也逐漸喪失了自塑身分的外部空間，而不得不面對身分認同的困惑：或遊離於內心的自我定位和外在的指派身分之間，或徹底認同被指派的身分。無論哪一種認同，都意味著身分的模糊和喪失。這同時表明，被殖民者的身分問題在殖民社會的不同階段會發生變化。

在殖民地臺灣，殖民者與臺灣民眾之間始終存在著身分問題上的支配與反支配、控制與反控制的衝突，而在不同時期，這種衝突具有不同的內涵和表現形態。從殖民者的角度，臺灣民眾已由統治初期的「清國奴」、「支那人」逐漸被改造為統治後期的「皇民」，完成了民族文化身分的改變，體現著殖民統治的「成功」；對臺灣民眾而言，由種族、血緣、語言和文化傳統奠定的中國人身分不可能被徹底改變，甚至殖民者貫串殖民時期始終的「差別待遇」也在時時處處暗示著民眾身分改變的不徹底性；同時，外在的、強制性的民族文化身分的壓抑又的確致使民眾的中國人身分從明確到含混，甚至從外部形態上消失。由於臺灣的殖民化程度遠較其他日本殖民地為高，民眾身分改變的程度也較高，身分模糊乃至喪失後帶來的困惑和焦慮也更深重。殖民者改變民眾身分的動機不言而喻，策略也是全方位的，政治經濟法律體制的日本化自不待言，文化的「去中國化」則對改變身分最有成效，[24]具體表現為對

---

[24] 在不同身分的人群之間，政治、經濟和法的體制的移植頗為常見，本身並不一定構成身分改變的決定因素，這也是人們將身分問題歸結為文化問題的原因之一；但文化身分的

被殖民者文化傳統的禁絕，包括語言同化、日式教育、媒體控制等，而殖民後期的「皇民化運動」實質是在種族和血緣這些短時期內難以改變的身分因素之上，強行嵌入新的身分標記。「改姓名」的舉措最為意味深長，它塗抹掉臺灣民眾基於祖先、宗族的舊的身分標記，意味著殖民者對被殖民者的重新命名。姓名稱謂的改變雖不真正等同於種族血緣的改變，但其話語力量已足以引起嚴重的身分焦慮，為臺灣民眾的自我確認設置了障礙。更為嚴重的是，身分的模糊不但使臺灣民眾在與殖民者的文化衝突中處於劣勢，而且使他們在與中國大陸的關係中處於尷尬的境地。他們既有可能被日本人當作劣根不改的「非國民」，被迫接受「差別待遇」，又有可能被中國大陸的民眾視作日本人或日本的幫兇。這一情形在世界範圍內的殖民地社會中也並不多見。因此，「我是誰」的問題在殖民地臺灣尤為突出。

任何殖民統治都無可懷疑地擁有暴力的本質，[25]其中的文化暴力涉及施暴者話語權力的建立，直接關係到施暴對象身分的建構。殖民時期臺灣語言同化、日式教育的推行，毫無疑問具有文化暴力的性質。在這一過程中，臺灣民眾逐漸喪失了民族語言，處於事實上的失語狀態；隨之不得不以殖民者語言嘗試重塑身分。這種對殖民者語言既反抗又依賴的情形，加重了身分問題的混亂和不確定性，因為身處如此境地的被殖民者已經不再擁有純粹屬於自己的話語權力，他們用殖民者語言書寫自身的時候，其文化身分已經被改變。殖民社會雙方的對抗並不始終意味著彼此間壁壘分明的界限，對被殖民者來說，他的自我書寫必然滲入了殖民者的某些因素，因

改變往往會借助政治、經濟和法的權力來實現。

[25] 〔挪〕約翰・加爾頓（J.Galtung）將暴力分為「直接暴力」（殺戮、殘害和肉體折磨等）、結構性暴力（剝削、滲透、分裂和排斥）和文化暴力（為直接暴力和結構性暴力辯護、使之合法化的文化因素）。見《走向後現代與後殖民》，第212頁。在殖民時期臺灣，殖民統治初期的直接暴力逐漸為貫串始終的文化暴力所取代，後者成為殖民後期的主要暴力形式。

此對「我是誰」的解答也不得不帶有複雜文化因素的雜糅和含混。在文學範圍內,殖民時期臺灣的日文寫作就是典型的在殖民者話語權力支配下試圖重塑自我的努力,但這種努力註定不可能實現自我的徹底還原。[26]後殖民理論家們認為被壓迫者能否真的為自己說話是值得懷疑的:「在某種意義上說,語言仍是一個問題。如果宗主國的語言和慣用法仍然被保留,則要創造一種新的自我就是很困難的。」[27]這不但指出了殖民社會存續期內被殖民者失語導致身分含混或喪失的狀態,而且為殖民時期結束後文化暴力殘存引發的問題做出了概括。戰後臺灣語言轉換導致的一系列現象也可從這一觀點做出分析。

與此同時,殖民時期實際存在的對文化暴力的反抗也可通過現代性的關照方式尋求其中的建構文化身分的意義。殖民時期臺灣傳統的漢書房在殖民教育的擠壓下迅速萎縮,通常被認為是一個自殖民之初即開始的進行性衰落的過程,然而實際情形是,割臺之初,臺灣反而興起了保存傳統文化的熱潮。儒生在武裝抗日失敗後,[28]將反抗方式轉移到書房和詩社,以期保存漢文化,與殖民者相對抗。1898年,全臺灣教授漢學的書房有1707所,先生1707人,學生29940人。[29]絕大多數教書先生是前清的秀才、舉人和沒有取得功名的儒生。他們的觀念「接近明末清初的前現代思想格局,即華

---

[26] 對於沒有明確的書寫文化身分願望的日文寫作而言,殖民者語言對身分書寫的影響可能是隱性的,從中看不出語言改變身分的明顯跡象,如翁鬧的部分作品以及殖民末期葉石濤的創作。

[27] 〔英〕巴特・莫爾・吉伯特(B.M.Gilbert):《後殖民批評・導言》,見巴特・莫爾・吉伯特等編撰:《後殖民批評》,楊乃喬等譯,北京:北京大學出版社2001年版,第94頁。

[28] 據研究者考證,儒生曾是割臺之初抗日武裝力量的主要成員。見翁佳音:《臺灣漢人武裝抗日史研究1895—1902》,《臺灣大學文史叢刊》,1986年。以下關於本時期臺灣傳統文化狀況的表述,參見陳昭瑛:《儒學在臺灣的移植與發展:從明鄭到日據時代》,收入陳昭瑛:《臺灣儒學的當代課題:本土性與現代性》,北京:中國社會科學出版社版,2001年。

[29] 楊建成:《臺灣士紳皇民化個案研究》,臺北:龍文出版社1995年版,C−8。

夏民族不受異族統治的思想」，[30]但從後殖民理論出發，仍可引申
出民族文化身分認同的意義，畢竟傳統是民族的文化標記，也寄予
著民眾民族「中興」的希望。[31]所以，總督府1898年頒布「臺灣公
學校令」和「關於書房義塾規程」後，書房數與學生數不減反增，
到1903年，書房數仍為公學校的10倍。另一個現象是傳統詩社的興
盛，「臺灣之詩今日之盛者，時也，亦勢也。」[32]說明了殖民統治
對民族文化意識的激發。「國家不幸詩家幸」，在亡國滅種的威脅
面前，知識分子開始強化文化認同，急迫地塑造自我，「以發揚種
性」。史家連橫傾10年心力於1918年完成《臺灣通史》，強調的也
是民族精神的繼承，所謂「國可滅，而史不可滅」，把文化傳統當
作比社會政治架構更堅實、更能說明民族特質的因素。此時臺灣民
眾的文化身分明確而毋庸質疑，他們表明身分的願望比殖民統治前
更加強烈，這一方面說明身分問題在對抗性關係中才有意義，另一
方面也說明他們的文化身分尚未模糊和喪失。殖民者逐漸佔有教
育、宣傳控制權，即獲取絕對話語權力之後，臺灣民眾開始了身分
模糊、失語的進行性過程。通過國家權力強制推行公學校教育致使
傳統書房趨向萎縮；而詩社由於日本人的加入，不再具有文化對抗
的意義，且無助於新文化新思想的傳播，因而在白話中文被禁絕後
仍然得以留存。殖民統治走向深化的這一階段，被迫學習殖民者語
言的臺灣民眾通過日文學習科學，接觸世界範圍內的文化思潮，也
不可避免地受到殖民者語言的控制，無法脫離這種語言形成有關自
身獨特性的認識，雖然他們能夠用它外在地描述自身的處境。當白
話中文被全面禁止、「皇民化」運動興起後，臺灣民眾公開的文化
反抗被迫終止，殖民之初尚可保有的明確的民族身分隨之消失。殖

---

[30] 陳昭瑛：《臺灣儒學的當代課題：本土性與現代性》，第27頁。
[31] 吳濁流回憶錄《無花果》記載了作者幼年時的塾師常說的「否極泰來，總有一日，復中
興」的話。吳濁流：《無花果》，美國臺灣出版社1988年版，第42頁。
[32] 連橫：《臺灣詩乘·自序》，轉引自《臺灣儒學的當代課題：本土性與現代性》，第
28頁。

民時期臺灣的上述文化現象再次表明，殖民社會文化身分的對抗直接受制於話語權力的掌控，失去了權力也就失去了身分。

第二節　歷史文獻中的社會發展脈絡和民族意識

　　20世紀初，馬克思主義的廣泛傳播促進了被壓迫階級和民族認清資本主義和帝國主義的本質；一次大戰結束後，在大國領袖的倡導下，民族自決思想帶動了世界範圍內殖民地人民的普遍覺醒，貧窮落後的殖民地半殖民地國家的人民開始了現代意義上的民族解放運動。繼武裝抗日被殘酷鎮壓後，臺灣民眾在世界先進文化思潮的衝擊下，逐漸具備現代民族意識，開始了文化思想的抗日和啟蒙。在綿延20餘年的社會運動過程中，運動本身的性質和形態不斷發生演變，從初期的由傳統士紳和知識分子領導的民族運動過渡到主要由具有民主主義和社會主義思想的左派知識分子領導的社會運動，再演變到由馬克思主義者組織領導的工農運動和階級運動。按照馬克思主義的社會發展觀點，從文化啟蒙到階級運動，意味著資本主義進入帝國主義階段，勞動階級開始為消除民族和階級的剝削壓迫而鬥爭；以民族自決思想來分析，臺灣社會運動不再是傳統意義上的反抗異族壓迫，而是具有現代意識的民族覺醒，期待在政治經濟文化諸領域清除殖民主義導致的創傷，尋求民族解放；從後殖民立場回望，變化發展的社會運動都可以視為被殖民者在殖民話語權力的壓制下發出自己的聲音、書寫身分的努力，儘管這種書寫可能隨著時局的變化而改變其側重點。除了前述總體分析外，一些獨特的歷史文獻可以作為社會、歷史書寫的抽樣，從中可以尋求社會發展脈絡和書寫者對殖民地歷史的觀察和理解。《臺灣社會運動史——文化運動》[33]就是一部由殖民者編纂的、詳細記載著臺灣抗日文化

---

[33] 《臺灣社會運動史——文化運動》實為《臺灣總督府警察沿革志》的一部分。《臺灣總督府警察沿革志》由臺灣總督府警務局編，原為供警察工作的參考，輯錄和記述了許多

運動由發軔至步入低潮的發展脈絡和豐富歷史細節的文獻，也是從殖民者立場看待和評價臺灣民眾反抗殖民統治、確認民族身分的不可多得的文本。

《臺灣社會運動史——文化運動》敘述的是臺灣民眾抗日活動的後半期，即1915年武裝抗日被迫終止後，在世界性的現代思潮影響下民族意識覺醒，開展民族文化運動和無產階級文化運動，與殖民者不斷抗爭的過程，基本上是眾多抗日文化事件的客觀記錄，其中包括這些活動中產生的大量會議決議、趣意書、告同胞書、檄文、傳單、抗議書等。「全部是採取日官方的原始資料，立場當然也是站在日本官方的。不過我們平心而言，不但其資料珍貴，就是敘述也是較為『客觀』，沒有漫罵。」[34]作為親歷殖民時期臺灣文化運動的譯者，王詩琅的上述評價應該是準確可靠的。不過，對抗日事件的羅列和敘述雖然客觀上保存了臺灣民眾社會活動的真實記錄，使相關歷史不致湮滅，但並非這部文獻在今天的全部價值；敘述對象具有的文化意義、歷史細節以及敘述者流露出的意識更值得關注，因為文化運動相比武裝活動、勞工運動等可能體現出更多、更複雜的民族、文化傳統等方面的矛盾衝突。這部文獻作為一種證明，一方面以史實證明臺灣民眾文化抗日的實際形態和殖民當局無孔不入的嚴密控制，一方面以話語權力證明被殖民者的歷史不得不在殖民者對歷史的書寫中才得以記錄。不管殖民社會對立雙方的衝

殖民時期的秘密文件和歷史事件。全書共分三編，《臺灣社會運動史——文化運動》是第二編《領臺以後的治安狀況》中卷「社會運動史」中的「文化運動」部分，所記述事件的發生時間由1915年至1930年代中期，恰恰覆蓋了臺灣由民族文化運動興起到無產階級文化運動趨向衰落的時期。中譯本完成於1975年，譯者王詩琅，臺北：稻鄉出版社1988年出版。《臺灣社會運動史——勞工運動‧右派運動》也已由稻鄉出版社1992年出版，翁佳音譯注。《臺灣社會運動史》另有臺北：創造出版社1989年出版的5卷本，譯者王乃信等。本文採用王詩琅譯本。

[34] 王詩琅：《日人看臺灣抗日運動——寫在譯前》，見《臺灣社會運動史——文化運動》。

突如何，被殖民者都沒有機會完整地保存自己的歷史，[35]甚至在後殖民時期，臺灣人也往往需要在殖民者對自己的「凝視」中去「凝視」過去的自己。殖民時期和戰後的著名社會活動家、學者葉榮鐘所作的《日據下臺灣政治社會運動史》[36]就曾以《臺灣總督府警察沿革誌》為重要參考文獻。

《臺灣社會運動史——文化運動》能夠將大到「臺灣文化協會」的成立與幾次重大轉折，小到一份「文協」的除名通知書或某些小型活動的傳單口號等統統記錄在案，足以證明臺灣總督府警察統治的嚴密和情報系統的高效率，但也從另一方面為認識臺灣抗日文化運動提供了清晰的歷史線索和細節。重要的是，文獻通過諸多事件和文件描述了在社會局勢變化和世界現代思潮以及大陸革命運動影響下臺灣抗日運動的兩大轉型：

第一個是1915年前後由武裝抗日到文化抗日的轉型，這一轉型一方面標誌著在血腥的軍事鎮壓下臺灣武裝抗日力量受到了毀滅性的打擊，文獻記述的「社會運動」之始恰恰是在大規模的武裝運動平息之時；另一方面表明隨著警察制度和地方行政的建立，殖民當局的統治重心發生轉移，即由統治之初以武裝暴力鎮壓為主到以經濟控制和文化同化為主，但這並非意味著殖民統治的任何鬆動，因為雖然「匪亂」已經平定，民眾「逐漸信服我官憲，庶政亦就其緒」，[37]但文化意義上的同化與反同化的鬥爭，包括身分問題的較量已經成為殖民時期臺灣的主要社會矛盾；此外，它還標誌著受

---

[35] 本時期缺乏屬於臺灣人自己的殖民社會的歷史記錄，一些史料散見於各類報刊，直至戰後才有殖民時期史料的收集整理出版。而本時期左傾社會運動由於遭到當局的嚴厲取締和查禁，許多文獻難以保留，《臺灣社會運動史》遂成為考察社會運動的重要依據。

[36] 葉榮鐘：《日據下臺灣政治社會運動史》，收入藍博洲主編：《葉榮鐘全集》第1卷，臺北：晨星出版公司2000年版。本書作於20世紀60年代，曾以《臺灣近代民族運動史》之書名出版，臺北：自立晚報1971年；是臺灣人撰寫的較早、較系統地論述殖民時期臺灣社會運動的重要著作。

[37] 《臺灣社會運動史——文化運動·序說》集中了帶有殖民者主觀傾向的論述，該書的其他部分主要為事件的客觀敘述和文件的輯錄。

民主主義和民族自決思想影響的臺灣文化啟蒙運動和現代意義的民族覺醒的開始，民眾特別是知識分子已經意識到武裝抗日不再是反抗殖民統治的有效手段，以「合法」方式爭取民族權利成為反抗殖民統治的新形式。在這次轉型中，文化啟蒙運動成為社會運動的核心，其領導者為較早接觸現代思想的臺灣民族主義和啟蒙主義者，從由日本人板垣退助主持的臺灣同化會運動、東京留學生和大陸臺灣學生運動、臺灣議會設置請願運動到「臺灣文化協會」和臺灣民眾黨，這些民族主義和啟蒙主義者致力於揭示殖民主義的本質以喚醒民眾，在「合法」的外表下爭取抗日運動的發展空間。對此，文獻都作了相當細緻的記錄。

　　文獻全文輯錄的「臺灣文化協會趣意書」[38]清楚地顯示了當時啟蒙者應和世界潮流，希圖以文化運動啟發民眾、推動社會進步的雄心：「（正如）日本的海水是通歐美的一樣，臺灣海峽實是東西南北船舶往來必經的關門，同時，早晚也是世界思潮會合之處。……或曰：新文化運動往往易陷於危險，有害無益。我們答曰否，決不然。因為，合理的運動，穩健的宣傳，難道還有什麼危險嗎？孔子曰：『德之不修，學之不講，聞善不能從，不善不能改』，如這樣才是危險，於世道人心才足深憂；相反地，講學、修德，聞善能從，不善能改，毋寧說，為國家社會相信是不可缺的。」當中有明確的合理運動、規避風險的意思，希望文化運動不致引發殖民當局的嚴厲取締；甚至在1920年10月的「文協」成立大會的祝賀演說中有這樣的祝辭：「世界大戰後，自由平等、民族自決的聲浪高漲，當此際，我們同胞應該奮起直追，作為日華親善的楔子，為東洋和平盡力。」但這些不過是蒙蔽當局的說辭而已。文獻編輯者隨即評道：「這是在暗示，表面上偽裝穩健合法成立的文化協會，裡面隱秘著另有意圖激進之辭。」[39]文獻記載的大量事實

---

[38]　《臺灣社會運動史——文化運動》，第251－252頁。

[39]　同上，第253頁。

表明，「文化協會爾後的活動，則並非如趣意書所示單純的文化活動，顯有鼓吹民族主義，反抗總督政治的態度。」[40]這些記述呈現了初期文化抗日的基本形態，即以啟蒙思想和民族覺醒為號召，利用公開的合法身分為掩護與殖民者周旋，以求得抗日運動的生存和發展。

　　文獻描述的臺灣抗日運動的又一轉型是1920年代中期「臺灣文化協會」的向左轉，即主導傾向由民族主義轉向激進的民主主義乃至馬克思主義，並由此使文化抗日從主要追求民族解放和文化啟蒙逐漸過渡到以無產階級運動為主。1926年激進的民主主義者連溫卿和部分左翼青年學生取得「文化協會」領導權，1928年臺灣共產黨（以日本共產黨臺灣支部之名義）在日本共產黨和中國共產黨的指導下於上海成立，並在以後的近10年內逐漸成為臺灣社會運動的主要推動者，體現出文化抗日主導力量的左傾化和社會運動由精英向大眾普及的趨勢。社會運動領導者的身分也發生了變化，從民族主義者演化為馬克思主義者。被殖民者的文化身分沒有根本改變，但具體內涵有一定的變化，民族衝突中加入了階級衝突的內容。

　　這兩大轉型清楚地表明，臺灣的社會運動不是孤立的反抗運動，而是進步思潮和馬克思主義傳播下被壓迫民族解放運動的一部分，與中國大陸反帝反封建運動、世界共產主義運動和反抗殖民主義運動同步。文獻記述的林獻堂赴東京與梁啟超會談、連溫卿受日本早期馬克思主義者山川均的影響趨向左傾，以及臺灣學生通過日本與大陸接受新思想等諸多細節，為臺灣社會運動的發展和性質的變化做出了具體的詮釋。1930年代臺灣鄉土文學運動和文藝家大眾意識、階級意識的增強都可以在這樣的社會環境中找到其發生發展的脈絡。

---

[40] 同上，第256頁。

透過《臺灣社會運動史——文化運動》可以觀察到的另一個重要現象是殖民者對自身和對被殖民者的基本態度。由於這是一份官方文獻，可以從中透視殖民者的真實立場。在文獻的「序說」部分中，殖民者肯定殖民統治的「優越性」和「合法性」，徹底回避其暴力性質，將自己視作「好」的殖民者，為在臺施政無法得到被殖民者的擁護而頗為抱怨，將臺灣民眾的抗日運動歸結為出於民族偏見的行為：

> 倘就臺灣人在統治上的地位問題來看，當局既如上述本著一視同仁的聖旨施策，臺灣人在我統治下，不論社會，不論經濟，悉如母國人的日本內地人一樣，享有沒有差別的待遇，尤其是經濟上日本臺灣間已完全成為一單位，況且臺灣又以自然的天惠及產業上特殊保護獎勵策，臺灣人所享受的惠澤極大，因此，旅臺日本內地人時常大喊臺灣統治未免偏重臺灣人之保護云云。[41]
>
> 再則，關於政治地位一點，則自領臺以來，隨治安的確立，人民的文化提高，國民精神涵養的程度也已逐漸伸展，至其目標則期於最近的將來能夠達到母國日本同樣的制度，故現正在進行指導訓練。
>
> 然而懷民族偏見的臺灣人，視此臺灣人在發展過度中的過渡時期政治地位，便大聲疾呼就是對臺灣人的差別待遇，並且曲解指導訓練為壓制。老實說，他們未免太欠缺國民自覺，國民精神的涵養，他們在臺灣社會運動的發展過程當中，一味列舉不平不滿，供作對大眾宣

---

[41] 這種殖民者的優越感也在文學中有所表現，陳虛谷小說《無處申冤》中的日本警察常說：「我們做官人，便是打死了人，也算不得什麼。你們在清朝時代，不是常被官府打死了，剖了頭嗎？你們比起他們，真是幸福，你們不知感謝，還要和我們反抗。你們若嫌我們政治不好，統統返去支那那好啦。」

傳煽動的資料，質言之，其態度只在挑撥一般民眾的不滿而已。所以臺灣社會運動的合法部門，**也概如其他各殖民時期一樣，**[42]反母國政治鬥爭的色彩甚為濃厚」。

這種觀點與被殖民者對臺灣社會認識的巨大差異完全可以看作是殖民社會雙方指派身分和自塑身分嚴重偏離的例證，它證明了殖民者的自大和對臺灣社會運動的曲解和敵視，同時表明殖民者已經意識到雙方的衝突就是殖民地的根本性質，不因「好」的殖民者和「壞」的殖民者而改變。可見，殖民者自身也存在指派身分和自塑身分的衝突，雖然他們可以倚仗權力去除被殖民者給予的民族壓迫者身分標籤，但其自認的「好」的殖民者卻無法在民族衝突中獲得承認。究其原因，「序說」特別將臺灣社會運動興起的基礎歸結為臺灣民眾的漢民族意識：

> 臺灣人的民族意識之根本問題，實繫於他們原是屬於漢民族的系統；本來漢民族經常都在誇耀他們有五千年傳統的民族文化，這種民族意識可以說是牢不可破的。臺灣人固然是屬於這漢民族的系統，改隸雖然已經過了四十餘年，但現尚保持著向來的風俗習慣信仰等，這種漢民族的意識似乎不易擺脫，……爾來，臺灣人在我統治下，所享有的惠澤極大，然而部分的臺灣人仍然無視這些事實，故意加以曲解，反而高喊不平不滿，以致惹起很多的不祥事件。臺灣社會運動也以這些不平不滿作為其一大原因而興起的，我們若詳細檢討此間的情形，除了固陋的潛在的這些民族意識之外，實難找出任

---

[42] 黑體為本文所加，顯示殖民者雖自認是「好」的殖民者，但也意識到臺灣的反殖民運動其實與世界性的反殖民運動一致，其民族意識並未因「所享受的惠澤極大」而有所改變。

何的原因，同時在觀察臺灣社會運動時，民族意識問題實具有極重要的意義。

這種民族意識見諸眾多被輯錄的被殖民者對民族身分的認定：「我們是具有五千年優秀歷史的漢民族子孫，不論如何，倘不把這臺灣社會加以改造，不但對不起歷代先祖，同時對子孫也難完成責任。」[43]「我們臺灣青年最覺得可惜的，就是現在的青年們以使用內地語為很好的事。沒有日本人時，雖然經常用臺灣話，日本人一在馬上使用日本話。可是要知道，我們不論怎樣都是我們，狗怎樣都是狗。」[44]殖民者已經注意到，民主主義、民族自決思潮和共產主義思想為臺灣社會運動賦予理論和體系，但運動的基礎仍是根深蒂固的民族意識，而新文化運動在喚起民族意識上功不可沒：「到了歐洲大戰時，臺灣經濟發展，我臺灣統治又進步，而且眼見景慕的中國，內亂及革命運動頻仍，故臺人暫願在我統治下所能容許範圍內享樂，官令是尊，未敢有絲毫抗命，然而文化協會的創立臺灣議會設置請願運動開始後，這些對臺灣民眾呼籲的運動，又促起他們潛在的民族意識覺醒起來，對革命也有所期待，使民心的趨向大大改變。」[45]這一看法得到了所記述的眾多抗日事件的印證，其中一個典型事例是「臺中師範學校事件」。1928年臺中師範學生有人違禁在宿舍內講臺灣話，隨即被舍監訓戒，舍監稱臺灣話為「清國奴語」，並宣稱使用臺灣話者應該回到「支那」去，「大日本帝國政府花了八十萬元建築的學校，並不是要供清國奴教育的地方。」這激起了臺灣學生和民眾的強烈抗議，文協隨後發表的〈為臺中事件告全臺的工農、小商人及所有的被壓迫民眾書〉指出：「這並

---

[43] 1925年臺灣留日學生賴遠輝的講演要旨，見《臺灣社會運動史——文化運動》，第281頁。
[44] 1926年臺灣留日學生王治祿的講演要旨，見上書，第282頁。
[45] 《臺灣社會運動史——文化運動》，第300頁。

不是一個教育界單純的問題，也不是偶然發生的。這是帝國主義下的，總督專制下的，壓迫民族與被壓迫民族間必然的，無可避免的問題。」[46]殖民者狂妄的言行和民眾的憤怒都顯示出對漢民族意識的堅守和摧毀實為殖民社會雙方較量的實質。文獻記錄的殖民一方對另一方民族意識的強調無論動機如何，都更加凸顯民族身分在殖民社會中的重要性。

第三節　個人化文本中的國族認同

與前述官方歷史文獻作為殖民者的歷史記錄迥異，一些個人化文本從被殖民經驗出發，保留了被殖民者的個人化歷史，成為臺灣民眾國族認同和身分書寫的樣本。文本主人公獨特的、飽含艱辛悽愴的經歷，他們對中國、日本和臺灣的想像和切身體驗，對「我是誰」的追尋，都匯入了殖民時期臺灣的社會圖景，或者說，正是臺灣的歷史境遇孕育了如此複雜多賽的臺灣人的命運。這也是「真實的小傳記，能勝過大幅偽作的時代史」[47]的原因。《雙鄉記》[48]就是這樣一部記錄殖民時期個體臺灣文化人掙扎於多重文化困境之中的傳記作品，雖然成書於1993年，但其主體是傳主殖民時期的大量日記和手記的原始材料，記錄了殖民晚期臺灣知識青年充滿彷徨猶豫的成長歷程和艱難選擇；也表現了殖民意識形態對被殖民者的規訓，以及後者對前者的從接受到懷疑，直至徹底否定的思想軌跡。

---

[46] 同上，第401頁。

[47] 張深切：《里程碑·序》，見《張深切全集》卷1，臺北：文經出版社1998年版，第62頁。

[48] 《雙鄉記》副標題為「葉盛吉傳：一臺灣知識分子之青春·彷徨·探索·實踐與悲劇」，作者楊威理，臺灣省人，曾留學日本並於戰後就讀於北京大學，長期擔任北京中央編譯局圖書館館長，1989年後赴海外定居。傳記的基本材料取自葉盛吉的25本日記和手記，原著為日文，書名為《ある臺灣知識人の悲劇·中国と日本のはさまで·葉盛吉伝》（《一位臺灣知識分子的悲劇·在中日兩國的峽谷中·葉盛吉傳》），日本岩波書店1993年。中文版由臺北：人間出版社1995年出版，陳映真譯。

相比於歷史「大敘述」，這種獨特的個人化文本包含了更多的個人體驗，可以更真切地從中追溯臺灣人尋找出路、書寫身分的艱辛步履。

《雙鄉記》的主人公葉盛吉生於1923年，在日本會社社區長大，其成長旅途中抗日社會運動由盛轉衰，文化傳統受到衝擊，他對現代日本的傾慕幾乎不包含民族意識引發的焦慮。他離開臺灣最先看到的世界就是現代的日本，它給這個從小就讀於日本人學校的少年留下了積極深刻的印象：「第一次目睹日本的美麗繁華，在我的心中栽種了對於日本極為強烈的嚮往之情，恐怕這是一生中好奇心最得到滿足的一次，歡樂與興奮之情，也是一生中之最。」「後來，我到了上海旅行，儘管也是初履之地，但對於眼見目睹之物的好奇心，相形之下，已經淡薄。」[49]他人生的前半期都是在努力做一個優秀的日本人，對「皇民化」沒有絲毫的懷疑和抗拒。1941年，葉盛吉主動申請改名為「葉山達雄」；也就在同一年，「一位來自中國的留學生向我鼓吹民族意識。」「這是我民族意識的起點，從那天開始，我心中的矛盾就沒有停止過。」終其一生葉盛吉都再沒有擺脫尋找真理的痛苦。

在認同之路上，他從最初的單純認同日本到試圖「走一條對日本和臺灣兩頭都忠誠的路」，以獲得兩全的生活，直至基於「天地之公道」的理念實現身分的回歸。從認同日本到雙重認同，葉盛吉書寫了殖民地社會臨近終結的一刻懷抱理想、追求真理的臺灣知識分子複雜的「雙鄉」心理：

> 在我的心中，有一個故鄉。幼時會社的宿舍區度過了童年，在中學經歷了學寮生活的我，從教科書中瞭解到內地（日本）的風俗習慣，在我的心中栽種了一個故鄉日本。

---

[49] 葉盛吉：《自敘》，見《雙鄉記》，第35頁。以下未注明的引文均引自《雙鄉記》。

而孩提時代，那灰暗的房子，親戚家的婚喪嫁娶，……以及化裝遊行，和花車等等往昔的印象，在我心裡又塑造出了另外一個故鄉。

前一個故鄉來自生活，後一個故鄉來自血統和傳統。但我卻不感到有什麼矛盾地相容並存於心中，真是不可思議。

……

把生活方式截然不同的兩個故鄉，交疊懷抱在心中，在不同的場合，自然而貼切地摘取，油然生起懷舊之情。……而這樣的一種情感，也許是南方（臺灣）來的留學生也會有的吧？

這種「不可思議」其實來自於少年葉盛吉沒有機會意識到民族認同本身也具有主觀性[50]，也來自於他自幼接受的雙重民族規訓。在殖民同化政策深入實施後出生的臺灣人，逐漸失去自己的民族記憶，父祖傳承的民族標記開始被另一種標記所覆蓋，原有的民族身分只能依賴民間文化與習俗得以保存。青少年時代，葉盛吉「堅信同化，夢想著不久的將來，一定有這麼一天，我們也會達到日本人的水準，至少我本人是大有希望的。」因為他尚未經歷兩種認同的激烈衝突，放棄其中一種認同並不會帶來痛苦，所以「葉盛吉要努力把自己塑造成一個優秀的日本人。臺灣人要一旦成為日本人，就能同日本人成為同一個民族，這樣，民族問題也就迎刃而解了。」

50　研究者指出，「在中國邊裔地區，地方誌的編纂是本地成為『華夏邊緣』的重要指標與象徵符記。」「對於川邊的非漢土著來說，宣稱來自『湖廣』，是展現及獲得漢裔身分認同的快捷方式。」「春秋戰國時期，可以說是華夏第一次調整其族群邊界。這時吳、越、楚、秦等國王族華夏化，似乎皆由其上層統治階級尋得或假借華夏的祖先來完成。漢代至魏晉，這樣的華夏化過程仍然不斷發生在移入中國的異族身上。」王明珂：《華夏邊緣——歷史記憶與族群認同》，北京：社會科學文獻出版社2006年版，第235、180頁。這說明人類追尋民族譜系的主觀願望是如此強烈。

甚至日本人的侮辱並不能削弱他認同日本的意願，或者說僅由侮辱造成的傷害還不足以改變他已經形成的願望。由於民族身分的含混和殖民者的優勢地位，在葉盛吉這樣生活在「雙鄉」心理的臺灣人當中，趨利避害的生物學規律可能會發生作用，因為對處於弱勢的被殖民者來說，日本的優勢毋庸置疑，改變處境和對現代文明的嚮往使認同日本有一種向上的動力，所以葉盛吉對「完完全全不會一句臺灣話，那該是多麼幸福啊！」的想法能夠產生共鳴，並在中學畢業後「憧憬日本」，在考取赴日留學生期間更改姓名，因為，「更改了姓名，就會有某種好處。」

　　按照研究者的說法，民族國家認同包括兩種重要方式，即教育的朝聖之旅與行政的朝聖之旅，當兩種「朝聖」不斷進行和重合，民族國家的想像就開始不斷得到強調和「劃界」。[51]對葉盛吉來講，經濟、教育的朝聖之旅已經設定，而且由於臺灣籍學生在日本同樣可以參軍，軍事的朝聖之旅也一樣被設定。曾在1939年夏天赴日的葉盛吉，親歷日本的繁華，證實並實現了這一「朝聖」。「京都、奈良的名勝古蹟，東京、大阪的繁華，還有那閃爍炫目的霓虹燈……，時時都在我腦海中燃燒，在歸途的航船上，每一回想，流連之情，油然而生。」「使自己日本化，就意味著進步，意味著開

---

[51] 安德森在分析「印度支那屬性雖然很真實，卻只是被一小群人所想像，而且想像的時間並不很長。為什麼它會終於逐漸消逝，而印尼屬性卻得以繼續存在並且深化」這一問題時，認為原因之一是「在印度支那，教育的朝聖之旅和行政的朝聖之旅之間並沒有真正的重合。」「儘管沒有形式上或法律上的規定禁止老撾和高棉人官員在印度支那全域服務」，但「就算高棉人和老撾人也許會和越南人並肩坐在西貢與河內的法語教學的第二級和第三級的教室裡一起聽課，他們卻不大可能繼續在那裡共用行政部門的辦公室。」「他們一畢業就註定要回到殖民主義為他劃出的那個『家鄉』去。換言之，如果他們的教育朝聖之旅的目的地是河內，那麼他們在行政體系內的仕宦之旅的終點卻是金邊和萬象。」而印尼「之所以存活部分是因為巴達維亞終殖民統治之世都是教育的頂峰，但也因為殖民時期行政政策並未將受過教育的異他群島人下放到『異他群島』，或者將巴塔人下放到他們出生之處的北蘇門答臘高地。到了殖民時期結束時，幾乎所有的語族團體對於一個他們扮演一定角色的群島上的群聲這樣的想法已經習以為常。」《想像的共同體》，第146、148—149、150—151頁。

化。」於是，這一時期的葉盛吉以努力做一個優秀的日本人來解決身分認同的矛盾，「趨利避害」與朝聖之旅的結合形成了他身分認同的早期標準。「利」就是現代、是文明、是強大的日本，日本人身分能給葉盛吉帶來現實的「好處」；「害」則是落後、是封閉、是弱小的臺灣，臺灣人身分對追尋現代性的葉盛吉而言只能帶來劣勢。

　　葉盛吉的「朝聖」之旅並非一帆風順。當來自中國的留學生向他宣傳民族意識的時候，這位改日本姓名的臺灣人對日本的認同開始動搖，致使他在民族衝突的大環境下不得不承受認同的矛盾痛苦並最終做出抉擇。從民族國家的歷史與現實的考察中不難發現，同一民族可能散佈於不同的國家，同一國家內部也可能包括很多不同的民族。因此，民族認同與國家認同可能並非一致，[52]特別是在民族國家之間不存在激烈衝突的情形下。但是，由於中日正處於戰爭狀態，身處夾縫中的臺灣人的認同選擇卻顯得至關重要，因為在衝突條件下民族認同與國家認同難以分離。換句話說，葉盛吉從民族和血緣的角度屬於漢民族，如果他主觀上認同日本國家，或許也可以平靜地容納民族認同與國家認同於一身，並嘗試逐漸過渡到他希望獲得的身分，正像他以往所做的那樣。但是由於兩大民族國家的敵對狀態，他對日本的認同就與漢民族身分發生了激烈衝突，認同一方意味著必須背叛另一方，即當認同被捲入國家衝突之中時，葉盛吉就不得不做出一個非此即彼的選擇。正是民族認同與國家認同在具體歷史境遇下的不可分離性

---

[52] 「只有當一個族裔與文化單一的群體居住於一個國家的疆域內，而且那個國家的疆域與那個族裔與文化單一的群體所居的疆域重合時，我們才可以把這個國家稱為『民族國家』。」「在這個意義上，世界上沒有幾個民族國家。」「因此，對國家與民族兩者重合一致的推動是民族主義的一種經常性的、強有力的，但決不是不可避免的成分。這意味著民族主義必須與民族國家分開，民族認同必須與國家主權分開。」〔英〕安東尼・D・史密斯（Anthony D. smith）：《全球化時代的民族與民族主義》，龔維斌、良警宇譯，北京：中央編譯出版社2002年，第103、131頁。

使葉盛吉飽嘗痛苦：他認同的國家身分否定了自己的民族身分，但又遭遇了被啟蒙後的民族身分意識的挑戰。

為擺脫困惑，葉盛吉首先嘗試將民族認同與國家認同分開，並將民族認同範圍局限在臺灣。在1943年下半年，葉盛吉在身分認同的苦惱中反思自己對「日本化」的衷心吸納，找到了一個身分「兩全」的「天地之公道」方案。「（我）曾經對這一頭效忠，而對另一頭失敬了。我為什麼沒能設法過兩全的生活呢？」「雙重生活是痛苦的。……我必須忍受痛苦，而使日本和臺灣的雙重生活兩全並存。」「無視於臺灣或日本中之一方面的生活，鄙而棄之，那是一個卑怯、沒有良心者的做法。」「要走天地之公道」。或許，葉盛吉僅僅身處臺灣與日本兩地，無從深入認知日本對中國的侵略，而當時臺灣人的民族身分意識又並未形成一個獨立的、能與日本相抗衡的力量，切斷對中國的民族認同，進而切斷對中國的國家認同，便能緩解因民族認同帶來的與國家認同的尖銳矛盾，從而順利地將臺灣人的民族身分納入日本的國家身分。於是，葉盛吉將民族認同的地理範圍縮小後，就用對日本的國家認同成功地遮蔽了對中國的民族認同，所以儘管他親身體驗到日本人對臺灣人的歧視，但仍舊能形成「兩全」之道的思想。中日衝突迫使葉盛吉將國家認同與民族認同統一起來，這一過程使他的民族認同範圍擴大到中國，卻無法達到兩種認同統一的目標。僅僅半年以後（1944年2月），葉盛吉的「兩全之道」便難以保全了，他感歎道：「現在的情況是，兩條路隔得太遠、太遠了，非要選定一條路來走，否則再也走不下去。對此，阿部君說，兩條路的距離不會永遠越隔越大，說不定什麼時候會交叉在一起。」「我想起了岡倉天心所說的Asia is one（亞洲是一體的）。我國現在走的道路，八紘為宇，歸根結底，是要合雙途於一途的吧。」他開始尋求另一條現成的理論之路：「八紘

一宇」、[53]神道及「猶太研」。[54]按照葉盛吉的理解，「這『八紘為宇』的理想，如果真像所說的那樣，那麼自己確信，分開的兩條路便會合二為一。」既然「八紘一宇」能「合雙途於一途」、超越國族界限，葉盛吉「便感到一種很強大的力量。即使有一天倒在兩條道路中的一條上也無妨。」不管自己認同哪一方，最後都能殊途同歸、「八紘為宇」。也就是說，這種偽「天下大同」的思想使葉盛吉在認同之路上再一次傾向於以日本的國家理念實現認同統一；「猶太研」強調用心眼而非肉眼去觀察事物也使葉盛吉走入「玄妙」的相對主義迷宮，陷入為日本辯護的詭異邏輯之中，用「靈學」理論的「心眼」說及神道的正邪說為日本辯護：「對此，余始終主張本質性問題。即當今之狀態，姑且事實，然現狀亦止於現狀。若固執於現狀，則惟恐大有淪於皮相之見也。」「思及邪以正之形現身，而正因以邪之示人，則深知吾人實不得單視現狀之如何而據以行動也。」葉盛吉以「玄妙」的邏輯闡釋苦難的現實，認為「現狀看起來像是日本人引起的，但實際上有宗教性的根源在。

---

[53] 《日本軍國主義論》（上）對「八紘一宇」的解說是：日本國學大家本居宣長「宣揚『八紘為宇』的擴張思想，即將世界各置於日本統治之下，夢想征服世界」；日本經世派的代表人物佐藤信淵在1823年的《宇內混同秘策》的開篇即提出日本是「大地最初生成之國，乃世界萬國之本」。他所追求的目標是將全世界「混同」為日本郡縣，使「全世界悉為皇之郡縣，萬國君主皆為臣僕」；「皇國欲開拓他國，必先以吞併中國開始」。蔣立峰、湯重南主編：《日本軍國主義論》（上），石家莊：河北人民出版社2005年版，第132、134頁。

[54] 關於「猶太研」，《雙鄉記》作者根據葉盛吉的記錄做出解釋，是「希特勒的反猶太主義為日本的一部分右翼分子所接受，進而與日本獨特的」「神道」相結合，便成了特異的、被人稱作『猶太問題研究』（簡稱『猶太研』）的玩意。」「『猶太研』認為猶太人是萬惡之源。『猶太人是絕對的惡。……』」「猶太人通過共濟會等秘密組織控制著全世界。孫文、蔣介石都是共濟會的成員。『孫文的三民主義只不過是共濟會的支那版（中國化）而已。支那和日本之間，本來就沒有打仗的理由，是猶太人挑唆起來的。』」作者進一步解釋道：因為「希特勒看不起包括日本民族在內的其他一切民族。日本的『猶太研』，是用神道的優越性來取代亞利安人的優越論的。」這種理念的灌輸使葉盛吉認為「只有日本人才能夠在追求信仰的歷程中達於信仰之境。」「日本是一個絕對的存在。而猶太人則是否定性的，因此它必定自行滅亡。但是如果置之不理，其他民族就會受連累，就會遭掠奪。」

日中戰爭和大東亞的悲劇並不是由日本製造的，而是猶太人所策劃和陰謀的。」這裡人們不得不驚異於所謂日本精神的規訓力量，它不但能通過理念的預設為不義的國家行為張目，而且能夠規訓出葉盛吉這樣的信奉者，以至於他在同年5月受到日本人國分大尉的第二次侮辱後仍然沒有改變他的日本認同。

　　葉盛吉對這些理念並非沒有疑問，在1943年12月的《手記》中，他表示「根本不相信蔣介石是共濟會的成員」，只是覺得自己暫時解決不了這麼高深的思想而去相信「宇宙之氣」。1944年7月，在「猶太研」企圖控制葉盛吉所在學校的學生未果後，其理念受到了學生的懷疑，同時一位日本軍人對「八紘一宇」的比較開明的看法使葉盛吉看到了這一概念的相對性。[55] 正是在這種對相對性的反省中，葉盛吉開始否定「猶太研」，並逐漸向關懷大眾的立場傾斜，認識到「真正期望人類的和平，並為此而付出努力，即是正道。因為這已經被人類的歷史所證明了。」「余將委正義於天，而戰鬥於白日之下。」「全東亞人民將會從錯誤、虛偽的歷史的壓抑下解救出來。大理想的實現，絕不是把臣屬於自己的民族之增加，稱為『共存共榮』。」這些認識進一步明確了他的「天地之公道」思想，使他從抽象的思辨回到現實的選擇。

　　在具體歷史條件下，國族界限的存在有其正面意義，[56] 界限的消除有賴於國族間相互獨立、平等、尊重的實現。既然這種相互平等、獨立和尊重難以實現，那麼同情弱者、為公道而努力，就成了人類的基本道德觀、價值觀。當「天地之公道」作為國族認同與

---

[55] 葉盛吉在日記中記錄了這位日本軍人的話：「今日之八紘一宇論恐怕有狹小之虞。蓋向來一皆如此也。俗人不知內涵，總之皆以日本人為餡校，各自怡然自得。」「清國奴、英美鬼畜云云，皆為完成八紘一宇之戰爭者也，為鼓舞士氣者也。唯此等說辭今後應予撤廢，否則戰爭必永無終息之日也。」「盧溝橋事件的責任未必在中國。」「在日本殖民時期，日本人對待當地人，是一面用手撫摸對方的頭，卻一面用腳踢倒人家。」

[56] 參見徐波、陳林：《全球化、現代化與民族主義：現實與悖論──〈民族主義研究學術譯叢〉代序言》，見「民族主義研究學術譯叢」，北京：中央編譯出版社。

價值判斷標準變得越來越明確時，作為受害方的中國，很快就得到葉盛吉的認同，因為不管日本有多麼玄妙的理念，它已經給「大東亞」人民帶來了巨大的痛苦和損失。從「天地之公道」出發，如果在中日的敵對狀態下進行國族身分選擇，中國人身分就成了唯一的選擇，加之日本敗象盡顯，葉盛吉開始把思考的天平向自己的民族傾斜，1944年8月，他開始學習中文，閱讀有關中國的書籍，認真抄寫中華民國國歌和歌詞，並在日記中特別標明中華民國的建國紀念日──「雙十節」。「余感受我race（民族、人種）力量之強大，莫過於今日。思鄉之情尤切。而對自己之使命感更深一層矣。」拆解日本認同與建構中國認同，在葉盛吉的心理與行為上同時進行。關於認同問題的研究表明，語言、書籍、國旗、國歌、節日、風俗等共同參與著民族國家的建構，語言與書籍通過印刷資本主義克服了交通的障礙，國旗、國歌、節日和風俗使人們身分認同的心理距離拉近。從這個意義上講，葉盛吉的中國認同此時已經開始建構，無論從心理上還是血緣上，他都已經是一個中國人了。民族戰爭的勝利徹底完成了葉盛吉身分建構的歷程，1946年，尚未返鄉的葉盛吉登記為「中華民國國籍」，他甚至已經體悟到了大陸民族堅韌不拔的毅力並為之折服：「我們如果僅僅以當前中日兩個民族的生活水準來論斷是不夠的。不，這樣就幾乎無法觸及事物的本質。我們還要看到那潛流在深部的民族的動向才行。」這說明葉盛吉在追尋「天地之公道」的過程中超越了以所謂現代與否作為認同尺度的階段。[57]但這時的葉盛吉所認同的中國還只是一個理念的中國，當現實的中國出現在他面前的時候，這個寄託了他生命信念的現實體是否會讓他異常失望甚至拒絕接納呢？1948年9月，葉盛吉首次到大陸作了不到一個月的交流學習，訪問了上海、杭州、南京和蘇州。儘管有「像是前往異國他鄉的感覺」，他「仍然看到中國

---

[57] 回歸後的葉盛吉又迎來了新的認同危機：國民黨的暴政擊碎了他建設理想國家的夢想，隨後他的思想迅速左傾，1948年參加了中國共產黨，1950年因「叛亂罪」被處決。

人民那難以估計的力量，大為震動」。大陸「朝聖之旅」把中國這一「想像的共同體」變為了真實的共同體，國族身分的建構最終完成。

然而，國家認同和民族認同的一致，並沒有完全消除葉盛吉的認同危機，國民黨統治擊碎了他建設理想國家的夢想，致使國族認同又與政權認同產生尖銳對立。在反省和批判「八紘一宇」、神道及「猶太研」時開始「把眼光投向人民大眾」的葉盛吉在當時就已意識到「當我們在現實中採取行動時，我們的對象是人民大眾，但是，我們卻往往放鬆了如何引導大眾的心理和情緒的研究。現在我們不能舍此而他求。」「占大多數的群眾，始終是實現大理想的主體。」在國族認同完成後，按照「天地之公道」的認同標準，當被壓迫者的利益與政權認同發生衝突的時候，會再一次使認同者的理智與情感的天平向前者傾斜。因此人們看到葉盛吉一步步從對日本的失望、批判，再到對國民黨的失望、憎惡而轉向馬克思主義，加入中國共產黨在臺灣的地下組織，直到為此付出生命。這種對信念的堅守正是他「天地之公道」標準的徹底貫徹。面對今天全球化背景下國族認同的複雜性，葉盛吉一生所經歷過的從「趨利避害」到「天地之公道」標準，也仍然是一個重要的參照。

縱觀葉盛吉短暫而充滿矛盾痛苦的一生，從年幼時無身分衝突的「自由之軀」，到遵循生物界「趨利避害」原則、靠努力做一個「優秀的日本人」來解決身分認同的矛盾，再到漢民族意識覺醒，試圖採用臺灣、日本身分「兩全並存」來解決身分苦惱，直至否定日本理念，其原有的「天地之公道」思想逐步明確，最終實現身分認同的徹底翻轉，葉盛吉經歷了痛苦的思考和探索，這些思考和探索與外部社會的變化密切關聯，外部的變化迫使他做出心理的回應，內心的不安和對理念的反思又作用於他的社會實踐，從而撞擊外部世界。因此，葉盛吉主觀認知的改變與殖民地社會發展演變的歷程存在著一定的對應關係，其內心矛盾與外部因素的共同作用構

成了身分轉變的合力。像葉盛吉這樣有著「雙鄉的心理和心理的雙鄉」[58]的殖民時期臺灣知識分子並非少數，他們雖然走過了不盡相同的身分認同之路，但都以其情感和生命為一個特殊的時代留下了見證，這些個體經驗的記錄足以成為理解這個時期臺灣人尋求身分認同的苦惱，以及對待臺灣、日本和中國的理性與情感態度的鑰匙。

第四節　衝突下的民族意識形態
——再析個人化文本

　　初版於20世紀60年代的《里程碑》[59]和《無花果》[60]與《雙鄉記》同為回憶與記錄殖民時期臺灣知識者生存掙扎及精神困惑的有代表性的個人化文本，不同的是這兩部文本不限於日記或手記體的內心記錄和片段式表達，而是描繪了更為廣闊完整的社會圖景，同時自傳體形式更豐富具體地呈現了傳主的情感世界和主體認知。之所以將這兩部文本對照分析，是因為作者張深切和吳濁流作為同時代人，不但有著相同的殖民社會生活體驗和相似的教育背景，而且均擁有中日民族衝突激化時期的大陸經驗，這使兩部文本呈現出較高的同質性：它們均涉及殖民社會及戰爭狀態下的民族衝突及國家認同問題，《無花果》並將這一問題導致的困惑延續到戰後初期；在時間上共同完成了較為完整的對戰爭及衝突過程的回顧，空間上亦涉及臺灣、大陸和日本，[61]並包括從臺灣立場出發對三者複雜糾

---

[58]　施淑：《首與體——臺灣小說中頹廢意識的起源》，見陳映真等：《呂赫若作品研究》，臺北：聯合文學出版社1997年版，第212頁。

[59]　張深切《里程碑》最初於1961年由臺灣聖工出版社出版。本文參照《張深切全集》卷1、2，臺北：文經出版社1998年版。

[60]　吳濁流《無花果》最初發表於《臺灣文藝》第19－21期，1968年4月、7月、10月；1970年由臺北：林白出版社出版。本文參照臺北：前衛出版社1988年版。

[61]　吳濁流殖民時期並無日本本土長期生活經驗，但《無花果》中日本作為空間的出現是毫

葛的觀照。主人公在民族外部和內部雙重衝突中的不斷尋找與「突圍」也具有共同的精神特質，甚至其感懷抒情的方式也相類似：他們寄情詠懷的舊體詩均頻頻出現在文本中，其功能也基本相同。鑒於此，它們可以被當作殖民時期臺灣民眾，特別是知識者上下求索的精神歷程的重要代言者。[62] 它們對歷史的記憶既是認識殖民時期的重要參考，也可能成為民族問題的資源被後人重新解讀；探索其中共同呈現的矛盾和困惑，以及民族意識的生成與變化，或可為民族問題的糾葛做出某種說明。

張深切曾明確表示：「筆者寫作本書的目的有二：一是欲使讀者明瞭臺灣的民眾，在日據時代經過了什麼歷程，我們怎樣對付日本統治者，又日本統治者怎樣對待過我們。其次是希望讀者多瞭解臺灣的實際情形和性格，認識臺灣離開祖國五十餘年，此間所受的政治教育，非獨和大陸同胞完全不同，就是語言、風俗、習慣等，都有相當的變化，連思考方法和感受性也不大一樣了。我們如果不作速設法彌補，促使雙方接近，我恐將來這微小的裂痕，會越離越開的。」[63] 暫且不論其結論的預見性，張深切所要強調的一是殖民社會的民族矛盾，一是近現代臺灣與大陸不同的歷史命運。由於這種獨特的命運源於民族衝突和與衝突相伴的現代化進程，民族意識的複雜面向就成了探究這段歷史特質的重要切入點。

兩部自傳文本均講述了主人公這一代人所認知的民族意識和民族衝突。他們都從父祖輩那裡承續了自身的民族印記，萌生了出自血緣和傳統的漢民族意識。由於他們的出生年代比葉盛吉早20年左右，相對於後者自幼接受日本規訓，張深切和吳濁流擁有較

無疑問的。

[62] 張深切曾談到：「世人多認為一篇有價值的小作品，或真實的小傳記，能勝過大幅偽作的時代史」。《里程碑·序》，見《張深切全集》卷1，第62頁；《無花果》日文本和臺北：前衛出版社1988年版加了副題「臺灣七十年的回想」，表明文本存在書寫時代史的動機。

[63] 張深切：《里程碑·序》，見《張深切全集》卷1，第62頁。

多的民族傳統記憶。《里程碑》開篇以余清芳抗日和父輩在其間的經歷為記憶的起點；《無花果》也以「聽祖父述說抗日故事」開始。[64]民族衝突成為貫穿始終的中心議題，民族意識在衝突中被激發的歷程也與主人公的人生歷程相重合。這種民族意識源於漢民族的文化優越感，[65]而優越感由傳統和記憶構成：民國前，「除科學和武器外，不論是衣食住，或風俗習慣，以至於倫理觀念，臺灣人還瞧不起日本人，這是使臺灣人不服日本人的最大原因：中國文化的遺產，使臺灣人保持著自尊心和驕傲。」[66]「臺灣人以為自己是漢民族而比日本人的文化高，於是在潛意識中做了精神上的競爭。」[67]因此，雖然現代民族主義思想，如民族自決意識已經在吳濁流、張深切成長的時代為臺灣知識者所認知，[68]前現代時期早已形成的漢民族不受異族統治的觀念仍在民族意識的構成中佔有相當大的比重，余清芳抗日以「大明」為號；「臺灣人的腦子裡，有自己的國家。那就是明朝——漢族之國，這就是臺灣人的祖國。」「臺灣人的祖國之愛，所愛的絕不是清朝。清朝是滿洲人的國，不是漢人的國，甲午戰爭是滿洲人和日本作戰遭到失敗，並不是漢人的戰敗。……臺灣人的心底，存在著『漢』這個美麗而又偉大的祖國。」[69]吳濁流以反抗異族統治將反清和抗日相等同，把歷史和現實相連接，使歷史記憶成為民族意識的來源。由於不承認清朝是祖國，吳濁流所認可的民族傳統需要到歷史的更深處去尋找，他心目

---

[64] 安德森關於「民族的傳記」的論述也非常切合這兩部傳記文本：「他們的架構是歷史的，而他們的背景是社會學的。這就是為什麼有這麼多的自傳是以自傳寫作者只能擁有間接的、文字上的證據的父母和祖父母的情況開始的」，「適用於現代人物的『敘述方式』，同樣也適用於民族。」《想像的共同體》，第233頁。

[65] 這種民族優越感與《臺灣社會運動史——文化運動》中殖民者的記述相一致，說明這是殖民社會矛盾雙方均意識到的文化現象，也為解釋民族衝突提供了一個角度。

[66] 《里程碑》，見《張深切全集》卷1，第119-120頁。

[67] 《無花果》，第161頁。

[68] 兩個文本不約而同地多次提及民族自決、自由民主思想對臺灣人精神的啟蒙。

[69] 《無花果》，第35、39頁。

中的祖國可能更加觀念化，想像程度更高。[70]

　　張深切雖然也將反滿抗日相提並論，但對傳統的記憶顯然增加了一些內容。清朝的辮子本是異族統治的印記，可是在新的異族統治面前，它又轉化為傳統及漢民族的標記：「在要剃髮當兒，我們一家人都哭了。跪在祖先神位前，痛哭流涕，懺悔子孫不肖，未能盡節，今且剃頭受日本教育，權做日本國民，但願將來逐出了日本鬼子，再留髮以報祖宗之靈。」[71]他的外祖父則抵死反抗剪辮，終於獲得赦免，「以這為終身的得意」。這表明漢民族早已接受了清帝國對自己國民身分的確定，剪掉辮子意味著改變身分和背叛傳統，這個傳統已經吸收了歷史上異民族的文化成分，即在中華民族的更高層次上，「構成這個『民族』的不同部分、不同地區和不同地方的傳統，也都會被收編為全民族的傳統，就算其中的某些成員至今仍是世仇，他們早年的恩恩怨怨，也都會在更高層次的民族主義協調下，達成最終的和解。」[72]同時張深切已經意識到民族傳統與現代社會的複雜關係，前述剪辮子發生於清廷滅亡、民國建立之後，臺灣人意識到維新「才能夠跟得上時代潮流」，然而「我們為要反對日本，一切的一切都要反對，連禁止裹腳、吃鴉片、留辮子都要反對。這以現代的眼光看，也許是幼稚可笑，但在當時，我們為要保持『國粹』，民族精神，卻是很認真、很堅決的。」[73]即當整個民族一致對外時，那些被民族內部精英視為阻礙發展的落後因素也會被當作民族表徵而得到捍衛，生存和發展可能成為知識者的兩難境遇，文化傳統帶來的優越感可能在現代性面前被削弱，被殖

---

[70] 按照霍布斯鮑姆的分析，「這種身為某個在歷史上曾經存在或依然存在之國家一員的成員感，很容易被轉化為民族主義原型。」存在原型的地方，民族主義的發展可能比較順利，因為「可以以近代國家或近代訴求為名，來動員既存的象徵符號和情感。」但二者並非同一件事。〔英〕埃里克‧霍布斯鮑姆（Eric J. Hobsbawm）：《民族與民族主義》，李金梅譯，上海：上海人民出版社2000年版，第85、88頁。

[71] 《里程碑》，見《張深切全集》卷1，第84頁。

[72] 〔英〕埃里克‧霍布斯鮑姆：《民族與民族主義》，第107頁。

[73] 《里程碑》，見《張深切全集》卷1，第118頁。

民者的現代化必然會面臨來自內部的壓力。

　　民族意識還源於衝突下被壓迫者對自身處境的感知。直到張深切遭遇日本教官的毒打和被斥為「清國奴」以前，他雖然「在一位儒教徒，和一位典型的泛神教徒的養育之下，成了一位典型的中國人。在異民族日本的統治下，我的幼年期的生活，身穿中國衣服，嘴吃中國菜，口說中國話——閩南話，形神是十足的『支那人』，絕不能說是『大日本帝國的臣民』」，[74]但由於個人尚未具有明顯的民族衝突的記憶，他與生俱來的民族印記並未得到提醒，甚至在日本教育下被漸漸淡忘：「進入小學校以後，過不了半年，不僅在外觀上看不出我不是日本人，就心理方面來說，我和日本人也似乎沒有兩樣，所謂民族意識已不存在於我的腦裡了。」[75]然而衝突導致的損害促使他尋找解釋，「支那人」和「清國奴」的身分被再次喚醒：「打我的劍，叫醒了我的民族意識，指點我『你是亡國奴』，亡國奴無論有多大的本領，或出類拔萃的學識，都是沒有用。亡國奴不該和有國家的國民平等，奴隸不該和主人平等。」[76]民族意識由沉睡到被喚醒，昭示主人公的成長和民族主義思想的形成。《里程碑》主人公多次堅定地表白自己是一個民族主義者，而這個民族主義者正是由殖民社會的民族衝突所造就的。誠如張深切自己所言：「也許國家民族思想，是由於國家民族對立而產生的觀念，撤銷了對立，自沒有差別的意識，沒有了差別的意識，自然不能有對立的思想。」[77]《無花果》主人公也在具體衝突中清醒地意識到自己的被殖民處境，無論是日本人和臺灣人在薪酬上的不平等，還是日臺之間異性交往受到干涉，以及無端遭受日本視學的侮辱，處處都在突顯被殖民者無可逃遁的被壓抑地位。在民族對立的

---

[74] 同上。
[75] 同上，第140頁。
[76] 同上，第156頁。
[77] 同上，第118頁。

客觀情境下，雙方都會把衝突歸結為民族問題，因為這是最有力的解釋方式。殖民者通過對被殖民者身分的提醒宣示自己的優越地位和壓迫行為的合理性；被殖民者則在提醒中徹底放棄對殖民者的幻想，認清自身被奴役的處境，從而強化民族意識。

殖民地臺灣的民族意識同樣與其特殊的歷史處境相關。清帝國並未全境淪為日本殖民地，只是東南邊陲的臺灣被割讓，致使臺灣在近現代中國追求民族解放和民族發展的進程中被迫與母體分離，被拋離了與祖國共同發展的軌道，原有地緣上即存在的與帝國中心的差異增加了變數，又因殖民宗主國的出現導致了多重的政治和文化版圖意義上的特殊性。政治上脫離祖國，但清帝國子民的印記既沒有被殖民者塗抹乾淨，也沒有在被殖民者記憶中消失，清帝國和民國又與殖民地臺灣同時共存，即同一時空下臺灣既已脫離母體，又與其維繫著複雜微妙的關係，祖國的動向仍然對臺灣產生重大影響。辛亥革命、五四運動曾直接激發臺灣政治、文化抵抗運動，臺灣社會活動家和抵抗運動組織者常常到大陸積聚力量、等待時機、躲避迫害，祖國成為臺灣知識者擺脫殖民社會困境的重要選擇和精神寄居地，「廣東臺灣革命青年團」的知識分子、活躍在北平的臺灣文化人，乃至到大陸尋找出路的吳濁流，都曾把中國當作施展抱負的舞臺。文化上宗主國文化始終未能全面取代傳統中國文化。臺灣人的民族意識在時間上有傳統作支撐，空間上有祖國作後方，而無消泯之虞。然而臺灣社會畢竟因殖民統治走上了與大陸不同的發展道路，民族解放的目標亦與大陸不完全等同，「臺灣的統治者是日本人，中國的統治者（形式上）是中國人，我們要打倒的是日本帝國主義，中國要打倒的是軍閥，中國把軍閥打倒了，便算統一，便算成功；我們要打倒日本帝國主義，才能獲得解放。……臺灣的處境和祖國不同，自然我們的鬥爭方策也和祖國不同。」[78]臺灣人

---

[78] 同上，第318頁。

的國家認同和民族認同因殖民統治而呈分裂狀態：「臺灣住民因是在日本統治下，所以是日本帝國之臣民或國民。但是，同樣是日本國民，日本人是統治者，臺灣人卻是被統治者。就另一方面而言，臺灣人是存在於中國的漢民族之一支流；雖然中國為臺灣人之祖國，臺灣人卻並非中國國民。」[79]對不滿殖民統治的廣大臺灣民眾來說，他們是有祖國而無國家的命運共同體，在反抗壓迫和尋求認同的過程中產生對祖國的期待和嚮往。所以，吳濁流、張深切儘管生於日本殖民之後，受日本教育，但祖國已先於體驗存在於觀念之中：

> 眼不能見的祖國愛，固然只是觀念，但是卻非常微妙，經常像引力一樣吸引著我的心。正如離開了父母的孤兒思慕並不認識的父母一樣，那父母是怎樣的父母，是不去計較的。只是以懷戀的心情愛慕著，而自以為只要在父母的膝下便能過溫暖的生活。以一種近似本能的感情，愛戀著祖國，思慕著祖國。……這種心情，在曾是清朝統治下的人，是當然的，像我這樣在日本統治臺灣之後才出生的人，也會有這種心情，實在不可思議。[80]

> 我讀了祖國的歷史，好像見著了未曾見面的親生父母，血液為之沸騰，漠然的民族意識，變為鮮明的民族思想。[81]

這種期待和嚮往恰恰是國家認同和民族認同相一致的大陸中國人所沒有的。張深切組織「廣東臺灣革命青年團」，將臺灣反抗

---

[79] 黃英哲：《張深切的政治與文學》，見《張深切全集》卷1，第46頁。
[80] 《無花果》，第40頁。
[81] 《里程碑》，見《張深切全集》卷1，第166頁。

殖民統治的運動定義為「中國民族解放的革命運動」，呼籲「中國同胞們，請你們盡最大的力量，拯救處在帝國主義萬重壓迫下孤獨無援的四百萬同胞吧。」[82]就是這種期待的情感表現。而當祖國期待難以實現之際，臺灣內部的凝聚力就會加強。由於意識到祖國內憂外患，無暇顧及臺灣，且「清政府已把臺灣當作戰敗的賠償品，割予日本，除臺灣自己獨立外，清政府無權收回，」[83]張深切和他的同志們才會以民族主義的方式，把目標定位於尋求臺灣的自我解放；[84]吳濁流戰後因對國民政府極度失望，轉而突出臺灣意識，也是這種期待幻滅後的心理反應。

依託於對祖國的期待和想像，生發於被殖民者的切身體驗，來源於古中國的民族血緣和文化傳統，張深切、吳濁流等殖民時期臺灣人的民族意識就這樣與大陸中國人既一脈相承，又融入獨特內涵；既未完全脫離漢民族反抗異族統治的傳統特徵，又吸收了民族自決、自由主義精神。更重要的是，這種民族意識或民族主義思想因臺灣反抗日本殖民統治的獨特經驗而凝聚了獨特的歷史記憶，既實現了作者的寫作目標，又為今人認識殖民時期臺灣民族意識的產生與發展提供了例證。

日本統治臺灣50年，既是中華民族遭受帝國主義壓迫的近現代歷史的一部分，也勿庸置疑地導致了臺灣異於大陸的特殊經歷，臺灣人在與日本和祖國的複雜糾葛中，在民族認同和國家認同的分裂

---

[82] 同上，第320頁。

[83] 同上，第282頁。

[84] 張深切曾就廣東臺灣革命青年團提出臺灣獨立的口號做出這樣的解釋：「因為當時的革命同志，目睹祖國的革命尚未成功，夢也做不到中國會戰勝日本而收復臺灣。所以一般的革命同志提出這句口號的目的，第一是要順應民族自決的時潮，希求全世界的同情；第二是表示臺灣人絕對不服從日本的統治，無論如何絕對要爭取到臺灣復歸於臺灣人的臺灣而後已。」張深切《在廣東發動的臺灣革命運動史略》，見《張深切全集》卷4，第95頁。黃英哲的解釋是：「因為臺灣『回歸祖國』是絕無希望的事情，因而退而求其次地主張臺灣獨立。」黃英哲：《張深切的政治與文學》，見《張深切全集》卷1，第35頁。

中，以自身共通的經驗和記憶逐漸形成民族內部的命運共同體，不但與殖民者構成衝突的雙方，也與民族內部的其他群體在歷史體驗和歷史記憶等方面產生差異，即張深切、吳濁流們所身處的正是大陸中國人不曾面對的困境；他們以臺灣人的眼光看到了只有他們才會看到的場景。《里程碑》、《無花果》中的臺灣知識者殖民時期的大陸經歷和戰後體驗正是對這種困境和場景的描述與記憶。

　　如前所述，臺灣知識者的民族意識中包含著對祖國的期待和想像，他們在強大的殖民壓迫下，迫切希望借助祖國的力量擺脫殖民統治的困擾。張深切的目標尤其明確，志向也十分高遠，他一生中的幾次重大轉折都和祖國連繫在一起，從上海的「臺灣自治協會」、「廣東臺灣革命青年團」至臺中一中學生運動，他的尋求臺灣擺脫日本殖民統治的實際政治活動從祖國啟程走向臺灣；從「臺灣演劇研究會」，經著名的帶有政治色彩的「臺灣文藝聯盟」，直至赴北平從事文化工作，他的文藝活動又從臺灣出發回到了祖國。大陸中國廣闊的土地和雄偉的城郭曾激發起他強烈的民族自豪感，在上海、廈門的生活和商業活動、在廣州的政治活動和在北平的文化活動都加深了他對本民族的瞭解和思考。和吳濁流相比，張深切在大陸的活動空間較為廣闊，所經歷的多種勢力的較量和衝突也更為複雜。與在臺灣不同的是，赴大陸的臺灣人直接面對的不再是殖民壓迫，而是民族衝突下落後貧弱的祖國。他們生存在衝突的夾縫中而無法證明自己的身分歸屬，他們的臺灣經驗也無法適用於大陸，終於不免惶惑和無所適從。對張深切而言，日本人在臺灣的監獄沒有動搖過他反抗殖民統治的信念，漂泊中的種種現實際遇卻常常使他迷惘，他前半生驚心動魄的幾個瞬間都和身分問題緊緊相連：一二八淞滬之戰，身處戰區的張深切為逃離險境，不得不在中日兩大敵對陣營之間時而扮演日本人，時而扮演中國人，冒充中國人在上海日本報館就職，返臺奔喪又不得不亮出臺灣人身分；因為臺灣人的身分只能成為可疑的存在，得不到中日任何一方的信任和

理解。在北平，他被懷疑為抗日分子，時時遭到日本特務的騷擾以至有性命之虞，又只能依靠與日本要人的關係而獲救；受邀主編北平的《中國文藝》，主觀上希望借此保留中國文化遺產，客觀上不得不受制於出資方日本軍事機關。他不希望以佔領者國民的身分出現而申報為中國籍，以致不受領日人的戰時補貼，但其子卻被要求必須入日本小學，因而有了在上學路上更換制服以隨時改變身分的尷尬和悲哀。在渴望實現理想的祖國，堅定的民族主義者張深切還是不能恢復自己的中國人身分，而臺灣，這個民族內部的特殊存在，得不到包括臺灣人自己在內的任何力量的正視和證實。張深切只有在光復後以戰勝國國民身分要求日本當局送臺灣人回故鄉時，才真正實現了民族身分和臺灣人身分的復歸。《里程碑》以光復之日張深切的慟哭作為結束：

> 我沒有回答她，只是哭，盡情的哭，哭到聲嘶淚竭始止。祖國勝利了，臺灣光復了，恨其不倒的敵國都垮下去了，誰不歡喜？誰不高興？但我呢？養育的父母，生我的兩親都死了，他們臨終時沒有一位見著我，如今我又拿不出什麼可以安慰他們在天之靈，這不孝的大罪如何贖得？怎麼叫我不哭！[85]

這是個體臺灣人在破碎時代下焦灼和哀傷的情感記錄。主人公所有的掙扎奮鬥、困頓挫折都折射著殖民時期臺灣承受的精神苦難，其中的身分困惑甚至會使一個堅定的民族主義者也不得不倍感惶恐。[86]

---

[85] 《張深切全集》卷2，第753頁。

[86] 張深切在《中國文藝》發表的短文《戰爭與和平》裡，「主張中國必須求和，這是日本人的立場；中國在和平的狀態下，才能保持中國文化的傳承，這又是中國人的立場。這種矛盾的現象，無疑是張深切的迷惑。」陳芳明：《〈里程碑〉解說》，見《張深切全集》卷2，第763頁。事實上在日本人掌控的《中國文藝》上，張深切也不

從張深切在大陸不懈追求民族解放和身分認同的痛苦經歷可以看到，阻礙其理想實現的不但有直接的殖民壓迫以及殖民統治導致的臺灣與祖國在政治、經濟、語言文化上的差異，而且還有身分模糊帶來的尷尬處境。臺灣人作為有著不同經驗的同胞和敵對國家的國民，構成了民族內部的「他者」，在衝突下難以被接納為「我們」中的一員。雖然這一切並未動搖《里程碑》的民族情懷，但其戰後記憶的缺位顯示張深切的民族主義思想可能遇到了民族內部的嚴峻挑戰，他不願或不能以民族外部衝突下形成的民族意識來解釋民族內部的衝突。這種缺位在《無花果》中得到了彌補。

　　與張深切充滿昂揚民族意識的記憶不同，吳濁流的大陸記憶略顯混沌和灰暗。當他嚮往著「那無限大的大陸，有的是自由」之際，迎接他的卻是祖國的滿目瘡痍，「戰禍的痕跡」，「洪水般的野雞，乞丐的奔流」，「日本人和西洋人的優越」使他「比高唱『國破山河在』的杜甫的心情更慘」，[87]「覺得大陸上的人比臺灣人更可憫」。[88]他單純質樸的民族情感無法應對各種政治力量的角逐，不能辨析汪精衛政權和重慶國民政府的關係，又因語言障礙無法與大陸中國人溝通；他同樣需要隱瞞臺灣人身分，因為「番薯仔」得不到大陸同胞的理解，而「開戰後日本人再也不信任臺灣人，只是利用而已。」吳濁流的「來到大陸，我這才明白了臺灣人所處的立場是複雜的」[89]感受，也又一次印證了衝突下民族內部「他者」的存在。

　　按照民族主義研究的理解，這裡涉及個人或群體對國家民族的忠誠問題。民族歸屬和國家歸屬相衝突的臺灣人，難以獲得所屬民族和國家對其忠誠度的絕對信任，而在要求個人或群體忠誠

可能表露明確的中國人立場。
[87]　《無花果》，第122頁。
[88]　同上，第132頁。
[89]　同上，第125頁。

的背後，是國家利益和民族利益。在如此至高無上的利益面前，臺灣人的情感和痛苦已經被忽略，誠如吳濁流所言：「那是可悲的存在。」[90]甚至，民族衝突的結束並不意味著這一問題能夠迎刃而解。光復後，臺灣人從殖民統治下獲得解放，長期被壓抑的政治欲望被充分釋放，迫切希望當家作主，分享權力，在這方面對祖國和國民政府的期待比戰前更高，以致「不管張三李四，都焦急著想當個政治家。」[91]然而在吳濁流的記憶中，殖民時期遭遇的不公正延續為外省人與本省人的不平等，同時因被認為接受「奴化教育」，臺灣人的忠誠度仍然受到質疑而無法獲得他們希望獲得的足夠的權力。「民族乃是全體公民的集稱，他們擁有的權力使他們與國家利害相關，因此公民才會真心覺得國家是『我們自己』的。」[92]吳濁流的戰後體驗恰恰與此相反，「本省知識階級在光復之際，都以為會比日據時代有發展，但結果大多數的人都失望了。」[93]祖國並沒有實現他認為在擺脫異族統治後理應實現的理想，國家也沒有成為「我們」的。因此他動員歷史記憶和現實體驗訴說臺灣人的「特異性」，找尋各種共同特徵，以「共同的地域、習俗、個性、歷史記憶、符號與象徵等」[94]作為臺灣人的通性，一方面確立臺灣人與外省人的區分標準，一方面凝聚臺灣人意識，形成民族內部的「臺灣人認同」。「族群認同的情感渲染力的確很難否認，它可以為『我們』貼上特定的族群和語言標籤，以對抗外來或具有威脅性的『他們』。」[95]這裡的「我們」與「他們」可以視作互為「他者」的存在，即民族衝突結束後，「他者」並未消失。可以說，從意識到臺

---

[90] 同上。

[91] 同上，第211頁。

[92] 〔英〕埃里克·霍布斯鮑姆：《民族與民族主義》，第104頁。

[93] 《無花果》，第210頁。

[94] 〔英〕埃里克·霍布斯鮑姆：《民族與民族主義》，第107頁。吳濁流的這種行為與葉盛吉通過國歌、漢語等標記尋求身分認同完全一致，不過前者是在民族內部衝突下進行的。

[95] 同上，第203頁。

灣人是「可悲的存在」始，吳濁流原有的漢民族意識因「我們」和「他們」的存在而出現裂痕，並在戰後社會理想的幻滅中繼續擴大、加深。

導致歷史記憶中「我們」和「他們」繼續在戰後存在的還有臺灣與大陸分離帶來的陌生感和殖民現代性等因素，這些因素使現實的中國與臺灣人想像的中國產生了相當的距離。吳濁流的大陸經驗並沒有帶給他深入瞭解大陸的機會，與張深切相比，他更像一位旁觀者。在戰後迎接國軍到來的一刻，他所希望見到的與他實際見到的產生了落差，他無法真切設想祖國軍隊可能有的面貌，而殖民現代性的影響也清晰可見：經由殖民統治，殖民者已經借助其「現代」的力量逐漸成為被殖民者模仿的對象，吳濁流希望國軍能像日軍那樣裝備齊整，紀律嚴明。無論如何，這說明「現代」的日本已經給被殖民者留下了深刻的印象；殖民統治及其結束提供了被殖民者有意無意間比較殖民者和祖國的可能。在《無花果》多次表示臺灣人期待在道德和文明水準上不輸與日本人後，日本更成為某種值得效法和超越的指標，似乎只有在文明和現代方面至少不低於日本，擺脫殖民統治才是令人振奮的。而國民政府令臺灣人大失所望的種種表現更加重了這種心理暗示。對祖國期待的落空和對其落後或非現代性因素的不滿[96]意味著一定程度的民族自我否定，這又與對殖民現代性一定的傾慕有關，恰恰是被殖民者矛盾心態的集中表現。此時，如果祖國期待得以實現，祖國就可以轉化為被殖民者的自豪和驕傲，民族內部的「他們」就自然成為「我們」；如果期待落空，「他們」就依然是「他們」，而與「我們」相區隔，甚至促使「我們」「看輕」或「鄙視」祖國，直至對祖國是否有資格接收臺灣產生疑問，而對殖民者的質疑逐漸成為第二位的。由於殖民

---

[96] 正如吳濁流對當時國民政府的看法：「現在我們要求民主，準備實行憲政，民主憲政離不了法治精神，法治精神就是政府與人民大家都守法。政府要人民守法，政府本身就要先守法。」《無花果》，第225頁。

統治的解除，民族衝突在大範圍內已經緩解，所導致的苦難和不公正已轉化為記憶，不再是現實體驗；而祖國來的「他們」則因統治權的取得而取代日本殖民者，填補了殖民者遺留下的權力空間，在臺灣人心中扮演「壓迫者」的角色，使他們當家作主的期待落空，加之壓迫的現實體驗性，民族內部的衝突開始取代民族衝突，內部的「他們」可能成為外部的「他們」。這樣，原有民族衝突下的民族意識和民族認同就可能在現實的不滿面前減弱，「我們」的自我認同可能增強。[97]「一旦得到好的象徵以及能夠區分統治者和被統治者、特權者和無特權者的方法，政治衝突就會成為現實。」[98]「二二八」的出現和吳濁流對此的記憶就是證明。

由於「我們」和「他們」的存在，吳濁流式的民族認同與國家認同仍然不能歸於統一，或者說，國家、民族、政府三者並未形成共同的指向，[99]國家的代表者因偏安一隅而合法性降低，民族內部則有了區分本省和外來兩大群體的標準，政府因「暴政」和其「外來」性質而被質疑。因此，其國家認同仍然失之混亂，民族衝突下形成的民族意識或民族主義思想並未轉變為民族國家基礎上的愛國主義情懷。「愛國主義，即對一個人所屬的國家或群體的愛，對其制度的忠誠和對其國防的熱情，」這種「所有不同種類的人所公認的思想情感」，[100]在吳濁流的心中並未產生。事實上，民族解放並不等同於政治自由，前者也並不是後者的絕對保證，因為「民族主義和政治自由也是難以相互協調的。在任何情況下，民族政府和

---

[97] 「人有多重認同——家庭的，性別的，階級的，地域的，宗教的，族裔與民族的。環境不同，在不同的時候這種或那種認同會優先於其他的認同。」〔英〕安東尼·D·史密斯：《全球化時代的民族與民族主義》，第147頁。

[98] 〔英〕厄內斯特·蓋爾納（Ernest Gellner）：《民族與民族主義》，韓紅譯，北京：中央編譯出版社2002年版，第98頁。

[99] 這也與葉盛吉在殖民統治結束後新的認同危機相似。

[100] 〔英〕埃里·凱杜里（Elie Kedourie）：《民族主義》，張明明譯，北京：中央編譯出版社2002年版，第68頁。

憲法政府都未必能夠走到一起。」[101]期待民族解放可以解決所有問題，或簡單地比較殖民者與內部統治者的優劣，在殖民統治剛剛結束，各類衝突交織的情形下，既是被殖民者單純自然的情感反應，又可能是過於理想主義的思維。即便在今日臺灣，當原有「他們」的壓迫也已經成為記憶的時候，是意味著新的替代者的出現，還是「我們」和「他們」界限的消失，即一個理想社會的形成？

僅從《里程碑》和《無花果》的文本呈現來看，在民族衝突下對民族意識的堅持是毫無疑問的。前者一方面相當堅決地表明其民族主義思想，在具體細節上也絕不放棄；[102]一方面由於不涉及戰後記憶，其民族意識並未遭遇《無花果》戰後記憶所面對的困惑。後者較多地涉及殖民統治下的隱忍和無奈，以及戰後民族內部衝突下的不滿和焦慮，更突出了臺灣人的立場和民族意識的複雜面向。這裡所闡釋的僅僅是歷史記憶本身，或者說僅就文本所展示的做出分析和說明，並未著力探討由情感化因素和特定立場導致的「洞見與不見」以及這些記憶對後世的影響；借鑒對民族主義的分析來解說民族意識形態，並不意味著將歷史記憶中的民族意識等同於當下的臺灣族群民族主義，更不意味著不加分析地肯定各類民族主義主張。當《無花果》的戰後記憶被族群民族主義思潮所承續，在多次敘述中被不斷重複、擴大和演繹；《里程碑》戰後的空白也得到了「臺灣民族」想像的填補之際，文本中原有的民族意識形態已經成為新興的族群民族主義的注腳。這一現象倒是值得注意的，因為「民族主義利用過去是為了推翻現在。」[103]

---

[101] 同上，第102頁。

[102] 《里程碑》所有記憶均採用民國年份編年，絕不使用日本編年；民國前的年份採用「民國前×年」、「余清芳起義前十一年」或西元紀年方式。

[103] 〔英〕埃里‧凱杜里：《民族主義》，第70頁。

第五節　殖民時期臺灣文學 和作家身分確認的複雜和困惑

當社會群體的民族文化身分遭遇嚴重挑戰的時候，這一群體所孕育的作家和文學也會面臨同樣的，甚至可能更加複雜的問題。長期演化形成的血緣和民族並不會因「改姓名」而改變其內在屬性（雖然外在稱謂發生了變化），文學和作家的身分卻可能由於殖民社會處境而發生從外在形態到內在氣質的演化。畢竟，血緣和民族等自然和文化的存在，其演變需要漫長的時間；一個時期內文學的縱向傳承和橫向借鑒卻可經由較短的時間完成。在正常的社會發展進程中，文學的傳承借鑒時時都在進行，而在殖民社會，由於被殖民者原有的文化身分被壓抑，話語權力被剝奪，其文學傳承借鑒的正常狀態也會發生變異，自身的文學傳承被大大削弱，宗主國文學的影響則大大增強。殖民初期，原有的漢民族舊文學傳統一息尚存，隨後五四新文學挾祖國文化和新思潮之力成為臺灣新文學的源頭。臺灣白話新文學承續五四新文學的啟蒙精神和反帝反封建主題，關注臺灣社會現實，反映民族矛盾和底層民眾生活，在10餘年中，形成了以白話文為基本語言文字形態，以臺灣社會生活為內容的臺灣白話新文學，但它的發展卻由於殖民當局的全面社會文化控制而日趨艱難。與此相反，日本文學憑藉日文的文化勢能[104]逐漸產生了巨大的影響，待到受日文教育的一代作家成長之時，日文寫作的比重迅速上升。此消彼長，至1937年，臺灣新文學從文字形態上已經發生了徹底的改變，日文寫作的一部分或隱或顯地繼續著反帝反封建的主題，而此後配合殖民當局政策的「皇民文學」，已經走

---

[104]「文化勢能」首先指日文的殖民者話語屬性，它通過同化教育而被臺灣人所接受；另外還指日文傳播世界現代文學和社會思潮的功能和成效。

到了這一主題的反面。事實上殖民時期臺灣新文學初期和末期的文學和作家無論在文字使用還是作品內涵上都有相當大的差異，說明臺灣文學和作家的身分問題不但受制於殖民社會，而且隨著殖民社會影響程度的變化而演變。僅僅強調前期的白話新文學或後期的日文寫作，或以其中一種形態包容另一種形態、不對兩者的演化過程做出辨析，都不能實現對殖民時期臺灣新文學的全面深入的理解。

殖民時期文學所發生的變異直接影響到文學的歸屬和命名，這一點並不像殖民地臺灣被強迫改變國家歸屬和國民身分那樣明確。或者說，其文學歸屬至少在名義上並不清晰，本時期「臺灣文學」的稱謂在國家定位上因不同人群的立場而異，有些情況下其民族定位也十分模糊。[105]殖民時期白話中文寫作的文學身分相對明確，殖民社會對立雙方的認知以及作品本身的屬性都不可能使之納入日本文學的範疇，但在當時也無法將其歸入中國文學，不過中文寫作的民族定位卻是非常明確的。臺灣作家的日文寫作則相對複雜，自1930年代中前期至殖民末期，楊逵、呂赫若、張文環、龍瑛宗等臺灣作家的日文寫作已經出現在日本文壇且獲得了日本文學獎項，名義上已經屬於日本文學中的「外地文學」，加上「皇民文學」的出現，都使日文寫作傾向於日本文學的定位，但實際情況仍然相當曖昧。一方面，圍繞在臺日本作家西川滿1940年創辦的《文藝臺灣》雜誌，形成了包括在臺日本作家和臺灣日文作家在內的小型作家群體，這份刊物和所刊載的作品均屬於上述「外地文學」；另一方面，發表於該刊、由日人島田謹二所作的《臺灣文學的過去、現在和未來》[106]在將臺灣文學定位於「日本文學之一翼」，屬於日本的「南方外地文學」的同時，卻把白話新文學和臺灣作家的日文寫作

---

[105] 無論戰前還是戰後，尚未發現將殖民時期臺灣白話新文學納入日本文學的明確說法，只有「戰前的臺灣文學曾經被納入日本文學的一部分」的含混說法。一些日本人作家在臺灣的寫作也可含混地稱為「臺灣文學」。

[106] 〔日〕島田謹二：《臺灣文學的過去、現在和未來》，葉笛譯，《文學臺灣》第23期，1997年7月。原文刊載於西川滿創辦的《文藝臺灣》第8號，1941年5月。

摒除於論述之外，只是含混地提到日文寫作的「非傳統樣式的文學方面，似乎也出現了在內地也有名的臺灣人作家」，具體論述中則將臺灣文學完全等同於在臺的日本人作家作品和臺灣人的少量舊詩文寫作。這說明即便在當時的日本人眼中，臺灣新文學是否屬於日本文學也並不明確。正像殖民時期的臺灣人只有到光復後才恢復中國人身分一樣，殖民時期臺灣新文學的身分困擾只能是殖民社會的直接產物。[107]

　　臺灣新文學是在臺灣新文化運動中誕生的，而臺灣新文化運動又是由留學日本和旅居大陸的青年學生發起的。1920年代以前，留學生以赴日為主，早期的臺灣啟蒙運動團體和刊物如「新民會」、《臺灣青年》[108]、《臺灣》和隨後的臺灣新文化、新文學的重要報刊《臺灣民報》均創辦於日本，這些留學生通過日本，將先進的世界文化思潮和祖國新文化運動精神傳播到臺灣。自啟蒙運動開始後，赴大陸讀書的青年人逐年增多，1920年只有19人，至1923年已有273人，[109]北伐前後人數更多，且在北京、上海、廈門等地成立青年會。赴大陸求學「其一因雖然是在當時由於外地留學生所組織的各種團體的誘勸，學費低廉且入學手續簡易等，但其最大原因，則可視為由於文化協會的活動之民族覺醒的影響。蓋他們思慕中國為民族祖國，以中國四千年的文化傳統為驕傲，且甚憧憬。」[110]雖

---

[107] 當今，臺灣文學的中國文學定位在大陸毫無疑義，但對岸臺灣文學界的部分論述自1990年代以來熱衷於再度模糊或重新定位臺灣文學身分，包括國家身分和民族身分，這與島內「本土化」思潮和分離主義的發展直接相關。以史為鑒，臺灣文學的身分從來與臺灣的政治身分聯繫在一起，模糊或重新定位臺灣文學身分的做法實際上和政治上的分離傾向相似。

[108] 《臺灣青年》創刊於1920年7月，刊名頗有大陸《新青年》的影子，創刊號還請北大校長蔡元培題字「溫故知新」。

[109] 《臺灣社會運動史──文化運動》，第308頁。

[110] 同上。所謂「中國四千年文化傳統」，與該文獻前述「五千年」不符，原文如此。該文獻還談到：「已經給予民族覺醒機會的青年，在臺灣島內的學校，屢次出自不妥當的行動滋事，倘事情鬧到被處分時，便即刻到中國留學，參加在中國的各種學生團體，深入運動，及返臺灣島內則將其研究或見聞的理論戰術，對社會傳播起來，在臺灣社會運

然當時臺灣與大陸的各方面連繫已經受到大大的影響，赴大陸青年學生人數也遠不及留日學生，但民族意識的覺醒使文化運動與祖國的連繫發揮了相當大的功能，中文書刊的傳入就是一個例證。

文協創辦後，在臺灣各州設置讀報社，「除了臺灣島內及日本內地的報紙雜誌之外，並特別備置多種的中國報紙雜誌（十數種）以供一般民眾閱覽，如其中刊有關於殖民時期解放運動的記事，則採取加以朱筆圈點來喚起注意的方法，所以自開設初時，閱讀者即已不少。」[111]文協還舉辦了大量講習會、讀報演講會等，內容注重文化、思想、科學啟蒙。早在1920年，臺灣文化運動的先驅蔣渭水就曾經設立文化公司，從事思想文化研究，購進報刊圖書。1926年，蔣渭水在《臺灣民報》臺北支局原址成立文化書局，代售書刊，「借由銷售中文辭典、中文教科書、孫文、胡適、梁啟超、章太炎等人的著作、中國雜誌的經銷、販賣有關日本國內社會問題、農民問題、勞務問題的書籍和各種簡介、參考資料，謀求臺灣文化的提升與進步。」另有「蘭記書局同樣亦以孫文演說集為首，販賣胡適、陳獨秀的著作，以及中國的國文教科書。該書局並在《臺灣民報》刊登廣告。」[112]文協在臺中成立後，與會人員擬創辦開展文化啟蒙活動的「中央俱樂部」，1927年，中央書局成立，「不僅成為臺中最具規模的書店，亦是促進臺灣文化運動的重要據點。」[113]「這些設施顯然是以透過圖書、報紙、雜誌的啟蒙運動為目的，而其代售、售賣的書刊，又以在中國出版的有關思想，政治及社會問題的居多。」[114]被稱為「臺灣新文學之父」的賴和通過閱讀大陸新

動擔任重要角色。」第309-310頁。

[111] 同上，第266-267頁。

[112] 〔日〕河原功：《戰前臺灣的日本書籍流通》，黃英哲譯，見《文學臺灣》第27期，1998年7月。原文刊於日本《成蹊人文研究》第5號，1997年3月。

[113] 同上。

[114] 《臺灣社會運動史——文化運動》，第285頁。

文學作品學習白話詩文寫作，[115]楊雲萍在他的中學時代也已開始閱讀大陸白話新文學作品，並在1925年與友人創辦了臺灣第一份白話文學刊物《人人》。[116]由此顯示中文書刊的傳入的確為傳播大陸啟蒙思想和五四新文學提供了重要條件。

在啟蒙運動中發揮巨大作用的《臺灣民報》更是在五四新文化和新文學運動與臺灣新文化和新文學運動之間扮演了傳遞者和播火者的角色。這份白話文報刊及其前身《臺灣青年》和《臺灣》把五四新文化和新文學當作臺灣的範本，特別是自《民報》創刊後，介紹大陸思想文化動向的篇幅大大增加，且倡設白話文研究會，具體推動白話文普及。此前，雖已有鷗、楊華、施文杞等人的少量新文學作品出現，但真正形成規模卻是在《民報》1924、1925年間大力介紹五四新文學運動思想和成果之後。著名的新文學作品和理論，如魯迅的《狂人日記》、《鴨的喜劇》、《故鄉》、《犧牲謨》、《阿Q正傳》，以及淦女士的《隔絕》、冰心的《超人》、郭沫若的新詩《仰望》、胡適的劇本《婚姻大事》、《說不出》等，都陸續轉載於《民報》。[117]「自一九二九年至一九三〇年這六

---

[115] 賴和之弟賴賢穎1922年即赴大陸讀書，他曾談到：「當時祖國方面的雜誌如《語絲》、《東方》、《小說月報》等，我都買來看，看完就寄回家給賴和，賴和就擺在客廳，供文友們閱讀。」黃武忠：《溫文儒雅的賴賢穎》，見黃武忠：《臺灣作家印象記》，臺北：眾文圖書公司1984年版，第66頁。同時期的作家楊守愚就時常到賴和家中借閱新文學書刊，見劉登翰等主編：《臺灣文學史》上卷，福州：海峽文藝出版社1991年，第415頁。關於賴和的創作具體所受五四新文學的影響可參見林瑞明：《賴和與臺灣新文學運動》，收入林瑞明：《臺灣文學與時代精神——賴和研究論集》，臺北：允晨文化出版公司1993年版。

[116] 與楊雲萍共同創辦《人人》的江夢筆當年常往來於大陸與臺灣之間，帶回《小說月報》、《東方雜誌》以及「禮拜六」派的刊物等。《人人》創刊的當年，楊雲萍也借赴大陸「修學旅行」之際帶回大量新文學作品集和雜誌等。見楊雲萍：《〈人人〉雜誌創刊前後》，收入李南衡編：《日據下臺灣新文學明集5‧文獻資料集》，臺北：明潭出版社1979年版。

[117] 對大陸新文學作品的轉載其實早在1923年即已開始。《民報》轉載的胡適、魯迅和1925－1930年間其他大陸新文學作品的詳細目錄見許俊雅：《日據時期臺灣小說研究》，臺北：文史哲出版社1994年版，第63－66頁。

年間民報所轉載之大陸作品，除一九二六年較少外，其篇數則從九—十一—十二—十四，逐年遞增。同時臺灣小說創作在一九二六年開始出現有價值之作品，本土作品亦漸增加，雖然創作數量皆不及轉載作品之數量（一九二六年例外），但自一九三〇年後幾已兩方相當，甚而一九三一年轉載劉大杰《櫻花海岸》一作之後，民報學藝欄部分幾乎觸目皆為本土作家的創作。」[118]親身感受到大陸新文學運動偉力的張我軍則以載於《民報》的一系列文章和創作[119]成為臺灣新文學運動的領軍人物，他在〈請合力拆下這座敗草叢中的破舊殿堂〉一文中介紹分析了胡適的「八不主義」，轉引了陳獨秀的「三大主義」；又以《文學革命運動以來》為題，轉錄胡適《五十年來中國之文學》關於文學革命運動的論述以及陳獨秀的文學主張。[120]蔡孝乾的《中國新文學概觀》[121]一文介紹分析了大陸白話新詩和小說的理論和創作，較為具體地呈現了新文學的面貌和發展趨勢。隨後的1926年，隨著賴和的《鬥鬧熱》和楊雲萍的《光臨》等一批新文學創作的出現，臺灣白話新文學才真正進入了發展時期。以1920年代臺灣新文學的理論和創作成果來看，所依據的無疑是五四新文學，「如果是受到日本文學的影響，所走的方向會是另外的面貌。」[122]《民報》和張我軍引進五四新文學運動推動臺灣新文學發展的重大貢獻毋庸置疑，對於《民報》，「第一白話文的輸入

---

[118] 《日據時期臺灣小說研究》，第67頁。

[119] 張我軍大力主張白話文和新文學、抨擊舊文學的重要文章，如《致臺灣青年的一封信》、《請合力拆下這座敗草叢中的破舊殿堂》、《絕無僅有的擊鉢吟的意義》、《新文學運動的意義》等，以及他殖民時期的絕大部分新詩和小說創作都刊載於《臺灣民報》。部分五四新文學作品的轉載也是在他的主持下進行的。

[120] 文章刊於《臺灣民報》三卷六-十號，1925年2月21日至4月21日。文中還對胡適、陳獨秀各自的文學主張作出了簡略的評價：「他（胡適）這種態度太和平了，若照他這個態度做去，文學革命至少還須經過十年的討論和嘗試。但陳獨秀的勇氣恰好補救這個太持重的缺點。」這說明張我軍更傾向於陳獨秀的較為激進的文學革命主張。

[121] 《臺灣民報》三卷十二-十七號，1925年4月1日至6月11日。

[122] 林瑞明：《賴和與臺灣新文學運動》，見《臺灣文學與時代精神——賴和研究論集》，第68頁。

與應用是其最大的功績之一。第二因為《臺灣民報》的努力，臺灣的知識分子和祖國五四以後的民族精神與思想文化才能夠接上線，發生影響與鼓勵作用。勿論思想智識因為人數較多、交通較利便的緣故由日本輸入者為多，但是精神上與祖國發生交流也可以說是臺灣對祖國的『文化的歸宗』，予臺灣民族運動上的意義是非常重大的。」[123]

　　另需注意的是臺灣新文化運動對五四精神的承繼也根據臺灣社會的特殊性做出了某些調整，相比五四激進的文化革命論者，臺灣知識分子對待文化傳統的態度較為溫和。這是因為文化傳統在臺灣既有阻礙新文化發展的保守性，又有為被殖民者保存民族文化的正當性和抵抗殖民文化壓迫的合理性，部分舊文人對傳統的維護與啟蒙者促進民眾民族意識覺醒的目標並不發生激烈的衝突。因而從啟蒙過渡到解放的新文化運動對傳統並不一概排斥，甚至具有文化調和的傾向，在批判傳統的保守性的同時，也闡發其中的合理性。[124]文協的講習會既傳播新知，也注重傳統文化的宣講，1924－1926連續三年的夏季講習會，除演講「西洋文明史」、「法的精神」、「科學概論」、「外國事情」、「資本主義之功過」等外；還有連雅堂講「臺灣通史」，陳滿盈講「孝」，林幼春講「中國古代文明史」、「中國學術概論」等。[125]1925年臺北演講會，文協領導人蔣渭水邀請王敏川宣講《論語》月餘，以示與監聽演講的日本警察

---

[123] 葉榮鐘：《日據下臺灣政治社會運動史》第十章「臺灣人的唯一喉舌——臺灣民報」，見《葉榮鐘全集》第1卷，第612頁。

[124] 參見陳昭瑛：《啟蒙、解放與傳統：論20年代臺灣知識分子的文化省思》，收入陳昭瑛：《臺灣儒學的當代課題：本土性與現代性》，北京：中國社會科學出版社2001年版。文章將臺灣社會運動由啟蒙運動演化為階級運動的過程概括為「從『啟蒙』到『解放』」，認為白話文運動的基調是啟蒙，新文學運動開始了「由『啟蒙』到『解放』的過渡」，在後一個時期，傳統甚至「獲得了較多的維護」。

[125] 《臺灣社會運動史——文化運動》所列文協夏季演講會題目，第269－271頁。文獻也顯示了總督府對演講會的態度：「所講述的民族主義，以及對臺灣統治的誑訴，於地方民眾似曾引起深刻的反應，大受歡迎，」「這些竟成為臺灣農民運動、勞工運動的先蹤。」「其傾向也只在提高民族意識，所以逐年都在加緊取締。」第272、269頁。

對抗。文協早期領導人、著名的民族主義者林獻堂曾談到：「漢學者，吾人文化之基礎也。」「今欲求新學若是之不易，而舊學又自塞其淵源，如是欲求進步其可得乎？」[126]新文學作家如賴和、陳虛谷、楊守愚等也是出色的漢詩人。賴和曾在未發表的《開頭我們要明瞭地聲明著》一文中提到：「舊文學自有她不可沒的價值，不因為提倡新文學就被淘汰，那樣會歸淘汰的自沒有用著反對的價值。我們是要輸些精神上的養分，配給那對文人文學受不到裨益，感不到興趣的多數人們，亦是把舊文字來做工具，與說毀滅漢文是不同方面，要請愛護舊文學的宿耆先輩放心些。」[127]臺灣白話文運動倡導者黃呈聰在《應該著創設臺灣的特種文化》[128]一文中提出要選擇優秀的文化「來和本來固有的文化調和」；新文學運動中最為激進的張我軍對傳統文學也並不持徹底決裂的態度。[129]這些言行表明，總體上文化傳統不但不是臺灣新文化運動的頭號敵人，而且還可能成為臺灣文化安身立命的依據；臺灣三百餘年傳統文化遠離文化中心區的發展使之帶給啟蒙運動的阻力也遠遠小於大陸。由此方能理解殖民社會交通、經濟、文教發展之後的臺灣，啟蒙者承八面來風的開放意識和基於維護民族文化的現實需要對待傳統的寬容態度。這一點也使臺灣新文化運動在承繼五四的同時顯示出了它的獨特性。

---

[126] 林獻堂：《祝臺灣青年雜誌之發刊》，轉引自王曉波：《五四時期文學革命與日據下臺灣新文學運動》，見王曉波：《臺灣抗日五十年》，臺北：正中書局1997年版，第298頁。

[127] 李南衡編：《日據下臺灣新文學明集1‧賴和先生全集》，臺北：明潭出版社1979年版，第355頁。

[128] 《臺灣民報》三卷一號，1925年1月1日。

[129] 張我軍在《為臺灣的文學界一哭》中寫道：「我最不滿意的，是他（連雅堂）把『漢文可廢』和『提倡新文學』混做一起。……請問我們這位大詩人，不知道是根據什麼來斷定提倡新文學，鼓吹新體詩的人，便都說漢文可廢，便都沒有讀過六藝之書和百家之論、離騷樂府之音。」見張光正編：《張我軍全集》，北京：臺海出版社2000年版，第12－13頁。這間接表明張氏並未將新文學與舊傳統截然對立。

1926年前後，在臺灣社會運動的第二次轉型中，激進的左翼運動取代了採用「合法」方式進行的民族主義運動，並使文化運動向階級運動過渡，也引發了殖民者更加嚴格的社會控制。研究發現，文協1927年被左翼人士取得領導權之前，《臺灣民報》的言論尚可為殖民當局接受，「之後則屢受官方取締，顯示1927年之後的《民報》立論的激烈可以直追農工運動。」[130]中日關係日趨緊張的1930年代，大陸與臺灣的連繫更加困難，一代在日文教育下成長起來的作家開始了文學寫作，他們的中文水準已經不能和此前的白話新文學作家相比，他們接觸五四新文學的機會也變得相當稀少，往往要通過日文翻譯去閱讀五四新文學。魯迅逝世時，中日文俱佳的作家王詩琅和文學理論家黃得時曾發表悼念文章，[131]而本時期以日文寫作的重要作家、1932年登上文壇的楊逵，直至1938年才閱讀到日本改造社出版的《大魯迅全集》。[132]在五四新文學的傳播受到社會環境和作家主體條件限制的情況下，幾乎與臺灣啟蒙運動同時開始的、通過日文對世界文藝思潮的介紹引進以及與日本文學的接觸，逐漸成為作家汲取文學營養的重要途徑。楊雲萍在赴日留學、研修日本文學後，受到了菊池寬和川端康成的薰陶；楊逵從中學起即廣泛閱讀文學作品，接觸了夏目漱石、芥川龍之介和日譯歐洲寫實主

---

[130] 陳昭瑛：《啟蒙、解放與傳統：論20年代臺灣知識分子的文化省思》，見《臺灣儒學的當代課題：本土性與現代性》，第77－78頁。文章還統計出《民報》系列（含《臺灣青年》、《臺灣》和《臺灣新民報》）自1920年7月創刊到1932年4月週刊最後一期，共發表社論444篇，以1927年1月為界，之前有社論173篇，其中全文遭禁而開天窗的只有1篇，在接近於1927年的1926年2月7日；1927年後共有社論271篇，其中全文遭禁的有20篇，甚至出現連續兩期遭禁的情況，部分內容遭禁的有14篇。說明社會運動的言論日趨激烈，殖民社會的言論控制也日趨嚴密。

[131] 王詩琅：《魯迅を悼む》（《悼魯迅》）、黃得時：《大文豪魯迅逝──その生涯と作品を顧みて》（《大文豪魯迅逝世──回顧他的生涯與作品》），見《臺灣新文學》一卷九号，1936年11月。

[132] 曾幫助過楊逵的日本警察入田春彥自殺後留給楊逵許多書籍，「在入田先生的遺留品中，有改造社出版的《魯迅全集》，我因為被託付了他的書籍，而得以正式閱讀魯迅文學。」見張季琳：《楊逵的魯迅受容》，《東亞魯迅學術會議報告集》（1），東京大學1999年。

義文學，後又赴日半工半讀，攻讀哲學與文學；日文作家翁鬧、龍
瑛宗的創作有明顯的日本新感覺派的影響；巫永福留學明治大學期
間直接就教於橫光利一等日本作家；呂赫若、張文環寫實風格的形
成更多地來源於世界性的左翼文學思潮；日據末期作家葉石濤的浪
漫唯美風格則與當時在臺日人作家西川滿的文藝美學思想一脈相
承。龍瑛宗多年後回憶道：「我是從小吸吮日本文化的奶水長大
的。六十多年前，日籍老師對著不懂日文的臺灣子弟，講授《萬葉
集》的敍景歌。在那之後，我花光所有的錢買了過期的《赤い鳥》
（紅鳥）雜誌，鎮日耽讀。說也奇怪，現在已年屆七十，偶而宛如
打嗝般懷念那段時光。」[133]《萬葉集》雖是日本古典詩集，但也可
見經由教育，日本文學對臺灣作家潛移默化的影響。

　　關鍵問題是，由於文學語言發生了轉變，臺灣日文作家不再
面對新文學與舊文學的激烈衝突，也不再有白話文作家與五四新
文學在語言文字上的血緣關係，而五四新文學給予臺灣新文學的
直接而獨特的影響正是在這些方面。大陸與臺灣共有的反帝反封建
的文學主題，可更多地視為世界性的進步思潮和民族覺醒的產物，
因為無論大陸還是臺灣，從民族主義者到左翼運動領袖，許多人都
是通過日本接觸進步思想，包括馬克思主義學說。日本文學對魯
迅、郁達夫等新文學大家的影響更是有目共睹。不過由於大陸新文
學不需要承擔直接對抗殖民統治的使命，這種影響也相對單純。臺
灣白話新文學處於反抗殖民統治、維護民族文化的社會境域中，把
五四新文學當作直接的範本，因而日本文學和西方文學的影響並不
十分突出；當社會環境和文學語言改變之後，後者的影響逐漸凸現
出來，較有代表性的是經由日本傳入的現代主義文學因素的出現。
除了小說中滲透的日本新感覺派色彩外，詩歌方面出現了具有超現

---

[133] 龍瑛宗：《幾山河を越えて》（《越過千山萬水》），日本《咿啞》雜誌第25、26合
　　刊，1989年7月。轉引自下村作次郎：《從文學讀臺灣‧前言》，邱振瑞譯，臺北：前衛
　　出版社1997年版。

實主義和象徵主義詩風的「風車詩社」。[134]按照創辦人楊熾昌的回憶，當時「普羅」文學盛行，觸怒了日本當局，詩人因而希望引進法國超現實主義手法來隱蔽意識的表露，所以詩社「主張主知的『現代詩』的敘情，以及詩必須超越時間、空間，思想是大地的飛躍」。[135]他們通過日本文壇接觸了西方現代主義文學思潮，也受到當時日本著名的現代主義和前衛詩派「詩和詩論」以及「四季」的深刻影響。「此兩大詩潮支配了昭和十年代日本詩的走向，亦即風車詩社主要成員先後滯留日本的時期，相當地左右了他們步入文學成熟階段的文學品味、文學認知，也由於沉浸在此種文學主流思潮中，他們敏感地，洞察世界文學的最新動向而邁開大步追隨。」[136]楊熾昌詩作中明顯可見的日本現代詩人西脅順三郎和安西冬衛影響的痕跡可謂臺灣文學經日本導入現代主義因素的證明。比「風車」詩社略早的「鹽分地帶」詩人群雖然被認為寫實色彩較為濃厚，其中的部分詩人也曾受到日本短歌、俳句和西方浪漫主義文學的薰陶。

　　由此可見，殖民時期臺灣新文學在短短的四分之一世紀中，文學傳承、語言形態諸方面經由社會變動而發生了較大的變異。文學傳承由全面接受五四新文學並在其影響下形成新文學運動，逐漸轉變為以吸收日本文學或通過日本學習西方文學為主；語言形態由以白話中文為主過渡到中日文並重直至完全使用日文；單一的寫實方法和風格也逐漸滲入了現代主義因素。這重大的變異使殖民時期臺灣作家因各自所處時期和經歷的不同形成了不同的身分和類型，相同身分和類型的作家作品也具有大致相近的特徵。新文學運動早

---

[134] 1935年成立的「風車」詩社以楊熾昌為首，成員包括林永修、李張瑞、張良典和日本人戶田房子、岸麗子、高比呂美。其中四位臺灣詩人全部留學於日本。楊熾昌留學期間在日本詩刊發表過詩作，且與新感覺派作家有往來。詩社出版《風車》詩刊共4期。

[135] 羊子喬：《蓬萊文章臺灣詩》，臺北：遠景出版公司1983年版，第44頁。

[136] 陳明台：《楊熾昌·風車詩社·日本詩潮》，見陳明台：《臺灣文學研究論集》，臺北：文史哲出版社1997年版，第43－44頁。

期的中文作家，如賴和、張我軍、楊雲萍、楊守愚、陳虛谷、楊華等，大都有深厚的舊學功底，其中的多數人具有大陸經驗；民族意識強烈，並在五四新文學影響下開始寫作，對殖民統治的政治文化壓迫和經濟剝削有著深刻的體察，雖然各自的思想傾向不盡相同，但民族主義、民本意識、個性解放和初步的社會主義思想共同組成了他們的思想基礎。因此他們的寫作貫穿著濃厚的反抗殖民統治和封建舊禮教的精神，寫實為藝術表現的基本形態。

1930年代中前期王詩琅、朱點人、蔡秋桐的中文寫作繼續著白話新文學的一貫主題，而在題材開拓和語言經營方面有了新的突破，人物性格和表現手法更加豐富。他們與早期中文作家一起，成為白話新文學在臺灣的重要體現者。本時期成為文壇重要角色的日文作家其社會觀念和文學觀念開始出現一定的分化，楊逵的寫作應和著臺灣左翼運動的興起顯示出明確的階級意識，在「啟蒙」和「解放」的交響中，「解放」的旋律尤為突出；其他左翼作家如詩人王白淵、吳坤煌也以其寫實詩作抒發社會理想。而小說家翁鬧則以對人的生存狀態和個人情感的透徹把握和細緻描摹，在藝術上取得了較大的成就。1930年代中後期直至光復前，日文作家觀念的分化依然持續，呂赫若早期小說仍有明顯的左翼色彩，但本時期寫作中的民族意識變得十分曲折隱晦，往往間接地折射於張文環、呂赫若等人對民俗風情的書寫當中；龍瑛宗以備受壓抑的小知識分子形象承擔著臺灣殖民社會晚期被殖民者的辛酸與無奈；「皇民文學」則呈現了殖民統治臨近終結的時刻被殖民者心靈的扭曲。

縱觀殖民時期臺灣新文學發展的全過程可以發現，中文作家在思想基礎和創作主題上有著相對統一的特點，日文作家則因出身、經歷、所接受的社會觀念和文學思想、與殖民文化權力機構關係的不同，在文學心態、創作主題和藝術追求上表現出相當大的差異。這種作家身分和類型的不同最終決定著他們寫作的文化想像的不同。

殖民時期臺灣新文學作家身處變動著的歷史之中，他們在歷史潮流的漩渦中不得不接受著命運的篩選，他們的身分和文學角色定位在很大程度上直接由歷史的變動所賦予。無論是中文作家被迫集體退場，還是日文作家的分化、隱忍和屈從，都是他們難以規避的宿命。他們在宿命中的掙扎映射出殖民社會對立雙方的文化衝突，這種掙扎與隨之而來的又一個大時代再次發生碰撞，使他們的悲劇性命運繼續延伸。伴隨著他們民族文化身分回歸的是日文作家寫作能力的降低乃至喪失；朱點人、呂赫若戰後的投奔中共領導下的革命並為之獻身，[137]也足以引發對殖民時期臺灣作家的寫作與人生，以及這個變動的歷史的深入思考。

---

[137] 朱點人戰後加入「臺共」，在國民黨的「清共」中被殺害。呂赫若「二二八」後投入革命運動，後在臺共地下武裝基地因意外喪生。

第二章
殖民時期臺灣新文學的文化想像

　　這裡所要探討的「文化想像」問題不同於作為具體表現手法的文學想像方式，而主要指文本中顯現的對特定文化對象的認知狀況和認知態度。由於殖民時期臺灣新文學的特殊命運，文學表現對象及其引發的文化意義相當複雜，作家和文本的每一種立場和身分的調整都會帶來想像對象、寫作姿態，以及文本的文化意義的激發。作家可能以被壓迫者的立場去想像殖民者的暴虐，也可能以落後國民的心態仰慕先進的殖民宗主國；可能以民族文化維護者的身分去想像祖國，也可能以孤兒和棄兒的心境理解與祖國的關係；可能從工農立場出發表現民族和階級的解放，也可能以知識分子的處境書寫文化上無所皈依的茫然，更有可能融合多種文化心態，交織出複雜多義的文化想像。[1]

　　文化想像的另一重意義在研究者一方。使用這一概念的動機一是試圖從文化想像的角度切入殖民時期臺灣新文學，以便觀察到以往採取其他角度難以觀察到的文學生態，發掘以往未被充分注意的意義，改變以單一的文學主題或「主流」、「非主流」二元對立的結構方式認識殖民時期臺灣新文學的模式；二是將探討殖民時期臺

---

[1] 本章所論文化想像問題集中於小說文本，這些文本均見於鍾肇政、葉石濤主編：《光復前臺灣文學全集》1－8各卷，臺北：遠景出版社1979年；及張恆豪編：《臺灣作家全集》（短篇小說卷）日據時期11卷，臺北：前衛出版社1991、2002年版。由於數量較多，以下引證不再一一標明出處。各章所涉文學文本無注明者均出自於此。

灣新文學的文化想像問題當作對研究對象的再度想像，當作不同時期、不同地域對同一對象不斷闡釋的一部分。這一點作為論者的研究姿態將隱性地存在於論述過程之中。

通常，歷史（文學史）敘述的變化出現在這段歷史自形成至經歷較長且富有變化的歷史時段之後，闡釋者可以借助不同時段累積下來的經驗和史料，結合當下的理解，做出新的評價乃至再闡釋。在這一過程中，歷史敘述被不斷豐富，並成為後繼者再閱讀和再敘述的基本背景。創造、書寫歷史者固然已將個人想像融入共時性的描述之中，閱讀和再敘述者無疑是在前者想像的基礎上展開又一輪新的想像，所謂「還原歷史」更是後人想像中的目標或對目標的想像。而無論哪一種想像都會受到史料發掘、想像者動機、立場和想像方式的共同影響。殖民時期臺灣新文學及其研究在不同的歷史時段也呈現出不同的想像方式和對這些方式的再度想像。同樣，它們也受到特定時局、敘述者立場和目標的限定。研究者早已注意到，殖民時期作家張文環在殖民者主持的「臺灣決戰文學會議」上，為避免臺灣作家遭受迫害，不得不當即宣稱「臺灣沒有非皇民文學」；[2] 而在20世紀80年代有關「皇民文學」的討論中，葉石濤又得出「沒有『皇民文學』，全是『抗議文學』」的結論。[3] 可見對特定對象的想像的確因人而異、因時代而異。這種想像的差異已經客觀上為再度想像提供了可能，歷史的生命在後人的闡釋中不斷延長。[4] 研究者應做的不是簡單地以某一標準做出評價，而是努力把問題放回到歷史情境中，觀察它和歷史關聯的形態特徵和演化的情況，關注演化的條件，尋求靠近歷史的可能性，比如追問那些被作為事實的事實是如何成為事實的。這樣的方式將使原來表面嚴密的

---

[2] 野間信幸：《張文環的文學活動及其特色》，涂翠花譯，見黃英哲編：《臺灣文學研究在日本》，臺北：前衛出版社1994年版，第24頁。

[3] 葉石濤：《「抗議文學」乎？「皇民文學」乎？》，見葉石濤：《臺灣文學的悲情》，高雄：派色文化出版公司1990年版，第112頁。

[4] 這種現象印證了新歷史主義強調的文本與社會語境的「互文本關係」。

敘述發生崩解，研究者能在已有的基礎上發現新問題，從而把過去研究的終點當作新的起點。[5]按照新歷史主義的觀點，文本是不斷變化、開放不居的，它會在參與歷史的過程中被蓄積成一個意義增殖的文本，研究應通過對歷史文本的重新定義，使對過去文本的闡釋成為對今天意義的敞開。[6]對「文化想像」問題的關注也顯示了使文本意義增殖的企圖，至少它可能在變化了的社會語境和增加了的材料儲備基礎上釋放因各種原因曾經被忽略的意義能量。當然，對象文化想像內涵的豐厚仍是闡釋的基本條件，它幾乎能夠決定研究者再度想像的限度。

身處遽變的殖民歷史時空，殖民時期臺灣作家不得不承受被殖民者的苦難宿命，在夾縫中維繫著文學的一線命脈。客觀地說，殖民時期臺灣新文學生成和發展的環境相當艱難，除去殖民社會的文化壓迫外，白話文學不但要克服舊文學的阻礙，也必須面對與民眾相隔膜的挑戰，其大眾化的複雜性因語言的緣故又更甚於大陸，承擔的文化使命也相當沉重。而10餘年的短暫發展沒有留給作家充分從事藝術經營的餘裕，朱點人將白話小說的藝術經營推向較高水準的時候已經到了1936年，距離白話中文被禁止只有一年。[7]日文作家雖然以熟練的日文可能躋身日本文壇，並通過日文接觸世界文學潮流，但文學語言與文化身分相衝突導致的隱性焦慮[8]卻時時彌漫在

---

[5] 這一觀點見於洪子誠教授在北京大學中文系所開課程《當代文學史問題》，它與新歷史主義的某些觀點不謀而合。

[6] 參見王岳川主編：《後殖民主義與新歷史主義文論》第十一章「蒙特洛斯：歷史與文本」，濟南：山東教育出版社1999年版。

[7] 新文學運動的親歷者楊雲萍談到：「我們知道得很清楚，臺灣的新文學運動，從量或是質來說，是有它的一定限度的。可是，在異族佔據之下，主觀條件和客觀條件又均異常貧弱，而卻有這一些成就，我以為是值得注意的。」在同一篇文章中他又認為「就所產生的作品說，例如賴和先生的二三作品，比較中國新文學運動當時的作品，是毫無遜色的。」楊雲萍：《〈人人〉雜誌創刊前後》，見《日據下臺灣新文學明集5‧文獻資料集》，第326、332頁。1937年臺灣各報刊中止白話文的使用，除個別刊物如《風月報》繼續刊載通俗類寫作外，白話新文學寫作均告中止。

[8] 這裡所謂「隱性焦慮」指文本中存在的語言與表現對象之間的某種不和諧，它往往是文

這些日文文本之中，而且，日文寫作的生命流程同樣是短暫的。然而，正因這種獨一無二的境遇，殖民時期臺灣新文學獲得了多重文化視野和多種文學體驗，在各種文化和文學力量的交鋒中，在現代漢語文學的時空中，扮演了無可替代的重要角色，顯示出異乎尋常的文化想像力。

第一節　文化想像的發生
——在中文寫作中

　　認為作家身分將對其文化想像產生重要影響其實基於身分對作家政治態度、文化觀念乃至審美趣味的決定性作用。白話中文被禁止後，中文作家沒有人改用日文寫作雖然不能完全排除語言障礙的因素，但起決定作用的還是民族身分，[9]這種身分決定了作家將日文當作殖民統治特別是文化壓迫的重要部分而加以排斥，這種排斥發生於自主性的寫作活動而不是非自主性的社會活動中，尤其能顯示作家維護文化身分的意志。而保有自己的民族語言其實是文化身分的重要標誌。因此從語言使用的不同劃分殖民時期臺灣新文學作家並分析其文化想像的差異是自然合理的。當然這不意味著一旦寫作語言變化，作家的全部身分內涵就隨之變化，更何況語言的轉換並非出於作家的自覺選擇。因此這裡並不討論語言本身與想像形態的關係，而是通過語言轉換與殖民時期臺灣社會變化的對應關係區分作家類型，即將作家身分類型的劃分從寫作語言的角度標明，

化象徵意義上的，可能被作者意識到，也可能意識不到。以日文書寫臺灣社會、民族意識或反殖民情緒應屬於這種隱性焦慮，它和一般意義上的翻譯文本截然不同，因為它象徵著殖民同化的後果和寫作者文化身分的改變。

9　這與戰後文化人積極學習中文恰成鮮明對比。其實一部分中文作家通曉日文。關於語言問題的進一步論述詳見第四章。

以考察不同階段、不同社會處境下作家的想像形態。畢竟「語言身分」的背後的確包含著複雜的文化內容。

從臺灣新文學誕生到白話中文被禁止的10餘年間，臺灣新文學的主要寫作語言是中文。這個時期重要的中文作家有賴和、張我軍、楊雲萍、楊守愚、陳虛谷、楊華、周定山、郭秋生、蔡秋桐、朱點人、王詩琅、張慶堂、林越峰等。其中賴和、張我軍、楊雲萍、楊守愚、陳虛谷、楊華、郭秋生的寫作始於1930年代之前。中文作家的寫作處於殖民時期臺灣新文學發展的前半期，其語言使用與民族身分和寫作內容的統一增強了中文寫作的整體感，作家的文化立場、思維方式和寫作方法相對接近。以題材而論，除了張我軍因長期生活居住在北京而以北京的臺灣青年的生活和情感為主要寫作內容外，其餘中文作家均以臺灣社會，特別是下層民眾的生活為基本題材。在新文化運動和民族覺醒的感召下，中文作家自覺運用白話文，以被殖民者和被壓迫者代言人的角色出現，控訴殖民者的罪惡，抨擊不合理的殖民社會和封建習俗，批判落後的國民性，總體上形成一股強大的、目標相對一致的文化力量。其中的多數人身處民族主義運動和啟蒙運動時期，寫作具有突出的民族意識和民本思想。鑑於本時期社會運動蓬勃展開、殖民社會對立雙方矛盾較為公開明朗，新文學的文化使命感十分突出，作家將想像的重心更多地放在社會外部矛盾上，形成了以殖民者和被殖民者政治經濟文化的直接衝突、殖民社會的世相百態、底層人物的悲慘命運為小說基本結構方式和內容的想像形態，其中最基本的想像對象當然是作為殖民一方的日本和作為被殖民一方的臺灣。

在中文作家筆下，日本作為異族統治者和壓迫者毫無疑問被當作敵對力量而外在於臺灣，其文化內涵相對單純明確。作為殖民社會苦難的根源，日本在此扮演著絕對負面的角色。早在1923年發表的署名「無知」的小說《神秘的自制島》，即以寓言的方式將統治著美麗的自制島（臺灣）的神秘勢力比作「祖師」（殖民當局）

和「黃巾力士」（日本警察），他們為自制島人戴上枷鎖，使島人「饑了不想食飯，寒了不想穿衣」、「勞不知疲，辱不知恥」、「不必需要什麼新學問，不得感受新思潮」。這種寓言式的日本想像在寫實小說中得到了充分的印證。一個突出的表現是，相當數量的文本將被殖民者承受的暴力以日本警察的形象呈現，他們中的每一個都有著貪婪的嘴臉、施暴的權力，要麼巧取豪奪，達不到目的就濫施淫威（賴和《一桿秤仔》、《不如意的過年》，陳虛谷《他發財了》、《放炮》）；要麼凌辱婦女，使被侮辱者求告無門（陳虛谷《無處申冤》，楊守愚《鴛鴦》）；要麼橫行鄉裡，隨意欺壓百姓（賴和《惹事》，楊守愚《顛倒死》、《十字街頭》、《罰》，蔡秋桐《王爺豬》）；要麼以殖民者的觀念強制民眾遵從其文化標準（蔡秋桐《奪錦標》、《理想鄉》，陳虛谷《放炮》）。他們是一群野蠻驕橫的征服者，征服的快感來自被征服者的屈辱和無奈；他們同時具有類型化的特徵，在相當程度上被作家當作現實和想像中理應如此的殖民者化身。有研究者論及陳虛谷的《他發財了》、《無處申冤》和《放炮》中對警察的描述，認為「單獨看來，固然生動，但三篇整體而觀，外形、性格的描寫則顯得大同小異，幾乎鑄自同一個模子，所謂『類型化』的問題就是在此。不錯，日據時代大多數是這類警察，但就我們瞭解，也有入田春彥這種人，同情臺灣人的處境，義助楊逵，表現超越民族界限的高貴情操……唯有將小說角色當作一個『生命』而非某種『階層』來處理，如此才更合乎人類的真相，才會更引起讀者的共鳴，而其文學生命也將更久遠。」[10]顯然，研究者希望作家將日本警察不是

---

[10] 張恆豪：《澗水鳴咽暗夜流——陳虛谷先生及其新文學創作》，見《臺灣作家全集·陳虛谷、張慶堂、林越峰合集》，臺北：前衛出版社1991年版，第94–95頁。文中提到的入田春彥為在臺日本警察，曾在楊逵貧病交加之際提供幫助。但楊逵小說中的日本警察形象與前述中文作家的描述並無二致，可見這一處理更多地服務於作家整體的日本想像。《送報伕》中與主人公同為被剝削階級的日本無產者形象似乎只存在於日本，卻從未在臺灣出現過。

當作「階層」而是當作「生命」來處理，以接近「人類的真相」並延長作品的文學生命，這在「文學表現人性」的尺度下是合理的，然而卻違背了本時期作家對殖民者的文化想像。姑且不論作家是否接觸過具有「超越民族界限的高貴情操」的日本警察，也不論作家的藝術功力是否能夠支援他們塑造出有「生命」的警察形象，站在被殖民者立場的中文作家都沒有以小說探究殖民者「生命」世界的意圖，他們關注的是殖民社會雙方的尖銳對立，抒發的是對殖民暴力的憤怒，他們將殖民社會的不公不義集中到它的維持者身上，以至於使「日本警察的嘴臉成了臺灣文學中的噩夢形象」，[11]與被征服者的屈辱形成截然對立的兩極，強化了二者之間的激烈衝突，傳達的是對殖民暴力的整體理解。因而與其說是藝術上的弱點，不如說是被殖民者文化想像上的重要特點。當然也應看到這些警察形象基本止於外在的、簡單的惡行，作家尚未從更深的層次對這一日本形象做出解說，因而可以視作殖民時期小說最初和最直接的日本想像之一。

　　另一個認識殖民暴力的重要切入角度是表現被殖民者承受的來自殖民制度的剝削壓迫。對這一社會問題的反映結合了控訴殖民主義和關懷民生兩方面的內涵。相比於總體上較早出現的日本警察形象，它顯示了作家對殖民社會認識的擴展：殖民統治不僅僅體現為單個暴力實施者的個人行為，而且以制度的方式對整個社會實施全面控制。殖民當局掠奪性的經濟制度，如強制收買土地、糖業壟斷、苛捐雜稅等都出現在小說中，且成為民眾迅速破產、陷入經濟困境的根本原因。賴和的《豐作》講述的就是蔗農在豐年反而淪落於悲慘境地的故事。蔗農添福這一年的甘蔗長勢極好，連制糖會社的人也認定他能拿到「一等賞」，且年初已經發表了蔗價，他盤算著無論扣除多少租金和開銷，都不會像往年那樣錢「被會社贏

---

[11] 梁景峰：《春光關不住》，見林梵：《楊逵畫像》，臺北：筆架山出版社1978年版，第233頁。

去」，「年終要給兒子娶媳婦的錢都便便（現成）了。」可沒想到會社重新制定了採伐標準，百般挑剔，又在磅秤上大做手腳，添福不但沒錢給兒子娶媳婦，更拿不到「一等賞」，只好以「會社搶人！」來表達憤怒。顯然，小說的社會意義並非通常的「穀賤傷農」所能涵蓋。蔡秋桐的《奪錦標》、《理想鄉》、《新興的悲哀》、《四兩仔土》、《王爺豬》，朱點人的《島都》等都涉及殖民制度的推行給民眾帶來的深重災難，小說中處於社會經濟結構底層的人物因殖民社會的特殊性而不得不承受多重的社會壓迫。

中文小說的日本想像實際上並非一成不變，而是隨著作家認識的深化和殖民社會的發展產生了一定的變化。進入1930年代，直接的日本形象，如警察、會社等殖民時期標誌性事物逐漸與較為廣闊的臺灣社會場景相融合，作家開始更多地從直接表現激烈的民族對立轉向對臺灣社會世相、底層人生存狀態和悲慘命運的描摹。[12]如果說在此之前殖民統治常常成為臺灣社會矛盾和民眾苦難直接和主要的（如果不是唯一的）根源的話，此後這種直接性有所減弱，而融合於社會變動、封建傳統、人性弱點等共同構成的臺灣社會狀態之中。上述對殖民社會制度性暴力的描述大都顯示了這種變化。變化的出現除了有殖民者進一步加強社會控制的因素外，也是臺灣社會運動的轉型，即由民族主義和啟蒙運動轉向階級運動，包括農民運動和勞工運動在文學上的投影。就文學本身而言，它意味著作家對殖民社會的想像開始了由單純趨向豐富的過程，使所謂日本想像不再簡單地歸於直接、具體的日本形象的出現，而進入較為複雜的層面。中文小說大量表現的農村破產，農民喪失土地、進入城市，或流離失所，或成為產業工人的社會現象，[13]一方面是殖民經濟壓

---

[12] 這種變化並非有一個截然的界限。不同的作家產生變化的先後也不同；有的作家因寫作起始時間較晚而不存在這種變化。但總體上中文寫作有這樣的變化過程。

[13] 劍濤《阿牛的苦難》，孤峰《流氓》，SM生《可憐的老車夫》，郭秋生《王都鄉》，克夫《阿枝的故事》，楊守愚《一群失業的人》、《瑞生》，赤子《擦鞋匠》，陳賜文《其山哥》，楊華《一個勞動者的死》，朱點人《島都》，張慶堂《鮮血》、《年

迫的結果，一方面是臺灣由傳統社會向現代社會過渡的產物，這種過渡又與殖民統治密切相關。涉及這方面內容的小說中經常出現的「水螺」（汽笛）完全可以視作這種社會變動的象徵物。[14]這樣，日本想像至少在客觀上呈現出多重的文化意義。不過主觀上作家堅定的民族文化立場和對底層民眾的深切同情使小說繼續執著於日本形象作為社會苦難淵藪的絕對意義，沒有跡象表明日本形象的多重文化意義在文本內部或外部獲得了中文作家絲毫的關注或理解。這一點與對日本警察形象的認識完全一致。因此日本想像具體形態的變化並不表示作家想像立場的偏移，日本仍然是絕對的他者，所代表的社會力量仍然絕對外在於臺灣；而是表明原有的單一組織直接民族衝突的方式發生了變化。

更能說明中文作家日本想像立足點的是對殖民社會「法」的理解。日本對臺灣殖民統治的一個重要特點就是以法律制度的建立強制性地瓦解和改變了傳統封建農業社會活動的基本規則，將其納入現代資本主義社會的運行軌道。但是這種法治的建立完全服務於殖民統治，而與臺灣民眾的利益產生了激烈的對立。毫無例外，中文小說對這一點的表現仍然從堅定的民族立場出發，強調「法」作為統治工具剝奪民眾權力、損害民眾利益的負面意義，進一步顯示了在傳統到現代的過渡中作家因殖民社會現實的激發而側重於民族本位和被壓迫者利益的思想傾向和對殖民社會所謂「法」和「公平」的虛偽性的揭露與批判，同時透露出啟蒙理想在社會現實中蒙受的打擊和作家面對「法」產生的理性判斷。其中賴和的寫作更有代表性。作為深受現代啟蒙思想影響的知識分子和臺灣文化運動的重要參與者，[15]賴和能夠清楚地意識到從傳統到現代的社會發展趨向，

關〉、《他是流眼淚了》，林越峰〈到城市去〉，徐玉書《謀生》等都涉及這類內容，其中絕大多數發表於30年代以後。現散見於《光復前臺灣文學全集》1-8各卷。

[14] 關於這方面的闡釋見第三章第一節。

[15] 對賴和社會活動的研究表明，賴和始終保持著啟蒙主義和人道主義的思想立場，由此出發以作品控訴殖民罪惡、關懷下層民生、檢討民族性格。在文協左右分裂之際他站到了

他的「小說世界也是從傳統的、狹小的社會的破裂開始的」，[16]但
啟蒙知識分子建立合理、自由社會的理想註定要在殖民統治下歸於
幻滅，那桿本是「官廳專利品」的「秤仔」卻在警察大人的些小貪
欲未獲滿足的情況下被認為「不堪用了」而橫遭「打斷擲棄」，它
的使用者，貧苦農民秦得參因此慘遭牢獄之災（《一桿秤仔》）。
《豐作》中同樣是官府認可的標準磅秤因「看見農民得有些利益，
會社便變出臉來」而大大失衡，變成了瘋狂掠奪農民勞動成果的工
具。「秤」這種商業活動中公平交易的尺度在權力擁有者手中演變
為根據利益需要隨時可以被拋棄和任意調整的準則，也代表著作家
對殖民社會「法」的基本性質的形象表述。在《辱？！》這篇小說
中，賴和借人物之口說道：「伊（日本警察）是有法律做靠山。」
「講就好笑，敢不是因為有這不合理的法，才起來運動講演？」
「法是要百姓去奉行的，若是做官的也要受到拘束，就不敢創這多
款出來了啊。」小說人物的話似乎還不足以傳達對不公平社會派生
的「法」的憤怒，賴和索性在《蛇先生》中站出來直接發表議論：
「法律！啊！這是一句真可珍重的話，不知在什麼時候，是誰個人
創造出來？實在是很有益的發明，所以直到現在還保存有專賣的特
權。世間總算有了它，人們才不敢非為，有錢人始免被盜的危險，
貧窮的人也才能安分地忍著餓待死。」善良的蛇先生因救了被蛇咬
傷、經西醫治療無效的農民而犯了罪，「因為他不是法律認定的醫
生」，且被認為必有醫治蛇傷的秘藥，於是被抓進監牢，「幸得錢
神有靈，在它之前××[17]也就保持不住尊嚴了，但是一旦認為犯法
被捕的人，未受過應得的刑罰，便放出去，恐被造謠的人所誣謗，

左翼知識分子一邊，但觀念與行動與激進的左翼知識分子不盡吻合。他既不屬於大地
主、大資產階級的溫和的民族主義陣營，也不是純粹的階級論者，其寫作體現了多重社
會矛盾，顯示出知識分子作為時代先覺者的進步性和對社會問題的洞察力。

[16] 施淑：《秤子與秤錘——論賴和小說的思想性》，原刊於《臺灣文藝》雜誌第80期，
1983年1月；又見《臺灣作家全集·賴和集》，臺北：前衛出版社1991年版。

[17] 原文如此。應為「法律」二字。

有影響於法的應用，他們想叫蛇先生講出秘方，就不妨把法冤枉一下，即使有人攻擊也有所辯護。誰知蛇先生竟咒死賭活，堅說沒有秘方」，就又多了不講實在話的罪名，一番拷打之後，「蛇先生雖是吃虧，誰教他不誠實，他們行使法所賦與的職權，誰敢說不是？！」蛇先生治蛇傷的青草後經科學化驗，實在並無特別之處。在如此悲喜劇色彩和嘲諷的口吻之下，賴和不但將法律實施者的醜態暴露無疑，[18]而且直指殖民社會法律本質的虛偽和荒謬，體現出從被殖民者立場出發對日本所代表的殖民現代性的批判。

作為完全能夠意識到現代社會法律對社會進步促進作用的知識分子，作為「也曾在講臺上講過自由平等正義人道」的作家，賴和對殖民社會法律的批判一方面表明知識分子關於社會進步的理想與殖民社會現實南轅北轍，這必然導致先覺者在理想和現實間掙扎的痛苦和對殖民現代性的某種懷疑；另一方面已經觸及不僅是行為形態的而且是觀念形態的殖民社會深層結構，從而把日本想像從描繪殖民者形象以表現激烈的民族衝突上升到對殖民社會存在的深刻質疑。

《神秘的自制島》中無論何種身分地位均頸戴枷鎖的島人，經「祖師」和「黃巾力士」廿餘年的訓練，已「毫無感覺什麼痛苦」，並真心真意效力於賜予這「法物」的主人：「我們就是餓死了，凍死了，也要出死力來供養他們，才算合理。」而且「祖師」「發願要仗這法物為自制島人獨特的放一大異彩。」「如果把它來開放了，使別處的人，也可以利益均沾，這神秘的自制島，還有什麼特色呢？」這一反諷的寓言不但試圖突出殖民社會特殊性和對立雙方的關係，而且對臺灣民眾20年武裝抗日終歸失敗後的社會境況做出了諷喻，這也是中文小說較早出現的臺灣想像。而已知現存更早的、發表於1922年、署名為「鷗」的中文小說《可怕的沉

---

[18] 但通篇日本警察形象都未直接出現，只以「他們」代表之。

默》[19]也以寓言式的情節引發了知識青年對臺灣社會的思考。一匹疲瘦饑餓的老馬負重立在巷口，於卸貨人跌倒之時乘勢欲咬，卻遭趕車人一頓鞭打，「但是他只是乖乖的立著，並不哮叫半聲。」這引發青年季生聯想到故鄉「巡查補牽著犯人的光景」，而感慨「文明民族子孫」的可憐境遇，將思考的重心落到臺灣。另一位青年蔡卻認為季生過於強調民族意識，不能超越具體歷史和民族理解「生滅競爭」的進化法則。但季生堅持宇宙「萬物各有獨立存在的意義和價值，合應互相尊重，不得相侵」，應當勇於批判現實世界，因為「我們是生長在臺灣的，臺灣的事情，在我們心裡有最密切的關係，自然比別的事情，聯想也較容易，又是人說，『由淺入深，由近及遠』我們臺灣人第一也是應該要先打算臺灣的問題才是。」青年的論辯代表了當時批判殖民社會現實的進步力量與貌似超然實為在殖民壓迫下保持沉默的消極隱忍的文化態度之間的對立，它與對自制島人的諷喻一起，構成了初期新文學對臺灣社會最初的文化想像，突出顯現了作家對社會民眾屈從隱忍現狀的關注和慨歎。此後中文小說大量屈辱悲苦的民眾形象的出現和對民族性格的批判與這種想像特點一脈相承。

在殖民地臺灣，具有漢民族身分的中文作家對臺灣的想像必然與民族的自我想像相重合。這方面中文作家不再像日本想像那樣將對象視為絕對的異己力量加以外化，而是反觀自身，將想像之光投射到民族內部，檢視民族傳統與社會現實的關係以及民族內部的壓迫和紛爭。啟蒙思想和階級意識統領著作家的意識形態，使他們把視點聚焦於社會問題和勞苦大眾的命運，同時思考不同民族、階級和階層之間的文化衝突。臺灣想像涉及的問題和社會層面相比日本

---

[19] 原文刊於《臺灣文化叢書》第一號，1922年4月。轉引自陳萬益：《於無聲處聽驚雷——析論臺灣小說第一篇〈可怕的沉默〉·附錄》，見《民族國家論述——中國現代文學國際研討會論文集》，臺北：中研院中國文哲所籌備處，1995年版。小說並不具備完全意義上的結構組織，除寓言式的引子外，通篇皆是兩位青年關於臺灣社會文化的論辯。

想像更加深廣和複雜，在部分文本中又與日本想像交織在一起，不但成為殖民時期臺灣社會的現實反映，而且顯現出作家認識民族自身的特定角度和所能達到的深度。

　　民族自我想像的一個相當突出的特點是大量悲苦的民眾形象構成中文小說人物形象的主體，它是一個如此普遍的存在，以至於不因中文小說發展進程和社會思潮的變化而改變，也不因作家各自題材的側重點不同而被忽略。在中文寫作的初期和後期，在不同作家那裡，悲苦的民眾形象無處不在。楊守愚所概括的殖民時期臺灣新文學的特點，如「小市民和農民的生活，成為各作品的題材」，「作品中，大都充滿了自然主義的無力的揭露醜惡與貧乏的同情」[20]等，在很大程度上是由這一形象所體現的。因殖民統治和地主階級壓迫而破產的農民、在不景氣的社會環境中淪落到底層的小市民和失業工人、作為經濟窘境和傳統習俗犧牲品的婦女等，組成了悲苦的民眾形象的重要成員；極度的貧困、無法承受的田租稅賦、官府的欺壓、疾病、災年、落後習俗和封建意識成為這一形象產生的基本原因。從賴和的《一桿秤仔》、《豐作》、《可憐她死了》，經楊雲萍的《秋菊的前半生》，陳虛谷的《無處申冤》，楊守愚的《凶年不免於死亡》、《一個晚上》、《升租》，蔡秋桐的《四兩仔土》，郭秋生的《死麼？》，楊華的《薄命》，到中文寫作後期張慶堂的《年關》、《老與死》等等，殖民時期絕大多數中文作家的寫作都對這一形象表示了深切的關注。由於數量眾多，悲苦的民眾形象幾乎成了本時期臺灣人的標誌性形象，並為小說染上了濃重的壓抑、陰暗、絕望的情調。他們大都面容淒切愁苦、行為謙恭隱忍，不一定具有鮮明的性格，卻有大致相近的悲慘命運，總體上也帶有一定的類型化特徵。很多時候他們的境遇十分相像：

---

[20] 楊守愚：《赧顏閒話十年前》，轉引自許俊雅：《楊守愚小說的風貌及其相關問題》，見許俊雅：《臺灣文學散論》，臺北：文史哲出版社1994年版，第240頁。

「大人恩典……我……我下次……再不敢……」恐怖、焦灼和悲哀同支配著他！他幾乎嚇暈過去啦。他顧不到鼻血，他囁嚅地向巡視員哀求，他就想跪下去求他赦免。

　　　　　　　　　　　　　　──楊守愚《赤土與鮮血》

「我們貧人家，怎經得起這樣的凶年呢？看看收成已經十無一二了，左思又想，無計可施，只得到李永昌的家裡，求他開恩開恩，減削這兩季的租穀……」

「……我想來想去，想得沒有法子辦，便也軟著腳跟，跪下去苦求恩典，並訴說我凶年的苦楚。……」

冷清清的四壁，一盞半明半滅如豆的燈光下，至貧依舊獨自一個人拼命地，做著他編竹籃子的生活，但多添了一顆顆淚珠兒濕透。

　　　　　　　　　　　　──楊守愚《凶年不免於死亡》

老衰的發哥，大約是衰老所使然罷？接到那青、紅、白的單就戰慄不已。他手頭沒有錢，納不起稅，不納又怕吃官司，他怕官甚於怕瘋狗，所以常常瘋瘋癲癲跑到役場去，哀求莊長，因為莊長是人他不怕，是人也曉得發哥可以哄騙的，在莊長假同情的言語之下，而被趕出者不知幾次。

　　　　　　　　　　　　　　──蔡秋桐《放屎百姓》

「娘，娘，呵，娘呵！饒命，饒饒命！」

她突然地本能的這樣呼喊起來，雖然，她習慣地懂得她的淚珠和求饒的呼喊，是無法阻止答竹的打下來的效果的。但是這樣地呼喊和流淚，或可使她忘卻幾分的苦楚悲痛。

　　　　　　　　　　　　　　──楊雲萍《秋菊的前半生》

現在的九七，卻是疲憊地，坐在矮凳上，兩隻高聳
著骨的膝，高高地往上突起，而把沉重的頭殼，往兩膝
間深深地垂，兩隻深陷入的眼睛，時斷時續地滴下紅豆
大的淚顆。

——張慶堂《鮮血》

　　木屐客表示了威風，搖搖擺擺地去了。老車夫沒有
法子，心裡一酸，眼圈紅了，兩行的熱淚汪汪淌下，拉
著空車子悄然而回。

——SM生《可憐的老車夫》

　　「大……大人呀！恩典……恩典嚇！我再也不敢
了，大大人呀！恩典嚇！」阿順怪可憐的，好似快要絕
氣的貓兒一般，蹲在那磚柱的一角，只管打戰抖，還不
住地哀求著。

——李泰國《細雨霏霏的一天》

　　充滿殖民壓迫和階級壓迫的臺灣是這些哀歎呼號、掙扎在生
存底線、屈辱畸零的臺灣人形象產生的社會土壤，也就是說，它的
大量和集中的出現，歸根結底取決於社會存在。然而作家的民族自
我想像並不等同於對社會存在的機械反映，而仍然透露出作家對表
現對象的認知態度和情感傾向。在民族意識和進步思想的共同作用
下，這種自我想像始終灌注著對民眾的深切同情和對不合理社會的
批判，甚至同情壓倒了批判，成為最為突出和普遍的情感傾向。其
標誌是：首先，作家傾力於民眾悲苦命運和屈辱形態的描述，而
對造成這些悲苦和屈辱的原因尚缺乏深入有力的分析，一些對社會

制度的批判性表述常常流於口號式的感慨，[21]悲苦命運和屈辱形態
所喚起的傷感也往往遮蔽了批判的鋒芒。第二，在大量屈辱畸零的
臺灣人形象的映襯下，覺悟的、具有反抗意識的臺灣人形象無論數
量還是品質都顯得相當弱小單薄。《一桿秤仔》中的秦得參不甘欺
侮最後殺死日本警察的反抗行為因而顯得格外突出。儘管進入1930
年代後，不少作品在階級意識的引領下著力描繪了一些投身工運農
運、具有反抗意識的人物，但這些形象許多是黯淡和缺少希望的，
幾乎無助於擺脫由前一種形象引發的屈辱絕望的情緒。「自然主義
的無力的揭露醜惡與貧乏的同情」應為對這種自我想像的準確評
價。這樣的想像特點在閱讀中可能產生的影響是，讀者會更多地將
同情和憐憫投射到對象身上，並形成關於殖民時期臺灣民眾生存狀
態的悲慘印象。但無論作家是否有意為之，這類形象畢竟強化了這
些批判現實的小說的社會功能，屈辱悲苦的民眾與蠻橫殘暴的殖民
者和地主形象形成的鮮明對比，增強了社會兩極對立衝突的表現。
這與處於啟蒙運動和階級運動活躍時期文學的功能是一致的。

　　說上述悲苦的民眾形象具有類型化特徵，主要在於他們各自在
外形、遭遇、情感反應上的相似性，彼此之間難以區分。指出這些
形象的相似之處並不是問題的關鍵，重要的是悲苦形象凝聚成臺灣
民眾被侮辱與被損害的屈辱記憶，與受難者意識的形成可能不無關
聯。在這一點上，這種記憶可能超越文學藝術的層面，演變為長期
存在的文化意識，而與形象塑造的藝術水準無關。[22]

---

[21] 這種現象也是早期新文學的常態，作家以樸素的情感描摹社會現實，無論是思想意識還
是藝術表現力還不足以使文學實現深入的社會批判。但這類作品的重要功能恰恰在於對
現實的反映與批判。

[22] 後人可能保留這種屈辱的記憶，而置換被侮辱與被損害的具體內容；或將這些屈辱記憶
與後來臺灣人的受難體驗相連接，而使受難歷程延長，受難經歷擴大，形成強大的受難
意識。從當今臺灣政治、文化、文學的部分論述來看，這樣的理解是符合事實的。這些
論述強調臺灣和臺灣人的「陰性化」，即近代以來臺灣被支配、被壓抑的命運，以增強
「反抗意識」和「自主性」。殖民時期臺灣文學悲苦的民眾形象可能有助於今人關於臺
灣「陰性化」話語的形成。這一從當今臺灣社會現實出發對殖民時期文學悲苦形象含義

體現民族自我想像較深層次的是中文小說對落後民族性的揭露和批判，這一點並不因作家的民族身分和階級立場，以及同情民眾的道德立場而模糊。甚至，出於啟蒙和社會進步的願望，中文寫作普遍存在披露和剖析落後民族性的自覺。一些情況下，這種披露和剖析針對封建傳統中的積弊和陋習；另一些情況下，則表現保守、怯懦乃至卑劣的「國民性格」，在殖民時期環境、文化傳統和社會進步的糾葛中，傳達知識分子反封建的批判意識和對健全的國民精神的熱切期待。

　　一個突出的現象是，封建傳統中的積弊和陋習往往成為民眾苦難命運的直接原因之一，前述悲苦的民眾形象有相當一部分產生於落後習俗和觀念之中，養女、納妾習俗又常常是婦女悲慘命運的直接製造者，產生陋習的原因則是社會壓迫、災難等導致的極度貧困。賴和《可憐她死了》講述的就是因貧困而淪為養女和富人外室，最終慘死的少女的故事。阿金因家貧被父母賣給別家做「媳婦仔」（養女，童養媳），最初幾年尚好，但隨著夫家發生變故，阿金又在被迫以身體換取富人的施捨後被拋棄。郭秋生《死麼？》中那個因不斷被轉賣而被喚作「彩蓮」、「玉霞」或「阿珠」，由養女淪為娼妓的女子，只有永遠沉淪的結局。楊華《薄命》則展示了一個媳婦仔的生命在苦難生活中漸漸枯萎的過程。陋習甚至會使窮苦人變成加害者，而使受害者淪落到更加悲慘的境地：貧困的阿昆（《赤土與鮮血》）做了上門女婿，為岳母當牛做馬，卻被岳母利用，將他的戶籍定為養子，不得不在貧病中勞作而死。小說關注封建陋習支配下的民眾生活，與其說暫時離開了激烈的社會矛盾的主題，不如說以此反觀民族自身，為解說民眾苦難的成因提供了又一條路徑。

的理解應是研究者再度想像的產物。

除此之外，封建迷信又為民眾的生活染上了蒙昧荒謬的色彩，《王爺豬》（蔡秋桐）以近於喜劇式的情節組織和語言，一方面諷刺了日本警察的處心積慮算計民眾，另一方面「傳達出僻壤小民那種憨直、迷信、小貪、粗鄙的個性與情感」，在略呈誇張的敘述中流露出調侃。《五穀王》（謝萬安）組織了一齣發生於舊式家庭的鬧劇，主人公利用人們迷信神明的心理建廟斂財，隨後狎妓納妾、兄弟反目，不得安寧。《鬥鬧熱》對民俗的思考相對深入一些，小鎮居民因媽祖慶典而回憶起當年鬥「鬧熱」的時光，「鬧熱」常成為不同街巷人們彼此爭強鬥狠的「無意義的競爭」，但「樹要樹皮，人要面皮」，「窮的人，典衫當被，也要來和人爭這不關什麼的面皮。」如今，「鬧熱」又得到了官府的贊同，這被孤獨的反對者稱為「無知的人所做的野蠻行舉」，還是會熱熱鬧鬧地展開。「人們的信仰，媽祖的靈應，是策略中必需的要件。神輿的繞境，旗鼓的行列，是繁榮上頂要的工具」，賴和察覺到習俗未因時光流轉而變異的穩定性質和其中蘊含的民族性格弱點，且敏銳地意識到它可能被殖民統治利用的一面，在這篇相當短小的文本中，彙聚了傳統和現代意識的衝突，揭示了改造國民性的問題。

有意思的現象於焉浮現：傳統社會習俗風物的正面意義在這些中文小說中通常被忽略，人們看到的幾乎完全是它們的負面呈現。儘管臺灣新文化運動未像大陸新文化運動一樣對傳統文化持徹底批判的態度，這些作品還是更側重於凸顯傳統習俗對社會進步的阻礙，使傳統維繫民族身分的功能悄悄退到了幕後。這一切恰恰發生在自我審視，即民族內部的自我想像之中，明確顯示出作家自覺的文化選擇。此刻，反封建的迫切性促使新文學關注傳統的醜陋，以引起療救的注意，因而過濾掉了傳統內部的合理因素和美感，暫時淡化了對傳統的天然情感，這構成了與後期日文寫作自我想像的部分差異。在這當中作家不是沒有意識到選擇的矛盾性。《不如意的過年》寫到陽曆新年街巷沒有節日氣氛，「只有那些以賭為生的

人，利用奉行正朔的名義，已經在十字街路開場設賭，用以裝飾些舊曆化的新年氣氛而已。」傳統的舊曆意味著部分陋習的延續，陽曆新年卻又有殖民者推行的痕跡，知識分子賴和對二者不得不帶有複雜的情感和理性的矛盾。但小說還是沒有諱言這種由來已久的劣根性：

> 說到新年，既生為漢民族以上，勿論誰，最先想到的就是賭錢。可以說嗜賭的習性，在我們這樣下賤的人種，已經成為構造性格的重要部分。暇時的消遣，第一要算賭錢，閒暇的新正年頭，自然被一般公認為賭錢季節，雖表面上有法律的嚴禁，也不會阻遏它的繁盛。

日本殖民後，總督府曾頒布法律，嚴禁纏足、吸食鴉片、男人蓄辮、賭博等習俗，「標榜嚴禁鴉片、男人剪辮、女人放足為臺灣統治上的三大主義」，[23]「但因這樣的急激改革不能達到統治的目的，故乃木總督特別訓令尊重臺灣人生活上的習慣，『其如辮髮、纏足、衣帽，改之與否，聽任土人之自由；又如鴉片煙，擬在一定限制下，收漸次防遏之效。』成為臺灣統治基礎的兒玉、後藤政治，特別避免急進，從事調查舊慣，欲在舊慣的基礎之上實行應於臺灣特殊環境的政策。」[24]這一現象表明，禁止纏足、吸食鴉片等習俗具有促進臺灣社會進步的正面意義，與現代社會發展和啟蒙觀念相一致；從方便統治出發，殖民者不得不以和緩的政策應對「舊慣」，可見封建習俗之根深蒂固難以撼動。《棋盤邊》中一群「至少是比這時代慢有一世紀的人物」，紛紛讚頌官府順從民意開放鴉片，稱之為「民本政治的一種表現」，「是現代最文明的政治」，無恥地以支持鴉片開放的龐大人群去比較「文協」社會運動的民眾

---

[23] 竹越與三郎：《臺灣統治志》，轉引自《日本帝國主義下之臺灣》，第205頁。
[24] 《日本帝國主義下之臺灣》，第205頁。

支持度。小說對醜態的暴露，明確表示出作者賴和對醜陋國民性的深惡痛絕。它「表現了在歷史巨浪中漂泊的臺灣人的失落感及試圖認識自己的痛苦，而這正是日本佔領期間，背負著漢族意識的賴和及他的一代，無法解決的思想的、感情的難題。一方面，在日本為進行殖民榨取而引進的資本主義科技及由之帶動的新世界觀的指導下，他們不可避免地要對封建中國的蒙昧落後進行批判。另一方面，作為漢族的遺民，他們同樣不可避免地要遭受批判之餘的來自民族感情的隱痛。」[25]

1931年的賴和借當年的元旦《隨筆》抒發了對臺灣人懦弱性格的不滿：

> 我們島人，真有一個被評定的共通性，受到強權者的凌虐，總不忍摒棄這弱小的生命，正正堂堂，和他對抗，所謂文人者，借了文字，發表一襲牢騷，就已滿足，一般的人士，不能借文字來洩憤，只在暗地裡詛咒，也就舒暢，天大的怨憤，海樣的冤恨，是這樣容易消亡。[26]

悲苦的民眾固然有「不幸」、「不爭」、逆來順受的一面，但真正使作家如此憤激的，還是體面士紳或文化人的懦弱，而這也包括了作家的自我反省。自滔的《失敗》將貧苦民眾的抗爭精神與文化人妥協的改良主義相比較，那些曾經走在啟蒙運動前列的文化人，而今卻蛻變為御用士紳和有閒階級的一員，不斷地以妥協論調和「值不得犧牲」去鄙夷民眾運動，「毒殺窮人的反抗性」；而「臺灣人放尿攪沙未做堆」（臺灣俗諺，意為一盤散沙，不團結），多數被壓迫者害怕招致更大的壓迫而不敢出頭，終致抗議活動流產。王詩琅的《沒落》深入刻畫了曾經充滿熱情投身於文化運

---

[25] 施淑：《秤子與秤錘——論賴和小說的思想性》。
[26] 轉引自上文。

動，後來逐漸喪失勇氣的青年耀源的形象。幾年前「連日奔忙在講演、集會、發行刊物裡」的耀源，經歷了牢獄之災後，「像蒼茫大海當中，任狂瀾怒濤玩弄的，失了舵的小舟了。貫徹主張的情熱也已失掉了，雖知道是在汙濁中，也已沒有氣力去溷泳吧，就是鬱結滿胸的憤悶也懶說了。」他認定「自己這樣孱弱的人」，已經沒有勇氣重燃熱情，然而法庭上昔日戰友不屈的形象又促使他反省自身。這篇心境、氣氛渲染十分出色的小說和《失敗》一起，不但再現了1930年代文化運動處於低潮和逐漸遠離階級運動的趨向，而且體現出對臺灣人性格的思考，特別是《沒落》，以知識分子熱情的衰退，細膩生動地展現出社會轉型期人們心理的複雜變貌，筆調溫和而發人深省。真正痛切感受和批判臺灣民眾性格弱點並達到相當深度的還是賴和。《辱？！》融合了臺灣人「只會打算利害」，事不關己的看客心理和文化人的懦弱無助，將臺灣人所受的侮辱濃縮為「一種講不出的悲哀，被壓縮似的苦痛，不明瞭的不平，沒有對象的怨恨，空漠的憎惡」，這也恰是賴和自己在時代重壓下生發的沉痛心境的寫照。

不僅如此，動盪社會中知識分子與普通民眾之間的隔膜也在賴和對臺灣社會和自身角色的想像中清晰浮現。《歸家》令人不禁想起魯迅的《故鄉》，雖沒有閏土式的人物，還是流露出一個現代知識分子對故鄉的生疏和與故鄉人的距離。看到拆毀的媽祖廟，「我」不禁感慨著社會的進步，殊不知還要「重新改築」；故鄉人還是原樣，孩子們不受教育，日語也走不進鄉人的生活。「我」的「學校不是單單學講話、識字，也要涵養國民性」的話在故鄉人的生存掙扎面前顯得尤為蒼白無力。文化協會召集會員就文化運動問題爭論不休，而民眾所期待的絕非知識分子的高蹈，正如《赴會》表現的：「不要講全臺灣的幸福，若只對他們（指地主階級文化人）的佃戶，勿再那樣橫逆，也就好了。」「我」不禁又慚愧又迷茫：「過去不是議決有許多題案，設定有許多標語嗎？實在有那一

種付之實現？只就迷信來講，不僅不見得有些破除，反轉有興盛的趨勢。」「假使迷信真已破除了，我們將提那一種慰安，給一般信仰的民眾，像這些燒金客呢？」這位具有魯迅式精神氣質的時代先覺者在反思社會問題中反思自身，深切意識到知識分子理想的脆弱和與現實的距離，以及傳統與民眾精神世界的連繫。這反思發自內在的懷疑與探索，標示著中文寫作已經具備了從現實出發的理性精神和反省意識。

　　儘管悲苦的民眾形象貫穿中文寫作的始終，但中文小說的自我想像仍然發生了一些變化。1930年代以來，以知識分子形象和立場展示文化想像深層內涵的寫作逐漸增多，上述對傳統和民族性格的批判，已經在一定程度上證明了這一點。但這種批判並不意味著文學和知識分子意識與文化傳統的斷裂，作家們自覺地意識到了傳統的負面意義，卻並不那麼自覺地保持著與傳統的連繫，因為文化傳統原本就植根於臺灣社會之中。大量農諺、禮儀、節慶、生活習慣的描寫無論褒貶都印證著這種連繫。當然，如果不是揭示其負面意義的話，這些描寫通常不會是刻意為之或小說表現的主體，而更多地屬於自然流露。有趣的例子是蔡秋萍的《興兄》，農民興兄的兒子赴日留學，回鄉帶回日本太太，興兄和他們的相處不時伴隨著習俗衝突的尷尬和不快。終於，興兄喜劇性地說著「沒記得去媽祖婆燒金了」，回到他的傳統生活方式中去。這篇發表於1935年的小說以幽默的筆調書寫不同民族習俗之間、都市與鄉村之間的衝突，於平和詼諧之中將民族衝突引入文化層面，減弱了政治層面民族衝突的緊張感，且並不流於表面化，這可能與它出現於殖民文化滲透力大大增強和臺灣社會運動落潮之後有關。

　　或許是由於文化傳統植根於臺灣社會，或許是多數臺灣作家直接中國經驗的缺乏，加之現實社會問題的急迫，殖民時期臺灣文學絕大多數沒有刻意提出中國想像作為一種敘述和想像臺灣的方式，但人們還是能夠發現個別作品超乎尋常的中國想像，如朱點人的

《秋信》。數量上這類作品固不足以說明當時創作的普遍狀況,但仍然提供了一些有趣的問題,而不單是「展示臺灣人民強烈的民族意識和堅定的愛國信念。」[27]

　　《秋信》具體講述前清秀才陳斗文執著於文化傳統的生活以及參觀日本博覽會前後的思緒和所見所聞。小說寫於1936年初,此前不久,日本政府在昔日臺北城址舉行「始政四十周年紀念博覽會」,以誇耀其統治臺灣的各方面政績。博覽會歷時50天,「參觀人數達275萬人,占當時臺灣總人口的一半,誠屬臺灣有史以來空前之舉。」當局竭力宣傳,甚至「派遣鐵道部員前去勸誘」,人們紛紛從鄉下趕來參觀。此時,「日本對臺灣的統治已大勢底定」,[28]各類抵抗努力已漸漸失去著力點,文化傳統的生存空間已極度狹小。小說中日本巡查佐佐木得意地說道:「老秀才!你去臺北看看好啦,看看日本的文化和你們的,不,和清朝的文化怎樣唎?」斗文先生的傷感、痛苦和失落由此而來。這位臨摹《正氣歌》,吟詠《桃花源記》,閱讀孫兒寄自上海的國事周聞,穿著「黑的碗帽仔、黑長衫、黑的包仔鞋」,腦後拖著辮子的大清遺民,一直以如此執著的方式維持著平靜的鄉村生活,博覽會的出現使他作為古老中國文化的代表與現代日本文化處於直接對峙之中。很明顯,斗文先生執著於傳統不單因為堅守大清子民的身分,亦有鮮明的挑戰殖民文化的姿態。這一姿態既體現於他的外在行為,如以「不仕」拒絕與當局合作、為振興漢文創立詩社、在博覽會上怒斥殖民統治;也體現於他的內心想像,他用這些想像構築自己的精神家園——雖然它們如此傷感,充滿憑弔意味——同時引發對一些問題的思考。

　　問題之一是想像的出現源於現實的缺失。小說呈現的文化對立並非一場同質的對抗,而是歷史想像和現實存在的對抗,前者的

[27] 劉登翰等主編:《臺灣文學史》上卷,福州:海峽文藝出版社1991年版,第495頁。
[28] 林載爵:《臺灣文學的兩種精神》,臺南:臺南市立文化中心1991年版,第337頁。

虛幻性是顯而易見的。斗文先生在現實中找不到文化抗衡的基礎和手段，《正氣歌》和《桃花源記》來自遙遠的歷史深處，他創辦的漢文詩社早已蛻變為向殖民者獻媚的工具，他的清朝裝束正受到路人的嘲笑，他心目中臺北的府前街、府中街、府後街已蕩然無存。「巍然立在前面的雄壯的建築物，像在對他獰笑，他搖搖頭想起『王侯茅宅皆新立，文武衣冠異昔時』的字句，胸裡有無限滄桑的感慨。」想像者精神上的富有無法取代現實中的無奈，但能夠對抗現實以維持精神不墜的又惟有想像，斗文先生的執著和悲壯蓋源於此，在他身上體現著中華文化失落的現實後果和美學意蘊。

　　問題之二是歷史想像的虛幻性或許能夠說明殖民時期臺灣文學祖國想像普遍缺失的部分原因。日本殖民後，臺灣成了離開母親懷抱的孤兒和棄兒，除了承繼中華文化的遺傳基因外，基本上割斷了與母體的血肉連繫。對知識分子來說，部分人的大陸經驗有助於臺灣新舊文學論爭和白話文運動的展開，這些運動本質上又是對封建舊文化的革命；沒有大陸經驗的人們很自然地不得不從已逝去的古老帝國中汲取文化力量、尋找精神寄託，如斗文先生，這與反映臺灣下層人民苦難的迫切現實需要畢竟尚有一定距離；完全成長於殖民統治下的一代人只能像《清秋》（呂赫若）裡的耀勳那樣，在祖父的音容笑貌和庭院的斑駁竹影中捕捉中華文化的氣韻。就廣大沒有機會受教育的臺灣百姓而言，斗文先生式的想像不會成為普遍的自覺行為，中國的文化力量已經化作風俗民情，潛意識地體現於日常生活之中。

　　問題之三是小說涉及的文化衝突還包容傳統與現代、舊與新、文化道義與文化霸權等對應關係，體現著前者文化姿態的斗文先生雖然擁有文化道義，卻只代表民族的過去，缺乏現代意義上的進步因素，因而在與殖民強勢文化的較量中不可能獲得勝利。這似乎也可以作為近代以來中日關係的一個文學化的生動隱喻。

　　以1930年代前後為標誌，中文寫作的文化想像呈漸變態勢，此

前以非此即彼、相對簡單的民族和階級衝突為主的想像方式逐漸擴展為此後對社會各個層面的多方位表達；啟蒙思想和民族、階級意識支配和決定了作家文化想像的側重點和切入角度；悲苦的民眾形象成為想像的重要表徵；賴和以對民族性格的審視達到本時期文化想像所能達到的深度，王詩琅、朱點人以新舊文化人的困惑和尷尬解說了知識分子在殖民時代的處境。同時，中文寫作總的看來想像形態尚不十分豐富，強烈的社會現實意識、相對薄弱的白話文基礎在一定程度上阻礙了中文作家總體上向更深層次的思考推進，這一點在中文寫作後期已逐漸有所改觀。然而隨著1937年報刊漢文欄的廢止，中文寫作不得不在走向成熟之際悲壯地落下帷幕。

第二節　文化想像的變異
——在日文寫作中

　　1930年代後，日文寫作逐漸成為臺灣新文學的主要寫作形態，至1937年後更成為唯一的寫作形態，從語言使用上看，這種轉折似乎是斷裂式的，但事實上文學整體而不是單個作家的寫作斷裂並沒有發生。不用說中文寫作和日文寫作曾在相當一段時間內並存，就是文化想像方面也存在中日文寫作的自然銜接。在語言轉換的當下，文化想像並沒有發生急劇的變化，或者說，此刻想像的變化主要不是受語言轉換的影響，更多地受制於社會思潮的變遷，與中文寫作進程中受時代影響發生的變化沒有本質的不同。但是日文寫作仍然在想像領域的拓展、想像方式的多元等方面顯示了與中文寫作的差異，特別是將日文寫作後期的作品與中文寫作初期的作品相比較時，差異就更加明顯。如果把殖民時期臺灣新文學視作一個整體，把主要以中文寫作為基本形態的時期、中日文並存的時期、日文寫作時期依次串連起來，文化想像的漸變脈絡其實是相當清晰的。

30年代初期至1937年，是中日文寫作並存的時期，[29]日文寫作時期的一些重要作家，如楊逵、呂赫若、翁鬧、巫永福等開始登上文學舞臺。從一開始，日文寫作似乎就不存在中文寫作文化想像上的共同指向，文化立場和關注焦點也因人而異，甚至因同一位作家的不同作品而異，沒有明顯的群體化特徵。楊逵、呂赫若的寫作更多地承續了中文寫作一以貫之的反映社會問題、關注民眾疾苦的精神；[30]翁鬧、巫永福等人的寫作時代表徵相對淡化，殖民社會矛盾衝突的緊張感並不強烈，更多的時候以描摹人的生存狀態或內心活動見長；1930年代後期至1940年代的重要作家龍瑛宗和張文環，在複雜嚴苛的文化環境中以出色的藝術想像力展示了寫作主體的內心焦慮和對臺灣風物的精細描繪。文學與切近的現實問題的距離普遍加大，作家的個性化和藝術成就相當突出，因此以某些共同特徵來說明日文寫作是比較困難的。從與中文寫作的比較中觀察日文寫作文化想像的變化可能是較為便利的立足點。

　　悲苦的民眾形象仍然是日文寫作民族自我想像的重要組成部分，雖然可能不再像中文寫作中那樣地位突出。深受左翼文化運動乃至工農運動影響[31]的作家仍然致力於表現激烈社會衝突中民眾的受難者形象，但想像內涵發生了一定的變化，自然主義的痕跡減弱，民眾的覺醒意識增強。這種變化的主要體現者是楊逵，他的《送報伕》呈現了殖民暴力下農民喪失土地家破人亡的悲慘情景，但人們還是竭盡全力做出了最後的抵抗。在日本目睹了階級壓迫，

---

[29] 雖然最初的日文寫作與中文寫作出現的時間極為接近，但真正成為重要的寫作形態是在30年代以後。

[30] 這並不是說他們確實從中文寫作中繼承了某種主題或具體想像方式，而是說在左翼思潮的影響下，他們的日文寫作呈現出與中文寫作關注社會問題、反映民眾疾苦相一致的傾向。從戰後學習中文的情形看，他們當時閱讀白話文的能力有限，不過也有證據表明呂赫若能夠閱讀古典白話小說。

[31] 影響既有來自島內的，也有來自日本的。由於絕大多數日文作家都曾留學日本，而當時赴日留學往往是家境較好的青年的選擇，因而部分日文作家對底層民眾的生活相對生疏。這也應是日文寫作底層民眾形象減少的一個原因。

獲得了被剝削階級同情的主人公認識到階級對立可能超越民族衝突：「在家鄉的時候，我以為一切的日本人都是壞人，一直都恨著他們。」但到了東京卻發現「和臺灣人裡面有好壞人一樣，日本人裡面竟也如此。」小說文化想像的重要突破在於通過空間的轉變擴展了殖民社會階級衝突的認知，將階級而不是單純的民族當作劃分壓迫者與被壓迫者的基本尺度，使本民族被壓迫者與異民族被壓迫者站到了一起，為社會問題的想像注入了新的因素。[32]日本青年、平民美術家健作發現下層民眾的子弟，不管是臺灣人、大陸人、日本人還是韓國人，都只能在垃圾場玩耍，相鄰的優美庭院卻被工廠老闆所佔據，於是他和孩子們一起為爭取遊樂空間而行動，並認為「這才是真正的『大眾化美術』。」（《頑童伐鬼記》）其中超越民族的階級意識同樣明顯。作家明確的政治觀和文學觀對寫作的影響也是前所未有的。雖然也有《無醫村》裡絕望無助的人物，但楊逵的大多數小說人物具有昂揚樂觀的性格和不屈的鬥爭意志，改變了中文寫作黯淡壓抑的氛圍和底層民眾的屈辱處境。

與中文寫作描繪悲苦民眾形象幾乎完全一致的是呂赫若的《牛車》，交通的便利、汽車的通行逐漸使牛車運輸失去了生存可能，以趕牛車為生的楊添丁雖然比以往任何時候都更辛勤，卻依然陷入絕境。他無法解釋生存的悖論，而把汽車當作苦難產生的原因。他推倒了阻礙牛車在道路中心行走的路碑，卻推不倒強大的殖民暴力和經濟壓迫。楊添丁是不覺悟的，與此前中文寫作中的眾多受難兄弟一樣；但年僅21歲、接觸過馬克思主義學說的作者呂赫若卻已明

---

[32] 楊逵是殖民時期臺灣新文學作家中最為鮮明的階級論者，赴日期間接觸日本勞工運動和社會主義思潮，返臺後投身於激進的文化運動和農民組合運動，曾多次被捕。他「主張在文學中『尋找吶喊』：不贊成文學走上『自然主義的、僅僅是對黑暗的細密的描寫』。文學應該『尋求光明』、『呼喚希望』。」陳映真：《激越的青春》，見陳映真等：《呂赫若作品研究》，臺北：聯合文學出版社，1997年版，第300－301頁。如此文學觀和強烈的政治熱情、不屈的鬥爭精神折射於小說中，體現為對苦難民眾覺醒和反抗的書寫。

確揭示了先進的資本主義經濟體制對封建自然經濟的劇烈衝擊，它雖然能為資產者的財富積累創造極大的便利，卻給無產者的生存造成了毀滅性的打擊。文明的發展以犧牲底層民眾為代價，同時又是在殖民社會中實現的，《牛車》的文化想像於是呈現出兩方面的意義，一是對殖民資本主義本質，即兼具資本主義掠奪和殖民社會暴力雙重性的揭示，一是從經濟領域再次透露出傳統與現代、舊與新、道義與霸權的對立。農民們依據自己的經驗意識到「在日本朝代裡，清朝時代的東西都不中用了」，進而「以為文明的利器都是日本特有的東西。」他們所代表的傳統雖然具有道義的優勢，卻依然不得不在與先進霸權的悲劇性對抗中步步退讓。這正是《牛車》超越以往對社會問題和民眾疾苦的自然主義式想像之所在。楊逵、呂赫若的出現連繫著中日文寫作關懷下層民眾的共同主題，沒有他們的努力，中日文寫作文化想像間的差異會加大，文化想像的平緩過渡會受到影響。

關於傳統，日文寫作顯示了比中文寫作更加濃厚的想像慾望，而且態度相對平和，呂赫若、張文環等重要作家更是以民俗風情描繪見長。文化傳統和民俗風情既可能仍然以其落後性而繼續成為批判的焦點，又可能出於作家對民族精神的追尋而化作客觀的審美對象。這個時期，殖民文化的滲透力大大增強，新文學與傳統的緊張關係相比於社會運動最為激烈的時期有所緩和，作家對待傳統的心態也有所改變，傳統在文化想像中維繫民族身分的作用得到加強。日文寫作想像傳統過程中知識分子式的矛盾困惑相當明顯，但與賴和式的想像略有不同，賴和對待傳統與現代的矛盾心境更多地帶有社會政治層面的焦慮，日文寫作則側重於文化問題，如個性解放、婚姻自由、道德倫理等方面的探討，直接的政治問題既不為時局所接受，也不為絕大多數日文作家所擅長。由於日文作家通過日本較多地觸及到現代文明觀念和形態，自身與傳統的關係相對不十分密切，因此想像傳統也具有相對冷靜旁觀和將傳統審美對象化的特點。

對傳統落後性的批判仍然是以現代觀照傳統的重要切入點之
一。雖然日文寫作的批判鋒芒相對平和含蓄，傳統往往像一個悠
長的故事，與想像者保持著一定的距離；但也因此在現代人近乎
於追憶的描摹中，浮現出它本來的保守和醜陋。毫無疑問，婚姻家
庭關係是這個悠長故事的重要情節之一。《廟庭》和《月夜》（呂
赫若）這兩篇情節連續的小說講述了女子翠竹喪夫再嫁，受到婆家
百般凌辱被迫投水自盡的故事。傳統對女子再嫁的歧視、男性玩弄
女性的惡行、姑婆的刁蠻、娘家的軟弱，一起將翠竹逼上絕路。這
是兩篇典型的表現封建社會婦女悲慘處境的小說，其情節和人物命
運呈現出為人們所熟知的慣常模式，但另一人物「我」的出現卻以
近於旁觀者的姿態打破了慣常的客觀敘述，增加了另一種文化力量
與傳統的交鋒，引申出了新的想像內涵。歸鄉的「我」受舅父的委
託將無法忍受虐待跑回娘家的表妹翠竹送回婆家，這個軟弱、猶豫
不決、毫無行動能力的人物在同情翠竹的痛苦和順從傳統的意志之
間承受著內心的折磨，然而「我」還是選擇了妥協，帶著內心的不
安期待奇跡出現，但翠竹的投水使「我」的期待徹底幻滅。「我」
的尷尬流露著接受現代文明的知識分子遭遇現實中的傳統時深深的
無力感和挫敗感，離鄉多年的「我」對傳統的想像只是兒時香火繁
盛的關帝廟和與翠竹嬉戲的詩意場景，現實的傳統卻露出了無情的
「吃人」本色。在想像和現實之間的極度不適應其實也流露出傳統
向現代過渡中知識分子必然的情感反應。這使小說在尋常的故事模
式之外提供了展現知識分子式傳統想像的機會。

　　將傳統的崩壞寓於對習俗風土人性的精細描摹，是張文環的
《閹雞》、呂赫若的《風水》、《闔家平安》等小說審視傳統的獨
特方式。那隻古老的木雕閹雞彷彿是封閉保守的鄉村和舊式家庭喪
失活力的標記，那些身體的和精神的殘缺者們失去了創造生命的能
力和渴望，逐漸趨於靈魂的死滅，青年女子月里鮮活的生命幾經掙
扎終於被黑暗所吞噬。在極度精細客觀的描繪中，張文環不動聲色

地將停滯的封建社會扭曲、扼殺人性的殘忍表露無遺，於鄉土風情書寫的背後透露傳統社會的沒落。《論語與雞》（張文環）嘲諷了鄉人的愚昧迷信和教書先生的斯文掃地，在「山裡的小村子，也在高喊日本文明」的時代，傳統無可奈何地成為笑柄。《風水》自然也與傳統有關，周長乾周長坤兄弟二人在對故去父母盡孝的問題上發生了嚴重的爭執，周長乾遵從習俗以盡孝道，周長坤對風水的理解則完全與是否能庇護自己相關。貪欲與私利戰勝了淳樸和善良，風水依舊，人心不古。《闔家平安》描寫封建舊式家庭的寄生生活因吸鴉片而徹底敗落，稍有轉機後又故態復萌，一群失去了生命力的人物喜劇性地走向消亡，宣告了傳統中孳生的墮落的人性已不再有存在的價值。

在張文環、呂赫若的筆下，想像傳統開始從表現社會問題的立場轉向探索人性的立場，並不特別強調傳統的醜陋與社會苦難的緊密連繫，即不注重從制度的角度尋找社會問題的原因，而注重人性的因素，在人性的泯滅中奏響封建傳統的輓歌。但注重以表現人性來表現傳統也顯現了作家想像傳統過程中的矛盾心理，即一方面感知傳統的荒謬落伍，另一方面在某些情況下將人性的墮落視作傳統崩壞的原因，而對傳統本身的道德評價卻不一定都是負面的。《風水》中的人物無論善良還是貪婪都對風水的存在深信不疑，作家的批判指向並不是風水習俗，而是人的貪欲。當善良的人性與習俗風水相連繫時，後者反而成了評價人性的尺度；特別是不盡孝道、破壞風水的周長坤因兒子學西醫而家道顯赫，似乎也暗示著人性的貪欲與現代文明的侵蝕有關。孝道曾在呂赫若的多篇小說中出現，而且不是作為傳統的負面因素。顯然，某些傳統觀念和具體生活形態在作家的傳統想像中得到了肯定，這表明日文寫作中傳統的意義發生了微妙的改變，從完全意義上的批判對象轉變為既被批判又在特定情況下獲得了某種認同的文化對象，昭示著日文寫作民族自我想像的複雜心態。這些作品「在批判傳統臺灣家庭中的封建制度的同

時，也帶有記錄、保存在皇民化運動中逐漸消失的傳統家庭關係與臺灣文化的意圖。」[33]從表面上看，作家社會批判的鋒芒有所減弱，而人性探討卻相當深入。

在這樣的想像基礎之上，日文寫作就不單只有在傳統社會中被壓抑被損害的人物，也誕生了明朗、健康的形象。雖然不能簡單地認為這些形象的出現是因對傳統正面意義的肯定所致，但在傳統氛圍中發掘健康的人性，仍然表明民族自我想像中積極因素的出現。呂赫若《山川草木》（1944）塑造了一個充滿樂觀向上精神、能夠主宰土地和個人命運的青年女性寶蓮的形象，這個在東京學習音樂的現代女性，當家庭變故之際毅然放棄學業，帶領弟妹回歸田園，在故鄉的山川草木間獲得了嶄新的生活。和寶蓮相比，張文環《夜猿》（1942）裡的人物完全生活於靜謐自然的傳統社會，深山裡獨處的農家每日與大自然朝夕相伴，在風聲竹吟猿鳴中舒展著生命的創造力。這兩篇寫作於殖民晚期的小說通過讚美自然人性來肯定民族自我，為殖民統治最為嚴密的時刻樹立了臺灣人的富有審美意義的正面形象。另一方面，這也說明文學在特定時局下逐漸被迫削弱了表現社會問題和社會批判的功能。從1930年代中前期到1940年代，越靠近殖民末期，日文寫作的社會批判意識越淡薄，自然和人性的色彩越突出；政治觀念的張揚漸漸消退，藝術經營日臻完善。但這並不意味著日文作家在壓力下徹底放棄了民族立場的堅持，1940年代初張文環、呂赫若等人的《臺灣文學》與以日人為主的《文藝臺灣》的對抗就是臺灣作家為爭取生存空間、發出屬於自己的聲音所作的努力。[34]雖然相當短暫，但正因為有這樣的對抗存

---

[33] 〔日〕垂水千惠：《呂赫若文學中〈風頭水尾〉的位置》，北京大學、日本大學主辦「現代文學與大眾傳媒學術會議」宣讀，2001年11月，北京。文章還指出，當時「反封建、朝向近代化的摸索已逐漸與皇民化同調，而歸依傳統反而成為抵抗皇民化之手段」。從這一角度去理解日文作家對傳統的矛盾心理是可以成立的。

[34] 1939年底，由日本、臺灣作家共同組成的「臺灣文藝協會」成立，1940年1月發行《文藝臺灣》雜誌，由日本作家西川滿任主編；1941年3月西川滿另組「文藝臺灣社」，獨自

在，人們能夠毫無疑問地說日文寫作想像傳統的複雜心態和樂觀向上的人物形象營造其實是肯定民族自我的曲折方式。

日本想像這個無可回避的重要問題在日文寫作中相當引人注目，它不但承載了作家關於殖民社會矛盾的思考，而且深刻地傳達了殖民時期臺灣人濃重的文化身分焦慮，甚至可以說，真正意義上的被殖民者身分焦慮是由日文寫作中的日本想像來完成的。較之中文寫作，日文寫作經歷了殖民社會從文化對抗到對抗消隱的過渡，經歷了殖民同化進一步加深、民族間激烈的政治文化衝突基本平息、原有民族身分標記被嚴重塗抹的時期。[35]因此，其日本想像呈現如下特點：一是想像的前後變化比較明顯；二是想像的複雜程度大大增強；三是日本想像常常與民族自我想像相融合，即在日本想像中想像臺灣，日本開始成為某種參照，服務於臺灣人的自我定位。總體上，日文寫作中的日本不再像中文寫作中那樣作為絕對外在於臺灣的異族統治者形象出現，而隨著對抗的消隱逐漸滲入臺灣社會；它的異質性仍然保持著與臺灣的對立，但它對臺灣社會生活的影響激發了作家思考複雜的文化問題。在殖民後期，殖民者的思想、生活方式乃至審美趣味都可能通過壓制和滲透融入被殖民者的思維中，直接導致後者發生文化身分認定的混亂；同時，在民族矛

編輯發行《文藝臺灣》，刊物遵循浪漫、耽美的藝術至上主義，成為在臺日本作家寫作「外地文學」的園地，部分臺灣作家如楊雲萍、黃得時、龍瑛宗、周金波等也加入了這一文藝團體。1941年5月張文環等臺灣作家脫離「臺灣文藝協會」和《文藝臺灣》，另組「啟文社」，創辦《臺灣文學》，注重寫實主義，客觀上形成了與《文藝臺灣》在作家群體、藝術主張等方面的對壘。張文環、呂赫若、吳新榮等為該刊的主要作家，另有少數日人作家參加。後楊雲萍、龍瑛宗等臺灣作家脫離《文藝臺灣》，轉為《臺灣文學》撰稿。1944年《臺灣文學》被迫終刊，與《文藝臺灣》一起組合為由當局控制的「文學奉公會」發行的《臺灣文藝》。葉石濤〈《文藝臺灣》與〈臺灣文學〉〉，參見葉石濤：《走向臺灣文學》，臺北：自立晚報1990年版；又見葉石濤：《臺灣文學史綱》第二章，高雄：文學界雜誌社1987年版。

[35] 第一章論及中文寫作在作者的民族屬性、作品的文字屬性和內涵屬性三方面是統一的，有鮮明的民族定位，而日文寫作則出現了矛盾，作者民族屬性和作品內涵屬性屬於被殖民者，作品的文字屬性卻屬於殖民者。事實上，在殖民末期民族文化身分被模糊的情況下，日文寫作前兩種屬性的民族定位也不再像中文寫作那樣清晰。

盾趨於隱蔽的時期，兩種原本對立的意識形態或體現意識形態的具體生活形態可能會取得暫時的力量均衡進而平靜相處，這才是問題複雜性之所在。

　　正像1930年代前期中日文寫作並存時的日文寫作承續了中文寫作民族自我想像的主要特徵一樣，這個時期部分日文寫作的日本想像也維繫了中文寫作對殖民者的一貫認識。顢頇、霸道的日本人形象繼續在《送報伕》、《牛車》、《豚》等小說中出現，但隨後這樣的形象漸漸消失，[36]不再作為壓迫者的日本人悄然出現在臺灣人身邊。這種跡象至少說明文學和作家開始接受日本人的非殖民者形象，屬於絕對的殖民暴力的日本想像內涵發生了改變。到了1940年代皇民化運動高潮期，作家無論是否受到左翼影響，其意識形態色彩都已隱去，在當局「文學奉公」、「增產建設」的所謂「國策」和口號的倡導下，楊逵、呂赫若等作家也在1944年前後受總督府情報課的委託到生產第一線，寫出了《增產之背後》（楊逵）、《風頭水尾》（呂赫若）等作品，在名義上屬於當時的「國策文學」。[37]從楊逵、呂赫若1930年代的文學觀和寫作以及戰後的意識形態來看，本時期的如此舉動不能視為完全意義上的妥協，特別是這兩篇作品並不涉及對「國策」的頌揚，只是以努力工作著的臺灣民眾形象表現出一種積極態度，傳達了企盼臺灣社會發展的願望，而這與當時的政治號召是一致的。但作家配合「國策」的確是當時普遍存在的現象，張文環也曾為宣傳「志願兵制度」寫過文章，這種現象的出現恐怕難以用非此即彼的思維去判斷。這裡提出幾種理解，一是作品的內涵不一定完全等同於作家的意識形態，作家有可能在時局的壓力下被迫做出配和當局的舉動；二是經歷了長期的殖民統治和文化同化，特別是戰時當局物質和精神雙重動員的臺灣民

---

[36] 楊逵1942年的《鵝媽媽出嫁》是少見的殖民晚期明確描寫日本人負面形象的作品。

[37] 這些小說由總督府情報課編為《臺灣決戰小說集》乾、坤兩卷，臺北：出版文化株式會社1944、1945年版。

眾，可能產生自覺或不自覺的文化妥協；三是當局推行的增產建設方針與臺灣知識分子對現代文明的追求在效果上有相近之處；四是文學本身的因素，文學既可能是也可能不是意識形態的表現工具，當文學不再有機會表達思想傾向時，作家當然可能放棄文學的這一功能。在這種情況下，一定要發微探源、尋找作品的微言大義很可能是徒勞的。日文作家的上述「轉向」既可能出於單一的因素，也可能是多重因素共同作用的結果。[38]

　　日本想像的變化當然和這些因素有關。呂赫若寫作《玉蘭花》（1943）和《鄰居》（1942）的時候，其意識形態色彩已經不同於《牛車》時期，[39]無論從他本人的寫作還是殖民時期臺灣文學而論，這兩篇小說都意味著新的日本人形象的出現。《鄰居》中一對心地善良的日本人夫婦與臺灣人比鄰而居，因不能生育而領養了臺灣小孩，並百般疼愛。他們平等地與臺灣人生活在一起且懷有深深的愛心，這完全超出了主人公「我」對日本人的固有印象，因為在「我」看來他們本來不應該如此。時代的「大敘述」已完全被具體的、個人化的生活形態所取代，似乎表明作家不再像過去那樣把日本作為絕對的「惡」的化身，而漸漸地接受日本這個「大概念」包容的一部分正面形態，注意到了民族矛盾的大前提下還有著人性的共通之處。[40]但這種原有想像的打破反過來印證了原本存在的民族間的隔閡和原有想像的存在。《玉蘭花》的情形比較特別。在一個

---

[38] 這種作家及其寫作前後矛盾的現象首先是一個客觀事實，在沒有具體材料說明其成因時，人們應該做的是承認事實。但在時間、政局、文化生態多重因素的作用下，當事人和研究者往往習慣於按照某種既定的、易於被接受的結論去重新構想事實或凸現某一部分事實。

[39] 這個時期呂赫若不再顯示明確的政治意識，他的日本友人認為「看不出他所持有的政治意識，是個帶有小布爾喬亞潔癖的青年」，因而得以在「文學奉公會」主辦的《臺灣文藝》上發表作品。轉引自林瑞明：《呂赫若的「臺灣家族史」與寫實風格》，見《呂赫若作品研究》，第73－74頁。

[40] 這不是說此前的日本人形象沒有考慮其人性的一面是一種缺陷，而是說作家會出於想像的需要去確定他們想要表現的形象。呂赫若小說的不同以往的日本人形象當然是想像改變的結果。

兒童的眼中，鈴木善兵衛是被「不停地將新時代的空氣引入家庭」的叔父從東京帶來的、攜著照相機的日本人。起初他被當作怪物，因為「每當我們哭泣不止時，祖母或母親經常對我們說：『你看！日本人來了！』為的是阻止我們哭泣。由於從小被恐嚇，我們對日本人因而非常畏懼。」然而漸漸地孩子開始走近鈴木，感受到他「充滿喜悅、愛的善良的眼光」，產生了依戀的感情。多年後鈴木的照相機留下的照片還在喚醒孩子成人後溫馨的回憶。表面上非常符合當時所謂「日中親善」的主旨和人性主題的《玉蘭花》，深層的意蘊直接與作家對中日關係的再度想像有關。它富於暗示性地延續了臺灣／日本、傳統／現代的矛盾想像——帶著孩子們從未見過的、象徵現代科技文明的照相機，從現代化的日本來到傳統的臺灣鄉間的鈴木散發的迷人的吸引力暗示著現代日本對傳統臺灣的巨大感召，而這一次，傳統與現代的關係中不再有殖民者與被殖民者的對立。這意味著作家在再度想像中做出了新的取捨：在民族矛盾隱晦之際專注於現代性的追求。孩子對鈴木從懼怕到依戀的過程也在說明臺灣人，至少是知識分子對日本從完全排拒到既排拒其殖民性又接近其現代性的認知轉移。

當寫作服務於明確的反帝、反封建主題和表現人民苦難的目標時，關注激烈的民族矛盾和階級矛盾勢在必然，伴隨殖民壓迫而來的現代文明常常激發作家充滿矛盾的聯想，畢竟日本呈現的現代性與對被殖民者的壓迫掠奪相伴而生；當寫作沒有明確的意識形態目的或社會矛盾暫時隱去時，日本又以較為單純的現代文明社會的姿態出現在臺灣人面前。日文寫作這一點尤為突出。已知最早的日文小說，發表於1923年的《她要往何處去》（追風）中的日本即以開放、自由、文明的形象成為年輕人尋求個性解放的夢的國度，那艘載著希望和夢想的海輪來了又去，連接著彼岸的浪漫故事和充滿活力的生活。桂花從海輪上收獲了自己破碎的夢想，又乘海輪奔赴「內地」去編織新的夢境。與古老傳統的臺灣相比，日本分明是

「姊妹們」擺脫苦惱的新生之地。這篇小說由於未涉及民族衝突而提供了單純明朗的日本想像，但其產生仍與《玉蘭花》不同，前者表現的是臺灣知識分子最初接觸象徵現代文明的日本後的單純的嚮往，後者是在歷經民族衝突和左翼運動洗禮以及殖民統治晚期的社會壓力後，對傳統／現代關係的再度思考。

但殖民社會的壓力並未被忘記。那些書寫深刻的或潛在的殖民社會文化矛盾和身分焦慮的寫作開拓了日文寫作又一方想像天地。[41]龍瑛宗的《植有木瓜樹的小鎮》（1937）在日本人和臺灣人社會地位不平等的外在形態下描繪了臺灣人不同的心態，記錄了小知識分子陳有三由滿懷希望到沉淪絕望的歷程，無論他怎樣掙扎，臺灣人身分都是抹不掉的印記，時時引發他心中的隱痛。他確切地知道「我是誰」，卻不得不在清醒中忍受痛苦。而那些曾經留學日本、接受打著深深的日本文化烙印的現代文明、已無法清除思想文化結構中日本因素的人物，文化認同和身分確認卻顯得十分迷茫。這些「走出去的人」似乎更能說明身分失落的困境。其中王昶雄的《奔流》在這方面相當突出。

《奔流》發表於1943年，此時，完全生活在殖民統治下的一代臺灣人已經成長起來，「走出去的人」已經積累了相當豐富的異國文化經驗，開始真正面對兩種文化衝突導致的內心焦慮，弱勢的故土文化和強勢的日本文化交織而成的不和諧身分在他們身上體現得最為突出。究竟做日本人還是做臺灣人？抑或先做臺灣人再做日本人？這些問題在他們心中縈繞多時卻鮮有明確的答案。

小說的三位主要人物是兩位「走出去的人」「我」和伊東春

---

[41] 中文寫作對身分問題也有零星的表現，朱點人的《脫穎》（1936）描寫臺灣青年陳三貴深知憑他臺灣人的身分永遠也不能和日本人平起平坐，便挖空心思尋求機會，通過迎娶日本上司的女兒改姓「犬養」，徹底改變自己的身分。但陳三貴只是利用身分轉換以提升自己的地位，並未歷經精神痛苦；小說主旨也在於諷刺少數臺灣人趨炎附勢、貪圖富貴。因中文寫作時期寫作重心在於民族和階級矛盾的外在表現，身分問題的思考並不突出。

生，以及即將走出去的林柏年。當「我」「離開住了十年，已經習慣了的東京」，子承父業回故鄉做鄉村醫生時，內心充滿了矛盾困惑：「數年沒見的故鄉風物，真正打心底裡感到優美，心情是很開朗的。但不能持久。」鄉村的單調刻板使「我」「很想乾脆拋棄一切，再一次回到東京去」，「並不是自動地努力於內地化，而是在無意識中，內地人的血，移注入自己的血管，在不知不覺間，已靜靜地在流動那樣的心情。」潛移默化接受日本文化、曾經隱瞞自己臺灣人身分的「我」，仍然有殖民地人民特有的敏感，「在內地的時候，內地人當然不用說，是本島人還是中國人，看一眼，就能毫無例外地認出來。」困擾「我」的是生為臺灣人的文化壓力時常提醒自己不是真正的日本人，儘管「我」傾心於所謂「日本精神」。小說著力描繪的伊東春生，認同殖民現代性，以其昂揚、優越、講日語、改日本姓名、娶日本太太，處處實踐著「日本精神」，不但以做臺灣人為恥，也以自己的臺灣父母為恥；他想像中的臺灣人膽怯、閉塞，「殖民地的劣根性經常低迷不散」，回到臺灣並不能喚起他對故土親情的眷戀。但他並不是滑稽劇中的丑角，毋寧說是作家嚴肅思考身分問題的對象：做一個堂堂正正的人是否一定要鄙夷臺灣？做臺灣人是否一定意味著屈辱和卑下？小說用年輕的林柏年試圖回答這個問題。這位純真執著的青年不齒於伊東春生的行為，堅定地認為「我若是堂堂的日本人，就更非是堂堂的臺灣人不可。不必為了出生在南方，就鄙夷自己。沁入這裡的生活，並不一定要鄙夷故鄉的鄉間土臭。」三位人物對自身文化主體性格的認知各不相同，但其行為思考的背後均隱含著「本島青年兩重生活的深刻苦惱」。

《奔流》是殖民時期少有的兼有知性思考和複雜內心衝突的作品之一，限於當時的局勢，它對問題的解答仍然相對朦朧含混，一方面抒發熱愛鄉土的情感，另一方面不得不把實現臺灣人與日本人平等的理想放在做「堂堂的日本人」的理念下。日本不僅是那個優

越、現代、居高臨下的民族和國度，似乎還是臺灣人維護尊嚴、提升自我所設定的抽象目標。林柏年終於到日本去了，不是為了背棄故土，而是要做真正「堂堂的臺灣人」。

這裡，日本想像和身分問題合而為一，作家在日本和臺灣兩大群體中探討臺灣人的歸屬。按照研究者的說法，「一種個人身分在某種程度上是由社會群體或是一個人歸屬或希望歸屬的那個群體的成規所構成的。」「一個人可以屬於不只一個群體」，「存在一個時而激活此一種時而激活彼一種的對群體的忠誠或身分的自我。」「當一個人由追隨一個群體而轉向另一個時，他的身分看來會發生很多變化。」[42]雖然人們可以擁有不同的「成規」而使自己在不同的群體中保持不同的身分，但一種成規試圖強制性地取消另一種成規，如皇民化運動對臺灣人身分的取消，必將導致臺灣人在「指認身分」和「自塑身分」之間做出調整，要麼徹底改換身分，如伊東春生；要麼在兩種身分的糾結中苦苦思索，如「我」；要麼為保持原有身分而決心贏得新的身分，如林柏年。由於日本、臺灣兩種文化力量的極度不對等，在中國傳統的「孝道」外，林柏年幾乎找不到建立主體的文化表徵，維持其精神不墜的除了內心對故土的摯愛，竟是日本劍道勇敢不屈的精神。他對臺灣的想像終於還是通過對日本的想像才得以實現。林柏年面臨一個悖論：他試圖通過赴日留學確立身分的過程註定是原有身分進一步喪失的過程。這時人們發現，被殖民者身分的重建其實已無法擺脫殖民者話語權力的控制。

無論傳統／現代關係的審視還是身分焦慮，無疑都是由知識分子角色完成的。其中自然包括作為形象的知識分子和作家持有的知識分子立場。迷茫、沮喪、尋找出路的知識分子形象代表日文作家抒發著殖民時期晚期的苦悶和憂鬱，知識分子式的精神痛苦的確是日文寫作異常突出的想像特徵。再來看《植有木瓜樹的小鎮》，

---

[42] 〔荷〕佛克馬（Douwe Fokkema）、蟻布思（Elrud Ibsch）：《文學研究與文化參典》，俞國強譯，北京：北京大學出版社1996年版，第120、121頁。

初出校門的陳有三來到鄉村小鎮做職員，不甘於平庸的生活和鄙俗的環境，希望通過個人的努力改變處境。然而複雜勢利的人際關係、被殖民者低下的地位、周圍人們的掙扎和苦難，一步步銷蝕著他的精神和理想，使他被「絕望、空虛與黑暗層層包圍得轉不過身來」，無奈地滑向深淵。龍瑛宗創造的這個具有「零餘者」精神特質的人物集中了個人與社會的激烈衝突，體現了知識分子的個人理想與社會現實之間巨大的鴻溝。小說的總體氛圍是灰暗頹廢的，在陳有三周圍，聚集著眾多瀕於毀滅的人物，唯一一位在絕望中仍努力思考的人物——林杏南長子，也以宿命的方式空洞地做著「切不可輕易陷入絕望或墮落」的勸慰，最終以死亡印證了思想的無力。所謂「宿命的受容」[43]概括了當時知識分子無力反抗、沉淪於孤獨和虛無的精神苦難，昭示著與此前不同的知識分子的精神變異。日本學者尾崎秀樹在《臺灣文學備忘錄——臺灣作家的三部作品》中比較《送報伕》、《牛車》與《植有木瓜樹的小鎮》，指出：「如果按照年代順序讀一下這3部作品，從某種程度上，我們似乎可以看出臺灣人作家的意識從抵抗到放棄，進而屈服這樣一個傾斜的過程。」[44]也可以說，這篇小說從時間上開啟了此後以知識分子的精神痛苦為殖民社會晚期重要文化想像的過程，也與《奔流》、《清秋》等一起組成知識分子探索出路的幾種不同方式：《植有木瓜樹的小鎮》以絕望的掙扎顯示「零餘者」的毫無希望；[45]《奔流》通過不同人物類型表現不同的知識分子精神狀態；《清秋》在內心的探索中追索生命的意義。在情緒上，從無奈的憤激和極度的精神痛苦到茫然中的思考和思考後的抉擇，直至進入內心的形而上探尋，

---

[43] 羅成純：《龍瑛宗研究》，見《臺灣作家全集‧龍瑛宗集》，臺北：前衛出版社1991年版，第241頁。

[44] 尾崎秀樹：《舊殖民時期文學的研究》，陸平舟、間ふさ子譯，臺北：人間出版社2004年版，第239－240頁。

[45] 導致不同探索方式的原因很多，龍瑛宗小說濃重的絕望、頹廢情調與作家的個人經歷和氣質有關。

這三部小說從躁動走向沉鬱，似乎也在說明知識分子隨著殖民社會演進的情緒變化軌跡。

1944年《清秋》發表時，殖民統治已經到了終結的前夜。留日學成返鄉的耀勳開始在都市文明、日本文化和鄉村情致、中華傳統間苦苦思考。這位應父祖的要求打算返鄉做一名鄉村醫生的青年從回到家鄉之日起，就開始了矛盾困惑的心路歷程。崇尚中國傳統文化的祖父，以及光宗耀祖、恪守孝道的觀念深深吸引著他，傳統讀書人的學問文章在他心中比現代醫學更有魅力。但作為曾在異域接受現代文明的知識分子，耀勳仍難以抑止走出傳統的欲望。傳統和現代的關係在他這裡轉化成對生命本源的思索，因為在時空流轉中他直接產生了「從哪裡來」「到哪裡去」的茫然。耀勳沒有像陳有三們那樣因現實生存陷於困境而直接引發精神的幻滅，雖然他的思索並未脫離臺灣社會的具體情境，但重心更多地放在自我與世界的關係問題上，因而帶有相當明顯的形而上色彩。在時局壓力下作為以往想像的一種替代，耀勳這類既有深切社會關懷，又有終極精神追索的知識分子形象其實也是作家想像重心轉移後產生的新的想像內涵的一部分。這裡人們再一次發現了文學與殖民社會現實矛盾逐漸加大的距離和向知識分子內心靠近的趨向。

當文學的主角逐漸由悲苦的民眾轉變為內心焦慮的知識分子、當傳統從一個被批判的對象過渡到作為民族的身分標記而被肯定、當激烈的民族矛盾和階級矛盾的表現因時局而被迫隱退、當日本想像由鮮明的民族立場的昭示轉向複雜的傳統現代關係的考察之時，殖民時期臺灣新文學的文化想像已經發生了平緩而深刻的變異。對中日文寫作文化想像的分別考察是試圖為想像的變異尋找某種立論的格局和支點，並不否認二者間的交叉融合；同時變異的確發生於不同語言的寫作之間，因為寫作語言變化的背後是殖民社會雙方政治文化關係格局的變化及作家的知識結構、社會境遇、文學傳承等多重因素的改變，這些因素又是想像改變的重要原因。

第三節　遵從殖民者邏輯的想像
——「皇民文學」

　　任何存在強弱對立的社會都會出現弱勢者在強勢者支配下喪失自主意識、主動尋求身分轉換以躋身於強勢群體的現象。說到底，這是身分較量過程中的極端表現，它不同於弱勢者被壓抑、被「消音」所致的身分模糊，而顯示了一種新的殘忍：弱勢者心甘情願地為成為強勢群體中的一員而認同強勢者的所有規範、準則乃至思維方式。這意味著後者對前者權力的徹底剝奪和對其靈魂的嚴重扭曲。殖民社會的上述現象可能導致更悲哀的結果，首先是弱勢者對強勢者的認同並不能換來強勢身分的真正獲得；其次認同會帶來同屬弱勢群體的其他人精神、情感以至更大範圍的傷害，此外，這種認同標誌著被殖民者文化身分的徹底沉落。前述殖民時期臺灣新文學無論反抗意識的彰顯、文化焦慮的表述還是民族傳統的昭示，都只是被殖民者為保持原有身分所做的艱苦努力，即便其中包含身分喪失的茫然和猶疑，卻不包含認同殖民者的意願。這也是判斷殖民晚期「皇民文學」和「非皇民文學」的基本界限。

　　「皇民文學」是臺灣殖民者推行「皇民化」[46]運動的產物。進入1940年代，殖民者出於戰爭的需要明顯加強了文壇控制。1940年

---

[46]　「皇民化」的明確出現始於1936年底臺灣第17任總督小林躋造提出的「皇民化」、「工業化」、「南進化」三大統治方針，具體實施在1937年。「就理念構成而言，它是『同化主義』的極端形式；就實際需要而言，它是日本帝國戰爭動員的一環。」周婉窈：《從比較的觀點看臺灣與韓國的皇民化運動》，見《臺灣史論文精選》，第163頁。「皇民化運動」的目的在於消滅臺灣民眾的民族意識，將其改造成「真正的日本人」。這源於日本侵略戰爭的需要。全面侵華戰爭和太平洋戰爭所需的大量資源非日本本土所能承受，必須依仗殖民時期資源的補充。「皇民化運動」就是動員殖民時期人民為日本效忠的運動。「皇民化運動」的重要舉措之一是1941年6月頒佈的「志願兵制度」，「一方面補充戰爭中不足的『人力資源』，另一方面更為了避免『大和民族』——建設『大東亞共榮圈』的『領導國民』——的人員耗損，所以要『活用外籍兵力』。也就是說，『皇

底，日本作家菊池寬等來臺演講，宣傳戰爭體制下的文藝政策，隨後由日本人控制的臺灣文藝協會改組，加強「國策」色彩；太平洋戰爭爆發後，一直標榜唯美、浪漫追求的《文藝臺灣》開始明顯迎合官方意識形態，發表了相當數量的配合戰時統治方針的作品。由臺灣人創作的、迎合殖民者意志的「皇民文學」幾乎都發表於《文藝臺灣》，其中「皇民意識」最為突出的是陳火泉的《道》、周金波的《水癌》和《志願兵》。[47]這裡並非要對「皇民文學」做出明確的界定以及是非判斷和道德評價，而是重點考察小說透露的被殖民者歸順殖民者、追求「類殖民者」身分的心靈扭曲，因為它們恰是殖民社會晚期文化想像的特殊現象，尤其能夠說明殖民意識對被殖民者思維的宰制。

　　《水癌》描述留日歸來的醫生[48]「他」遇到一位置女兒生命健康於不顧，專注於賭博享樂的臺灣婦女，她不但不聽從醫生的勸告

民化』和過去的『同化政策』不同；這項運動的最大目的，在於使臺灣人成為『天皇之赤子』，以動員他們投入日本人的戰爭。」〔日〕星名宏修：《『大東亞共榮圈』的臺灣作家（一）——陳火泉之皇民文學形態》，見黃英哲：《臺灣文學研究在日本》，塗翠花譯，臺北：前衛出版社1994年版，第35頁。

[47] 究竟哪些作品是「皇民文學」在不同時期不同研究者中存在不同看法，有的將「皇民化」時期的文學均稱為「皇民化文學」，有的劃分範圍較窄，但這三篇小說從戰後到現在其「皇民文學」身分都不被懷疑。它們先後發表於《文藝臺灣》1943年7月六卷三號、1941年3月二卷一號、1941年9月二卷六號。本文參閱本為《水癌》，許炳成譯；《志願兵》，周振英譯，均見〔日〕中島利郎、周振英編：《臺灣作家全集‧周金波集》，臺北：前衛出版社2002年版；《水癌》中譯本曾收入《文學臺灣》第8期，1993年8月。《道》（日文本），見〔日〕河原功、中島利郎編：《日本統治時期臺灣文學‧臺灣人作家作品集》第五卷，東京：綠蔭書房1999年版。因「皇民文學」作品在大陸極少被討論，本文對其分析引證較其他文本略多。

[48] 醫生形象其實是殖民時期臺灣新文學中常見的、饒有興味的形象之一，作為殖民現代性表徵之一，醫生和現代醫學的意義將在本文第三章中繼續探討。從賴和筆下的醫生到周金波的《水癌》，醫生形象經歷了由啟蒙知識分子到「類殖民者」的變異過程，正如文化想像變異的生動說明。但這並不能證明這種變異是必然的結果，在《水癌》之後，楊逵《無醫村》、王昶雄《奔流》、呂赫若《清秋》中的醫生都不是認同殖民意識的形象。「皇民文學」也不是殖民晚期占主流地位的文學現象，只是殖民時期文學特殊處境下的「癌變」，因為在它同時和以後都有更多數量的「非皇民文學」存在。

送患重度口腔炎的女兒住醫院，而且在女兒死後不到五天又因賭博被警察捕獲；推脫沒錢給女兒治病，卻要求醫生為她鑲上金牙。「他」為此深感臺灣人血液中的劣根性，發誓「必須做同胞的心病的醫生」。僅從情節看，這就是一個現代的、「走出去的人」與傳統、落後、愚昧的臺灣之間衝突的故事，不過這個「走出去的人」卻完全沒有其他類似形象對殖民時期社會傳統／現代特殊關係的思考。在「他」眼中，落後的臺灣已經成為亟需拯救的對象，而象徵現代、文明和日本氣息的「他」就是一個責無旁貸的拯救者。因此貫徹日本精神就不僅是學做日本人（當然這是前提），而且要以日本式的優越和現代去改造臺灣。「他」並不否認自身的臺灣人血緣，但認為用來蕩滌臺灣人血液的當然是「高貴的」日本精神。相比於試圖隱瞞臺灣人身分，以免於日本人歧視的臺灣人來說，「他」毫不懷疑自己就是日本人的化身。小說以這樣的描述開始：

> 他醒過來，仍舊躺著，一面在新鋪的綠席氣味中把玩，一面回憶東京留學時代。好幾年沒有在塌塌米上休息了。對在塌塌米度過的學生時代的懷念復活起來之後，又有更大的感慨湧上心頭。認為向高水準的生活接近一步──。還認為完成一項義務──倒不如說變成某種不易獲得的優越感，緊緊地逼迫全身。
> 在塌塌米上開始過像日本人的生活！
> 這使他得意揚揚，使他抱定漠然而嶄新的希望。

發自內心的做日本人的良好感覺相當明確，如果到此為止尚不過是得意於享受日本生活方式的膚淺感覺，然而緊接著：

> 以七七事變為轉捩點而加速推行的皇民煉成運動，不用說，從站在領導地位的他們腳下向外擴展。它以點燃

在乾枯草原的野火一般的氣勢，燒毀迷信，打破陋習。

　　他在治療患者牙齒的當兒，並沒有忘記盡力宣傳它的必然性。

　　當然，那把野火也在他身邊以點火的姿態帶給生活幾分變化，其實，應該說達成他自己多年的宿望比較恰當。

　　因此「他」絕不是單純地傾慕日本，而是站在「皇民化運動」發動者一邊，以「領導階級」自許，決心用「皇民化」掃清臺灣的迷信和陋習。這使「他」與《奔流》[49]中的伊東春生形成了明顯的分野。伊東春生對日本精神的實踐承受著來自臺灣社會的壓力，他的言行不但遭到林柏年的反對，也被「我」所質疑。而在風中飄散的白髮、對林柏年性格的暗自欣賞，都暗示著他的內心衝突和對臺灣的情感遺存，也就是做日本人的不徹底性。日本仍然是對象化的、異質的存在，伊東春生還遠遠沒有完成從此岸到彼岸的過渡。而「他」卻沒有任何矛盾痛苦地期待著「皇民化」的成功：「島民是可以教化的，而且可以比預想的更容易，更迅速地辦到」，「他」已經通過試圖改造臺灣而完全外在於臺灣。小說中被視作進步、文明、科學的「皇民化」不但不可能受到絲毫的質疑，而且以其「高貴優越」反襯出臺灣的「落後愚昧」，並隱瞞了自身的真正面目。「在這兒完全看不出臺灣人面臨『皇民化』之時，可能感受到的不安和苦悶。」[50]不僅如此，取代不安和苦悶的甚至不是沉默，而是欣喜和振奮，是作為「皇民化」領導階級的自豪和自負，因此小說被當時的日本人評價為「樂觀進取」，[51]其中明顯的「類殖民者」心態在「非皇民文學」中完全見不到。[52]

---

[49] 《奔流》也曾被部分研究者認為屬「皇民文學」。

[50] 〔日〕星名宏修：《『大東亞共榮圈』的臺灣作家（二）──另一種『皇民文學』：周金波的文學形態》，見《臺灣文學研究在日本》，第65頁。

[51] 日本人國分直一當時對《水癌》的評價，轉引自上文。

[52] 當時的另一位日本評論家辻義男認為周金波作品充滿了「激越」的情緒，他比較了《水

1941年6月臺灣頒布「志願兵制度」（1942年4月實施），同年9月，周金波的《志願兵》作為卷頭小說在《文藝臺灣》發表，[53]引起轟動，並為作者贏得了第一屆「文藝臺灣獎」。西川滿在評獎中談到：「周君從《水癌》一躍而到《志願兵》，的確非同反響。」「在本島人作家之中，帶頭志願作志願兵的非周君莫屬。」[54]小說寫到三個人物──敘述者「我」，一個八年前留日返臺，懷著「告別了雖然是孤獨卻充滿了自由──度過了常年的東京生活所留下的那種哀愁的感覺」，已在故鄉的「紅磚屋下的傳統窩裡開始長了根」的人；剛剛從東京歸來，想看看臺灣經歷「皇民化運動」的變化，卻發現「好像看不出有什麼進步的地方」、認為臺灣人是「文化水準還很低的人種」的張明貴；土生土長於臺灣，精通日語，參加「日本人和臺灣人在一起實行皇民鍛鍊的團體」「報國青年隊」，在「改姓名」之前就自稱姓「高峰」的高進六，通過「我」所敘述的張明貴和高進六的爭論，探討「做日本人」的共識下不同的「方法論」。張明貴認為：

> ……為什麼不做日本人不行的原因，這是我首先必須考慮的，我在日本的領土出生，我受日本的教育長大，我日本話以外不會說，我假如不使用日本的片假名文字我就無法寫信，所以我必須成為日本人以外沒有辦法。

癌》和龍瑛宗《邂逅》的開頭，指出後者的對象與作者間有距離，而前者在把「新鋪的綠席氣味」當作觀察對象時，隨即就把自身也置入其中。〔日〕辻義男：《周金波論》，柳書琴譯，《文學臺灣》第8期，1993年10月；原載《臺灣公論》1943年7月號。這雖然是對小說技法的分析，但也說明小說的情緒與作者情緒的一致性。

53　當時的報紙曾有這樣的報導：「九月，人們興奮的情緒尚未冷卻，《文藝臺灣》二卷六號刊了周金波《志願兵》，這號《文藝臺灣》是全篇都有戰爭色彩的戰爭特輯號，除了周的小說外，其他還登了以志願兵為主題的川合三良的小說《出生》，和西川滿等人寫的戰爭詩。」轉引自〔日〕垂水千惠：《臺灣作家的認同意識和日本》，見〔日〕垂水千惠：《臺灣的日本語文學》，塗翠花譯，臺北：前衛出版社1998年版，第48頁。

54　〔日〕星名宏修：《『大東亞共榮圈』的臺灣作家（二）──另一種『皇民文學』：周金波的文學形態》，見《臺灣文學研究在日本》，第68頁。

似乎一個人所處的日本化境遇是造就日本人的原因，當他的全部生活被日本化以後，想不做日本人已不可得，所以張明貴主張通過教育，使臺灣人「以前缺少的教養和訓練趕快去實行」，以達到「皇民煉成」。而從未到過日本的高進六有著更為簡捷和超驗的成為日本人的途徑：

　　　　拍掌時，神明會引導我們向神明接近，向至誠神明祈禱就是達到神人一致的境界，古代的祭祀就是這種神人一致的理念，祭典就是從這裡開始的政教一致就是皇道政治的根源，我們隊員從拍掌儀式而能接觸到大和精神，努力去體驗大和精神，這種體驗是過去的臺灣青年很少有人領會到的。[55]

　　這種「神靈附體」式的「皇民煉成」法並未得到篤信科學、文明、實用理念的張明貴的認同，他認為「進六像被蒙住眼睛一樣盲目亂撞，所以我受不了，這個傢夥，一直在提什麼日本人啦，大和心啦，根本不加以批評」，似乎透露出某種對盲從於皇民化的反思，但隨即高進六寫下血書志願從軍的消息傳來，張明貴不得不承認「進六才是為臺灣而推動臺灣的人才，我還是無力的，無法為臺灣做什麼事，腦筋太硬板了」。「小說中所有人物的交談辯論像是交響曲中同一主題樂式的重複與強化」，[56]最後在對高進六「壯舉」的肯定中結束。
　　作者這樣解釋創作主題：「在我的作品《志願兵》中，描寫同一時代的人的兩種不同想法；一種是『精打細算型』，另一種則

---

[55] 「拍掌」本是日本神道教向神明祈禱、表示虔誠的方式。小說中還有高進六批評張明貴「是猶太教徒，中了西洋的毒」的敘述，聯繫到葉盛吉曾受「猶太研」的影響，陷入玄妙理念的情形，可見當時皇民化宣傳對臺灣人的精神控制。

[56] 陳建忠：《徘徊不去的殖民主義幽靈》，見《文學臺灣》第29期，1999年1月。

是『賴皮型』——不管你同不同意，我已經是日本人了。代表這個時代的兩位本島青年，究竟誰能順應這個時代而生存下去呢？這就是《志願兵》的主題。而且，我相信，說『不管你同不同意，我已經是日本人』的後者才能背負起臺灣的未來。」[57]《志願兵》要討論的不是做不做日本人的問題，而是怎樣做日本人和以怎樣的方式成為日本人才更「順應時代」。小說設定的人物就達到皇民化目標的不同方法的爭論，其實是為了突出高進六式靈魂歸順的快速便捷和無條件，那種「不管你同不同意，我已經是日本人」的狂熱顯然更符合戰爭時期的氣氛，對期望成為日本人的臺灣人來說也更有誘惑力和可行性，因為只要一廂情願、「神靈附體」，就一定能成為日本人。在這種邏輯背後支持著的是作者將日本當作拯救臺灣擺脫落後愚昧的救世主的想像，是對日本發動侵略戰爭的發自內心的嚮往。[58]但是這樣真誠地做日本人的臺灣人還是抹不去臺灣人的印記，因為殖民者並不會有如此「天真」的想像，他們知道「皇民化」、「志願兵制度」的真正目的；只有完全被馴化了的精神奴隸才會具備這樣的「境界」。這正是殖民者所需要的。

1943年11月，在此前總督府「臺灣決戰態勢強化方策」的影響下，議題為「文學之戰爭協力」的臺灣「決戰文學會議」召開。會上，改姓名為「高山凡石」的陳火泉以《談皇民文學》為題發表談話：「我認為，描述本島人在『皇民煉成』之過程中的心理乃至言

---

[57] 周金波1942年在「談徵兵制」的座談會上的談話，轉引自〔日〕垂水千惠：《臺灣作家的認同意識和日本》，見《臺灣的日本語文學》，第62頁。

[58] 半個世紀後，周金波談起頒佈「志願兵制度」時的情景：「這一天，我特別感到充滿自信的喜悅，彷彿可以從漫長孤獨的殼中掙脫出來。」「大家的表情變得生機勃勃，話也多起來，完全露出真實的性情。」「我終於脫離了孤立的殼了。因為志願兵制度有臺灣人的願望寄託，所以，大家尋求的方向一致，眼神充滿真誠。」周金波：《我走過的道路》（在日本中國文藝研究會上演講），邱振瑞譯，見《文學臺灣》第23期，1997年7月。周金波不但將「志願兵制度」看作臺灣人的願望，而且當作個人擺脫孤獨的上佳方式。當然當時在臺灣和朝鮮都有人請願服兵役以尋求所謂「差別待遇」的取消。以為殖民者所利用、為殖民主義致忠赴死來尋求「平等」，這種畸形的精神狀態反過來表明了殖民者思想控制的成功，或者說根本就是殖民宣傳的產物。

動，進而加速『皇民煉成』的腳步，這也是文學者的使命。」「如果文學者都有日本人的真誠，則天下無難事。」「不能如此捨身者，應當體認到自己不僅不是文學者，而且也不是日本人。」[59]這與他此前發表的，受到日本人激賞、被稱為「皇民文學之結晶」的《道》所傳達的精神完全一致。[60]

《道》講述的是傾心於日本的臺灣人「走向皇民之道」的曲折歷程和內心苦悶，以及歷經磨難終不悔的執著。臺灣人陳青楠熟悉日本文化，自認為已是卓越的日本人，面對實際存在的「內地人」和「本島人」的差異，內心思索著解決之道，其結論是：「並不是因為有日本人的血統，就是日本人。而是因為自幼在日本傳統精神薰陶下成長，時時刻刻都能表現出日本精神，所以是日本人。」為沒有日本血統的臺灣人找到了一條經過「歷史的磨難」成為日本人的道路。但這種主動認同意識並未獲得承認，儘管青楠努力工作，為總督府專賣局貢獻不少，還是因臺灣人身分無法晉升，因一點小事挨日本人的打；他所信賴的日本上司甚至直截了當地說道「本島人不是人」。一心尋求日本人身分確認的青楠經歷如此挫折，也忍不住發出這樣的感慨：「菊是菊。花是櫻。牡丹終究不是花！！能大呼天皇陛下萬歲而死的只有皇軍，貢獻一身殉國的只有皇國臣民，我等島民難道不是皇民嗎？啊，終究不是人嗎？」然而他終於沒有在憤激中清醒，而是繼續其日本精神的修煉，並因察覺到自己仍使用臺灣俗語思考而認定自己無法成為日本人的根本原因在於沒有使用日語，確信日語才是本島人的「血」，

---

[59] 轉引自〔日〕星名宏修：《『大東亞共榮圈』的臺灣作家（一）——陳火泉之皇民文學形態》，見《臺灣文學研究在日本》，第34頁。

[60] 臺灣決戰文學會議中，西川滿提議文學雜誌停刊，引起楊逵和黃得時的不滿，張文環出來打圓場以免事態擴大。最終在壓力下《臺灣文學》被迫停刊，與《文藝臺灣》一起被組合為「文學奉公會」刊物《臺灣文藝》。〔日〕野間信幸：《張文環的文學活動及其特色》，見《臺灣文學研究在日本》，第24頁。因此僅從陳火泉的上述談話尚不能確定作家的真實想法，但《道》的存在可以證明上述談話的真實性。

以此化解了內心的矛盾和緊張，最後抱著「為天皇而死」的決心參加志願兵。

小說表現主人公克服「內臺差別」帶來的困擾，一心執著於「皇民煉成」，倒是比周金波前述小說中「當然的日本人」顯示了更複雜的內心矛盾，客觀上也暴露了殖民者「一視同仁」的虛偽和身為臺灣人的苦惱——「唯有在『皇民化』上賭一賭，自己的未來才有展望。」[61]比起高高在上、自認「領導地位」的臺灣人來說，青楠的確經歷了身分轉換的痛苦，這痛苦也是絕大多數備受殖民統治壓迫的臺灣民眾的痛苦，但是作者在這痛苦之中注入的內涵卻不是失去原有身分的焦慮，而是無法獲得「類殖民者」身分的恐懼。由於這恐懼，他無法清醒地認識痛苦的根源，卻選擇了向痛苦製造者靠近的方式以免除痛苦。一個簡單的邏輯是，一旦獲得了「皇民」身分，所有的痛苦會隨之消失。而這種獲得是否可行卻完全不在作者的視野之內。在這一關鍵問題上，作者徹底放棄了思考，聽任殖民意識形態的掌控。所以「一旦在『皇民化』上下了賭注，即使後來一而再再而三地陷入『一視同仁』的騙局，陳火泉已無論如何也不能放棄『皇民之道』了。」[62]

---

[61] 〔日〕星名宏修：《『大東亞共榮圈』的臺灣作家（一）——陳火泉之皇民文學形態》，見《臺灣文學研究在日本》，第46頁。由於小說呈現了一定的社會存在和因「差別待遇」而來的苦惱，因而被一些研究者認為是體現了一定「抗議性」的作品，但如果以如此相對主義的標準評價文學，就完全無視了作者設置這種存在和苦惱的最終指向，即通過這種存在和苦惱引發人物的反省，「反省的結果，是將作為文化根本的母語，完全否定，徹底的走向皇民之道」。林瑞明：《騷動的靈魂——決戰時期的臺灣作家與皇民文學》，見《日據時期臺灣史國際學術研討會論文集》，臺北：臺大歷史系1993年；後收入林瑞明：《臺灣文學的歷史考察》，臺北：允晨出版公司1996年版。如果沒有這種存在和苦惱反而不能顯示人物「走向皇民之道」的堅定決心。因此可以說小說客觀上表現了社會存在，卻表示了對製造這種存在的暴力的傾慕，因而談不上「抗議性」。而且判斷「皇民文學」並不以是否流露了對「差別待遇」的不滿為標準。

[62] 〔日〕星名宏修：《『大東亞共榮圈』的臺灣作家（一）——陳火泉之皇民文學形態》，見《臺灣文學研究在日本》，第47頁。

所謂「類殖民者」，當然不等於殖民者，而是傾慕殖民者優越身分的被殖民者及其精神狀態。殖民者根據自身的需要直接創造了被殖民者中的這一類人物，他們不僅在語言和生活形態上努力靠近殖民者，更重要的是，他們的思維邏輯也完全由殖民者指定，因而徹底失去了自塑身分的可能。儘管他們熱衷於模仿後者，卻永遠無法真正獲得後者的權力和身分，否則殖民社會將不復存在，殖民者自身也將消亡。因此受到殖民者設置的幻境吸引的「類殖民者」們註定不可能實現躋身殖民者之列的夙願，他們終將無所依傍，成為懵然無知於「皇民化」騙局或自欺欺人的殖民社會犧牲品，[63]而且體現著被殖民者所受到的最嚴重的精神傷害。當代臺灣小說家張大春的《撒謊的信徒》談到薩特認為「從來沒有比在德國佔領期間更自由」，因為存在著「我們的壓迫者要我們接受」的事物，「而由於這一切，我們得以自由」——薩特獲得了一個可以讓他說「不」的對象，一種可以「拒絕」的自由，哪怕這自由僅僅存在於內心。「然而，並不是每一個被壓迫者都能獲得薩特所宣稱的自由，許多被壓迫者口中說：『是。』的時候，心裡也常說：『是的，是的。』」[64]「類殖民者」們就是這些放棄了「拒絕」的權力，在內心向殖民者說「是」的人，他們失去了自由而徹底成為奴隸。甚至「皇民文學」中的這類人物還和作者一起大聲地對世人宣講著他們向殖民者的屈從和效忠，並以此作為被殖民者擺脫苦難的必由之路。由於這種宣講借助了殖民者的話語權力而廣泛傳播，有可能誘惑更多的被殖民者加入向殖民者屈從和效忠的行列，進而成為帝國主義侵略戰爭的協力者。[65]這應是「皇民文學」及其作者在戰後受到強烈譴責的重要原因。

---

[63] 數萬臺籍「志願兵」戰後因為不具備日本人身分而得不到日本方面的戰爭賠償。

[64] 張大春：《撒謊的信徒》，臺北：聯經出版公司1996年版，第42頁。該書為影射李登輝政治生涯，進而思考人類信念及背叛等命題的長篇小說。

[65] 楊逵在小說《泥娃娃》中談到「再沒有比讓亡國的孩子去亡人之國更殘忍的事了。」見鍾肇政、葉石濤主編：《光復前臺灣文學全集6・送報伕》，臺北：遠景出版公司1979年

當然，簡單地否定「類殖民者」或「皇民文學」並不一定有助於問題的深入認識，人們需要理解的是為什麼在殖民晚期、殖民體制行將崩潰的時刻會出現完全遵從殖民者意志、自覺否定原有身分的文化想像，而這在此前的殖民時期內，特別是反抗意識高漲的階段是難以想像的。這裡或許可以從殖民社會雙方關係的演變來考察。殖民社會發展的事實已經表明，被殖民者最初的頑強抵抗會隨著權力的逐漸喪失而改變方式，直至消隱；此消彼長，殖民者卻逐漸擁有了掌控一切，包括塗抹和重塑被殖民者身分的力量。「殖民者為他們塑造的那種形象，已經刻在一切典章制度的文字中，按在一切人際交往的規矩上。受殖者對此朝夕相對，不能夠沒有反應。」「結果就像一個綽號，初初覺得可憎，慢慢習以為常，變成了慣用的稱呼。」[66]到了這一階段，殖民社會雙方的關係已經從對抗演變為緩和，直至一方順從另一方。「殖民者為了成為不折不扣的主人，必須不只充當事實上的主人，而且還須對自己的主人地位的合法性深信不疑。而為了取得完全的合法性，他又必須不僅使受殖者俯首聽命，還須使他樂於聽命。」[67]「由日本殖民教育培養出來的臺灣新知識分子，那符合新的統治集團需要的、具有支配性地位的意識形態，對他們來說，是先驗的、不辯自明的合法與合理的存在。」[68]殖民者意識形態通過強力發生作用，開始左右被殖民者的思維，使他們中的一部分人只能而且樂於以殖民者為模仿對象，「力求變得同殖民者一模一樣，再也認不出原來的自己」，「為了解救自己（至少他是這麼看的），他願意摧毀自我。」[69]因為「自

版，第111頁。殖民時期的「志願兵」就是殖民社會最殘忍的現象之一。

[66] 〔法〕敏米（Albert Memmi）：《殖民者與受殖者》，見《解殖與民族主義》，「文化／社會研究譯叢編委會」編譯，香港：牛津大學出版社1998年版，第6頁。

[67] 同上，第7頁。

[68] 施淑：《日據時代小說中的知識分子》，見施淑：《兩岸文學論集》，臺北：新地出版社1997年版，第36－37頁。

[69] 〔法〕敏米：《殖民者與受殖者》，見《解殖與民族主義》，第9頁。

我」，包括民族歷史傳統已成為他走向殖民者的障礙。從這個角度人們就可以理解「皇民文學」為什麼出現，以及其中的人物為什麼要急迫地成為日本人。儘管「類殖民者」意識直到殖民晚期也沒有成為臺灣人占主流地位的文化心態，「皇民文學」也只占同時期文學中的極小比例，但其存在的根本原因還是殖民者的絕對支配力量。

殖民意識形態對被殖民者思維的侵蝕甚至不僅僅局限於殖民時期，更延續到現實的殖民社會消亡之後相當長的時間內，直至今天。「除非經嚴厲的試煉，戰時中那種精神的荒誕，將會遺留到現在。」[70]因為殖民意識形態並不會隨著殖民者的離去而消失，它可能在後殖民時期隨時局變化時而隱晦，時而浮現，長期發生影響。現實中的周金波就是這種現象的典型說明。雖然戰後的周金波曾隱姓埋名以躲避對「皇民」的清算，但其「皇民」心態卻未有絲毫改變，時至1990年代，他依然以當年的作為而自豪：「我是一邊倒傾向於日本，實際站在前頭志願，不是志願的就不敢在這裡亂說。」「（當時）在臺灣有一種感覺，我們之所以被歧視，是因為沒有流血。若有流血犧牲，就可以說大話，要求實踐義務。」[71]這與效忠日本、爭做「皇民」即可擺脫痛苦的邏輯如出一轍。半個世紀後，他仍然在使用當年殖民者對臺灣人的蔑稱去稱呼大陸中國人為「支那人」、「清國奴」，不但透露出其思維仍停留在對當年殖民者的模仿上，也使自己平添了「亡國之人亡人之國」的殘忍。這樣的言行使今天的日本人也深感震驚：「周金波只句半語也沒提到日本發動侵略戰爭的整體意義，以及造成始自中國，殃及亞洲各國無數犧牲者的事實。」「（他）若無其事地演出了半世紀前的戲碼，把日本統治臺灣教育下的思考模式，毫無保留地丟在日本人面前。」

---

[70] 〔日〕尾崎秀樹：《戰時的臺灣文學》，蕭拱譯，見王曉波編：《臺灣的殖民時期傷痕》，臺北：帕米爾書店1985年版，第219頁。

[71] 周金波：《我走過的道路》，見《文學臺灣》第23期，1997年7月。

「他的確不算是那種對人的生命與存在，發出冷笑，讓人讀來悚目驚心的法西斯主義作家。但不也就是這些缺乏思考、幸福的精神奴隸，支撐了侵略戰爭的嗎？」[72]雖然這是一個罕見的特例，但足以表明殖民意識形態曾經怎樣地「深入人心」，它歷經漫長歲月不但沒有被徹底清除、遺忘，甚至在極少數人那裡沒有被磨損；其影響也並不隨著當事人的離世而被自然清除。[73]周金波現象或許從反面揭示了殖民主義戕害人心的罪惡，但更重要的是說明：意識形態的「去殖民」遠比社會組織、經濟結構等領域對殖民主義的清算更艱難，它是前殖民時期民眾在後殖民時期的一項長期而艱巨的任務。

---

[72] 〔日〕藤重典子：《周金波的贈禮》，邱振瑞譯，見《文學臺灣》第23期，1997年7月。周金波在半個世紀後將殖民統治的後果當作禮物贈還給殖民者的後人，而使後者感到莫大的嘲諷。

[73] 有關這方面的分析見第五章第一節。

第三章
文學書寫與殖民現代性

　　日本學者尾崎秀樹曾通過比較19世紀80年代清朝駐日公使舉辦的「日支文人大會」和20世紀40年代的「大東亞文學者大會」，試圖探討在兩個會議相隔的歲月裡，「日本和中國雙方各自都發生過什麼，又有什麼變化」。[1]從會議使用語言和參與者態度的變化中尾崎發現，「日支文人大會」時日本知識分子「對中國文化和中國文人的敬仰之情表現得謙讓有餘而幾乎近似卑屈」，「當時日本和中國的位置，絕對是後者佔優勢。」60年後的「大東亞文學者大會」上，「日本人對中國文化崇拜的卑屈姿態已然全部消失了」。[2]導致這種變化的決定性因素是一個事件和一個歷史時段，即甲午戰爭和明治以來的日本現代化進程。甲午戰爭徹底改變了日本原有的對「上國」中國的尊崇，[3]而這一勝利又是日本接受西方現代性啟蒙、脫亞入歐學習西方的結果，它不但使日本成為殖民主義在東方的新成員，獲得了實實在在的利益，而且使之在精神和心理上取得了居高臨下、自封為文明進步國度的資本，所以福澤諭吉

---

[1]　尾崎秀樹：《關於大東亞文學者大會》，見《舊殖民時期文學的研究》，第24頁。
[2]　同上。
[3]　1926年，臺灣留日學生黃白成枝曾在文化協會組織的臺北講演會上提到：「倘要問日本，為何對中國人輕蔑起來？可以答覆是在日清戰爭中國戰敗而來的。自此以來，日本人竟蔑稱中國人為『清國奴』。我到琉球和日本旅行，每聽到這種侮辱時，就想到我們的祖國是中國，中國本來是強國是大國，道德發達很早的國家，這種感想很強烈，而且每一次都加強這種精神。」《臺灣社會運動史──文化運動》，第283頁。

才會將日本的戰勝概括為「這是文明戰勝野蠻」。這種「精神」與「物質」的雙重勝利一方面促使殖民主義合法化，一方面構建了殖民者／被殖民者、文明進步／落後野蠻、現代／前現代的二元對立關係，即「殖民者＝文明進步＝現代」、「被殖民者＝落後野蠻＝前現代」的文化政治邏輯。

在這一邏輯的背後，是源自西方資本主義發展而來的現代性的影響。從歷史或時間的角度看，現代性社會是相較前現代社會更新的歷史階段；「作為一個社會學概念，現代性總是和現代化過程密不可分，工業化、城市化、科層化、世俗化、市民社會、殖民主義、民族主義、民族國家等歷史進程，就是現代化的種種指標。」[4]作為西方18世紀以降啟蒙主義之後伴隨民族國家的形成而誕生的現代性，經由明治維新傳入日本，並成為東亞現代性的重要源頭之一。其傳播途徑不盡相同，在中國大陸，現代性的引進存在被動接受與主動追尋兩種不同方式，前者為「打進來」，即由西方和日本的堅船利炮強行引入；後者為「走出去」，多為留日學生或流亡日本的思想家、政治家、文學家，通過日本接受西方思潮，進而開啟走向現代的大門。在臺灣則經由殖民統治直接導入現代性因素，在資本主義社會、現代市民和知識分子階層尚未形成之際，伴隨殖民壓迫而來的現代性已經來到面前，即它不但不是從原有的前現代社會經變革自然萌生的，甚至也沒有與故有文化磨合融匯的時間與空間。[5]「在資本主義的中心地帶，現代性產生相對來說與傳統社會的衝突不至於過於突然，也不至於是決裂性質的。而在資本主義的周邊國家，或者說那些廣大的發展中國家和第三世界，現代性在這些文化中激起反應，同時獲得存在的社會根基，那就必然要

---

[4] 周憲、許鈞「現代性研究譯叢總序」，見「現代性研究譯叢」各卷，北京：商務印書館出版。

[5] 殖民者在殖民前期開放鴉片、賭博等並非殖民現代性與本土文化的融合，而是為便於統治所做的暫時妥協。

與這些文化的傳統和既定的社會秩序產生劇烈的衝突。」[6]因此，由現代性的到來引發的社會斷裂更加突然和猝不及防，特別是這種繼發現代性往往與殖民主義相伴而行，從制度、觀念等各領域強制性地改變殖民地原有社會形態，所產生的傳統與現代的關係、知識分子在理智與情感諸方面的掙扎和尋找也更加複雜。殖民現代性就是現代性進入殖民社會引發的多重變貌和矛盾糾葛的總和，它既不同於自然萌生發展的原發現代性，也不同於被主動引入的繼發現代性，後者雖然經歷了從「他者現代性」到「自我現代性」的轉移，但其主體相對獨立統一；而殖民現代性存在不同的現代性主體，即給予方和接受方，其相互關係並不對等，所謂「依賴他者式的近代化」[7]正道出了殖民現代性的重要特徵。[8]由此形成的殖民現代性因而有了兩個層面的意義，一是殖民者自認的現代性；二是被殖民者眼中的現代性。殖民者無疑遵循上述「殖民者＝文明進步＝現代」的邏輯，將自我視為文明進步的化身，完全無視殖民主義的非正義性；[9]被殖民者則可能接受這一邏輯，毫無懷疑和選擇地接受殖民現代性，也可能反思或批判這一邏輯。這種接受或批判不但存在於殖民時期，而且在今天人們對現代性的理解中仍然十分常見。

6　陳曉明：《現代性與文學研究的新視野》，見陳曉明主編：《現代性與中國當代文學轉型》，昆明：雲南人民出版社2003年版，第10頁。

7　陳培豐：《「同化」の同床異夢》，臺北：麥田出版公司2006年版，第210頁。

8　例如，臺灣社會運動的一個重要訴求是設置臺灣議會，並開始了長達十餘年的「議會設置請願運動」，其實質是爭取權力；但未能實現最終目標，只有到殖民晚期才出現有限度的地方議會自治。這說明被殖民者對現代性的追尋要依賴殖民者有選擇的「給予」。

9　研究者在分析1935年臺灣總督府為展示殖民成就而舉辦的「始政博覽會」時指出：「在文化意義上，這項博覽會寓有篡改臺灣人歷史記憶的功能。因為，從博覽會展示的內容來看，全然看不到臺灣人民在現代化過程中所扮演的角色。也就是說，臺灣社會的現代化歷史中，臺灣人民的身分是缺席的。……臺灣總督府……無形中便在霸權論述建構的過程中把科學進步精神與殖民體制等同起來。」陳芳明：《現代性與日據臺灣第一世代作家》，見芳明：《殖民時期摩登》，臺北：麥田出版公司2004年版，第54頁。

按照研究者關於現代性社會制度性維度[10]的分析，臺灣社會現代性的出現應從日本殖民以後開始。儘管劉銘傳等在臺灣從事了諸多現代化建設，如修建鐵路、設立郵局等，但制度層面的變革卻付之闕如，現代化建設並未動搖封建社會基本結構，這些施政方針沒有可能促使原有的前現代社會自然發展為現代性社會，劉銘傳卸任後其洋務運動多項舉措被迅速廢止就是證明。劉銘傳新政因「人治」而難以為繼，根本原因在於現代性社會結構和權力體系的缺失。日本據臺成為臺灣接受現代性的開始，「日本是日據時代臺灣知識分子對現代生活的初戀對象，其地位是無可取代的。」「這些知識分子難得有人到更先進的英、美、德、法各國留學，而唯一可以作為不同選擇的中國大陸，現代化的程度當然不及日本。於是，日本就『壟斷』了臺灣知識分子的『現代化』視野，使他們在無法比較的情形下，不知不覺地就把日本當成最現代化的國家，從而把『現代化』與『日本化』相混而論。」[11]現代化的日本完全籠罩了臺灣知識分子的想像空間，無論他們是否接受日本殖民主義，都會面對殖民性與現代性的同時呈現和它們彼此混合、難以辨析的複雜局面。他們中的不同人群在不同時期或努力辨析殖民性與現代性的關係，在反思現代性的同時批判殖民性，以瓦解殖民主義的上述邏輯；或將殖民性與現代性完全等同，不加選擇地擁抱殖民現代性，接受殖民主義的邏輯。

　　殖民時期臺灣小說家作為殖民時期知識分子的一部分，集殖民現代性的接受者、拒斥者和批判者於一身，與殖民現代性形成了既

---

[10] 〔英〕安東尼·吉登斯（Anthony Giddens）提出了伴隨民族國家和資本主義時代形成而出現的現代性的四個制度性維度，即資本主義（在競爭性勞動和產品市場情境下的資本積累）、監督（對資訊和社會督導的控制）、軍事力量（在戰爭工業化情境下對暴力工具的控制）、工業主義（自然的改變：「人化環境」的發展）。見安東尼·吉登斯：《現代性的後果》，田禾譯，南京：譯林出版社2000年版，第52頁。

[11] 呂正惠：《皇民化與現代化的糾葛——王昶雄〈奔流〉的另一種讀法》，見呂正惠：《殖民地的傷痕》，臺北：人間出版社2002年版，第36頁。

共生又異質的關係，而且，正由於殖民現代性的刺激，他們不但批判殖民主義，也開始反思和批判傳統，這種反思和批判又恰恰是現代性的內在特質，因此前述殖民現代性的第二層意義值得注意，那種經由殖民現代性引發的殖民時期知識分子的現代意識，即對殖民現代性的認知，又反過來豐富了現代性的內涵。賴和的深刻之處在於他在接受現代文明的同時作出了深入的反思和批判，這種反思和批判同時針對殖民性、現代性與傳統；而周金波的現代性表述只有對殖民現代性的迎合和對傳統的鄙視而毫無反思與批判，在肯定殖民現代性之際又喪失了反思和批判意識，或者說，他在走近殖民者帶來的現代性的同時又遠離了現代性的根本精神。這正是殖民時期知識分子不同的現代性認知的典型例證，當然，這種不同與殖民時期不同的統治策略亦有密切關聯。面對現代性，被殖民者能夠作出選擇嗎？他們不能左右殖民現代性的到來，但能夠在一定條件下，比如通過文學書寫，來選擇接受或反思與批判的姿態。

第一節　文學書寫中的殖民現代性表徵 及其文化政治寓意

　　儘管臺灣知識分子因殖民統治而喪失了書寫歷史的權力，但在文學文本中仍能找到他們的思考軌跡。殖民時期臺灣文學，特別是小說寫作，對殖民社會現象的書寫無可回避，這些現象既包括激烈的民族壓迫與反抗，也融合蘊含深層文化衝突的日常生活，甚至在多數情形下，小說家不得不通過日常生活的書寫來感知和評判殖民主義，這一方面是由於激烈的政治衝突並非存在於殖民統治的每一時刻；另一方面，殖民現代性諸多因素也正是通過日常生活彰顯著它的意義，發揮著它們對臺灣傳統社會和民眾精神的改造功能。在暗流湧動的文化衝突中，殖民現代性的影響，如教育的普及、科學因素的滲入、生活習慣的改變等等，從殖民者角度無疑涉及政策

的推行、制度的建立等層面；就被殖民者而言，這些影響更多地進入日常生活，也更能折射他們面對殖民現代性的複雜心態。當時普通民眾對醫生職業的推崇就反映了殖民現代性在接受中日常性的一面。這種日常性既包括文化層面的思考，也包括生活細節的敘述，通常會通過日常生活中的各類現代性表徵顯現出來。小說家對這些現代性表徵的不同處理方式，正體現著對前述殖民者邏輯接受或批判的具體形態，以及殖民現代性認知的不同面向。

就文學中顯現的殖民現代性表徵而言，大致有三種形態：現代醫學（醫生）、法制、教育；器物等外在物質形態（水螺、汽車、都市景觀等）；生活習慣、語言等。第一種具有觀念、制度、精神層面的現代性意義，同時直接對日常生活產生影響；第二種以具體的、物質性的現代化外觀改變了臺灣原有的社會結構、生活節奏和世態人心；第三種是附著於現代性導入者的、經現代文明傳播而染上現代色彩的文化因素。三種形態的劃分其實出於分析的方便，因為各個形態之間並非存在可以截然劃分的界限，比如在「器物」的背後就存在著觀念和心理的調適，並影響到生活習慣等方面；殖民時期教育體制的建立也與語言問題密切相關。從表徵入手的方式或有簡單化之嫌，但也可能由此入手探討文學中殖民現代性的諸多特徵和意義。

現代醫學（醫生）是殖民時期臺灣小說涉及較多的殖民現代性表徵之一。從「殖民醫學」——以維護殖民者的健康為優先——到本土醫學、「民族醫師」的建立和成長，現代醫學在殖民時期臺灣一直扮演著重要的角色，成為殖民現代性的重要組成部分。其推行本是在殖民者的倡導下進行的，曾在日本擔任醫學院院長的殖民初期民政長官後藤新平，始終將醫學與國家民族的強盛連繫在一起，「以『良相良醫豈有異乎』來聊表己志」，並將這一觀念引入臺灣社會，「也影響了日治時期臺灣人醫療菁英對社會責任的自我期許。」「臺灣近代教育的啟蒙始於醫療教育，而作為醫療專業人員

的醫師自然成為臺灣菁英階級的表徵。」[12]「畢業於醫學校的臺灣學生不只是醫生，同時也成為新知識分子，甚至晉身為臺灣人社會的政治領導階層。」[13]在民族主義運動和文學寫作中都不乏臺灣醫生的身影，「臺灣議會設置請願運動」19位主要出資人中有7位是醫生；74位重要連繫人中醫生占23位。「在1910年代臺灣社會領導階層之中，醫師占23.8%（至1930年代仍占19.7%），已成為社會領導階層的中堅分子。」[14]造成這種現象的原因是多方面的，從殖民者角度看，醫學是現代文明的一部分，直接關係到民族國家的興旺與否與殖民事業的發展，醫學的普及也是文明的普及，[15]因而設立總督府醫學校，培養本土醫生，「臺人醫士，既可接替日本醫師之職，又可扮演輸入日本文明的角色。」[16]從被殖民者處境考慮，醫學校是他們極為有限的社會晉身之階，「醫學校成為臺灣的最高學府，習醫成為臺灣優秀青年最佳的出路，並形成臺灣人競相習醫的風氣。」[17]「對於臺灣人來講，要升入高校——立身出世乃是極其困難的事。」「作為獲得經濟獨立的唯一例外就是立志開業行醫，因而導致了這樣的人在臺灣人知識階層較多這樣一種結果。」[18]同時，現代醫學以其科學性、實證性帶給前現代社會以科學拯救社會民生的理想和現實效果；作為科學技術層面的事物，雖由殖民者引進，卻與政治上的殖民壓迫並不等同，因而較易被殖民地知識分子所接受。反之，通過醫學教育接受現代文明的知識分子也因此獲得

---

[12] 林呈蓉：《近代國家的摸索與覺醒》，臺北：「吳三連臺灣史料基金會」2005年版，第170、196頁。

[13] 同上，第202頁。

[14] 范燕秋：《疫病、醫學與殖民現代性》，臺北：稻鄉出版社2005年版，第105頁。

[15] 後藤新平認為日本並無類似的西方國家的宗教，在殖民上無法以「傳教士」從事文明教化；因此設置「醫師」以代替傳教士，扮演國家拓殖的先驅、作為文明傳播者的角色。見上書，第71頁。

[16] 《疫病、醫學與殖民現代性》，第73頁。

[17] 同上，第104頁。

[18] 《舊殖民時期文學的研究》，第258頁。

了反思與批判殖民主義的機會和能力。賴和的自傳體小說《阿四》中的青年醫生就意識到「時世的潮流，用它排山倒海的勢力，掀動了世界，人類解放的思想，隨著空氣流動潛入人人的腦中。臺灣雖被隔絕在太平洋的一角，思想的波流卻不能被海洋所隔斷，大部分的青年也被時潮所激動由沉昏的夢裡覺醒起來。」於是他離開醫院自行開業，並投身政治運動。現代醫學和醫生甚至成為啟蒙運動和民族解放運動中的巨大隱喻，著名的民族運動領導人蔣渭水就曾在臺灣文化協會成立大會上以「臨床診斷」為題，為臺灣社會作診斷；他的職業生涯絕不僅僅是治病救人，更在於成為實踐「社會醫學」的「民族醫師」。[19]這一情形其實也是前現代社會面臨救亡圖存關頭的普遍反應，五四時期的中國大陸，魯迅式的知識分子就從療救身體的痛苦始，以療救社會的痼疾終；在殖民地臺灣，這種反應因現代性與殖民統治相混和而變得更加複雜。

在文學領域，作為現代性表徵的現代醫學因素顯現在文本之中和文本之外。在文本之外，賴和、吳新榮、王昶雄、周金波等都具有醫生兼文學寫作者的身分，他們作為殖民地具備認知現代性能力的知識分子，在現代性與殖民性混雜的時空中，用社會活動和文學寫作，或反思現代性、批判殖民性；或擁抱現代性、不拒絕殖民性；或在兩者間掙扎猶疑，在殖民時期的不同階段顯示了他們各自的焦慮與困惑，給出了不同的思考和答案。在文本之內，這些不同的思考和答案部分地表現為小說寫作中出現的一些重要的醫生形象和作者對現代醫學象徵意義的理解。

賴和對現代醫學的思考耐人尋味，他的醫生身分與文本中的醫學因素、社會活動和文學寫作互相映照，共同構成其反思現代性、批判殖民性的思想特徵。在他眼中，現代性從來就不是單純的文明進步的象徵，它與殖民性一起，帶來的是社會文化的分裂和人民精

神的創傷，即「時代的進步和人們的幸福原來是兩回事」；醫生或醫學似乎並未像許多知識分子理解的那樣成為絕對的現代性元素，倒是頗有幾分被揶揄的意味。《雕古董》中的「懶先生是一個醫生，是由學校出來的西醫，當然不是漢醫，所以也好講是現代人，不是過去時代的人物」，由於「醫生時行，結局就是大賺錢」，這個人物「還沒有拋棄他費人生命來賺錢的醫生而不做的勇氣，因為這是在現時社會上一種很穩當的生活手段。」作者雖然對懶先生因寫作而引發的自得和偶遇略有調侃，但在醫學與文學兩者間，懶先生並不以醫生職業為傲，而「有傾向到精神文明去的所在」，醫生不過就是一種現代職業而已。小說《蛇先生》本以批判殖民地法律的虛偽性為主題，但也觸及現代醫學與文化傳統的關係。生活在傳統社會中的蛇先生善捕蛇，且有治療蛇傷的土方，生活平淡自然，然而卻遇到了殖民地法律和西醫的挑戰，招致牢獄之災；他的治療方法也因科學無法解釋而加重了神秘色彩。傳統的生活形態已在現代文明的入侵下面臨瓦解，這是賴和在「法」的批判以外的另一種思考，醫學在此仍然沒有作為文明的一方與傳統形同水火、實現對「蒙昧」的征服。[20]青年醫生阿四初由醫學校畢業到醫院供職，希望從「理想的世界轉向實際社會」，造福大眾，卻發現殖民者根本不給他機會，「似在暗笑他不曉得有所謂種族的分別。」[21]他單純的醫學救民的夢想破滅了，傷心之餘投身社會運動，希望從中找到解除民眾痛苦的真正方法。這裡，醫學作為工具並不能帶給他為民眾服務的自由。作為啟蒙主義者和接受現代醫學教育的知識分子，賴和對醫學本身並無疑義，他質疑的是與現代文明一同到來的殖民

---

[20] 有研究者認為《蛇先生》是「透過文學的經營揭發封建文化的凝滯與欺罔」，小說要「拆穿傳統漢醫借用秘方，在鄉間招搖撞騙。」陳芳明：《現代性與日據臺灣第一世代作家》，見《殖民時期摩登》，第46、47頁。這裡傳統被理解為低劣和有違現代性的，但從〈蛇先生〉堅稱沒有秘方、以順其自然的方式治療西醫治不好的蛇傷，且草藥無法經科學解釋的描述看，並無招搖撞騙之嫌，且能引申出科學並非萬能之意。

[21] 《臺灣作家全集・賴和集》，第243、244頁。

主義，即在文明表相下面的殖民社會的不公正、不合理。他對現代醫學的認識可分為兩個層面，一方面，他發現以醫學為代表的科技文明在現實中難以承擔思想啟蒙責任，所以才會通過寫作和社會運動履行其啟蒙知識分子的使命；另一方面，批判殖民性的立場使他難以接受因讚美現代性（哪怕僅是其表徵）而可能間接地有助於肯定殖民性的表述，因為現代性與殖民性本為「暴力地將世界整合的政治經濟文化過程」之一體兩面，「殖民性是現代性的內面及其可能性的條件」，或者說「殖民性是現代性的根本狀態。」[22]由於現代性的外部的和強制的性質，以及與殖民主義優越感相關，賴和在寫作中對現代醫學既不否定也不肯定的態度與他不認同日本殖民者有直接的關聯，或者說，在賴和這裡，認同現代性和肯定殖民性形成了衝突與對立，雖然在客觀上很難將兩者截然區分，但在主觀上，賴和有他基於民族立場的抉擇，即為避免肯定殖民性，對認同現代性採取了含混的態度。但是，從關於現代性特質的理解中可以發現，正是由於賴和的批判立場，使他從另一方面靠近了現代性的反思和批判精神。在殖民地，這種反思和批判只可能由被殖民者承擔，因為只有他們才能切身感受到殖民現代性的負面意義；殖民者一方不存在現代性與殖民性的衝突，「殖民者＝文明進步＝現代」的邏輯完全阻斷了殖民者走向自我反思與批判的道路。後藤新平在臺灣推行現代醫學教育和醫療衛生體系就內含殖民主義的「使命感」和自我肯定。[23]這應該是現代性認知在殖民地語境中需要注意的特殊性，也就是說，殖民社會的現代性分析必須區分不同的認知主體。

再看殖民後期寫作者周金波的小說《水癌》，可以發現另一種現代性認知，即通過讚美現代醫學表達對現代性／殖民性的認同，

---

[22] 荊子馨：《現代性／殖民性中的臺灣》，見陳芳明主編：《臺灣文學的東亞思考》，臺北：「行政院文建會」2007年版，第361、364頁。
[23] 參見《近代國家的摸索與覺醒》第五章「國家衛生原理──臺灣人醫療菁英的思考源流」。

通過貶抑民族性／傳統性顯示對原有身分的逃離。醫生主人公將皇民化等同於現代化，在對皇民運動的嚮往和擁抱中講述了一個近乎殘忍的本民族母愛喪失的故事。在日本化的、代表現代性的醫生形象的映照下，臺灣母親麻木墮落、罔顧生命、貪財嗜賭，似乎在影射大眾的愚昧野蠻，正如小說人物所說：「臺灣還差得遠呢。」「差得遠」已經在殖民現代性和民族傳統之間設定了位階，以現代性的標準劃分了日本與臺灣。醫生所認知的「那種女人身上流的血，也是流在我身體中的血」，與其說是對臺灣的熱愛與認同，不如說是顯示作為臺灣人的「原罪」，否則不會有「不應該坐視，我的血也要洗乾淨」這樣的救贖式的表達。這種「原罪」正是在殖民現代性的襯托下才得以凸現，而蕩滌「原罪」當然是進一步擁抱殖民現代性，因而小說賦予醫生以神聖的使命，不僅限於醫治身體的病痛，而且應有醫治精神疾病的職能：「我可不是普通的醫生啊，我不是必須做同胞的心病的醫生嗎？怎麼可以認輸呢……。」同時，作者認為這種「原罪」的消除也存在有效的方法：「島民是可以教化的，而且可以比所想的更容易，更迅速地辦到」，因為「皇民煉成運動」正以「點燃野火一般的氣勢，燒毀迷信，打破陋習。」在這篇小說裡，現代醫學和醫生已不再只呈現科技層面的意義，他們與皇民化運動一起被賦予改造「低劣的」民族性的思想功能。在此，賴和式的殖民性與現代性的對立衝突已經消失，現代性完全等同於殖民性，認同現代性意味著肯定殖民性，肯定殖民性意味著否定民族性。這樣，現代性不再與殖民性構成作者內心的矛盾，而與民族性形成衝突的雙方。在這樣的邏輯下，小說對根除民族劣根性的自信與昂揚大大超過了對蒙昧落後現象的悲憫，因此有憤激沒有痛苦，有鄙夷沒有同情，「象徵著周金波的故鄉臺灣」的「『庶民階級』、『無教養』母親」[24]在作者心中理應被皇民化運

_____

24 中島利郎：《周金波新論》，見《周金波集》，第5頁。

動掃除乾淨。醫生和臺灣母親幾乎就是殖民現代性觀照下殖民者優越和被殖民者愚昧的象徵，醫生對臺灣母親的鄙夷和對改造島民的自我期許與殖民者的使命感和自我肯定何其相似，唯一的、根本的區別在於他的臺灣人身分，即身分上他屬於殖民現代性認知主體的一方，而認知內涵卻屬於另一方，這種分裂在對殖民現代性的絕對肯定中獲得了統一，被殖民者可能具備的反思和批判意識被徹底放棄。有研究者認為周金波的臺灣認知有很大變化，對待臺灣母親和《志願兵》中的高進六，小說敘述者的態度從鄙夷到敬重的過程，「是重新面對一般臺灣庶民，更是用新的眼光看待故鄉臺灣」，「是周金波『回歸臺灣』的開始。」[25]實際上，小說中臺灣人的變化和作家對其評價的改變不等於作家認知的變化，貶抑與褒揚的不同態度恰恰基於對象是否符合殖民現代性的想像，臺灣母親因落後愚昧被鄙夷與臺灣青年因投身皇民化運動被敬重反映的是同一種認知，完全合於徹底擺脫落後民族性、擁抱殖民現代性的原則。

　　從現代性與殖民性的對立到現代性與民族性的衝突，上述殖民現代性認知的改變無疑與殖民同化的深入和持續相關，當被殖民者失去了保有原身分的空間、無法以文化傳統對抗殖民性之際，通過日本接受的現代性已經左右了他們的生活。殖民後期，臺灣人「以日語交談，以日文書寫，結果是以日本方式來思考、處理事物，因為這樣較為方便。其方便性與必要性是童話不可或缺的條件。我們是迫於方便和必要性而被同化了的臺灣人。無論是誰都不能否認我們是日本人。」[26]賴和寫作時期較為普遍的民族性認同已經逐漸被侵蝕，正如研究者所說，原本能夠在接受現代性的同時將「同化於民族」過濾掉的功能有了衰退的跡象，「『認同近代化』與『屈從殖民性』之間的界限也越來越模糊。」「所謂的『壓迫』開始被內化成『自然而然』的形式。」具有抗日傾向的醫生吳新榮在自我

[25] 同上，見《周金波集》，第12頁。
[26] 《吳新榮日記》，張良澤總編撰，台南：臺灣文學館2007年版。

凝視之際「發現自己的身體和精神思想方面的日本色彩日趨濃厚，不知所措，萌生了自我憎惡感和矛盾彷徨。作為一名試圖從事抵殖民者，卻擁有了一具不論內心或外表均滋生日本人精神血液成分的軀體」。「在近代化的過程中，他原本與生俱來的『臺灣性』，慢慢地被時代的潮流沖刷而變質，過濾文化上的自我與他者的能力也『自然而然』地磨損。」[27]結合文學文本，如《奔流》和《清秋》中的知識分子暨醫生形象，可以認為上述困惑和彷徨是當時的普遍狀況。不過這兩篇小說與《水癌》仍然存在截然不同的認知分野，其關鍵點在於對接受殖民現代性是否存在內心的猶疑與掙扎，對殘存的民族性是否還有同情或悲憫的意願。[28]這些涉及醫學和醫生的文學文本構成了殖民現代性認知的兩極，一極是《清秋》式的內心思考，[29]一極是《水癌》式的毫無懷疑。這說明，即便同在殖民後期，知識分子的認知仍然存在多重面向，[30]殖民現代性並沒有成為絕對的、普遍的價值趨向。

對殖民現代性的肯定存在兩方面的心理動因，一是真心認為現代性是優越的、高級的，一是通過肯定向殖民者表示忠誠，二者在《水癌》、《志願兵》中均有體現，且難以截然區分，它們共同導致的後果是鄙夷和憎惡原來的「自我」，不願或極少對民族和傳統表示同情和理解。這不但與賴和的哀其不幸不可同日而語，也與呂

---

[27] 《「同化」的同床異夢》，第434、435、436頁。

[28] 在周金波的其他小說中，《氣候、信仰和宿疾》表現了傳統信仰、習俗對臺灣人的深切影響，對文化心理、民俗場景的把握與描繪比較深入；《鄉愁》與《助教》中的臺灣人的問題更多地體現在努力追求皇民化而唯恐不得的苦惱中，那些如何揣度日本人意圖以便迎和的心理活動屬於認同皇民化前提下的困惑，不存在認同與否的問題和直接的現代性與民族性的衝突。

[29] 關於這三篇小說的分析，參見呂正惠：《「皇民化」與「決戰」下的追索——呂赫若戰爭時期小說的「抵抗」模式》，收入《殖民地的傷痕》。

[30] 一些為周金波式認知尋找合理性的觀點比較樂於強調周氏在接受殖民現代性的同時仍葆有對臺灣的愛，這在客觀上形成了折抵其協力殖民者的負面影響的印象，同時也嚴重削弱了呂赫若式認知的正面價值，產生了將周氏認知代換為當時的普遍認知、以知識分子的一極覆蓋另一極的效果。

赫若的清醒拉開了距離。周金波寫作中的醫學和醫生作為殖民現代性因素，僅僅成為讚美殖民性、鄙夷民族性的手段，完全沒有成為知識分子賴以接觸現代文明，進而生發反思與批判精神的橋樑。這是作者與勤於思考的殖民地知識分子賴和和呂赫若的根本區別，他肯定了殖民現代性，卻不能在它的激發下獲得真正的批判意識。

公學校（專為臺灣人而設的國民教育機構）是殖民地普及教育的重要形態，對前現代社會民眾精神和文化心理產生了重大影響，作為另一制度性因素，在文學中亦有具體顯現。和醫學教育相比，公學校教育由於其普及性更多地與普通臺灣民眾發生關係。作為殖民地臺灣特有的針對臺灣人的教育體制，公學校不僅是文化同化的根本措施之一，也早已進入日常生活。殖民初期，基於強烈的民族意識，傳統教育被當作抵禦殖民統治的文化策略而延續了一段時間，公學校普遍不被信任，但隨後這一「一度被臺灣居民貶抑為『番仔』學校的國語『同化』教育機關，不久後搖身一變，成為近代文明的象徵。」[31]史料與研究顯示，殖民早期的留日學生，絕大多數都投入抗日運動，說明臺灣人接受日本式現代教育，包括公學校教育和赴日留學，大都以學習現代文明為主要目的。[32]殖民現代性裹挾下的時代浪潮促使臺灣民眾意識到傳統書房教育難以適應時代需求，以日本式教育為代表的現代教育已經成為接受現代文明的基本途徑，儘管其中有殖民統治的強制性因素和不公正待遇。社會活動家陳逢源曾表示，「自己後來就讀總督府國語學校的原因，不是為了要做一個擁護日本的協力者，而是希望能攝取近代的學問，充實世界性的知識。」[33]另一位著名抗日人士吳三連也頗具代表性，其父堅持讓他接受傳統教育，後經勸說才同意他入公學校讀

---

[31] 《「同化」の同床異夢》，第182頁。

[32] 參見《臺灣社會運動史‧文化運動》第三節「東京留學生的各種運動」；又見《「同化」の同床異夢》第五章「建立在渴望近代文明基礎上的同床異夢」。

[33] 《「同化」の同床異夢》，第183頁。

書，「顯示當時臺灣人選擇進入公學校就讀時心中經常存在的矛盾和糾葛。這些矛盾經常來自接受近代文明的欲求與對傳統文化的堅持之間的拉扯。」[34]當然，殖民後期這種矛盾糾葛已經淡化，因為日式教育完全取代了傳統教育，受教育者個人不再存在兩種教育的轉換過程，但以公學校為表徵的現代性因素仍然引發了文學思考。

　　與公學校相關的小說敘述有這樣的特點：由於進入公學校的均為普通臺灣少年，小說大都從臺灣少年的心理描寫中透露公學校的現代性寓意；同時，作者在將公學校與傳統漢書房此消彼長的比較中，流露出對現代性的渴慕和對傳統沒落的無奈。作為當時臺灣民眾接受現代文明的主要途徑，公學校無疑吸引著孩子們好奇嚮往的目光，那裡的一切事物，包括學生制服、上課前的儀式、日本教師的佩刀，都似乎展現著一個與沉悶的鄉村生活不一樣的世界。在孩子們的樸素想法中，這些新奇有趣的東西就是現代文明的召喚，為他們的生活注入了新鮮和活力。張文環《重荷》中的少年主人公健在負重翻山越嶺幫助母親到市場送貨的路途中路過就讀的公學校，他盼望著能早一點結束勞作回到學校，因為那裡要舉行典禮，他能站在「那些美麗、可愛的女孩子身邊」；老師的佩刀和肩章閃閃發亮，健心懷崇敬，「宛如自己是偉大人物的僕人」；他希望老師能體諒他因負重不能完美行禮的難處，「不會責怪他才是。可是想到自己的操行，就不知道老師還會不會再給他一個甲？」「雖然警察先生也配掛肩章，可是那花紋卻有點像拉麵，而且老師的肩章看起來要閃亮、神氣多了。所以當然是老師的比較好，對老師自然也就更尊敬些。但是警察很可怕，老師卻一點也不，究竟以後自己要當什麼好呢？」小說生動描繪了健期待肯定和因貧困而羞愧、膽怯的心理，學校和老師成為這個鄉村少年肯定自我的重要尺度；也隱隱透露出教育相比其他現代因素更具感召力的一面。這在龍瑛宗戰後

---

[34] 同上。

發表的涉及殖民時期日式教育的自傳體小說《夜流》中也得到印證：「這次是日本式新教育，課目也增加圖畫、唱歌、體操等卻覺得有趣。」「臺北的總督府圖書館舉辦巡迴文庫，將淺寫的日本文兒童讀物，巡寄於全島各公學校；這些書本裡塞滿了很多從未見過的世界。杜南遠打開了日本文的帳幕，瞭望新鮮而奇異的世界，竟覺得高興而心情動盪。」[35]

　　張文環的另一篇小說《論語與雞》並未正面描繪殖民教育形態，而是以傳統教育的沒落反襯現代性的全面滲透。雖然《論語》還是山村少年接受書房教育的必讀書，但古老的傳統開始漸漸消失，「現在連這樣山裡的小村子，也在高喊日本文明」，「阿源很希望能夠下山到街路上的公學校去念書，戴上制帽，操一口流利的『國語』，好好地嚇唬一下這裡的鄉巴佬們。」不僅如此，

> 　　阿源好想看看有圖畫的書，也希望能夠在院子裡正式地玩——就是說：得到認可，在院子裡大吵大鬧一頓。也希望得到可以唱歌的公認，扯開喉嚨大唱一頓。更巴不得用顏料來畫種種東西。這種學校的讀書生活就是他所想望的，只因書房的教育方式太單調了。

　　除了刻板單調的授書方式，傳統教書先生的權威也喪失殆盡，[36]「阿源真不想上書房了」，而他去公學校讀書的事也變得明朗起來。小說將現代與傳統的對比放在一個相對閉塞的山村，顯

---

[35] 陳萬益主編：《龍瑛宗全集》第三冊，臺南：臺灣文學館籌備處2006年版，第124、125頁。

[36] 表現傳統教育沒落的還有一吼的《老成黨》，寫一群教書先生，口口聲聲代聖賢立言，抨擊新思想，宣揚舊道德，意識到「人心已甚遠古了，時代且難容你拘泥了，」「試問經國牖民的文章，所謂掀天揭地的奇策，豈不是受現時識為烏煙瘴氣的吹牛皮？把大煙槍去當巨炮嗎？莫論專門技術，單坐一把學校的藤椅，也沒資格呵！」於是他們沉溺於煙花巷中醉生夢死，時代變遷成為他們斯文掃地、自甘墮落的理由。

示傳統社會已經失去了可供年輕一代尊崇的對象,公學校及其代表的現代文明正在取而代之,正像《夜流》寫到的:曾經的「『三字經』和『千家詩』的寒村裡,泰西哲學的皮鞋聲,竟發出高聲兒闖進靜寂的鄉村來了。」[37]由於傳統因了無生機而淪落為失望、嘲諷的對象,公學校承載現代性的一面似乎獲得了較多的肯定。不過,無論是由於故事發生在鄉村,還是因為側重點在於傳統的沒落,抑或作者回避對殖民主義的評價,《論語與雞》雖然寫於殖民晚期,所透露的現代性因素仍然十分單純,少年阿源追尋外部世界的熱情目光將公學校的現代性與殖民性劃分開來。或許,正是少年視角有可能作出這種劃分,因為它得以在現代和傳統的衝突中暫時規避殖民性問題。這種規避同時表明,對待兩種不同形態的教育,小說家可以作出某種取捨,去專注傳統教育的落後面和現代教育的進步面。

周金波《「尺」的誕生》沒有回避殖民性問題,因為從作者的其他重要文本來看,殖民性既不會引發困惑,也沒有價值判斷上的風險,但這一文本卻在基本立場不變的前提下呈現了新的問題。同樣以描繪少年心理見長,少年吳文雄雖然喜歡公學校的生活,但毗鄰的日本人小學校的存在使公學校顯得落伍,也激起了吳文雄的嚮往:「還是小學校那邊比較好!」對華戰爭的興起和日式教育也培養了他對日本軍隊所象徵的國家力量的崇敬,所以他事事以日本人為楷模,時時注意日本人對自己的態度,以得到日本人的肯定為驕傲,但仍然意識到與日本人存在著難以逾越的界限,這使他感到遺憾:

> 他想,在別人看來,也許會認為跟士官牽著手一起
> 的小孩,必是士官的弟弟或親戚的兒子吧!他不時抬起
> 頭注視那位士官,想從他的臉上的表情讀出他是否也有

---

[37] 《龍瑛宗全集》第三冊,第130頁。

那種想法，但當一個小學校的兒童路過此地後，他那快樂的幻想倏地破滅了，因為從對方的眼神看來，他們根本不存著那種想法。

與健和阿源相似，吳文雄同樣感到公學校——更不必提小學校——寄託著他的身心和憧憬，只是他不像他們那樣單純，或僅僅嚮往像老師那樣神氣，希望獲得老師的肯定，或想像著新式教育的豐富多彩，完全不涉及國族意識；公學校學習的地理課程與現實中日本強大的軍力結合在一起，不但形塑著吳文雄的國族認同，也激發了他向日本人看齊、以日本人為驕傲的心理。這也是上述文本所共同反映的殖民地現實，即臺灣少年開始認知世界、對所有新鮮事物充滿好奇的時候，也正是公學校進入他們生活的時候，公學校對孩子們的吸引不僅與他們的啟蒙教育相重合，也與少年人仰慕有權威的成人世界的心理相重合；它不但集中了傳統中不存在的現代質素，而且確立了少年的人生標準。這是文學關於現代教育對殖民時期臺灣民眾心理影響的真切描繪。

《「尺」的誕生》的另一重意義在於通過公學校和小學校的對比，象徵性地透露出作者眼中殖民現代性程度的差異。雖然公學校就臺灣傳統社會而言已具備了現代性，但小學校無疑意味著更高的現代位階，這一位階之難以逾越，以至於吳文雄最初對小學校的羨慕——模擬日本小學生的遊戲、「一聽到『小學校』，一種深藏的、莫名的喜悅迅即流露在他臉上，『小學校』的景象一幕幕的閃過他的腦海」，終於演變成在小學校牆外的自慚形穢——「他再也沒有自命大將軍而意氣昂揚的勇氣了，再也不敢模仿了。從那以後，他變成了『旁觀者』，習慣於站在圍牆邊靜靜參觀『小學校』兒童所展開的打仗遊戲。」他的膽怯和不快樂不源於貧困，而源於自己是臺灣人，源於不能真正打破與日本人之間的界限。這正是小

說篇名中「尺」的含義。[38]無論文本本身是否同情或肯定吳文雄的內心嚮往和無奈，這些表述均可說明殖民地臺灣的受教育者只是殖民現代性的被動接受者、模仿者和傾慕者，而絕非現代性的主人。這也表明，即便絕對認同殖民現代性的周金波的寫作，也透露出追求現代性而不得的苦澀。

當然，失落與困惑依然存在，認識世界、追求現代不得不以被迫背離民族性為代價，知識分子因此不得不在兩難的困境中承受痛苦。《夜流》帶著溫情回顧了杜南遠的公學校生活，包括與日本短歌在鄉村的奇遇，以及敬業的日本老師留下的深刻印象；也帶著憂傷追憶了他與祖國語言文字的告別：「因為沒有透過日本文，杜南遠就沒有辦法與外界文化接觸了，連中國的民間故事也需予日本文的溝通才能夠知道，世界有名的『安德生』『格林』童話也經過日本文才知道。」「杜南遠憶起在彭家祠與祖國文永別的事，有些黯然神傷了。」[39]賴和的《歸家》有著更為強烈的困惑和懷疑，知識分子對現代性和社會進步的理解與現實的差距使主人公的歸鄉之旅充滿對變化的感慨和對問題的憂慮。回鄉的「我」看到了故鄉的「發展進步」：「達到學齡的兒童，都上公學校去，啊！教育竟這麼普及了？記得我們的時候官廳任怎樣獎勵，百姓們還不願意，大家都講讀日本書是無路用，為我們所當讀，而且不能不學的，便只有漢文，不意十年來，百姓們的思想竟有了一大變換。」然而表面的教育發展背後，民眾並沒有獲得實在的好處，倒是因為漢文被廢止，現代教育又有名無實而心生不滿。小說設置了「我」與鄉人就公學校展開的對話，面對鄉人對公學校的批評，「我」仍試圖從知識分子的立場為現代教育辯解：「學校不是單學講話、識字，也要

---

[38] 〔日〕中島利郎：《周金波新論》記述了論文作者與周金波在1993年關於小說篇名的對話，周金波將「尺」解釋為對自己的諷刺。見《臺灣作家全集・周金波集》。「尺」可以理解為界限、尺度，也可以引申為對試圖逾越界限而不得的諷刺。
[39] 《龍瑛宗全集》第三冊，第125、119頁。

涵養國民性，……」雙方的爭論因日本巡查的到來而終止，顯然作家對是否能夠說服民眾表示懷疑。這種基於單純的對現代教育進步性的辯解在殖民地語境中顯得蒼白無力，甚至難以說服知識分子自己。

在現代性和殖民性難以區隔的時候，臺灣知識分子對公學校的情感格外複雜，小說對這一殖民現代性表徵的書寫呈現了不同作家的不同處理方式：當作家可以通過將公學校單純地當作現代教育的標誌去肯定其啟發民智的重要作用時，公學校的意義顯然是單純而正面的；然而一旦涉及公學校的殖民特質，其殖民現代性的內在矛盾就會自然顯露出來，這種矛盾似乎並不因殖民教育的日臻完善而發生改變。如果說《歸家》描述的是因殖民教育在徹底取代傳統教育的過程中而導致民眾不滿的話，似乎可以得出一旦殖民教育度過了過渡期，其內在矛盾自然化解的結論，然而晚於《歸家》十年發表的《「尺」的誕生》卻得出了否定的答案，吳文雄不再是處於教育過渡期，既不能學漢文，又沒有學好日文的一代臺灣人，但他與殖民者之間的鴻溝依然不能跨越。

關於殖民現代性表徵的另一種形態，即具體的、物質性的現代化事物，可以「水螺」（汽笛）等作為小說文本中代表性的現代性符號。水螺作為現代工業生產的時間標誌，意味著應和現代社會的發展對時間的精細劃分和分配，它有別於農業社會的「日出而作，日落而息」，改變了原有的生活節奏和社會經濟結構。從工具理性的角度，這種時間的確定幾乎不可能存在疑義，因為它幾乎是現代社會的發展基礎，除傳統農業外，工業生產、交通、教育、軍事等各領域都倚仗時間的準確定位。而它在臺灣的確立仍然出於殖民需要，仍然是結合了明確的殖民性的現代性因素。水螺用於劃分工作時間，而「工作時間的形成不是緣自臺灣內部的市場需要，或原有的社會習慣，而是依據日本的需要而建立的，早期（1930－1940）是為了加速生產，後期則是因應戰爭需要而有全面的統制；」「整

個殖民時期的產業既是以服務日本為第一要務,生產活動規律的考慮自然是沿著母國優先的標準而制定。」[40]這樣,水螺一方面帶來傳統經濟形態的改觀,一方面伴隨殖民經濟壓迫,對臺灣大眾而言象徵著雙重的困擾和壓力。楊守愚《誰害了她》就有這樣的描寫:

> 「烏烏……烏烏……」農場報告上工的叫笛叫起來了,桌上的時辰鐘也正剛好打了六下。……這時候一隊隊的面黃肌瘦的男工、女工們,也都陸續被那最有權威的號令——叫笛——召到農場去了,召到比戰場還要可怖的農場去了。
>
> 「嘿嘿!幾點鐘了?水螺——叫笛——不是叫了麼?怎麼也未去做工?……」

小說書寫了年輕女工阿妍因家貧而被迫去農場做工,卻遭到監工的侮辱而落水身亡的故事,其主旨是反映臺灣貧苦民眾生活之窘迫,顯現出樸素的階級意識。和其他提及水螺的文本一樣,這個時間標記並非作者表現的中心,而是作為生活形態的因素出現,但卻能從側面透露出社會及民眾命運的改變。阿妍在水螺的催促下開始了以定量時間的勞動換取報酬的生活,以往傳統的耕作方式轉變為集中管理的勞動形式,具有現代化的生產組織特徵。但是,伴隨這種改變而來的卻是勞動者的恐懼,雖然這種恐懼因監工的騷擾而引發,卻仍然暗示著生產方式導致的勞動者的被壓迫和被損害。水螺因此成為隱喻,使現代生產方式和勞動者的噩運重疊在一起,對阿妍這樣的弱者造成了巨大的精神傷害。

蔡秋桐《四兩仔土》的主人公土哥同樣是在水螺催促下被迫去農場做工的貧苦農民,在所謂現代生產和生活節奏整合下的土哥日

---

[40] 呂紹理:《水螺響起》,臺北:遠流出版公司1998年版,第141頁。

益貧困、每況愈下，沒有任何希望和轉機。土哥是在這樣的情形下開始他一天的勞作的：

> 「土子！水螺咯！趕快起來呵！」
>
> 是在破曉製糖會社的汽笛響後，他底慈母為著他好困未醒，恐慢點去，赴不及起工時刻，在推叫著她底兒子起床。……
>
> 在破竹床做著好夢的土哥，於眠夢中聽著他底母親那慈愛的聲音，土哥志忘醒來了，果然時間不早了，土哥慌忙下床，走出去到門口小解時，整個莊已經佈滿了苦力出發的聲息。……
>
> 土哥嗜嗜賊賊吃簽聲，和苦力出動聲、男工的粗暴聲、女工的溫柔兼帶有魔力的聲、囝仔的聲、鋤頭音、鐮仔音，苦力於這輕輕空空的聲息中一步步趕著農場的道上跑了。……
>
> 大家跑到昨日做未完的蔗園來，土哥也追到了。眾人越頭看見土哥追到，叫聲說：「你若再慢一點，就沒有工可做了。」

除了水螺的催促，土哥領取補助金和繳納租稅時的心態行為，還生動地表現了勞動者從傳統生活形態向現代管理過渡中的無所適從。得知可領補助金，他夜不能寐，五更跑到役場（村公所），被告知八點鐘再來；待到再來，又不知排隊而被呵斥，「足足損去半日工，來往跑了四回」。他的心理時鐘無法與標準化時間相吻合，以致處處被動。「農民雖然依著汽笛上下班，但是在日常生活中並沒有產生衡量時間的意識與習慣，」他們「所知道的時間仍是『事件』式的時間——如汽笛聲，而還未將時間內化為自己可以計算並

掌握的資源。」[41]小說間接呈現了體現為現代時間觀念的現代性因素如何侵入臺灣社會，並使臺灣底層民眾被動接受的情景，也說明臺灣社會從前現代向現代的過渡是在殖民力量強迫之下啟動和進行的，它不僅導致民眾生活形態的改變，還與殖民壓迫密切相關，因為殖民社會政治經濟結構的建立都需倚仗制度化的現代時間觀念，1921年殖民者在臺灣設立的「時的紀念日」就是推行時間制度的舉措。[42]由於改變時間觀念的初衷是服務於殖民統治，且改變的結果是在建立守時規範和組織化管理的同時摧毀了傳統生活形態，從人文角度分析，這一現代性因素同樣具有負面意義。生活形態的改變意味著新的生活習慣的形成，也意味著將殖民地民眾改造為符合殖民社會需要的「現代國民」。

被迫從傳統生活形態轉移到都市中的勞動者同樣不能通過遵循現代管理獲得生存保證，克夫《阿枝的故事》提供了一個與《四兩仔土》相近的場景，人物的行為幾乎完全相同，只是人物身分由農民變為工人；場景由農場變為工廠：

　　自從早晨六點半鐘，乃至七點鐘時，我們都可以碰見一大群面黃肌瘦的工人，男的女的，擁擁擠擠地，打從那圍牆旁邊底一角小門跑了進去。有時，水螺鳴鳴地叫起來了，我們還可於三線路上，或是附近的街道上，碰見一些遲了時刻的工人，狂犬般地，下氣接不到上氣的趁著那水螺的叫聲拼命趕著。

廢人《三更半暝》寫現代時間被資本家利用，為追求最大利益，超限度地驅使租車行工人勞動，甚至「三更半暝，經理往往用電話來試探值暝的勤怠呢。」現代社會的快節奏使工人陷入超負荷

---

[41] 同上，第122頁。
[42] 參見上書第三章「日治時期新時間制度的引入」。

勞動，徹底告別了日出而作、日落而息的傳統生活，被現代資本主義所支配。

這種標準化的時間還散見於其他一些小說中，[43] 大都止於不經意間提及，並未刻意說明。但從上述書寫不難看出小說家對現代性時間因素的情感和道德判斷，它們從正面以否定和批判的態度訴說殖民社會現代時間對被殖民者的壓迫，將現代時間與殖民性連繫起來，通過對時間因素負面意義的表述間接實現對殖民現代性的批判。許多文本處理鄉村與都市的對立以及都市空間的態度也與此相類似。

如果說水螺式的時間和以都市為代表的空間直接被當作殖民現代性的象徵而顯露其負面意義的話，那麼，專注於描繪和讚美傳統生活形態的文本或許可以發掘出別樣的意義，它們從殖民現代性的對立面入手，以對傳統生活的讚美從側面瓦解殖民現代性的意義。最有代表性的是張文環的《夜猿》，小說通過傳統社會淳樸溫暖的人情和田園生活的描繪，完全摒棄了現代性的時間和空間。相對封閉的山村中的一家人，以純粹自然的方式從事傳統勞作和生活，日升日落、朝陽夕照，處處充滿自然的時間韻律，正如小說開篇的描繪：

> 每當太陽即將西沉的當兒，猴群便從下游沿著樹梢，回到對面的山裡中去，這時森林恰如受到風的吹搖，葉子翻過白色的背面，激烈地搖盪起來。對面山中的斷崖有洞穴，那便是猴群的巢穴。沒有比這些過著集團生活的動物返巢的時候，更容易撩起鄉愁了。

---

[43] 賴和《赴會》、周金波《志願兵》、呂赫若《牛車》、張文環《早凋的蓓蕾》、楊雲萍《月下》和《光臨》、龍瑛宗《植有木瓜樹的小鎮》等均涉及現代時間的表述。

小說中大量關於季節轉換、晝夜更替的描繪，所有的時間標記都是自然時間：「當雞咕咕咕地叫著使小雞安歇的時候，夕闇也來了，同時彎月也出來了。」「山裡的風景依舊闃靜，除了大自然的胎動與季節的表情外，什麼也沒有。」「山梨花謝了，葉子也綠了，不知不覺間泛黃的山已變成青翠，樹上的新芽有紅有綠，連柑子也結出了青青硬硬的果子。」傳統時間支配下的生活如此安詳自足，以至山後傳來的阿里山火車的汽笛聲（這是小說唯一涉及傳統之外的事物）並不能驚擾這份恬靜。自然作息、舊曆年、郭子儀和張天師的故事，以及溫暖和諧的鄉村人情，處處透露出傳統的美好。綜合小說寫作年代和今天閱讀者的知識視野，《夜猿》所描繪的田園生活其實存在通過前現代生活形態及其「化外自由」對現代殖民社會的抗拒，呈現出以傳統鄉村寫作對抗殖民現代性的意義。它說明在殖民晚期，知識分子仍然可能以曲折迂迴的方式傳達不同於殖民者的現代性認知，儘管不存在正面批判的可能性，這種認知仍然屬於現代性反思的特殊形式。

第二節　左翼書寫與馬克思主義現代性論述

　　前述涉及殖民地表徵的分析關注點大都集中於日常生活中的具體事物，即試圖從文學文本對殖民現代性具體印記的描繪中尋找其文化政治寓意，儘管這些印記可能涉及制度和觀念性事物。這些描述大多具有兩個特點，一是雖然可能流露出作者的情感傾向，但大都未涉及直接的殖民社會衝突，也未加入明確的意識形態表述；[44]二是殖民性／現代性與民族性／文化傳統的糾葛成為問題的核心。與此同時，殖民時期臺灣文學還存在大量直接表達意識形態觀念、站在被剝削和被壓迫者立場正面描寫工農運動和階級壓迫的，帶有

---

[44] 本節涉及的楊逵的《公學校》除外。

鮮明左翼色彩的小說文本，它們集中出現於20年代中後期和30年代中前期，在殖民現代性與民族性的衝突中注入了階級性因素，形成了多重矛盾衝突並置的小說景觀。本時期文學思潮和小說寫作與左翼思潮和馬克思主義傳播的關聯已為眾多研究者所深入探討，[45]本節分析重心不在具體關聯的考據式說明，而在於嘗試從現代性角度，以馬克思主義對現代性的理解去認識左翼書寫的歷史意義。這種嘗試同樣涉及兩方面的問題，一是如何理解馬克思主義作為現代性的思想資源；二是怎樣將今天研究者運用現代性觀念解讀文本與當時小說家對左翼思潮的認知作出界定和解說。這樣或許有助於在單純的文學形象分析基礎上加強系統說明，同時盡可能避免以今天的認知機械地套用於文本本身。其實，以往關於本時期臺灣左翼文學的論述大都注意到文本中馬克思主義的影響，或潛在地以馬克思主義立場作為參照，去關注和解說文本反映的階級壓迫和階級反抗的社會現實。從現代性角度再度審視文學中的左翼影響，或可在以往單純的壓迫／反抗論述之上尋求解讀的豐富性。

　　首先應該明確的是，馬克思主義學說本身就是西方現代社會發展進程中的產物，是現代性理論的重要組成部分；它對早期資本主義的深刻分析又構成了現代性的反思與批判，即它既是現代性的一部分，又是與資本主義現代性相異的「革命現代性」，[46]將這一點與殖民現代性範疇內殖民者和被殖民者不同的現代性認知相連繫，或可將「革命現代性」理解為「無產階級現代性」、「被剝削者現代性」或「被殖民者現代性」。「馬克思雖然沒有明確提出『現代

---

[45] 相關重要研究成果包括楊雲萍：《臺灣小說選序》，收入《日據下臺灣新文學・文獻資料集》；施淑：《文協分裂與三〇年代初臺灣文藝思想的分化》，收入《兩岸文學論集》；陳芳明：《左翼臺灣：殖民時期文學運動史論》，臺北：麥田出版公司1998年版；陳芳明《殖民時期臺灣：左翼政治運動史論》，臺北：麥田出版公司1998年版等。《臺灣社會運動史・文化運動》對具體事件有非常詳細的記載。

[46] 〔美〕阿里夫・德里克：《東亞的現代性與革命：區域視野中的中國社會主義》，見葉汝賢、李惠斌主編：《馬克思主義與現代性》，北京：社會科學文獻出版社2006年版，第132頁。

性』的概念，但是基於對社會歷史發展的深入考察，還是具體闡發了有關現代性的重要思想」，「他所講的『現代社會』，就是特指資本主義社會。」[47]而「資本主義是現代性的名稱之一。」[48]馬克思關於現代生產方式和資本作用的論述、異化理論和對資本主義世界市場的分析早已被公認為資本主義本質和內在矛盾的深刻揭示和準確描述；關於現代文明對前現代社會的衝擊，馬克思的論述也符合現代性傳播的基本特徵，即資本主義「正像它使農村從屬於城市一樣，它使未開化和半開化的國家從屬於文明國家，使農民的民族從屬於資產階級的民族，使東方從屬於西方。」[49]而資本主義世界體系的建立則依賴於對殖民時期的征服與掠奪，「機器產品的便宜和交通運輸業的變革是奪取國外市場的武器。機器生產摧毀國外市場的手工業品，迫使這些市場變成它的原料產地……一種和機器生產中心相適應的新的國際分工產生了，它使地球的一部分成為主要從事農業的生產地區，以服務於另一部分主要從事工業的生產地區。」[50]這種世界市場的形成與殖民主義在全球範圍內的推進步調一致，每一個殖民地幾乎都無法擺脫這樣的市場分工，「工業日本，農業臺灣」即這種分工的絕佳例證，當然也是殖民現代性的重要特徵之一。然而馬克思並非僅僅剖析資本主義社會，還在此基礎上提出了現代性內部種種不合理、不平等現象的批判和資本主義社會矛盾問題的解決方案，以建立嶄新的人類社會，實現對現代性的超越。關於殖民主義雙重使命的論述和階級學說以及異化理論等，就是這種批判和超越的一部分，它們指出了殖民主義的破壞性使

---

[47] 豐子義：《馬克思現代性思想的當代解讀》，見《馬克思主義與現代性》，第3、8頁。

[48] 〔法〕利奧塔（Jean-Francois Lyotard）：《後現代性與公正遊戲——利奧塔訪談、書信錄》，談瀛洲譯，上海：上海人民出版社1997年版，第147頁。

[49] 中共中央馬克思恩格斯列寧史達林著作編譯局編：《馬克思恩格斯選集》第2版第1卷，北京：人民出版社1995年版，第277頁。

[50] 《資本論》第一卷「資本的生產過程」第四篇「相對剩餘價值的生產」，見中共中央馬克思恩格斯列寧史達林著作編譯局編：《馬克思恩格斯全集》第23卷，北京：人民出版社1972年版，第494－495頁。

命、階級社會中的剝削壓迫和現代社會對人的負面影響，否定的是現代社會內部的各種對抗關係。所謂「革命現代性」的意義就在於此。

20世紀中前期席捲全球的民族解放運動和國際共產主義運動伴隨著現代性在全球範圍內的傳播而來，無數殖民地人民和被壓迫者開始接受馬克思主義現代性學說，以此作為批判殖民主義、資本主義的思想武器。臺灣作為後起帝國主義的殖民地，在社會發展形態上完全印證了馬克思對早期資本主義發展階段的論述，一部分深受左翼思潮影響的被殖民者文學書寫也開始運用馬克思主義立場觀點揭示殖民地資本主義社會的不合理，以「被殖民者現代性」對抗殖民現代性，呈現出一些在馬克思主義認識論基礎上對殖民地社會問題的認識特徵。

首先是對殖民地各種社會矛盾，特別是資本主義生產關係和民族矛盾等方面以馬克思主義觀點進行分析和批判。從左翼作家楊逵《自由勞動者生活的一個側面》中不難發現，馬克思主義在當時已經得以廣泛傳播，不但小說人物已接觸到列寧的《帝國主義和民族問題》，而且作家也開始運用馬克思主義觀點描繪和分析階級壓迫。《送報伕》的場景和內涵要寬廣深厚得多，小說空間縱橫殖民宗主國日本和殖民地臺灣，不但描繪了殖民地人民蒙受的政治經濟壓迫，如臺灣單一經濟的特徵，制糖會社左右殖民地種植業，即殖民主義支配下形成的市場分工；土地兼併、規模化生產導致的傳統經濟的破產；殖民者直接的暴力壓迫等，而且從階級立場出發，揭示不同民族間被壓迫者的相同處境和共同的奮鬥目標，令人聯想到「全世界無產者，聯合起來！」以對抗不合理社會的理想與實踐。小說將派報所老闆對送報伕的盤剝欺壓與殖民暴力對臺灣民眾的巧取豪奪彙集於資本主義和殖民主義的大背景下，融合了資本主義和殖民社會經濟、政治矛盾和階級、民族解放諸多課題。也許這正是小說受到讀者歡迎、被收入左翼理論家胡風編選的朝鮮臺灣小說集

《山靈》[51]的重要原因。

　　一些文本直接將底層民眾的悲慘命運歸結為殖民壓迫和資本主義生產關係，而都市成為承載這些壓迫和生產關係的重要現實空間。殖民資本主義發展導致大量貧苦農民失去土地，被迫流入都市，與資本家構成剝削與被剝削的矛盾雙方，經濟發展的代價是更多的勞動者陷入貧困。自滔《失敗》對社會現狀做出了馬克思主義式的概括：

> 在帝國主義下的臺灣殖民地，被掠奪著的我們，是何等地苦痛的事情呀，試看，產業的短縮，失業者的增多，工資的激減，農村的貧困，以致大批的貧寒階級，彷徨於饑餓線上。

　　前述《阿枝的故事》不但描繪了現代時間對民眾生活的改變，更將批判矛頭指向資本主義生產方式：

> 在那作業時間中，堆滿著的機械，總是一刻不停地運轉著，從這機械的粗暴的衝動聲中，漸漸地，又是急劇地，不知消磨了多少工人的血汗，毀滅了多少工人們的青春、幸福與生命。

　　雖然農民阿枝「因為不幸的運命所迫，才開始認悉了資本主義中心的都市，」「對於這莊嚴華麗的景象，是多麼心悅喇！我傾慕，我滿足，這才是文明的殿堂，這才是光明的樂國」，但也正是這現代都市成了吞噬他整個身體和全部希望的邪惡力量。因此都市

---

[51] 胡風編：《山靈》，上海：上海文化生活出版社1936年版。胡風在小說集序中談到他1935年翻譯《送報伕》向《世界知識》雜誌投稿，「想不到它卻得到了讀者底熱烈的感動和友人們底歡喜，於是又譯了一篇《山靈》，同時也就起了收集材料，編譯成書的意思。」

這一資本主義象徵在左翼書寫中成為罪惡的淵藪、苦難的根源，是被否定的現代性因素。楊華《一個勞動者的死》講述了勞動者施君因鄉村經濟破產不得不來到城市成為產業工人，忍受嚴酷的剝削壓迫，終因貧病而死的悲慘故事，通篇充滿對資本家罪惡和不公平社會的控訴。林越峰《到城市去》、楊守愚《一群失業的人》均描寫破產農民流落到都市，因生活無著走向毀滅；《失業》（尚未央）寫小人物在不景氣中的困頓無奈；《元宵》（楊守愚）從無產者的視角看待都市充滿欲望的罪惡，抒發對自身在都市中可憐處境的極度不滿。左翼書寫之所以大量表現階級剝削和階級壓迫等不公正和都市的罪惡，社會存在是根本，左翼立場是關鍵。馬克思主義對現代資本主義的分析和真實的社會存在促使左翼書寫著力表現都市所承載的階級衝突、貧富對立和所有的不公正，發現其工業文明和繁華外表背後的一切罪惡、頹廢和絕望。這也是左翼書寫有別於同時代其他寫作的重要特徵之一。

雖然部分左翼書寫可能流於觀念的直白和簡單的控訴，但對階級學說的認識和對公正社會的追求，使之從資本主義社會被壓迫者的利益出發，在對現代性的質疑中加入了階級性因素，將經濟利益和經濟地位視為階級劃分的標準。正如徐玉書《謀生》所說：「在這社會底生活，只有同一樣階級才會理解同一樣階級的痛苦，那麼貧窮階級的痛苦，只有同一樣貧窮階級才會瞭解的，不同一樣階級而要求他的瞭解同情，這層是很困難的，因為它們利益上是永遠不能並在一起的。」《一個勞動者的死》則向蒼天詰問：「貧窮無抵抗的勞動者，你偏偏有意酷待他，作難他，你也承受資產階級的顏色嗎？」《一群失業的人》發出了「下層階級的咒詛」，孤峰《流氓》喊出了「資本家，萬惡的源泉！」的口號。大量左翼話語出現於這些文本中，如「無產階級」、「資產階級」、「有閒階級」、「小布爾喬亞」、「機會主義」等，都顯示階級學說已經成為左翼書寫反映現實的思想基礎。

上述認識決定了左翼書寫將無產階級視為社會改造的決定性力量，即不限於單純展示不合理社會現象，而尋求表現民眾的覺醒和具體反抗活動。這些反抗和覺醒符合馬克思主義社會改造和革命實踐的主張，同樣可以視為以「被壓迫者現代性」對抗資本主義現代性的行動。《自由勞動者生活的一個側面》寫到包括臺灣人和日本人在內的底層勞工難以忍受非人的生存環境，試圖團結起來反抗資本家的剝削壓迫，他們中的覺悟者甚至以樸素的方式嘗試分析勞資雙方權益的嚴重不平等和勞工悲慘命運的直接原因，以喚醒更多的被壓迫者起來反抗；《其山哥》（陳賜文）以勞工的悲慘處境和他們的互助團結，呼喚社會改革；而「送報伕」們已經用行動爭取到了待遇的改善。《失敗》探討「到底用怎樣的法子，來將這整群窮苦的小販，拯救出恐怖饑餓的領域。要怎樣引導這勤勞的被壓迫者，跑向光明的大道上。要怎樣和支配階級抗爭，才得排除去痛苦。」開始深入思考工人運動的具體方案。王詩琅《夜雨》、《沒落》、《十字路》不但描繪了無產階級運動的過程、經驗、主張、問題，而且對參與者在運動低潮期的心理、情感有著細緻入微的表現，改變了部分左翼書寫簡單演繹階級觀念、運動口號的狀態，達到較高的藝術水準。《沒落》的主人公耀源為追求社會改革的理想投身社會運動並因此系獄，出獄後面對運動落潮和生活窘境產生猶疑動搖，最後重新堅定了信念。現代都市場景和耀源的內心活動互相映照，似乎暗示著社會變革正萌生於現代性社會之中。社會改造和革命實踐是馬克思主義實現超越資本主義現代性的重要途徑，文學對它們的表現令人又一次看到了左翼書寫與馬克思主義的關聯性。

由於對社會現實具有明確的認識指向，左翼作家及其寫作大都不存在面對殖民現代性複雜面向時的矛盾困惑和難以取捨，而持徹底的批判立場，完全捨棄對其現代文明一面的哪怕是含混的正面肯定，著力展現其負面意義，多數文本流露出較強的感情色彩和鬥

爭精神。[52]這是左翼書寫有別於其他寫作的又一重要特徵。汽車被稱作「市虎」，霓虹燈成為罪惡的象徵，機器被看作吞噬勞動者健康與生命的巨獸，殖民政治經濟制度是一切苦難的罪魁。現代性的到來標誌著底層民眾苦難的開始，從感情上和理智上，殖民現代性的「進步」意義均無從凸顯。同是書寫現代性表徵，楊逵的《公學校》與前述諸多小說不同，是少有的從左翼立場徹底否定殖民地教育的文本。公學校被完全去除現代教育的正面意義，成為民族壓迫和民族歧視的象徵。臺灣子弟受盡日本教師的鄙視和凌辱，還要被迫接受奴化教育，修身課上臺灣少年被迫表達對殖民者的「感激」之情的描述絕對象徵著殖民者對被殖民者的精神改造：

> 我們出生在臺灣十分幸福。假如出生在支那，或者出生在沒成為日本領土以前的臺灣，是不會安安心心地過一天好日子的。不知什麼時候就會被殺掉。那裡有很多盜賊和土匪，財產和孩子會被奪走，有時連生命也保不住。我們生在臺灣最幸福。生活在成為英國領土的印度等的人們，也難以像我們這樣幸福地生活。所以，我們即使犧牲生命，也必須為大日本帝國盡心盡力。

臺灣少年因被迫背誦上述話語，加上遭受毒打和被蔑稱為「清國奴」所產生的屈辱和憤怒也絕對代表著對殖民現代性的徹底否定。當《水癌》滿懷信心地期待醫學拯救臺灣人的肉體和心靈的時候，《無醫村》卻在控訴使下層民眾貧病而死的罪惡社會。因此，左翼書寫不在於是否涉及各類殖民現代性表徵，而在於以馬克思主義立場觀點和被壓迫者的情感去表現它們。左翼書寫從不迴避殖民現代性事物，毋寧說，這些事物恰恰是民族壓迫和階級壓迫的證明。

---

[52] 呂赫若《牛車》是較為冷靜地表現前現代和現代生產方式衝突複雜性的文本。

如何理解左翼書寫階級意識的提升？它與民族衝突有什麼樣的關係？從民族主義到左翼思潮，殖民時期臺灣社會運動和文學書寫重心的轉移有兩大重要因素，一是馬克思主義的傳播，左翼文學社團和刊物的大量出現，乃至國際左翼組織對臺灣文藝運動的具體指示；[53]一是資本主義的發展致使社會現代化程度提高和民眾被更全面地整合到資本主義生產關係中，出現越來越多的資本主義社會對抗關係。民族問題並非隱退，一方面繼續直接存在於文學寫作中，另一方面融入階級衝突，[54]因為殖民地資本主義不可能脫離民族壓迫，許多文本表現的會社與勞動者的衝突背後無疑存在殖民經濟的影子。

之所以討論左翼書寫在馬克思主義影響下的具體表現形態並將其引入現代性維度，首先是因為馬克思主義學說作為現代性論述的性質。儘管現代性已經從早期資本主義時期的「沉重」形態發展到發達資本主義或後工業時代的「流動」形態，但資本的邏輯並沒有改變。「馬克思之聞名於世不僅僅是作為一個現代性的理論家，作為資本積累過程的矛盾機制及其廣闊的社會效應的揭示者；他被擁戴為『具有典範意義的現代主義信仰』的先驅。他的著作被認為是融合了對資本主義現代化過程的破壞性一面的充滿真知灼見的分析以及對於解放的可能性的肯定，」[55]而從誕生至今獲得理論的廣

---

[53] 依據《臺灣社會運動史·文化運動》記載，30年代初成立或創辦的一些左翼文藝刊物和團體，有的部分成員為共產黨員，如《臺灣戰線》（1930年）；由馬克思主義者組成的「臺灣文藝作家協會」（1931年）成立之初曾收到署名「J.C.B書記局」的賀電，指出臺灣的「民族需要也已經達到跟勞工階級的階級需要顯有關係，這種關係也正在決定全部無產階級藝術和殖民時期藝術的關係。倘若藝術要把民族的心理、思想、感情，以國家主義的保守性、反無產階級來建立體系，那麼，那種藝術不但會跟勞工階級的利益相對立，而且也會跟全體民族的利益，民族的鬥爭對立。因為當跟帝國主義開始鬥爭，民族定會跟帝國主義支配權衝突。」即階級的利益和民族的利益相一致。見《臺灣社會運動史·文化運動》，第508－510、522頁。

[54] 這種表現兩種社會矛盾的書寫到30年代後期因殖民高壓和左翼運動的退潮而逐漸消隱。

[55] 〔英〕彼得·奧斯本（Peter Osborne）：《時間的政治》，王志宏譯，北京：商務印書館2004年版，第19頁。

泛傳播和具體的社會實踐。就資本主義生產和階級意識而言，從盧卡奇到詹姆遜，再到後殖民批評家斯皮瓦克，都從中獲取了重要理論資源，誠如詹姆遜所言：「我是一個馬克思主義者，我認為最終的現實是經濟的現實和社會的現實。」[56]當代西方馬克思主義從階級意識到文化批判，再從文化批判到馬克思主義回歸的文化轉向，均屬於從傳統馬克思主義出發，面對新的歷史現實所做的調整。不過，如果說馬克思主義在發達資本主義時代面臨某種理論調適的話，殖民地臺灣作為早期資本主義社會，其「沉重」的現代性形態早已存在於馬克思主義論述之中。左翼書寫正是在馬克思主義影響下嘗試以文學形態表現殖民資本主義現代化過程的破壞性一面和被壓迫者解放的可能性，它們因此成為殖民時期現代性批判的重要一環。

第三節　殖民現代性認知中的情感經驗和「超越」思維

由於殖民現代性包含被殖民者的認知層面，兩者間形成了所謂「看」與「被看」，即觀察與被觀察的關係，前述被殖民者的相關文學表述可視作觀察的不同形態；不過這種觀察與被觀察者作為純粹對象的情形不同，如果將殖民社會當作一個巨大的容器，其中包含著殖民現代性內容的話，那麼被殖民者也同時被放置於這個容器中，與身邊密集散佈的殖民現代性因素共存，經過長期浸淫，這些因素逐漸大量地附著在他們身上而難以剝離，因此這種從殖民社會內部由原本具有文化異質性的被殖民者所作的觀察，既與殖民者不同，也與一般意義上的「他者」相異，換句話說，如果把殖民現代性看作一個社會文本，身處產生這一文本的環境之中或之外的閱讀

---

[56] 王達振主編：《詹姆遜文集》第3卷，北京：中國人民大學出版社2004年版，第408頁。

者，其認知並不一樣。不僅如此，由於被殖民者原有文化抗體[57]強弱和形式的差異，當他們置身於殖民社會容器中的時候，各自的現代性認知就不同；當容器被打破後，對殖民主義的清理也存在程度和側重點的差異。

造成原有文化抗體強弱和形式差異的原因十分複雜，個人和群體的經驗和想像、殖民社會演進的不同階段，乃至個體性格心理因素等等，都可能發生作用。除了諸如民族、階級、文化身分、個體經歷等比較確定性的因素外，情感也是值得關注的部分，只是對它的分析可能會涉及社會學、心理學等多重學科，難以獲得相對清晰的認識，特別是這些情感表達相對零散而隨意，很可能使分析落不到實處。但情感影響確實存在，殖民時期的各類文學文本，包括傳記、雜感等無不是情感記憶的寫照，這些記憶很可能決定了被殖民者的思考面向和選擇。問題的出現源於研究者的困惑，即當人們從各個角度探討殖民社會發展脈絡及殖民地文學特質之後，仍然不能完全解釋為什麼在同一時期被殖民者會出現截然不同的現代性認知；文化抗體強弱和形式差異的原因仍然不能充分說明。例如，在殖民統治末期，既有堅定的抵抗殖民主義者，[58]也有充分皇民化的民眾，他們可能有共同的教育背景，相似的社會經驗，卻有不同的殖民社會文本的解讀，這些解讀可能又反過來影響到他們的選擇，不同的選擇又導致解讀差異的擴大。以左翼思潮來說，其影響有目共睹，而單個文化人對它的接受卻迥然相異。從情感經驗入手可能有助於思考這些選擇和差異的不確定的一面。如果說前述對殖民現代性表徵和左翼書寫的分析仍然是從一些確定性因素入手的話，情感經驗的分析就是對相對不確定的認知因素的考察。

---

[57] 這裡借用生物學概念，所謂文化抗體指生存於某一文化環境中的人群對異質文化的免疫力，在殖民社會特指為保存民族文化或維護民族主體性而對殖民同化的抵抗。
[58] 相關論述見「藍博洲文集」《消失在歷史迷霧中的臺灣作家》，北京：臺海出版社2005年。

按照馬克思主義理論家威廉斯的說法，「認識人類文化活動的最大障礙在於，把握從經驗到完成了的產物這一直接的、經常性的轉化過程相當困難。」「在一般承認的解釋與實際經驗之間總是存在著經常性的張力關係。在可以直接地明顯地形成這種張力關係的地方，或者在可以使用某些取代性解釋的地方，我們總還是處在那些相對而言還是凝固不變的形式的維度內。」他認為，經驗、感覺等個人形式不能被化約為凝固不變的形式和範疇，「實際上存在著許多那些凝固的形式完全不講的事物的經驗，存在著許多它們的確不予承認的事物的經驗。」因此他提出了「感覺結構」〔structure(s) of feeling，又譯「情感結構」〕概念，來確定「社會經驗和社會關係的某種獨特性質，正是這種獨特性質歷史性地區別於其他獨特性質，它賦予了某一代人或某一時期以意義。」[59]這一概念「被用來描述某一特定時代人們對現實生活的普遍感受。這種感受飽含著人們共用的價值觀和社會心理,並能明顯體現在文學作品中。」它具有潛意識的特徵，因為「人們對世界的認知不是有意識進行的,而往往是通過經驗來感知的。」[60]「它在我們的活動最微妙和最不明確的部分中運作」，「突出了個人的情感和經驗對思想意識的塑造作用，以及體現在社會形式之中的文本與實踐的特殊形式。」它同時具有動態性，會隨著社會變動「始終處於塑造和再塑

---

[59] 〔英〕雷蒙德‧威廉斯（Raymond Williams）：《馬克思主義與文學》，王爾勃、周莉譯，開封：河南大學出版社2008年版，第136、139、140頁。威廉斯還指出：「我們談及的正是關於衝動、抑制以及精神狀態等個性氣質因素，正是關於意識和關係的特定的有影響力的因素——不是與思想觀念相對立的感受，而是作為感受的思想觀念和作為思想觀念的感受。」「從方法論意義上講，『感覺結構』（structure of feeling）是一種文化假設，這種假設出自那種想要對上述這些因素以及它們在一代人或一個時期中的關聯作出理解的意圖，而且這種假設又總是要通過交互作用回到那些實際例證上去。……它並不比那些早已更為正規地形成了結構的關於社會事物的假設簡單多少，但它卻更適合於文化例證的實際系列範圍。歷史上如此，在我們現時的文化過程（它在這裡有著更重要的關係）中更是如此。這種假設對於藝術和文學尤為切題。」見《馬克思主義與文學》，第141、142頁。

[60] 趙國新：《情感結構》，《外國文學》2002年第5期。

造的複雜過程之中。」[61]當然，所謂感覺結構原本試圖解釋的是某一時代在「凝固的形式」[62]之外人們的感受與經驗，並未強調同一時代不同人群的不同感受及其由來，但對情感經驗與思想意識之間相互關係的重視仍然提供了文本解讀的新著力點，並可能凸顯文學特有的情感記憶。儘管我們尚未做到運用此概念尋找殖民時期臺灣文學的感覺結構，像它的提出者在《文化與社會》[63]中對英國文學家和思想家所做的分析那樣，但至少能夠從中獲得啟發，嘗試正視文學文本中情感經驗的流露，並由此解釋殖民現代性的認知差異；雖然可能仍然不能確切說明這些情感經驗的成因，但畢竟可以換一個角度，從「凝固的形式」或明確的範疇之外尋求別一種說法。

回到文學文本。如果以過去常見的階級、民族，或已經從熱點轉為尋常的身分、認同等「凝固的形式」出發，文學文本中的情感經驗就可能不會受到特別關注，因為情感經驗的變異性和模糊性或者使精確冷靜、前因後果式的辨析失效，或者使自身在辨析中缺失。以情感經驗為對象雖然可能流失某些確定性，但也可能創造新的論述空間。仍以前述中文寫作為例，從文化想像層面看，中文寫作的某些模式化表述不完全是由於寫作者藝術表現力的不足，更可能是想像的結果；從情感角度看，它也可能是作者情感經驗的表達，那種悲憤、無奈、絕望的心態無疑是當時普遍社會心理的寫照。同樣，日文寫作的多重想像也是情感經驗隨殖民社會演進從相對單一過渡到複雜的產物，隨著殖民同化的深入和殖民暴力形式的改變，被殖民者對殖民統治的情感經驗也發生了改變。

---

[61] 閻嘉：《情感結構》，《國外理論動態》2006年第3期。
[62] 威廉斯所說的「凝固的形式」指各種明確的範疇、意識形態，不變的社會普遍性等，是與變化的、生動的、能動的因素相對應的事物。那些變化的、生動的、能動的因素，如感覺經驗等，可能會被習慣性地轉化為凝固的形式。
[63] 〔英〕雷蒙德・威廉斯：《文化與社會》，吳松江、張文定譯，北京：北京大學出版社1991年版。

分析可以從殖民統治引發的情感反應開始。殖民初期遭遇的抵抗，可謂臺灣面對殖民統治的最初反應，表現在寫作中，就是在以中文寫作為主的時期，形成了相對一致的情感表達，即殖民壓迫導致的痛感體驗，並延續到部分日文寫作中，所謂痛感體驗就是由痛苦經歷引發的情緒。[64]很明顯，那些帶有鮮明反抗殖民傾向的文本大都書寫了被殖民者的慘痛經歷和憤怒、屈辱的情感，形成了情感和思想意識之間的有機脈絡。楊逵《公學校》中臺灣少年遭受日本教師的毒打非常典型地代表著由痛感經驗引發的仇恨和憤怒。相似情節的文本比比皆是，更不用說大量警察形象傳達的恐怖經驗。由於痛感的強烈程度，寫作者幾乎完全專注於此而無法顧及其他，或者說，痛感體驗影響著文學想像的形成，進而左右著文本的思想意識。張深切《里程碑》中，打在身上的日本劍甚至直接喚醒了主人公的民族意識，這部傳記雖然寫於戰後，但殖民時期的情感記憶如此深刻甚至略顯突兀，它直接關聯到人物的身分認定、道路選擇和命運走向。這也是一個情感經驗決定思想意識的突出例子，它說明痛感體驗一旦與給予者的身分和被給予者的心理、情感相關聯，就會產生巨大的能量，掙脫一般意義的束縛，實現從情感到觀念的過渡。當相似的經驗逐漸彙聚起來之後，一個時期的基本情感結構就會慢慢浮現出來。當然，這並不意味著確定意識的形成完全取決於情感，其他因素的綜合也會產生影響，再以楊逵的寫作為例，具有強烈情感傾向的《送報伕》、《自由勞動者生活的一個側面》、《公學校》等文本直接控訴殖民主義的方式就帶有左翼文學的理念色彩。但是，如果沒有最初的、直接的，甚至帶有衝動性的情感經驗，文學文本就失去了描繪和記錄生動複雜的精神狀態和社會心

---

[64] 與痛感體驗相反的則是快感體驗，這一概念的使用受到北京大學中文系博士研究生司晨的學位論文《早期革命文藝的快感形態研究》（2009年）的啟發。

理，並從中曲折地透露思想意識的特質，這也是威廉斯認為情感結構的設置特別適用於文學藝術的原因吧。[65]

　　不過由痛感體驗直接激發思想意識並不能代表本時期臺灣文學的全部情感樣態，特別在殖民中後期，尖銳的痛感體驗呈現逐漸減退消隱的過程，文本中的情感經驗逐漸多樣化，殖民主義或殖民現代性認知不但通過直接的痛感體驗書寫來進行，也出現了不同體驗相混雜和單純的快感體驗的情感書寫。相對於楊逵，殖民中後期多數作家的痛感書寫並不直接來自明確的敵對力量，龍瑛宗筆下陳有三的痛苦更多出自殖民社會的精神折磨，它和主人公的個性氣質一起共同構成了混雜糾結的情感，殖民社會結構對人物的壓抑、下層社會的醜陋和民眾性格的扭曲從不同角度激發人物的痛感體驗，使之成為被殖民者絕望精神狀態的寫照。陳有三感受的臺灣的落後愚昧流露出現代性對他的教化，但殖民社會卻沒有提供他享有現代性的可能。陳火泉《道》的人物陳青楠糾纏在痛感和快感的雙重體驗中，因總督府專賣局的肯定而獲得的愉悅與因不是日本人而不得升遷產生的憤懣交織在一起，不過這種對立情感均由同一個對象激發，而且愉悅最終戰勝了憤懣，他仍然從這個帶給他對立情感的對象那裡看到了希望，自認為找到了成為日本人的路徑，這使他的情感沒有演化成真正的社會批判意識，畢竟在某種境遇中形成的愉悅體驗很難轉化為對這種境遇的徹底否定。反過來，《植有木瓜樹的小鎮》的社會批判幾乎全部來自絕望的痛感體驗，與結合痛感體驗和左翼觀念的楊逵式批判有所不同。殖民現代性帶給周金波寫作的基本情感則是快感體驗，毫無疑問，睡在榻榻米上的《水癌》主人公先是沉浸於日式生活方式帶來的愉悅感受，再從這種感受過渡到對皇民化政策的讚美，由情感到思想意識的過渡平順自然，沒有阻

---

[65] 文學研究越來越偏重理論對文本的直接切割使研究者逐漸遠離了對情感表達的關注，或者簡單地將其放入藝術表現範疇。本文嘗試的就是尋找情感與思想意識之間可能存在的並不具有確定性的連繫。

礙。與專注於從痛感體驗延伸到對殖民社會罪惡的控訴相反，周金波專注於快感體驗而讚美一切日本事物，榻榻米本是日本的傳統事物，原無現代性可言，但因為源於文明的日本，它就能夠帶來現代性的愉悅。[66]這種愛屋及烏式的快感體驗與殖民現代性認知似乎存在相互促進的關係：因為殖民現代性的認同感太強烈，才會情緒化地認同現代性給予者的一切；因為在日本生活方式中感受到愉悅──「在榻榻米上開始過像日本人的生活！」──才會進一步理解和讚美殖民政策。《「尺」的誕生》中少年吳文雄將自己想像為日本士官的弟弟或親戚，「他那快樂的幻想」確實帶來了轉瞬即逝的愉悅；儘管他在小學校外感受到深深的失落，但卻與痛感體驗相差甚遠。

　　比較這些文本中快感／痛感的來源是頗有意味的。楊逵所傳達的痛感體驗來源於殖民者和壓迫階級，其批判指向單純而明確；陳有三的痛感體驗既來源於殖民現代性，也來源於非現代性因素，它們從兩個方向壓迫著他的靈魂，人物在雙重痛感體驗中走向毀滅，又通過毀滅實現了殖民社會批判，陳有三的命運埋葬的不僅是傳統的醜陋，還有被殖民者的現代性幻想。兩位作家上述文本的共同情感特徵是痛感體驗控制了文本的基本情感走向且缺乏快感體驗，儘管痛感內涵不盡相同：來自殖民者的是壓迫性的、引發屈辱和憤怒的痛感；來自傳統落後面的是接受現代文明的知識分子感知包括自身在內的民族性格負面因素帶來的切膚之痛。在陳青楠那裡，情感經驗增加了快感成分，而且兩種對立的感受來自同一個對象，即殖民者既帶來痛感，也帶來快感，後者使人物看到了希望，實現了皈依和認同。到了周金波，情感經驗再度出現兩個來源，但與楊逵寫

---

[66] 呂正惠：《抉擇：接受同化，或追尋歷史的動力？──戰爭末期臺灣知識分子的道路》已注意到「『榻榻米』本身則是純日本事物，跟『現代化』的『文明進步』毫無關係。」並提出了「二手現代化」的說法。見「亞洲現代化進程中的歷史經驗──地區衝突與文化認同」國際研討會論文集，北京：中國社會科學院亞洲文化論壇2007年10月，第150頁。

作的痛感來源相反，他的痛感完全不來自殖民者，而來自被殖民者的愚昧落後，也就是非現代性因素；同時他將快感來源指向殖民現代性，這一點又與龍瑛宗截然不同。同一個對象，在楊逵和周金波的文本中激發的是兩種截然相反的情感，如果說上述文本對殖民現代性的態度呈現從批判到肯定的過渡的話，楊逵和周金波恰好處於這一過程的兩極。

在兩極之間還存在一些較為含混的情感經驗，或者說其痛感或快感不那麼直接和明確，呂赫若和張文環的寫作就是如此。如果比較兩種情感經驗的話，痛感體驗的來源相對明確一些，無論是呂赫若的《月夜》、《廟庭》、《財子壽》，還是張文環的《閹雞》、《論語與雞》等，均指向傳統的落後性，情感表達傾向於沉鬱蒼茫或略帶譏諷，但與殖民語境沒有直接關聯；在快感體驗方面，張文環對《重荷》少年從公學校獲得的愉悅的處理如前所述，以兒童視野回避了殖民性；無獨有偶，呂赫若《木蘭花》中鈴木善兵衛的照相機帶來的驚奇也是從兒童的眼光中流露的，加之《鄰居》中善良的日本夫婦，他們共同改變了以往的殖民者想像，隔離了體制化的殖民現代性，使快感來源落實到了個體的人與人性上面，從而同樣回避了對殖民現代性的直接的價值判斷。

如果將文本內涵擴大到殖民社會容器之外，我們會發現另一些從現代性視野展開的觀察，而且依然是從情感經驗開始的，那就是吳濁流、鍾理和書寫大陸經驗的文本，如《南京雜感》、《夾竹桃》、《泰東旅館》等，大陸中國在這些文本中展現了社會貧困落後和人性醜陋墮落的一面，作者由此生發的痛感體驗常常被當今的本土論述當作接受殖民現代性的臺灣人不認同落後的、缺少現代性的大陸中國的證明。這樣的結論忽略或刻意簡化了這些痛感體驗產生的複雜性，吳濁流、鍾理和來到大陸，首先是因為他們把這裡當作擺脫原有痛感體驗的理想之地；其次，除了原鄉的想像和古老文化的驕傲，他們對大陸中國近現代以來的歷史和現實處境知之甚

少；再有，經歷了殖民現代性的洗禮，他們雖然暫時離開了殖民社會，卻仍然帶著在這個容器中浸染的痕跡，因而無法回避以現代性的眼光巡視曾經寄託著理想的土地。由於共同經驗的缺乏，他們的痛感和批判也與大陸知識分子存在差異，最為明顯的是從「他者」位置，從大陸外部，或所謂「文明高地」的被殖民者立場看待祖國的，因而這種情感帶有多面性。大陸中國引發的情感既不同於楊逵式的、由殖民壓迫產生的痛感，也不同於周金波式的、完全處於殖民者位置對原有「自我」的否定，而是由於陌生感和理想幻滅導致的失望所生發的痛心疾首，況且他們的「他者」位置並不出於自我選擇。此外，最初的痛感體驗隨著觀察的逐漸深入而發生了變化，《南京雜感》的這段話代表著吳濁流的理解：

> 中國儼然像海，不論什麼樣的，全抱擁在懷中。……中國是海。是想填也無法填的海。是世界上不能沒有的海。不知海的性質，而以為海是危險的地方，無可如何的地方，而順其自然則不可；而想要清淨這海的企圖，也是不可能的。不如把海當海看待，才有辦法解開我們的迷。[67]

文本最後，作者還有這樣的表述：

> 忘了中國與日本有此不同的一面，徒然拿日本的尺度，拿「白髮三千丈」做為誇言的標本，或責難其誇張過度，是非常不當的。忘了李白的「白髮三千丈，離愁似個長」的下一句，斷章取義，甚至因而以為對中國的某一方面洞見其非，不能不說是大大的謬說。[68]

---

[67] 張良澤編：《吳濁流作品集4‧南京雜感》，臺北：遠行出版公司1977年版，第89頁。
[68] 同上，第119頁。

這表明吳濁流沒有從殖民者立場，以現代性作為絕對尺度看待和理解大陸中國，也說明他開始從最初的痛感體驗中沉靜下來，意識到對象的複雜性。

　　由於情感經驗具有不確定性，與思想意識之間的關係也並非一一對應，即不能簡單地將情感和意識完全等同，因此將情感當作意識形成的證據需要格外謹慎和耐心。在一些作家和文本那裡，兩者的關係較為直接，情感表述相對明確和一貫；而在另一些作家同一時期的不同文本或不同時期的文本中會出現彼此矛盾的情感表達。《南京雜感》存在從以現代性眼光審視大陸到現代性尺度逐漸淡化的脈絡；20多年後的《無花果》中祖國軍隊的落後裝備和精神狀態引發的失望又重新浮現出現代性尺度。《夾竹桃》對民族弱點的近乎詛咒式的評價在作者「看到緬甸戰線祖國勇士們活躍在硝煙彈雨下的英姿」[69]後也發生了改變。這一方面顯示作家情感本身的複雜性，一方面說明情感面臨新的刺激會發生變異，《無花果》現代性尺度的重現顯然與光復後的政治生態密切相關。情感經驗的背後存在著種種複雜多變的因素，其走向也受到這些因素的制約，這或許有助於我們理解戰後臺灣的殖民現代性認知狀況。

　　戰後，殖民社會的諸多問題並未在臺灣得到充分清理，其基本表現是，對殖民統治的複雜情感始終或隱或顯地影響著臺灣社會思潮和民眾心理，「二二八」事件使本就對臺灣社會缺乏深入理解的外省政治勢力抓緊了意識形態控制和對異己力量的鎮壓，使反共成為占主導地位的官方意識形態，大批殖民後期堅持反思殖民主義的臺灣知識分子戰後大多左傾，成為國民黨政權的清算對象，殖民主義倒成了避而不談的潛在問題。殖民體制和獨裁體制被有意無意間加以比較，曾經的殖民現代性痛感體驗被專制的壓迫感所置

---

[69] 張良澤編：《鍾理和全集6・鍾理和日記》，臺北：遠行出版公司1976年版，第13頁。

換，而現代性快感卻被保留，因為後者似乎成為對抗獨裁體制的精神力量或在專制面前保持心理優勢的情感因素。[70]這樣的結果是，當臺灣社會民主化開始後，出於對威權時代的逆反和長期以來自身利益被忽視產生的不滿，殖民現代性成為可借用的資源，用來抵禦威權統治，進而轉化為所謂本土特質的重要部分，並成為區隔臺灣和所謂「外來者」，以及大陸中國的有效標記。在激進的本土論述中，殖民現代性快感被誇大，幾乎成為全部快感體驗的源頭；外來者，更確切地說是來自大陸中國者，就成了全部痛感體驗的淵藪。當快感／痛感來源被如此設定後，分散的經驗逐漸凝固為總體的結構，殖民地「肯定」論述於焉浮現，原有的「抵抗」論述卻日漸邊緣化。[71]有趣的是這些體驗的表述很多時候仍然是情感式或情緒化的，人們通過快感／痛感的描述，形成某種思想傾向和評判標準，這在「肯定」論述中更加明顯，除少數明確肯定殖民主義的表述外，大多數的「肯定」論述訴諸情感，以含混、溫情、浪漫化的方式讚美殖民現代性的舒適、現代、文明，以「中國人」和日本人對臺灣的「好壞」和現代性程度的高低作尺度，喚起了一些曾經體驗到和期待享有殖民現代性快感的人們的懷想和傾慕，使對殖民主義的批判和反思在溫情脈脈中消弭於無形，逐漸形成了親近前殖民者、遠離大陸中國的文化心理取向。相比周金波式的快感表述，當今的「肯定」論述委婉曲折，漸進式地從情感上壓縮「抵抗」論述的空間。

---

[70] 許多回憶文章、雜感或訪談錄都記載了人們回憶當時外省人來臺對現代文明的陌生，以及回憶者由此產生的諸多笑談和鄙夷，流露出「文明人」的優越感。

[71] 對殖民主義的「肯定」和「反抗」是一種概括性的說法，散見於一些研究者的論述中，如《同化の同床異夢》第八章「結論」就分析了這兩種對立的思想傾向，並以「肯定論」和「反抗論」概括之。但文化思想界並沒有兩種傾向的大規模直接交鋒。「肯定」式思維通常以情感和心理方式滲透於民間，以直接或委婉地肯定殖民現代性作為重要表現形式。

由於「肯定」論述與本土意識互為表裡、彼此促進，且與現實政治鬥爭結合緊密，這種從快感／痛感體驗出發的感覺結構已經演變為權力話語，使尋求多元化的臺灣社會在地理、文化、歷史、血緣諸中心相繼被瓦解之際[72]形成了新的話語中心，當這些論述運用這一話語以回避對殖民主義的清理時，已經在瓦解原有論述中心的理念下重新建構了中心／邊緣的二元對立，並使自身陷入自我解構的處境。在「肯定」式情感結構向權力話語過渡的過程中，也存在這樣的理論建構，其特點是以理論回避價值判斷，把相對明確的意義含混化，篩選符合理論建構的材料來印證現代性對臺灣的正面意義。例如，有研究者以雙重邊緣[73]的說法將殖民地臺灣知識分子對殖民主義的抵抗解說為追求純正現代性的行為，在突出了東方式殖民主義及其與被殖民者同文同種的特質後，試圖說明殖民地臺灣在尋求一種超越殖民主義的現代性並由此建構自身的民族主體意識。這種論述以現代性既覆蓋了殖民性，又遮蔽了民族性，似乎可以實現既超越日本殖民主義，又超越原有中華民族主義的目標，十分符合當下瓦解既往話語中心的潮流，但卻並不符合當時臺灣民眾反抗殖民統治、尋求民族解放的實際狀態。事實上，民族傳統一直是臺灣抵抗殖民主義的重要思想和精神力量，這在與大陸五四運動對

---

[72] 全球化時代的思想理論界普遍存在消解既往話語中心的衝動，似乎歷史、民族等傳統話語論述早已過時、落伍，在具體社會活動中也是如此，臺灣原住民工作者張俊傑指出，為了爭取權益，討回公道和正義，他們在尋找新的言說方式，因為歷史、民族、血緣論述在臺灣已經沒有說服力。源自張俊傑：《從臺灣原住民角度看兩岸關係》的演講，北京：中國社會科學院「亞洲文化論壇」第38講，2008年12月12日。不過冷戰後諸多民族國家的建立和「911」的發生顯示的民族、宗教、文化衝突表明這些傳統話語遠未失去其作用。

[73] 即日本處於西方殖民主義的邊緣，臺灣處於日本殖民主義的邊緣，由此推導出這樣一種結論：「日本殖民主義的東方性導致邊陲精英們選擇一種現代的和支持西方的策略來建構他們的反話語。」「他們不僅批判日本人不徹底現代的統治，而且也建構了他們自己作為現代或嚮往現代的民族主體。」見吳叡人：《東方式殖民主義下的民族主義：日本治下的臺灣、朝鮮和沖繩之初步比較》，「亞洲現代化進程中的歷史經驗──地區衝突與文化認同」國際研討會論文集，北京：中國社會科學院亞洲文化論壇2007年10月，第164頁。

傳統的清算相對比時更加明顯。[74]知識分子通過日本接受西方現代性，卻無法從殖民現代性中提煉「正宗」的現代性來抵抗東方的殖民主義，[75]即便東方殖民主義包含的現代性具有「二手性」，它仍然是臺灣現代性的根本來源，且與殖民性原本就是一體兩面，賴和這樣的思想啟蒙者也難以將二者截然分離，他們（包括呂赫若、張文環等）能做的是在表現對文明和進步的嚮往時盡量回避其殖民印記。

對殖民主義「肯定」或「否定」論述的「超越」表面上似乎能夠擺脫對立論述的糾纏，但在對殖民主義，包括其精神和情感遺存未經辨析清理的情況下真正的超越是否可能？或者這種「超越」只是主體性建構中的策略？無論如何，「超越」論述建構在某種情感經驗的基礎之上，可以說是那些含混模糊的情感經驗的明確和「中性」的說明。

以上對殖民地臺灣新文學情感經驗的粗略分析其實僅僅是問題的提出，還有許多複雜現象有待說明，比如，不同的情感經驗怎樣統合為一個時期的基本情感結構；殖民主義引發的痛感／快感及其遺存的產生機制究竟如何；情感經驗與文學文本顯現的思想傾向是否是直接對應的關係；當以「對接受殖民現代性是否存在內心的猶疑與掙扎」來區分皇民作家和同時代其他寫作者的時候，這種「內心的猶疑與掙扎」究竟是如何產生的等等。在同一個殖民和後殖民語境中，畢竟存在著相似境遇和經驗的人群中文化抗體的強弱之別，需要進一步探索的就是這些差異背後的東西。

---

[74] 戰後來臺的大陸作家陳大禹曾談到「臺灣的反侵略鬥爭，有點矯枉過實的現象，就是保留前清所遺留的法制與生活習慣，作為反抗侵略的表現，……但在事實上，這些封建殘遺的思想習慣，無論如何是不適於二十世紀的今天的。」見陳映真、曾健民編：《1947—1949臺灣文學問題論議集》，臺北：人間出版社1999年版，第64頁。這是當時兩岸知識分子對傳統持不同態度的又一說明。

[75] 蔡培火、李春生等是臺灣少數的具有基督教背景的知識分子，蔡氏提倡的羅馬字或許可謂以西方現代性對抗東方殖民主義的實際行為，但它不僅沒有得到殖民者的認可，也沒有被民眾所接受，因為後者認為這是放棄漢字，背離了文化傳統。

第四章

殖民時期文學的語言問題

　　語言問題是幾度影響臺灣新文學發展的根本問題之一，其產生直接源於50年的日本殖民統治，並決定了從殖民時期到戰後一段時間內臺灣文學語言運用的特殊性和由此引發的一系列文學乃至社會政治話題，當然也構成了這一時期臺灣文學在本體意義上區別於中國文學範疇內其他地域文學的本質特徵，即文學語言經由殖民者文化教育和語言同化的強制實施而發生改變——從中文轉換為日文；又因殖民統治的結束而再次發生改變——由日文復歸為中文。這種本體意義上的大轉換對生存於此時的臺灣作家產生了重大的、一些情況下是致命的影響。這一過程中文學的損失是難以估量、又是可以想見的。文學研究雖然難以將這種損失量化，但就其對創作思維、作家心理、文學史發展的影響仍然必須做出解釋。如果說殖民統治對被殖民者造成的傷害是全面而深重的，那麼臺灣文學的上述特質可以稱作殖民統治所導致的「語言的創傷」。對這一現象的清理和認識關係到對臺灣文學特質的把握；清理過程中的立場和對史實的認定態度會影響到最終的結論。

第一節　語言文字的殖民

　　據臺之後，日本殖民當局出於統治的需要，除政治經濟的掌

控外，還在文化教育上推行同化政策。[1]其根本目的是要通過同化政策和所謂「內地延長主義」，以日本文化取代臺灣固有的中華文化，將臺灣人改造成日本人，使臺灣成為永久的殖民地。正如當時的日本學友會在《臺灣經營策論》中所說：「對於臺灣我們必須大大地開發其智德」，「讓其在進入文明領域之同時，同化於我國之國體，以期與我國進取之大義同行一致，變成我大和民族。」[2]而同化最主要和最有效的手段就是「國語」教育。據臺伊始，臺灣總督府即將臺灣居民學習日語當作在臺語言政策的基本方針，將日語定為臺灣的「國語」，編寫在臺使用的日語教科書，成立「國語講習所」和「國語學校」。「（日本）的長遠目的是在臺灣普及日語」，「日本在臺灣所實行的語言政策是把日語教育作為殖民地施政最重要的措施之一」。[3]與此同時，殖民者大力普及初等公學校教育，至據臺10年，公學校學生總數達27892人；[4]殖民晚期的1943年，接受初等教育的臺灣兒童已達到79萬人；[5]1944年，全臺共有一千多所初等教育機構，人數達到87萬餘人。[6]相應地，殖民當局

1　「『同化』一詞源自於十九世紀歐美殖民時期政策中的『assimilation』，其基本精神是把殖民地統治當作本國施政的延長。」「但是並無透過學校教育試圖『將臺灣兒童變造日本兒童』，或『變成日本人種』的精神傾向。在『assimilation』典範的阿爾及利亞，初等教育也不像臺灣一樣，完全以統治者的語言來進行。」「日本的臺灣統治卻擁有全世界殖民史上前所未見、積極而強烈的國語『同化』教育政策。因此精確地來說，臺灣人在日治時期所接受的只能算是日本帝國主義式的『同化』政策，並非完全西歐式的『assimilation』。」見《「同化」的同床異夢》，第17、18頁。該著作十分詳盡地從各個方面，包括比較不同殖民地文化政策的差異，以及中日「同文同種」的角度論述了殖民時期的語言政策和效果，是這方面研究的重要成果。

2　轉引自上書，第41頁。

3　臺灣總督府參事官長石塚英藏1901年在「國語研究會」上題為《新領土與國民教育》的演說，見張振興：《臺灣話與日語同化反同化鬥爭的回顧》，收入中國社會科學院語言文字應用研究所社會語言學研究室編：《語言‧文化‧社會》，北京：語文出版社1991年版，第548-549頁。

4　見王詩琅：《日本殖民地體制下的臺灣》，臺北：眾文圖書公司1980年版，第189頁。

5　張振興：《臺灣話與日語同化反同化鬥爭的回顧》，見《語言‧文化‧社會》，第549頁。

6　見臺灣總督府《臺灣統治概要》，轉引自《「同化」的同床異夢》，第25頁。

逐漸排擠和禁止傳統的教授中文的漢書房和義塾，取消這些傳播漢民族文化的重要場所。1902年，全臺尚有書房1800餘所，學生33000餘人；1931年前後，書房還須兼授日文；至1938年，全臺書房僅餘9所。[7]1937年4月，臺灣各報刊中止白話中文的使用，廢除報刊的漢文欄；全面侵華戰爭開始後，更在臺灣推廣日語普及，獎勵「國語家庭」；殖民末期的「皇民化運動」則將這一切都推向極致。這種強制性地改變被殖民者的民族語言文字的同化措施當然是整個殖民統治體系的重要組成部分，是「語言文字的殖民」。

　　「語言文字殖民」在整個殖民時期的發展並不均衡。日本在據臺前並未有殖民統治經驗，據臺早期又遇到臺灣民眾頑強的武裝抗日，一些文化殖民政策的實施尚不十分有力。而臺灣的知識階層倚仗強大的漢文化傳統，也對殖民者的文化高壓做出了自己的抵抗。大儒洪棄生日據後歸隱「不仕」；賴和、朱點人、楊守愚等終生使用中文寫作。而在廣大的民間，臺灣原有的漢語方言，如閩南話、客家話，自始至終都是絕大多數臺灣老百姓的生活語言，即便是殖民後期殖民者大力表彰的「國語家庭」，其數量也十分有限。至1920年，全臺灣懂日語的人數尚未達到總人口的3％，這意味著，在殖民前半期，語言文字的殖民並未取得很大的進展。另外，為順利推行和鞏固其統治，早期在臺日本人反過來學習臺灣話（主要是閩南話），也做了一些收集整理臺灣話、編輯臺灣話辭典等工作，這在客觀上對臺灣話的整理和保存起到了一定的積極作用，甚至戰後臺灣話的整理研究也借鑒了這些成果。[8]

　　但是這並不表明語言文字的殖民沒有造成嚴重和深遠的文化後果。隨著日文教育的普及，接受傳統書房教育的民眾越來越少，

---

[7]　見《日本殖民時期體制下的臺灣》，第186頁。文學上，吳濁流創作於殖民末期的小說《亞細亞的孤兒》對漢書房和書房先生的慘澹命運已有藝術的表現；龍瑛宗小說《夜流》也涉及漢書房被禁的表述。

[8]　參見《臺灣話與日語同化反同化鬥爭的回顧》。

在公學校中受教育者越來越多，他們對中文越來越不熟悉，更沒有機會學習白話文，而臺灣話作為方言並沒有獨自的文字形式，懂中文，特別是現代白話文的臺灣人數量也就十分有限；由於日本當時已成為亞洲強國，日本文化也成為強勢文化，且日本人對臺灣子弟接受中等以上程度的教育加以限制，僅有極少數臺灣子弟得以進入基本上只有日本人就讀的高等學校，至1944年，臺灣的大學僅有一所，其中臺灣學生僅111名，[9]接受普通教育的臺灣人在升學、就業諸方面面臨巨大壓力，許多臺灣人將赴日留學當作接受先進文化、提升社會地位的重要手段，留學日本的人數逐年遞增，1915年有300多人，1922年達到2400人，此後最多時超過3000人。[10]這樣，作為日本文化重要載體的日文就逐漸增強了文化滲透力。加上強制性政策的實施，到殖民後半期，臺灣的官方語言文字已經逐漸成為日文的一統天下，知識階層的日文水準又遠在一般民眾之上。當殖民後出生、自幼接受公學校教育的一代臺灣人成長為社會主體的時候，對他們來說，日文幾乎是一種自然習得的語言文字，在情感抑或理智上，他們都不會像完全接受傳統中文教育以及雖接受日文教育，但仍有良好的中文功底的老一代臺灣人那樣，將日文明確地視作對民族文化的巨大威脅而加以抗拒，或者說他們的中文能力和全社會的民族文化力量已不足以形成這種抗拒。他們用日文交流，用日文投身社會生活，用日文表達情感和意願，進而用日文從事文學創作。到此，殖民者的語言同化已經取得了相當的進展。

從為保存民族文化而抗拒日文到被迫接受日文教育、習慣於使用日文，再到能用日文進行文學創作，作為群體的臺灣民眾，特別

---

[9] 見臺灣總督府《臺灣統治概要》，轉引自《「同化」の同床異夢》，第25頁。

[10] 1911年臺灣總督府在東京創設高砂寮，用以收留臺灣學生，隨後留日學生數量逐年遞增。見《日據下臺灣社會政治運動史》第三章「海外臺灣留學生的活動」，《葉榮鐘全集》第1卷，臺北：晨星出版公司2000年版，第97頁。又見王詩琅《臺灣抗日運動應強調資料》，收入張炎憲、翁佳音編：《陋巷清士——王詩琅選集》，臺北：稻鄉出版社2000年編，第75頁。

是知識分子和作家，經受了一個漸變的、充滿激烈文化衝突的苦難歷程。如果將《臺灣作家全集》所收17位小說家按出生年份順序排列，[11]可以發現出生的先後與創作語言變化的大致關係。

作家姓名	出生年份	寫作語言	寫作起始時間
賴　　和	1894	中文	1926
陳虛谷	1896	中文	1928
蔡秋桐	1900	中文	1931
張我軍	1902	中文	1926
朱點人	1903	中文	1932
楊守愚	1905	中文	1929
楊　　逵	1905	日文	1932
楊雲萍	1906	中文、日文	1925
王詩琅	1908	中文	1935
翁　　鬧	1908	日文	1935
林越峰	1909	中文	1934
張文環	1909	日文	1933
龍瑛宗	1911	日文	1937
巫永福	1912	日文	1933
呂赫若	1914	日文	1935
王昶雄	1916	日文	1939

　　其中1909年比較特別，此前出生的9位作家[12]除1905年出生的楊逵、1906年出生的楊雲萍和1908年出生的翁鬧（楊雲萍以中文寫小說，以日文寫詩；翁鬧和楊逵使用日文創作，三位作家均有留學日

---

[11] 日本臺灣文學研究者下村作次郎曾將這17位小說家按照在《全集》中出現的先後列出表格，顯示他們登上文壇的時間和所使用的語言。見下村作次郎：《從文學讀臺灣》，臺北：前衛出版社1997年版，第52－53頁。本文改變排列順序，以顯示出生年份與語言轉變的關係。寫作起始時間以小說寫作為準。

[12] 張慶堂生年不詳暫不記入──筆者注。

本的經歷）外，均使用中文創作；1909年出生的兩位作家，林越峰使用中文創作，張文環使用日文創作，其中林越峰公學校畢業後又在德育軒書房學習中文兩年；張文環則自公學校畢業後直接赴日就讀中學和大學。而1909年以後出生的5位作家則清一色都使用日文創作，這一年及以後年份出生的作家受教育的時期與殖民者加強同化教育的時期大致吻合。1919年總督府發佈「臺灣教育令」、全面普及日文教育時，這些作家中最年長者不過10歲，待他們30年代開始寫作時，所能自如使用的當然是日文。此前出生的作家大都並非不懂日文，有的接受了良好的日文教育，如生於日本據臺之前的賴和，10歲時即入公學校，後畢業於臺北醫學校；陳虛谷也曾留學日本，但他們的啟蒙教育往往是在漢書房開始的，民族文化在他們成長之際尚未受到殖民者的毀滅性打擊；他們也目睹了文化殖民由淺入深的過程，於是他們將使用民族語言創作當作維護民族傳統、表達文化立場的有力方式，他們的中文水準也足以支持其創作行動。王詩琅曾講道：「我不是不會日文，而我大多數的作品選用中文來寫，是基於民族感情，一份對於國家民族的熱愛。」[13]賴和在殖民者禁絕中文後，毅然中止了白話文創作，而繼續寫作漢詩，也是基於民族意識。王詩琅能夠以嫻熟的日文寫作文學評論，但小說創作卻全部使用中文。這種自覺或自然地將語言文字中屬於文化結構深層的創作語言留給自己民族的語言似乎也能夠說明這一層次的語言轉換更帶有文化衝突的深層意蘊。

　　社會語言學研究表明，不同語言之間沒有高下優劣之分，但是附著於其上的社會文化因素會影響到對不同語言地位的評判。「語言在某種意義上是人們身分和地位的象徵」，「某些群體比另一些群體更有地位，他們的語言、方言和發音也就有了更高的地位。」「表面上是語言的評判，而實際上是建立在社會和文化價值基礎上

---

[13]　鍾麗慧：《王詩琅印象記》，見《陋巷清士——王詩琅選集》，第314頁。

的評判。這種價值觀或語言應用觀與社會文化的關係遠遠超過了語言本身。」因而「作為評判標準的，不是所說的話，而是說話的人。」[14]殖民者與被殖民者不均衡的社會政治文化力量對比也使他們各自的語言分別處於強勢和弱勢不同的地位。弱勢語言的使用者會像在其他方面反抗殖民者壓迫那樣，通過堅守自己的語言文字來抵抗隨語言壓迫而來的文化殖民，直到他們失去使用民族語言文字的條件和能力為止。而同樣由於這一文化評判標準，也會有弱勢語言的使用者為瞭解先進文化、提升自身的社會地位，或僅僅出於生存的需要，自覺或不自覺地學習殖民者的語言。當民族語言還有一定生存空間時，被殖民者可以選擇堅守民族語言或學習強勢語言，或兩者兼而有之（在殖民前期的相當一部分作家那裡，這種堅守就成為一種姿態、一種文化立場，它表明對殖民統治的反抗或至少是不合作；而另一些留學日本的作家使用日文創作也十分自然）；當民族語言喪失社會生存空間時，被殖民者也失去了選擇的可能。

同時，文化殖民是比政治、經濟殖民更為漫長的過程。1915年後，臺灣民眾的武裝抗日被徹底鎮壓，而以「臺灣文化協會」為核心的文化抵抗又持續了相當長的時期。殖民者當然明白語言文字的殖民在文化同化中的重要性，因為「語言是同化的重要工具，也是同化完成的一個重要標誌。」「語言起著溝通兩種文化的橋樑作用，沒有這個橋樑，就不會接受異族文化，當然也就談不上同化。」[15]同化的根本不但在於改變一個民族外在的社會形態和行為方式，而且更在於剷除其內在的思維方式。由於語言文字是維繫民族思維方式和意識形態的重要工具，文化殖民離開了語言的同化是難以想像的。當接受日文教育的臺灣人不再有使用民族語言從事文學寫作的能力時，語言同化也就幾近完成。說語言同化是「幾近完成」而不是「最終完成」是因為：一方面，失去民族語言寫作能力

---

[14] 郭熙：《中國社會語言學》，南京：南京大學出版社1999年版，第51、52頁。

[15] 同上，第57－58頁。

之初和其後的相當長的時間內，民族文化傳統和思維方式甚至可以透過異民族的語言表達方式頑強地生存下去，換句話說，由於語言的工具性質，一種語言有可能在原來攜帶的固有文化性質之外，兼具傳達另一民族思想意識的功能。殖民時期臺灣作家的日文寫作和海外華人作家使用所在國語言寫作表現本民族生活和意識的作品就是明證。另一方面，殖民者的同化政策絕不意味著要與被同化者實現真正的平等，後者在殖民文化體系中的「他者」地位並不因其使用殖民者的語言而有根本改變。覺察到「他者」地位的被殖民者必然有表現自身處境的意願，這一意願不會完全被其使用的語言所左右，吳濁流的日文小說《亞細亞的孤兒》是最典型的例子。再有，日本在臺灣的語言同化不是在中日社會文化正常交流中自然完成的，而是在強大的殖民壓迫下靠外力實現的；一旦外力消失，同化的作用會迅速消退。這也可以解釋為什麼光復後臺灣民眾產生了學習祖國語言的高漲熱情。因此，語言同化的最終完成可能只是殖民者的一廂情願，至少，他們已有的50年時間是遠遠不夠的。

複雜的情形是，語言文字的學習是一個相對漫長的過程。以某種語言文字進行文學寫作只能在人們長期熟練使用該語言文字之後才能實現；而重新學習另一種語言並達到一定寫作水準需要花費更長的時間，對許多人來說甚至是根本不可能的。所以日本在臺灣的語言同化政策從開始實施到取得明顯成效經歷了相當長的時間；殖民統治結束，熟練使用日文的一代臺灣知識分子除個別人外，都經歷了重新學習祖國語言的漫長時期，有些人不得不終止了自己的寫作生涯。這兩次語言轉換不可能不對文學產生巨大甚至是致命的傷害。因此語言轉換的內在過程是漸變的，其後果是深遠的；內在轉換過程的漸變規律與外在轉換的突變現實形成的激烈衝突成為影響作家命運和文學生態的重要原因。有必要說明的一點是，戰後國民政府在臺灣實施的語言文字政策某種程度上加劇了上述衝突。臺灣光復一年後的1946年10月，國民政府下令終止日文報刊的出版

發行，停止使用日文。這樣，自光復後恢復中文報刊始，中日文報刊並存的時間只有一年，留給不懂中文的臺灣民眾適應語言轉換的時間實在太少，以至於他們在熟練掌握中文前陷入了文字交流上的尷尬境地；對於以日文寫作的作家而言，這種突如其來的斷裂無疑是致命的。當時的《新新月刊》第六期上一篇題為《街巷心聲》的文章這樣寫道：「廢除日文時期尚早——政府決定十月二十五日起廢除日文的報章雜誌，果真如此，等於封閉本省人的耳目，不僅青年階層，甚至連壯年一代都對行政效率低能的當局的這項措施，怨聲載道。就連當時強施高壓政策的日本當局，也是在中日戰爭爆發的翌年才禁止中文，而且僅限於教育方面，在文藝方面則無任何限制，極為自由。」[16]這種說法自有不實之處，[17]並認為國民政府的語言政策不如日本殖民者「尊重民意」，但它呼籲「當局再做思考」，的確透露出當時民眾面對語言轉換的突變而產生的不安。然而，不能因此把國民黨的做法與日本殖民者的語言同化相提並論，甚至引申出後者優於前者的結論。[18]國民黨的上述做法的確顯示出對臺灣獨特歷史處境的不瞭解、對民眾生存狀態的漠視和對待文化問題的武斷、專制，但根本目的是在臺灣恢復民族語言文字，消除殖民者強加於被殖民者身上的文化烙印。它所選擇的時機可能不夠恰當，手段過於強制，可是它在方向上的正當性是沒有疑問的。[19]

---

[16] 見《從文學讀臺灣》，第168頁注3。

[17] 殖民當局只對傳統漢詩和通俗小說網開一面，對白話新文學則全面封殺。所有白話新文學作家在1937年後全部終止中文白話寫作，足以證明所謂「文藝方面則無任何限制，極為自由」的說法是不正確的。

[18] 如此觀點在當今一些本土意識強烈的臺灣文化人，如葉石濤及臺語運動倡導者那裡頗為常見。

[19] 殖民地在擺脫殖民統治後都面臨是否驅逐原殖民語言的問題，非洲國家獨立後出現多種狀況，有的國家為根除殖民主義影響而徹底驅逐殖民語言，有的將殖民語言和民族語言長期共存，有的保留了殖民語言。印度在確立印地語為官方語言的同時，還謹慎維護了英語的社會地位。見朱文俊：《人類語言學論題研究》，北京：北京語言文化大學2000年版，第236頁。但臺灣的情形不同於上述國家，一是中華文化傳統源遠流長，中文具有強大的文化力量，漢字和漢語方言一直通行於臺灣；二是殖民歷史較為短暫，日文還遠

一部分臺灣民眾在這次語言轉換中深感受到傷害，甚至認為國民黨統治者不及日本殖民者通情達理，也可以看作是語言轉換的漸變規律和突變現實的激烈衝突導致的情感反應。當然，語言劇烈轉換中付出巨大犧牲的是廣大臺灣民眾和知識分子，但造成這一困境和悲劇的根本原因是殖民統治，歸根結底，沒有殖民統治，臺灣的兩次語言文字轉換就不會發生。

另一些複雜的情形是，語言文字的轉換究竟帶給臺灣文學怎樣的創傷？異民族語言文字固有的工具性可以被用來表現本民族的生活，但語言藝術層面的問題應如何衡量？語言攜帶的異民族文化因素與表現本民族的生活內容在作品中是怎樣的關係？這些是在理清語言轉換的基本脈絡後，面對具體文本時必須思考和解決的問題。

語言文字的轉換帶給殖民時期臺灣新文學最直接的影響，就是使不到四分之一世紀的文學發展時期人為地形成中日文並存的寫作階段和完全以日文寫作的階段，其中中文寫作階段相對短暫，中文作家沒有充分的時間在藝術探索的道路上不斷前行，導致中文文學形態的發展受到阻礙進而被迫中斷。[20]眾所周知，臺灣新文學始於20世紀20年代，此前只有使用古文寫作的漢詩、辭賦、遊記等舊文學形態。屬於新文學的中日文現代小說和詩歌幾乎同時出現，[21]此時為數不多的小說重在表現殖民地人民的苦難和封建婚姻

遠沒有成為臺灣全體民眾自然習得的語言文字。從情感上講，語言關係到民族尊嚴，百年來中華民族尊嚴的失落直至二戰之後方才終止，作為一個有著悠久文化傳統的戰勝國，不可能保留殖民語言文字。因此臺灣光復後廢除日文，恢復民族語言文字在大方向上沒有疑問。

[20] 根據《臺灣作家全集》（殖民時期11卷）和《光復前臺灣作家全集》（1−8）所收作品的統計，中文小說為160余篇，日文小說為100篇左右；其中包括《臺灣作家全集》（殖民時期11卷）收入的少量戰後發表的中日文作品。

[21] 已知較早的中文小說是署名「鷗」所作的白話小說《可怕的沉默》，1990年代初發現於臺灣文化協會發行的《臺灣文化叢書》第一號，1922年4月6日；日文小說是追風的《她要往何處去》，《臺灣》第三年四−七號，1922年7月。從這時起至1925年通常被稱作臺灣文學的「搖籃期」，見葉石濤《臺灣文學史綱》關於文學分期的論述。葉氏將殖民時期臺灣新文學劃分為「搖籃期」、「成熟期」和「戰爭期」，這與王詩琅《臺灣的文學

制度的不合理，思想意識尚淺顯直露，手法多採寓言形式，比較稚拙。[22]倒是《可怕的沉默》和《她要往何處去》這兩篇較早的作品，前者以較流暢的中文白話，後者以細膩動人的描寫而勝出。因而有研究者認為「臺灣小說的進程是相當緩慢，甚至可以說是倒退的」。[23]1926年，《鬥鬧熱》（賴和）、《光臨》（楊雲萍）、《買彩票》（張我軍）等作品出現，成為臺灣文學進入「成熟期」的標誌。此後的臺灣小說開始在情節組織、人物性格和命運的表現等方面取得進展，特別是中文小說，至1937年殖民者全面終止報刊漢文欄以前短短10餘年的時間，已出現了賴和、楊雲萍、楊守愚、王詩琅、朱點人等優秀的中文作家。王詩琅的《沒落》（1935）、朱點人的《脫穎》（1936）、《秋信》（1936）等這一時期臨近尾聲時的創作，在表現人物性格、心境以及小說情節結構的組織方面已達到很高的水準。但中文小說藝術形態發展的戛然而止使作家從此失去了文學探索的機會，此後臺灣新文學的發展只能在日文寫作中繼續進行。戰後臺灣本省文學寫作發展相對遲緩，許多省籍作家受中文水準的制約是根本原因，原有中文文學成長期過短也應是值得考慮的因素。來臺的大陸作家雖也歷經時代變遷導致的文學轉折，但在文學語言上並未與新文學傳統相脫離，自然地，他們在臺的寫作從語言文字上要較本省作家成熟。

對中文作家和寫作來說，語言文字的壓力主要來自外部。在文本內部，其各個構成因素之間維持著相對和諧統一的關係。以民族語言文字書寫民族生活，這在正常發展的民族文學中本是一種自

再建設問題》（臺灣《中學生文藝》雜誌1952年3月）一文劃分殖民時期新文學為「萌芽時期」、「高潮時期」和「戰時文學時期」的說法相近。

[22] 施文杞1924年發表於《臺灣民報》的寓言小說《臺娘悲史》因為比較直露地將日本、中國、臺灣、滿洲擬人化並表現臺灣被殖民的悲慘命運而使當期《民報》遭禁，見陳萬益：《於無聲處聽驚雷——析論臺灣小說第一篇〈可怕的沉默〉》，《民族國家論述——中國現代文學國際研討會論文集》，臺北：「中央研究院中國文哲所籌備處編委會」1995年版，第329頁。

[23] 同上。

然的狀態，1930年代臺灣有關白話文和臺灣話文的論爭和嘗試單純看來也與大陸白話文學發展中遇到的問題（如文學大眾化等）相類似。中文寫作通過自身的存在來承受殖民社會的壓力並表示反抗，除內涵和主題相對集中於民族矛盾和被壓迫者的苦難境遇外，堅持中文寫作本身即表明不屈從於殖民者同化政策的姿態。當殖民當局禁止中文後，同化政策對中文寫作的影響已無法通過文本來考察，中文寫作的終止已經無言地印證了它所遭受的摧殘。

日文寫作階段貫穿整個殖民時期新文學進程的始終，發展時間也較中文寫作更長久，其相對成熟的形態出現於30年代，1937年後甚至成為臺灣新文學獨有的語言形式。中文寫作的被迫終止與日文寫作的蓬勃發展幾乎形成時間上的交接，優秀的日文作家如楊逵、翁鬧、張文環、龍瑛宗和呂赫若等多於30年代中期及以後登上文壇。他們通過日文感受日本文學和世界文學潮流，學習寫作技法，推動了臺灣文學的藝術發展。詩界的「風車詩社」和「銀鈴會」更是日本超現實主義詩歌潮流直接影響的結果。雖然殖民時期臺灣文學以寫實主義為基本傾向，相比於中文寫作總體上的客觀寫實以及技法上的相對單一，日文寫作在寫實的大範疇內還是顯示出相對多樣的藝術面貌，一些小說更注重主觀寫實，包括心理和情緒的描寫；部分作品具有較濃厚的詩化特徵。熟稔地運用日文寫作的臺灣作家們，在繼續恪守關懷大眾的文學立場的同時，也把目光更多地投向知識分子在殖民統治下的生存狀態，以及他們的思考與掙扎、痛苦與困惑，從而增強了對殖民地社會豐富性和複雜性的表現能力。由此看來，日文寫作的處境無疑要優於中文寫作。但是，殖民統治長期存續神話的最終破滅註定了日文寫作宿命式的悲劇結局。被殖民者無論運用殖民者語言的水準有多高，其寫作都沒有被納入殖民宗主國的文學中；臺灣的日文作家儘管能夠得到日本本土的文學獎項，卻不可能成為日本文學的一部分——時至今日，無論日本還是臺灣，沒有任何研究者對這部分文學屬於臺灣產生懷疑；在中

國文學中，它又因特殊的異民族語言形式而無法等同於中文文學，導致身分認定和價值評判上的重重障礙。更為嚴重的是，它是沒有繼續生存和發展可能的文學，它屬於被殖民者，但其生命卻要隨殖民統治的結束而結束；屬於被殖民者的精神依然活著，屬於殖民者的軀體卻已經死滅。它難以成為中國文學歷史鏈條中的一環和後世文學發展的基石，只能作為一段文學標本凝固在文學史中。

　　語言文字的轉換以及更大範圍內的文化同化過程也為臺灣新文化和新文學運動的產生發展提供了複雜的背景和動因。一方面，它們與大陸的運動有著共同的目標，即推倒封建舊文化和舊文學，代之以新文化和新文學，而且其出現也直接受到大陸新文化和新文學運動的激發；另一方面，臺灣完全殖民化的社會使這場運動必須面對比封建勢力更加強大的敵人——殖民者強力推行的文化同化。因此，身處殖民地的臺灣文化啟蒙者不得不承受雙重壓力，在兩條戰線上同時作戰，以至有時也不得不採取權宜的做法，著名的文化啟蒙者林幼春等人就曾提倡「擊缽吟」，試圖以舊文學傳統去維護民族文化、抵禦殖民同化，此時舊文學所扮演的角色似乎並不都是負面的，但這種形式隨後卻被殖民者及其御用文人所利用。而在臺灣文化人中，認為只有文言文才是地道漢文者也不在少數。這也表明，啟蒙者的任務是複雜而艱巨的，他們所能運用的武器卻相當有限。面對作為強權和現代文明化身的殖民統治，他們從傳統中尋找的抵禦方式完全不具備現代性和啟發民智的力量，只能成為殖民者的文化俘虜。白話中文被全面禁止後，舊詩寫作和舊詩社仍可通行無阻，意味著殖民者深知舊文學不足以構成文化威脅。[24]面對封建文化的落後性，臺灣啟蒙者有著與大陸同道同樣深切的感受，甚至

---

[24] 親歷臺灣新文學運動、大力主張推廣白話文的廖漢臣在《新舊文學之爭》一文中認為實際上自始至終新文學沒有徹底打垮舊文學。禁止中文後，全島還有一千多個舊詩社以及以中文印行的《詩報》留存。見《日據下臺灣新文學明集5‧文獻資料集》，第413－414頁。

他們的文化啟蒙任務因殖民社會而變得更加艱巨和迫切；卻在推動新文化和新文學的發展中遇到更多的困難：首先是臺灣島內沒有大陸存在的範圍廣大的官話區，白話文缺乏廣泛的民眾基礎；其次是「臺灣話」有音無字，無法全面承擔文化啟蒙任務，且難以成為文學寫作的語言主體，再加上殖民者的同化政策，他們註定要在尋求文化自救的路途上經歷更多的波折。這是認識殖民時期臺灣文化問題和語言問題的重要前提。

第二節　語言運動與殖民時期語言困境

面對殖民時期臺灣的歷次語言運動和語言論爭的具體史實，上述前提一刻也不應離開研究者的視野，否則就可能忽略臺灣語言問題的特殊性；對這一前提各個側面有意無意的取捨，也可能導致認識的偏差。殖民時期臺灣的知識分子不但是文化啟蒙者，而且更重要的是屬於被殖民者，他們比任何人都更為痛切地意識到殖民統治以及由此形成的語言困境給臺灣人帶來的巨大傷害，儘管他們在當時可能還無法全面估計這種傷害的嚴重程度及後果，但是已經開始在文化啟蒙的同時，嘗試使用各種手段衝破語言困境。具體到白話文運動、「臺灣話文」的提倡和文學語言論爭，包括連雅堂編著《臺灣語典》、蔡培火提倡羅馬字種種，脫離殖民社會的語境去發掘其意義是遠遠不夠的，也就是說，這些尋找適於臺灣社會民眾的語言的努力必然與殖民社會的語言問題密切相關。

當時臺灣的文化啟蒙者早已意識到民族問題和語言問題的密切關係。始自20年代初期的白話文運動直接受到大陸白話文運動的啟發而興起，發起者黃呈聰、黃朝琴以及運動的中堅人物張我軍都在親眼目睹了中國白話文運動的興盛之後，試圖將這場運動推行於臺灣，以作啟發民智、尋求文化和語言新生的利器。黃呈聰《論普及白話文的新使命》和黃朝琴《漢文改革論》這兩篇臺灣白話文

運動初期的重要文獻從考察大陸白話文運動的歷史發展和成就入手，深入分析臺灣社會的現實需求，大聲疾呼以白話文「實現文言一致」，「做文化普及的急先鋒」，真正把興起於大陸的白話文看作維繫漢文化根基、推動社會進步的有效手段。文章發表於由臺灣留日學生在東京出版的《臺灣》雜誌，對殖民者在臺推行的語言政策未作詳細分析評論，[25]但對臺灣與大陸地緣和文化上的血肉連繫以及臺灣面臨的來自殖民者的文化和語言的威脅卻有相當清楚的認識。《論普及白話文的新使命》清晰地表明了這樣的理解：「我們臺灣不是一個獨立的國家，背後沒有一個大勢力的文字來幫助保存我們的文字，不久便就受他方面有勢力的文字來打消我們的文字了」，「臺灣統治的方針，要用日本固有的文化來同化我們的緣故，這豈不是我們社會不發達的原因麼？」文章認為臺灣人固然要學習日文，但也要學習臺灣話，[26]婉轉而清晰地表明對殖民當局語言政策的不滿。《漢文改革論》更明確表述「做日本的百姓，便將自己固有的習慣，固有的文字，固有的言語廢棄不用，絕對採用日本的習慣，日本的言語，這種強制的根據，我甚不解。……我們臺灣的同胞，亦是漢民族的子孫，我們有我們的民族性，漢文若廢，我們的個性我們的習慣我們的言語從此消滅了！」基於上述認識，文章大膽宣告作者個人普及白話文的具體做法，一是留學東京數年，對同胞不肯寫日本文；二是此後書信全部採用白話文，不拘古法不怕人笑；三是常用白話文發表言論；四是願做白話文講習會的教員。被譽為殖民時期臺灣民眾唯一喉舌的《臺灣民報》創刊號上也刊載了這樣的言論：「我們臺灣的人種，豈不是四千年來黃帝的子孫嗎？堂堂皇皇的漢民族為怎麼樣不懂自家的文字呢？……因為

---

[25] 《論普及白話文的新使命》發表於《臺灣》第4年1號，1923年1月；《漢文改革論》發表於《臺灣》第4年2號，1923年2月。兩篇文章均收入《日據下臺灣新文學明集5·文獻資料集》。

[26] 根據上下文，這裡的「臺灣話」指白話中文。

臺灣當局的政策，學堂裡不肯教學生的漢文，他們用意很是深遠，不用我再多說，大家早已明白了。……漢文的種子既然要斷絕了，我們數千年來的固有文化，自然亦就無從研究了。」[27]《臺灣民報》在啟蒙者的主持下，真正實踐了「不用深奧之文言文，而用這淺現易曉的白話文，俾使家家誦讀，人人知曉，是欲拯人民在這黑暗束縛之中，引人民到光明自由的路。」[28]上述觀念和行動將著力點放在普及白話中文以救亡圖存，說明語言問題在文化啟蒙和反抗殖民兩方面的迫切性，它不可能排除殖民統治因素而僅具有單純的文化啟蒙意義；它們產生於殖民者全面推行語言文字殖民之初，至少還意味著文化啟蒙者對問題迫切性的認識已因殖民同化的加劇而深入。作為殖民時期臺灣語言運動和論爭的起點，這些觀念和行動已經確立了日後語言問題發展的前提。雖然此後運動和論爭的側重點容或有不同，在殖民處境下尋求出路的動機並未改變。

　　以此為開端，經張我軍發起的文學革命，白話文在臺灣的影響迅速擴大，各地紛紛成立白話文講習會、讀書會。同時，其他尋找語言問題解決辦法的努力也在進行。《論普及白話文的新使命》即已提到文化啟蒙者蔡培火提倡的「臺灣羅馬白話字」，所謂羅馬字，本是基督教會為在福建、臺灣普及《聖經》所創設的表音文字，由羅馬字母和聲調符號構成，以閩南語發音，易讀易學。蔡培火作為基督徒，自幼熟悉這種文字，便產生了將這種文字用於大眾文化普及的想法。30年代初，蔡氏又為避免當局的壓制，將片假名加入羅馬字來表記臺灣話，即所謂臺灣白話字。與白話文運動幾乎同時，蔡氏開始了羅馬字普及活動，其目的在於突破日語的壟斷，用臺灣自己的語言文字自主尋求社會進步。有意思的是，他的支持者和反對者都是從羅馬字與中國大陸語言的關係的角度發表不同的看法。支持者認為，當時的大陸已開始了語言文字的拼音化，「語

---

[27] 蔡鐵生：《祝臺灣民報創刊》，《臺灣民報》1號，1923年4月5日。
[28] 前非：《臺灣民報怎樣不用文言文呢？》，《臺灣民報》2卷22號，1924年11月1日。

體文比文言文更受重視的時代，已經到了，現在漢文的運命，已漸就衰廢，而象音文字的羅馬字，已經在中國喧囂地被議論著了，我們的語言，文字都是保持著同一系統，遲早必受其影響，這是明若觀火的。」[29]而當時的文化人基於民族意識，多贊成普及白話文，且白話文運動聲勢浩大，所以對羅馬字運動不支持者居多。而殖民當局以「恐有影響於日語的普及，有礙教育方針」為由，終止了蔡氏的羅馬字講習會，使這場運動被迫停頓。圍繞羅馬字運動的各種主張和態度，其實關注的是同一個問題，即語言與民族的關係。贊成羅馬字是因為它與大陸語言文字的發展道路相一致；不贊成羅馬字是由於它畢竟不同於漢字，帶有非漢民族的色彩，且「民眾皆以那是有宗教的臭味，卻不感謝那的努力」。[30]殖民者則因其阻礙「國語」推廣而直截了當地予以禁止。後來的臺灣白話字雖已有妥協，但仍被當局視為對國民精神養成的有害因素而受到批判。[31]這又一次說明，各方在語言問題上的民族立場其實是相當清晰的。儘管羅馬字、白話字運動沒有取得發起人所預期的成效，但蔡氏的努力仍然具有重要意義：它本質上屬於臺灣文化啟蒙者為解決殖民社會語言問題所做的嘗試，其興起和停頓均與民族意識相關；主觀上它直接源於啟蒙者解決語言問題的迫切願望，客觀上它潛在地構成

---

[29] 張洪南：《被誤解的羅馬字》，《臺灣》第4年5號，1923年5月。轉引自《日據下臺灣新文學明集5‧文獻資料集》，第476頁。

[30] 連溫卿：《將來之臺灣語》，《臺灣民報》3卷4號，1925年2月1日。

[31] 當時的文教局長杉本良說：「不論是以假名或類似奇怪的文字來書寫臺灣話，這都跟國民精神無法產生任何的關係。」「普及了白話字將會造成臺灣人怠息普及國語的努力。而且吾國語中的字語本身留駐著國體精神，……這些文字本身代表著尊貴的精神。如果以羅馬字或白話字來表達這些尊貴的精神，其精神必死無疑。」佐藤眠洋說：「本來臺灣便潛伏有民族意識，具有保存臺灣話運動的這些白話字出現後，將使臺灣人更加一層地去確認民族意識。換言之，白話字運動會轉為臺灣話保存運動，繼而助長民族運動。總合以上諸點，白話字可說是一種國賊。……我們按照仁慈的聖旨，把臺灣人平等的當作是天皇陛下之赤子、日本的國民，而在教化過程的途中，卻出現了這種會阻礙教化，徒然增長民族意識的文字；因此無論提倡者為何方人物，我們都該斷然的排除之。」轉引自《「同化」的同床異夢》，第351、353、354頁。

了對同化政策的妨礙。值得注意的是，它或許還體現了身為啟蒙者的發起人在語言問題上的某種想像方式。

　　和上述語言運動相比更複雜，且引發後人在臺灣語言問題評價中的不同理解的，是始自20年代中期、斷續發展到30年代初的「臺灣話文運動」。之所以複雜，是因為運動不但形成了不同的發展層次，而且在理論探討上頗有深度，民族問題和語言問題的錯綜程度也遠勝於前。在白話文運動的高潮期，臺灣文化運動的領導人之一連溫卿開始了他對語言問題的思考。他在論及語言與社會的關係時提出：「言語和民族的敵愾心是一樣的，言語的社會性質，就是一方面排斥他民族的言語底世界優越權，一方面要保護自己民族的獨立精神」，「不論在什麼地方，若有民族問題，必有言語問題。」[32]緊接著他又先後發表了《將來之臺灣語》系列文章，[33]涉及語言觀念、語言的起源、近世的語言問題以及臺灣話的將來等內容。文章從世界範圍內觀察語言現象，發現「各國的殖民地，觀看從來的政策，不論有什麼理由，教育的根本是有同化問題在，總要把統治國的國語，去陶冶訓練他」，語言實際上是征服者的利器；還注意到近來個別殖民地的教育用語已改為被統治者的語言，「這麻痺人心的政策，人們是要排斥的。」無論如何，「言語的根本問題，是要求能表現社會的觀念」，而當下的臺灣話無法承擔這樣的任務，「我們臺灣人須要改造我們的臺灣話，以應社會上生活的要求。」論者已經注意到殖民地語言問題的複雜性和變異性，把在語言上單純強調維護民族傳統，引向對語言功能的剖析，進而提出了臺灣話的改造問題。連溫卿沒有像黃呈聰、黃朝琴、張我軍那樣大力提倡統一的白話文，但認為臺灣話比較混雜，需要制定統一的文

---

[32] 連溫卿：《言語之社會的性質》，《臺灣民報》2卷19號，1924年10月1日。
[33] 該文共分三部分，分別發表於《臺灣民報》2卷20號、21號，1924年10月11日、21日；3卷4號，1925年2月1日。第一部分題為《將來之臺灣話》，後兩部分題為《將來之臺灣語》。

法和發音。這一問題與白話文的普及呈平行狀態,但較多地體現了論者對臺灣本地語言的關心,也提出了白話文之外語言發展的又一途徑。

與連溫卿的上述觀點一起被視作「臺灣話文運動」中屬於「臺灣話保存」層面的,還有臺灣史家連雅堂關於保存臺灣話的論述。其立論的基點是語言的存廢與民族的興衰直接相關。作為史家和傳統文化的擁護者,連雅堂將臺灣話當成維繫傳統的一線命脈,以文言文寫就的《臺語整理之責任》就中華歷史上少數民族政權或朝代的興衰,感慨「其祀忽亡,其言自絕」;時下臺灣,「今之學童,七歲受書,天真未漓,咿唔初誦,而鄉校已禁其臺語矣。今之青年,負笈東土,期求學問,十載勤勞,而歸來已忘其臺語矣。今之縉紳上士,乃至里胥小吏,遨遊官府,附勢趨權,趾高氣揚,自命時彥,而交際之間,已不屑復語臺語矣。」「余以僇民,躬逢此厄,既見臺語之日就消滅,不得不起而整理,一以保存,一謀發展」,使「民族精神賴以不墜」。[34]同樣以文言文寫成的《臺語整理之頭緒》再次將臺語與文化傳統相連,指出「夫臺灣之語傳自漳泉,而漳泉之語傳自中國,其源既遠,其流又長」,且「高尚優雅,有非庸俗之所能知,且有出於周秦之際,又非今日儒者之所能明」。[35]這與白話文倡導者認為臺灣話粗陋原始,不符合現代社會需求的觀點明顯不同。基於這種認識,連雅堂又歷時數年,編著《臺灣語典》四卷,可謂「為臺灣前途計」,「不特可以保存臺灣語,而於鄉土文學亦不無少補」[36]之舉。

連溫卿、連雅堂對臺灣語的重視,昭示著與白話文倡導者不同的文化立場。這表明臺灣知識分子由於文化立場的不同,對語言

---

[34] 《臺灣民報》第289號,1929年12月1日。

[35] 《臺灣民報》第288號,1929年11月24日。

[36] 連雅堂:《臺灣語典·雅言》,見《日據下臺灣新文學明集5·文獻資料集》,第486-487頁。

問題的認識和提出的解決方案也各不相同。同是提倡臺灣話，連溫卿、連雅堂的主張與30年代初臺灣話文的大力提倡者不完全一致；同被看作保存臺灣話的文化人，連溫卿和連雅堂的立場也有差異。前者作為受到社會主義思想影響的左翼文化人，[37]更多地從世界範圍內被殖民者共同命運的角度去理解語言問題、凸顯語言的民族性和社會功能；後者身處文化傳統中的士大夫階層，側重以傳統維繫民族命脈，致力於發掘臺灣話中的傳統因素，而不是倡導現代白話文，也在情理之中。不過，連溫卿、連雅堂之強調臺灣話，較多地以個人見解和行為的方式出現，在當時並未引起廣泛回應，但從隨後出現的臺灣話文論爭來看，他們的見解又是提倡臺灣話文的先聲。

至30年代初，殖民時期臺灣最後的有較大影響的語言運動是臺灣話文論爭暨鄉土文學運動，這一運動仍為臺灣知識分子尋求民族文化保存與發展、抵抗同化的努力。圍繞語言問題的種種設想和爭論，提供了一個紛繁的場景：在殖民地臺灣，在傳統與現代、民族與階級各種意識的衝撞中，臺灣知識分子嘗試著多種擺脫語言困境的辦法，這些辦法的內容和效果各不相同，但均無法擺脫殖民社會文化的複雜糾葛。

第三節　臺灣話文論爭與大陸國語運動

臺灣話文論爭暨臺灣鄉土文學早已成為臺灣文化及文學研究的關注對象，[38]重溫當年的交鋒，更為吸引人的其實是論爭者對殖民

---

[37] 1926年，以連溫卿為首的臺灣文化協會左派取得了協會的控制權，隨後協會明顯向左轉。

[38] 論爭從1930年底起持續了約3年多時間。雙方的觀點往往被當作時下闡釋者利用的資源。一些情況下，研究者側重闡發雙方的勝負得失，並將闡發的結果作為今天文化和文學思潮交鋒的砝碼。從1960年代中期至今，本次論爭逐漸被當作鄉土文學整體發展的濫觴，其中對現實和臺灣地方性的理解逐漸被部分研究者抽空歷史內涵，演變為本土崇拜，原有的民族性也被本土論所置換。到1990年代，這次論爭被直接命名為「臺灣文學本土論」，以使當下的本土論獲得一些歷史資源。參見林瑞明：《現階段臺語文學之發展及

地環境下語言問題的深刻思考、他們較強的運用白話文的能力，特別是他們身處的無法擺脫的困境。這裡，臺灣話文與鄉土文學除了一部分概念的爭論外[39]，內容基本重疊；大陸的國語運動[40]在文學革命興起後也與後者合而為一。由於側重探討語言文字問題，這裡更多使用「臺灣話文」與「國語運動」的概念。國語運動不僅是當年臺灣話文論爭雙方的參照，也可以作為今天分析這場論爭的參照。同時，今天的這種參照或許有助於在更大的框架內多角度理解現象，更全面地探討漢語言文字從傳統到現代的過渡中在兩岸遇到的相近和相異的問題。

臺灣話文論爭與此前臺灣的幾次語言運動均屬於殖民時期知識分子為對抗殖民統治、尋求大眾啟蒙的有效方式，希望通過語言文字尋找文化身分、確立民族精神的艱難嘗試。如果與大陸國語運動相比較，這場論爭也是漢語言文字遭遇時代遽變試圖尋找出路的表現，雖然規模較小，脈絡並不複雜，但顯然它面臨的是更為艱難的處境。在白話文運動、羅馬白話字運動、臺灣話文運動之後，臺灣話文論爭雙方也提出了他們抵抗同化、啟蒙大眾、掃除文盲、傳播新學的基本主張和具體方案，其根本點就在於提倡臺灣話文或推廣中國白話文的差異。從現有材料看，雖然雙方態度上的對立比較明顯，但這種差異並沒有今天一部分人理解的那樣大，常常表現為對同一問題或事物不同側面的強調；雙方對語言問題的認識也受到了

其意義》等文，收入《臺灣文學的歷史考察》。但與其說如此表述找到不同時期本土論的關係，不如說是話語作用的結果。對研究者而言，既要看到臺灣話文提倡者對現實的關注，也要注意這種關注與今天的本土論有著完全不同的性質。

[39] 倡導者對鄉土文學的理解基本上等同於大眾文學；部分反對者則從概念的起源上做出辨析，比較注重概念本身，並未注意倡導者實際的使用內涵。

[40] 國語運動有廣狹兩種界定。廣義的國語運動從晚清始，延續到30年代中期，涵蓋了其間的拼音化運動和白話文運動、國語羅馬字運動、大眾語討論等。狹義的國語運動從國語研究會（1917）始，到20年代初。參見王風：《文學革命與國語運動之關係》，夏曉虹、王風等：《文學語言與文章體式——從晚清到「五四」》，合肥：安徽教育出版社2006年版，第48頁注③。本文採用廣義的說法。

大陸國語運動和文學革命的影響。在這場論爭的同時，大陸也正在展開大眾語討論，其中部分論者對白話文的認識和對大眾語文的理解與臺灣話文倡導者比較接近，顯示出不同空間下知識分子彼此相似的追求。更值得探討的是，論爭雖然提出了不同的設想，但它們都因社會境遇、地域文化等限制，存在某種缺陷，缺乏足夠的現實可行性。知識分子的願望始於理想，也終於理想。

今天，臺灣話文論爭雙方的觀點已經廣為人知，但他們對臺灣社會和語言問題的認知仍然是令人驚歎的。臺灣話文倡導者不但對殖民地人民面臨的政治、文化困境有深刻體悟，對言語的本質以及國語與方言、傳統與現實的關係也有比較深入的認識，特別是他們對大陸發生的白話文和新文化運動相當關注，對一些重要人物如胡適等人的主張也十分熟悉。

作為論爭的始作俑者，黃石輝以《怎樣不提倡鄉土文學》[41]表達了這樣的論述邏輯：臺灣的事物、臺灣的經驗，只有臺灣人用臺灣話才能真正表現；我們的目標是文藝大眾化，必須使用大眾理解的語言文字；現有的新文學大眾看不懂，因此它不適用於臺灣，又因此應提倡以臺灣話寫作的鄉土文學。文章還提出了一些值得注意的問題，一是雅俗之分沒有意義，「中國的文學革命倡起當時，一班抱殘守缺的老頭兒，何嘗不看白話文為粗俗？但是到了今日，那些之乎也者的古文學，卻反變成俗不可耐的東西了。」「所謂雅俗，都是由於人們的認識而定的，並不是固定不變的，」「我們為要普及大眾文藝起見，也是不能顧慮到什麼雅俗的。」二是「無論什麼語言都有文學的價值。」三是注意到漢字的穩定性和臺灣與大陸文字的統一性，「臺灣話雖然只能用於臺灣，其實和中國全國都有連帶的關係，我們用嘴說的固然要給他省人聽不懂，但是用文字

---

[41] 黃石輝《怎樣不提倡鄉土文學》，《伍人報》9－11號，1930年8月16日－9月1日；轉引自〔日〕中島利郎編：《1930年代臺灣鄉土文學論戰資料彙編》，高雄：春暉出版社2003年版。以下所引論爭雙方的文章均見該《資料彙編》，不再標明原出處。

寫的便不會給他省人看不懂了。」四是新文學不是文藝大眾化的利器，「近來所做的新小說、新詩，亦完全以同學識的人們為對象，其中要找出真正大眾化的作品，其實反不及舊小說。」五是文藝大眾化的要務是「以環繞著我們的廣大群眾為對象」，而不是「去找遠方的廣大群眾」。這些表述涵蓋了論爭所涉及的大部分問題和倡導者的基本觀點，顯示出對臺灣特殊性的強調，並把臺灣話文的提倡當作緊迫的現實問題。另一重要人物郭秋生的《建設『臺灣話文』一提案》探討了語言與文字、國語與方言的關係，對歷史上言文乖離現象的梳理與胡適《白話文學史》的論述結構十分相近。文章繼續突出臺灣的特殊處境，從政治體制、教育制度、語言文字的歷史傳統和現實狀況等各個方面論證臺灣人需要將現有的方言轉化為文字，而這種文字「又純然不出漢字一步。」他對殖民語言與被殖民者固有語言文字間的矛盾衝突、語言文字對維繫民族文化的重要意義、作為方言的臺灣語與大陸通行語言的關係等論述，直至今日仍然很有說服力。文章賦予臺灣話文建設以更強烈的使命感，不僅要達到言文一致、掃除文盲、反映現實的目標，還應承擔保存民族文化、對抗殖民同化的責任。此後他的論述重心集中在臺灣話文的具體設想上，主張從歌謠整理入手從事「基礎的打建」，並繼續強調以漢字作為臺灣話文的表現手段。論爭後期他在《還在絕對的主張建設『臺灣話文』》中繼續表達對漢字發展和中國國語運動的認知，以及對殖民地臺灣特殊性的強調。郭秋生的理論探討和實際設想都比較深入細緻，臺灣話文的提倡因他的論述增強了說服力。黃純青的《臺灣話改造論》在言文一致的基本原則下，根據對漢字和各地漢語發音分佈的考察，主張將臺灣話改造成有附加條件的獨立的臺灣話，並提出了臺灣話改造的四點主張，以實現三大目標。[42]從他選取的中國話與臺灣話對照例證看，兩者的互通完全沒

---

[42] 獨立臺灣話的附加條件是：「第一，與廈門話要有一致，第二，與中國話要有共通性」。四點主張是：「一，言文無一致，要改做一致；二，讀音無統一，要改做統一；

有問題。

　　為實現言文一致以建設臺灣話文，倡導者們提出了諸多主張：如採用代字、另做新字、讀音整理、採集歌謠、使用大陸注音字母、曲話就文或曲文就話等等，無不體現倡導者解決現實問題的高度熱情。在他們看來，言文一致的臺灣話文的確是維繫民族文化、促進臺灣文學發展、拯救臺灣大眾的唯一途徑；相反，中國白話文在臺灣因不能與臺灣話言文一致而只屬於知識階級，因而也是貴族的：「其實中國白話文未必能夠比淺白的文言文容易使臺灣大眾理解」，「況且中國話比較日本話未必會更加切應現在臺灣大眾的需要」，[43]「中國白話文這個表現形式，在咱臺灣竟也是一條驚人的鐵鏈」，[44]「文言文之缺陷的全部同時是中國白話文缺陷的全部啦。」[45]同時，他們雖然將臺灣話定位於漢語方言的一支，但白話文與臺灣話的差異，以及這種差異因地域和殖民社會的阻隔而無法消除，也是他們認為白話文不能通行於臺灣的重要原因。

　　基於解決緊迫社會問題的需要，臺灣話文倡導者具有強烈的現實目的性和執著的信念，相信只要臺灣話文建設完成，一切問題都能夠迎刃而解，因而對自己的設想堅信不疑。大眾代言人的自我身分認定也增加了一份樂觀和自信。論爭後期，黃石輝對臺灣話文的優勢還作了十分理想的描述。[46]

　　臺灣話文的反對者也是大陸白話文的支持者。論爭伊始，他們應和臺灣話文倡導者的主張，在語言運用上提出了不同意見，列舉種種理由證明白話文優於臺灣話文並適用於臺灣。反對者毓文對文藝大眾化並無異議，但認為鄉土文學不合時宜，值得提倡的是「以

三，語法無講求，要講求；四，言詞太錯雜，要整理。」三大目標是：「南進之國是，可以促進。臺灣話將滅，可以防止。漢文將亡，可以補救。」
[43] 負人：《臺灣話文雜駁》。
[44] 郭秋生：《再聽阮一回呼聲》。
[45] 郭秋生：《還在絕對的主張建設『臺灣話文』》。
[46] 參見黃石輝：《解剖明弘君的愚論》。

歷史的必然性的社會的價值為目的底文學，即所謂『布林塞維克』的『普魯文學』」；大眾化應有更開放的視野，因為文學是全世界的公器，不僅僅屬於某一特定人群。同時，「臺灣話還且幼稚，不夠作為文學的利器，所以要主張中國的白話」。[47]文章對文學價值的理解也與倡導者不同，並未打破雅俗之分。另一位白話文支持者克夫並不反對鄉土文學，但認為「在理論上過於形式的和理想的，對於經驗和實際似有失了本來的真面目」，且這種鄉土文學過於簡單化，而文學應該是藝術的。他同時認為中國白話文對臺灣人來說很容易懂，再創造一種新字不夠經濟。他的理想是：「若能夠把中國白話文來普及於臺灣社會，使大眾也能懂得中國話，中國人也能理解臺灣文學，豈不是兩全其美！」[48]點人的態度較為溫和，認為鄉土文學過於分散，而語言應該統一；白話文不會妨礙臺灣特色的表達，臺灣話文的可操作性卻是值得懷疑的。和克夫一樣，他也認為學習白話文並不困難，再造臺灣話文不經濟，主張「文字要在可能的範圍內儘量地採用中國白話文，而於描寫和表現要絕對的保著地方色。」[49]反對者們更為注重白話文與臺灣的親和關係，相信這種關係能夠促成白話文在臺灣的普及：「中國白話文雖然不是臺灣言文一致的文學，但我卻敢相信是和臺灣話最親近的文學。」[50]「要曉得現在中國所流行的白話文，是在各種方言之中通行最廣的。雖沒有學過它的人，若稍念過書的人，誰也能夠去賞讀的。」「中國白話文是採取在中國通行最廣的方言，所以無論在任何地

---

[47] 毓文：《給黃石輝先生——鄉土文學的吟味》。

[48] 克夫：《『鄉土文學』的檢討——讀黃石輝君的高論》。

[49] 點人：《檢一檢『鄉土文學』》。持相同觀點的還有張深切，「以臺灣話文當作臺灣文學的主體文則不可，若以中國白話文為主體文，在對白之間而穿插臺灣話文，以靈活描寫上的事情，則亦無不可也。」「暨不能脫離了政治和經濟的牽制與壓迫，所以在臺灣要幹，勿論任何工作，談何容易，其實無不屬於紙上談兵，尤其是對臺灣大眾特別有利的事業，即可謂絕無希望的了。我們應要這樣深切認識，須免徒費了精神、時間、經濟和力量以及一切。」見張深切：《觀臺灣鄉土文學戰後的雜感》。

[50] 越峰：《對〈建設臺灣鄉土文學的形式的芻議〉的異議》。

方誰都曉得。臺灣現在和中國雖然沒有干涉，但其生活、風俗、習慣、語言等總是永不能和中國脫離的。所以中國白話文一旦搬到我們臺灣來，就大受歡迎，在鄉間僻壤都有它的足跡。」[51]

歸納起來，白話文支持者反對臺灣話文的理由一是臺灣話尚嫌粗陋，難以實現藝術的表達；二是臺灣話文建設面臨諸多困難，臺灣話文倡導「超越現實」；三是臺灣話文地域性太強，難以和中國溝通，一旦確立可能導致臺灣與大陸的更深的隔絕，而白話文沒有這些缺陷。由於白話文早已登陸臺灣，白話文支持者在語言問題上顯然沒有他們的論爭對手那麼強烈的緊迫感和目的性，相對而言視野沒有完全放在臺灣和當下，[52]其文化立場帶有左翼知識分子的部分特徵，即強調文學的階級性和世界性。

論爭有時出現比較激烈的情緒化表述，但實際上，雙方立場雖存在明顯差異，但在看待大陸白話文上並沒有尖銳的對立，即便臺灣話文倡導者也並不反對使用白話文，他們每個人幾乎都能寫一手順暢的白話文，如郭秋生所言：「我極愛中國的白話文，其實我何嘗一日離卻中國的白話文？但是我不能滿足中國白話文，也是時代不許滿足的中國白話文使我用啦！」[53]倡導者對臺灣話在白話文系統中所處的方言位置也沒有疑問，只是對白話文在臺灣的推廣和適用程度持否定態度，這種否定一方面是由於白話文不能言文一致，另一方面與對白話文與臺灣話文之間差異程度的認識相關，倡導者

---

[51] 逸生：《對鄉土文學來說幾句》。

[52] 例如劉魯《幾句鄉土話》：「我的鄉土外還有大鄉土，這鄉土話，聯絡得來方有用處，聯絡不來便算不得鄉土文藝，只好叫做家裡文藝」。梛馬《幾句補足》的口吻更絕對：「鄉土文學可以斷定是一種排外主義的文學，因為被大陸隔離的我們臺灣，絕對地沒有產生進步的文化的能力。」

[53] 郭秋生：《建設『臺灣話文』一提案》。論爭後期倡導者列舉了白話文的許多不利之處，如郭秋生在談白話文和文言文一樣也走向衰落的時候更多地出於論辯的需要，忘記了殖民者本就允許文言文存在、限制白話文的社會現實。見郭秋生：《還在絕對的主張建設『臺灣話文』》。

理解中的差異顯然大的多。[54]對臺灣話文，雙方的差距比較明顯，白話文支持者可能不反對鄉土文學和臺灣特色，但幾乎沒有正面肯定過臺灣話文存在的意義。當然他們並未像倡導者批評的那樣試圖「廢去臺灣話」，[55]只是對「臺灣話文」表示異議。有趣的是，雙方都指稱對方罔顧臺灣社會現實，過度理想化，[56]但對共同身處的同一社會現實的理解側重點不同，倡導者更強調兩岸分離、地域和語言的差異；反對者更突出臺灣與大陸文化的同一性，同時認為臺灣話文建設缺少行政力量，無法成功：「中國白話文能夠那樣普遍實行，是依藉政府的力量，才能成功，以現實的臺灣和中國比較起來，適成相反。想要靠臺灣當局來替你提倡鄉土文學，這是萬萬不可能。」[57]如果將雙方論述相近的一面放到一起，根本就形不成對立：倡導者認為臺灣話文應使用漢字，要讓中國人看得懂；反對者主張推行大陸白話文但要融合臺灣特色。由此可見，臺灣話文和大陸白話文的差異並不明顯。[58]另外，論爭雙方的根本目標是一致的，如點人所說：「鄉土文學的問題，無論是贊成、是反對，都是

---

[54] 負人舉例說明臺灣話與「國語文」的差異：「臺灣話『我真煩惱』要寫『我苦悶不過了』；『無啥要緊』要寫做『算不了什麼事』；『往何處』要寫『到那裡去』。」見《臺灣話文雜駁》。其實這兩種表達方式都可以算作白話文，當然臺灣話的發音不同。

[55] 負人《臺灣話文雜駁》指出「廢去臺灣話改用別種文字是做不到的。」這和反對者反對「臺灣話文」有距離，因為反對者不強調絕對的言文一致，反對「臺灣話文」也就不等於反對臺灣話。

[56] 黃石輝批評賴明弘「因為『大同團結』而反對鄉土文學，反對臺灣話文，分明是無視客觀情勢」；批評克夫「他笑我理想的，其實他自己太理想的呀！你想，臺灣人個個去學中國話這是正確的嗎？我敢斷言，這是不可能的」。分別見黃石輝《答負人》、《鄉土文學的再檢討給克夫先生的商量》。賴明弘稱對方的主張「虛無實體」、「現下的提倡似乎對於臺灣的客觀情勢之重要點沒有觀察。」分別見賴明弘《對最近文壇上的感想》、《對鄉土文學臺灣話文徹底的反對》。克夫認為「當時的提倡者理想的程度過高，而且太置重於形式問題而沒卻客觀的情勢所致，才會終歸徒勞無益。」見克夫：《對臺灣鄉土文學應有的認識》。

[57] 逸生：《對鄉土文學來說幾句》。點人在論爭初期的文章中就已經表明語言文字改革需要依靠國家力量。見點人《檢一檢『鄉土文學』》。

[58] 兩者的差異被論爭賦予了話語性質，帶有建構的痕跡，因為兩者的存在並不對等，臺灣話文仍處於虛擬狀態。

為著臺灣文壇的。」[59]黃石輝則相信雙方「到真相的結局，總有互相理解的一日」。[60]因此論爭不是不同利益之爭，也沒有顯示出一方對另一方的壓制與掌控，而是臺灣知識分子面對共同處境提出的不同解決方案之爭。

對這場論爭的分析當然不能忽視雙方以外的兩大力量，一是語言文化層面的大陸國語運動和白話文，二是政治層面的日本殖民者，即兩方的論爭實質上屬於四方力量的角逐。這兩大力量甚至直接決定了論爭的基本內涵和雙方的論述依據，很難想像沒有它們的存在論爭還會不會發生。日本殖民力量自不待言，它所控制的臺灣社會現實施加給論爭雙方的壓力是等同的，即既不利於臺灣話文建設也不利於白話文通行，它在具體論爭中不作為焦點被討論反襯出它是論爭雙方都要面對和抵抗的力量。大陸的國語運動和白話文所扮演的角色更為多面，它們往往成為雙方開啟思路、確定立場的重要參照；白話文雖然作為具體的語言形態被討論，但同時還作為重要的文化因素出現。

論爭者對世界文化的發展潮流並不陌生，無論是倡導者關注的各國實行言文一致，還是反對者感興趣的文學的世界性，都表明他們的思維背景並不局限於一時一地。真正激發倡導者嘗試語言變革、提出臺灣話文的設想和方案的，除殖民因素外，無疑是大陸國語運動和文學革命的成功實踐。大陸的成功使倡導者看到了言文不一的文言文終於能夠被取代，看到了臺灣話文成功的可能性，並堅信言文一致的時代已經到來。他們的論述自始至終沒有脫離大陸經驗的參照，無論對這種經驗適用於臺灣持何種態度。由此，大陸國語運動中的主要觀點和主張不斷被引用，從清末黃遵憲的「我手寫我口」，到胡適的「國語的文學，文學的國語」都在雙方的論述中不斷被重複，後者直接演變為倡導者的「臺灣話的文學，文學

---

[59] 點人：《勸鄉土文學臺灣話文早日脫出文壇》。

[60] 黃石輝：《鄉土文學的再檢討給克夫先生的商量》。

的臺灣話」以及「臺灣白話的文學書與文學書中的臺灣白話」。黃石輝對臺灣話文采用代字的設想直接受到胡適的啟發：「採用代字可使得嗎？使得！絕對使得！我們且看胡適之怎樣說。」他所引用的胡適《建設的文學革命論》中的說法使他確信「代字的採用是不要客氣的。」[61]郭秋生還因在臺灣話文倡導中的主導作用被反對者譏稱為「臺灣的老大胡適」或「似是而非的胡適」。清末語言文字改革運動以來言文一致的追求幾乎成了倡導者的絕對準則：「我們提倡鄉土文學的根本觀念，是根據著言文一致的見解和理論，目的是在療救臺灣的文盲症。」[62]「在『言文一致』的觀點上，我們是絕對需要臺灣話的文學。」[63]他們對國語運動的發展進程並不陌生，貂山子在談到確立臺灣標準語的時候就設想「像中國集各地方的人士，開個言語統一會，決定標準語刊行幾部標準白話書亦無不可。」同時要在文學上取得成就：「若借著胡適先生的話說，就是『臺灣白話的文學書與文學書中的臺灣白話』的辦法。」[64]負人的《臺灣話文雜駁》提及國語運動中的重要人物吳稚暉的《二百兆平民的大問題》和胡適的文章，並且提出「『文字的普及與言語的統一』要分做兩路去觀察，」這種說法非常接近於清末民初語言文字改革家勞乃宣的主張，勞氏針對漢字繁雜、方言眾多的現實指出：「夫文字簡易與語言統一，皆為近日中國當務之急。然欲文字簡易，不能遽求語言之統一；欲語言統一，則須先求文字之簡易：『至魯』『至道』，有不能一蹴幾者。」[65]因此語言文字改

---

[61] 黃石輝：《再談鄉土文學》。

[62] 黃石輝：《對〈臺灣話改造論〉的一商榷》。

[63] 黃石輝：《鄉土文學的再檢討給克夫先生的商量》。

[64] 貂山子：《就鄉土文學問題答越峰先生的異議》。

[65] 這一說法見於勞乃宣給上海《中外日報》的信。他接著談到：「蓋設主音不主形之字，欲人意識，必須令其讀以口中本然之音；若與其口中之音不同，則既需學字，又須學音，更覺難矣。假使以官話字母強南人讀以北音，其扞格必有甚於舊日主形之字者。故必各處之人教以各處土音，然後易學易記。……果能天下之人皆識土音簡易之字，即不能官音，其益已大矣。至於學習官音，乃別是一層功夫，不能於學習簡易文字時兼營並

革應分兩步走：「第一步是『方言統四』。第二步才是『國語統一』。」[66]勞乃宣當年用文言表達的意思，臺灣話文倡導者已經可以用順暢的白話表達了。20年代北京大學國學門收集全國歌謠，出版《歌謠週刊》；隨後中央研究院整理全國俗曲；「平民教育促進會」調查定縣秧歌，出版《定縣秧歌選》，以及顧頡剛的《吳歌甲集》等，「這些調查工作，是建設『大眾語文學』必要的準備。」[67]後來的郭秋生提議收集整理民謠、李獻璋編輯出版《臺灣民間文學集》[68]與此如出一轍。

　　國語運動對臺灣的白話文支持者更是正面的激勵，簡言之，國語運動的成功和白話文在大陸的普及直接增強了他們在臺灣推行白話文的信心。他們對白話文的肯定除了有漢字通行臺灣，且有古典白話小說在臺灣民間的普及、臺灣白話新文學已經取得豐碩成果等作為依據外，還有重要的一點，就是白話文具有統一語言的性質，而且這裡的統一指的是全中國的統一，而不是方言區內部或某一地區的統一。他們看重共同語對文化普及、資訊交流的重要性，甚至把語言統一視作國家統一的因素之一。[69]他們相信大陸國語運動的經驗一樣適用於臺灣。論爭的具體表述顯示，倡導者更注意國語運動的具體主張，反對者更注重國語運動的結果。借用黎錦熙將勞乃宣對方言和國語的理解概括為「方言的大眾語」和「統一的大眾語」[70]的說法，論爭中臺灣話文的設想接近於前者，大陸白話文的

進也。……迨土音簡易之字既識之後，再進而學官音，其易有倍蓰於常者；蓋以此方人效彼方語，必求音；已識土音之字，則有所憑藉。……此文字簡易與語言統一有不能不屬之階級也。」《中外日報》1906年2月28日，轉引自《清末文字改革文集》，北京：文字改革出版社1958年版，第58頁。

[66] 黎錦熙：《國語運動史綱》，上海：商務印書館1934年版，第16頁。所謂「統四」，指把全國方言劃分為四種大眾語：京、甯、蘇、閩廣方言。

[67] 《國語運動史綱》，第85頁。

[68] 李獻璋編著：《臺灣民間文學集》，臺北：臺灣新文學社1936年版。

[69] 邱春榮在《致鄉土文學運動的諸位先生》中認為，為了國家的利益，「所以國家才定要定出國文或國語文來。這又是不知犧牲了幾多個方言而不能表現了。」

[70] 《國語運動史綱》，第20頁。

理念接近於後者，即臺灣話文倡導者更強調言文一致，白話文支持者更強調語言統一。也就是說，對大陸國語運動的感知，論爭雙方並沒有完全處於同一層面。

晚清拼音化運動即已提出的言文一致和語言統一的主張經歷了由初期的矛盾衝突走向語言統一的歷程，至民國初年，這兩大主張逐漸被「教育普及」和「國語統一」所取代。這是因為「語言文字的統一是統治意志的外化形式之一，」「此時的共同語認識，其背景更為嚴重，這是在外來壓力下中國開始形成國家觀念的產物。」[71]在隨後的方言逐漸統一於國語的進程中，國語被認為是一種標準方言，「與其他異於標準的各種『母語』方言並行不悖；隨時代而演進，依交通而擴大，應文化而充實，藉文藝而優美：這都是自然而然的。」[72]1911年清政府學部議決《統一國語辦法案》；1913年，教育部讀音統一會召開，議決「注音字母」方案；1916年國語研究會[73]成立，發起將「國文」改為「國語」的運動；1920年教育部宣佈改小學國文科為國語科，白話文正式進入基礎教育；1926年國語運動大會宣言將北京方言定為公共語言，成為統一全國的標準國語；1932年北京方言才被定為國語的「活」標準，商務印書館出版由教育部正式公佈的《國音常用字彙》，作為推行國語的標準字典。可見儘管經由政府教育機構的強力推行，國語的形成還是經歷了一個相對自然的發展過程。在臺灣，言文一致和語言統一的矛盾卻無法在短短幾年的臺灣話文論爭中得以調和。倡導者儘管描述了以臺灣話文推行全島的美好前景，但顯然認為當務之急是言文一致，以至常常忽略臺灣各地方言的差異，並被反對者質疑會出現眾多的很難相互溝通的鄉土文學；而臺灣話文建設需要的時間恐

---

[71] 王風：《晚清拼音化與白話文催發的國語思潮》，見《文學語言與文章體式——從晚清到「五四」》，第32頁。

[72] 《國語運動史綱》，第27頁。

[73] 國語研究會雖為民間團體，其成員卻有濃厚的官方和學界的背景。

怕會大大超過他們的預期。反對者以整個中國作為思考範圍，且具備了一定的現代民族國家意識：「當一國的國家定了國語以後，其中已是不知犧牲了幾多方言了。」「俺們臺灣，既非一個獨立的國家，又不是世界文明的發生地，又不是可能閉關自守，住民的語言有時混雜，自然沒有完成標準的話文的希望。」[74]因而認為拿來已通行全中國的白話文是順理成章，也沒有考慮與本地方言如何協調的問題。矛盾的根本點還在於臺灣已隔絕於大陸之外，國語統一的效力無法到達臺灣；由於沒有任何行政資源，根本不存在國語或建設完成的臺灣話文與方言協調融合的時空，更不用說還有另一種強勢語言（日語）借統治者之力推行。漢語方言逐漸統一於標準語的情形無法在殖民地臺灣再現。

關於大陸國語運動獲得了政府支持、臺灣話文建設缺少行政資源的現實，白話文支持者已有所表述。這也是臺灣話文倡導者面對的同一現實。事實上語言文字運動「必須依賴行政力量的支持才會有成效，這已為拼音化運動所證明，當年王照、勞乃宣依賴袁世凱、端方，聲勢浩大，屢屢向學部逼宮，幾乎成功；民初之所以能採定『國音』，也是教育部召開了『讀音統一會』。光靠民間推行不可能有成果，從盧戇章到此時王璞的『注音字母傳習所』，其收效甚微是必然的。」[75]論爭雙方都不可能期待獲得殖民者的支持甚或寬容，這是他們共有的最為根本的困境。相比之下，由於臺灣話文尚未發育，除了言文一致的預設優勢外，它所面臨的困難似乎更甚於白話文，這是倡導者雖有種種設想和方案卻始終未能實施的原因。[76]

---

[74] 邱春榮：《致鄉土文學運動的諸位先生》。

[75] 王風：《文學革命與國語運動之關係》，見《文學語言與文章體式——從晚清到「五四」》，第49頁。魯迅關於文藝大眾化也曾提出：「若是大規模的設施，就必須政治之力的幫助，一條腿是走不成路的，許多動聽的話，不過文人的聊以自慰罷了。」魯迅：《文藝的大眾化》，《大眾文藝》2卷3期，1930年3月。

[76] 臺灣知識分子提出的幾種語言文字方案，如臺灣羅馬字、臺灣話文和大陸白話文，只有

臺灣話文的倡導源於臺灣話常常有音無字，現有漢字不足以表現口語，所以強調言文一致，這與晚清拼音化運動的重要主張幾乎完全吻合，只是當時主張使用拼音者是把解決有音無字、言文不一當作採用字母文字的理由，而臺灣話文倡導的基本精神還是要保留漢字。從拼音化運動的經驗看，即便使用拼音，言文一致也很難實現，因為地區性的言文一致必然導致更大範圍內的言文不一，放棄漢字又難以被接受，所以眾多旨在言文一致的拼音方案最終被遺忘。而漢字作為表意文字，具有高度穩定的書寫形態，它的「系統不隨地域變」，「與聲音的關係很鬆散，因而它有多靠形狀表示意義的能力，也因而可以不隨著口語移動」。口語的變化則比書面語快得多，「語言的惰性總是更多地更明顯地表現在書面上。」[77]而「絕大多數人學寫，是以書面語為師，而書面語又絕大多數不像『話』。」「『五四』時期提倡用白話寫，有不少人努力在筆下學口語，可是寫到三十年代，文學革命有了成果，這成績見於書面，量不小，質相當高，但我們可以看一看，那是純粹的白話嗎？」「我們看白話發展的歷史，常常會發現白話作品不隨著口語變的保守現象。」因此，「言文一致並非不可能，但不容易做到。」[78]再

白話文在知識階層得以通行。這並不得益於行政力量，毋寧說是由於白話文已存在較完整的形態，且知識分子認同大陸白話文和文學革命運動；而臺灣話文尚無基本形態。

[77] 張中行：《文言與白話》，見《張中行作品集》卷1，北京：中國社會科學出版社1995年，第21、23頁。郭秋生《建設『臺灣話文』一提案》也早有類似說法：「不過是有形態的文字不容易受環境即變，而沒有形態的言語隨時代環境的推移，及言語交通的影響會不斷地變遷。……於是言語的不變部分依舊保存得和既定型的文字一致。至於可變部分的言語就不管既定型的記號的文字怎樣隨他的必要流動直去，……」「現在通行的既成漢字全部是在意字的範圍內繁殖勢力，……所以考據出來的字句，若是和通行的語音有不和，便即時暴露言文的乖離。」不過這些類似的觀點卻引申出不同的結論，張中行在現代白話文發展幾十年後總結出言文一致難以做到，絕大多數書面語不同於口語；郭秋生雖然意識到這一點，卻認為可以通過提倡言文一致加以改變。

[78] 張中行：《文言與白話》，見《張中行作品集》卷1，第26、170、173頁。作者還談到：「我們可以從另一個角度，先認可言文不一致，看看這條路是不是可行。中古系統的白話帳不必算了，只說『五四』以來的，大量的優秀作品證明，這條路不只可行，而且像是勢在必行。」《張中行作品集》卷1，第173頁。

看當年國語研究會的理解：「同一領土之語言皆國語也。然有無量數之國語較之統一之國語孰便，則必曰統一為便；鄙俗不堪書寫之語言，較之明白近文，字字可寫之語言孰便，則必曰近文可寫者為便。然則語言之必須統一，統一之必須近文，斷然無疑矣。」[79]根據上述史實和分析可以預想，臺灣話一旦成文並在全島統一，也必然會走大陸白話文的道路，出現口語與書面語之間的距離，誠如賴明弘所言：「純然的臺灣話文何在？大眾要看你這篇文豈不是須再去學學漢文，……究竟實際上有言文一致沒有？」[80]這句話既是就論爭對象的文章沒有言文一致而言，也道出了絕對言文一致的難以實現。這是臺灣話文倡導者面臨的又一困境。

倡導者實際上也意識到「言」不等於「文」的問題，所以他們在主張「文學是代表說話」的同時，也在認真考慮臺灣話的改造。「臺灣話的改造和統一確亦是鄉土文學的一大任務，如果臺灣話不能改造、不能統一，則我們所提倡的鄉土文學便沒有達到目的，不得算做成功了。」[81]「總而言之，臺灣話的改造一定要從粗澀不圓滑的既成言語文字化（條件的）做起，而後以言文一致的文學之力，徐徐引入優雅圓滑之域，方才有效果實益。」[82]但是臺灣話雖與大眾親密無間，改造後的臺灣話文是否依然如此卻不能肯定，即改造後的「文」還能否等同於「言」是值得懷疑的，改造的結果很可能意味著對言文一致原則的自我瓦解。

臺灣話雖然與民眾有天然的親和力，對保存民族文化、表現大眾情感和心理方面有很高的價值，但是否符合現代社會傳授知識和思想的需要，是有大大的疑問的，以此建設臺灣話文、掃除文盲可能需要漫長的時間。這是臺灣話文倡導者面臨的第三種困境。郭

---

[79] 《中華民國國語研究會暫定章程》，《新青年》3卷1號，1917年3月。

[80] 賴明弘：《對鄉土文學臺灣話文徹底的反對》。

[81] 黃石輝：《對〈臺灣話改造論〉的一商榷》。

[82] 郭秋生：《讀黃純青先生的〈臺灣話改造論〉》。

秋生意識到「只是現在的民間文學其內容還離時代頗遠」，「臺灣話文的建設，如果止在基礎工作的把既成民間文學文字化而已，則不過是一種對內的整理，配不稱是建設，也不能算是理想。舊時代的形骸於史的民俗學的雖是很可貴的資料，然而所要濟當面之急的目的，並不是在此，而是在乎配給『知識』於大眾這處所。」[83]黎錦熙在肯定民謠、俗曲調查的基礎上也指出：「中國的『大眾語文學』無論怎樣的豐富，無論怎樣具有形式方面的天真與質素之美，其內容方面所謂意識，就現代的眼光看起來那簡直是完全要不得的。……從教育的意義上建設『大眾語文學』第一步當然應該就固有的形式先行撤換意識。」[84]臺灣話文整理的最重要成果《臺灣民間文學集》，其內容恰恰符合上述分析。白話文支持者提出的「我們要輸入外國的潮流、外國的思想，來介紹臺灣的民眾知道」[85]的任務，尚處於整理狀態的臺灣話文恐難勝任，相反，白話文卻具備這種優勢。

再來看白話文在臺灣的處境，如前所述，它的根本困境在於文化阻隔和殖民統治。儘管30年代以前它已經得以通行於知識界，但這種通行在殖民高壓下是十分脆弱的，日語的普及大大擠壓了白話文的空間；中文廢止則直接斷送了白話文的生存可能。白話文的優勢只是理論上的，支持者心目中「臺灣人最親近的、有聯絡性的、現實的、有統一的中國白話文」終於沒能普及於殖民地臺灣。此外，白話文支持者在一些具體問題上的認識也有可商榷之處，一是偏重知識階層的立場，對下層社會文化問題的理解沒有臺灣話文倡導者那樣深切，對如何向大眾普及白話文也沒有切實的設想，想當然地認為大眾接受白話文不會有太大困難。二是與此相連繫，在語言文字上固守雅俗的劃分，這與他們的普羅文學主張形成矛盾，

---

[83] 郭秋生：《還在絕對的主張建設『臺灣話文』》。
[84] 《國語運動史綱》，第90頁。
[85] 撫馬：《幾句補足》。

與進步文化潮流不相吻合。三是語言統一的立場可能導致忽視殖民地臺灣人對自身方言的情感因素，論爭雙方的情緒對立可能與此有關。[86]

　　有研究者因臺灣話文倡導是基於現實社會的需要而稱之為是現實的；因大陸白話文與民眾有隔膜且難以推行而稱之為是理想的。其實從各自主張的可行性分析看，雙方都帶有明顯的理想色彩，如果從建設一種新的語言文字的角度考慮，臺灣話文倡導的理想色彩更加濃厚。雙方都認為自己的設想符合現實需要，並不存在一方比另一方更現實的問題，因為歸根結底這種需要並不自發產生於民間，更多地屬於知識分子啟發民眾的精神意願。臺灣話文倡導者認為白話文不能滿足臺灣社會的需要因而提倡臺灣話文；白話文支持者認為白話文適用於臺灣且臺灣話文不可行所以反對臺灣話文，而論爭中真正的民眾並不在場，他們沒有能力和機會表達對任何一種設想的肯定或否定，或者說，知識分子的設想還沒有在民間得到驗證。這裡不是說這場論爭與無數由知識分子發起的思想或行動運動有何不同，知識分子當然有責任為民眾代言，但看待一種設想是理想還是現實還要看它在實際運用中是否被接受，如果缺乏實際運用或推行的可能，或於實際中被證明不可行，這種設想就只能是理想或空想。當然所謂實際運用通常會有相對自然的進程，大陸的國語運動基本上保持了這一進程，臺灣話文論爭卻與此相反，自然的進程被殖民社會所打斷。這裡存在一個悖論：殖民社會激發了建設臺灣話文的設想，卻沒有為設想的實施或白話文的通行提供任何條件，特定處境中萌發的理想註定無法在同一處境中實現。

---

[86] 這裡可能還涉及語言忠誠度的問題。由於臺灣和大陸的阻隔以及殖民因素，未接觸白話文的臺灣民眾對本地方言的忠誠度可能會高於大陸同等方言區的民眾。這方面尚未發現材料可供分析。

考察臺灣話文的倡導，還有一點可能是饒有興味的，那就是它與大陸廣義的國語運動晚期的大眾語討論[87]有著相似的精神特質。這兩個幾乎同時發生的論爭彼此間並無實際連繫，但其同質性和差異性值得探究。臺灣話文和大眾語的倡導雖然空間處境不同，其基本原則和出發點卻是一致的，即言文一致和語言文字能為大眾所用；大眾語和臺灣話文各自扮演的角色也十分相近，都自認為是在文言和白話之後能夠啟蒙大眾、普及文化的有效手段；[88]在言文合一理想上，臺灣話文和大眾語面臨的困境也相類似，即方言的難以統一及有音無字；倡導者對這兩種理想化的語言都採用了「建設」的說法，而這種建設又都最終沒有完成；[89]他們均在現實社會問題的壓力下感受到白話文的不足並試圖以更新更進步的語言形態取代之；真正的「大眾」均在論爭中失語，但「為大眾」卻為他們的主張贏得了意識形態的進步性。

　　如此同質性背後其實存在耐人尋味的差異，即相近的現象卻有不同的形成因素，最根本的是對待白話文的態度。臺灣話文的

---

[87] 大陸的大眾語討論發生於1934年，是在1930－32年左翼知識分子關於文藝大眾化討論基礎上，為反對當時文言復興的主張而形成的，也是國語運動各個階段中唯一主要由左翼知識分子主導的語言討論。

[88] 陳子展提出：「所謂大眾語，包括大眾說得出、聽得懂，看得明白的語言文字。」見陳子展：《文言——白話——大眾語》；胡愈之認為「『大眾語』應該解釋作『代表大眾意識的語言』」；「『大眾語文』一定是接近口語的」；「中國語言最後成為大家用的最理想的工具，必須廢棄象形字，而成為拼音字。」見胡愈之：《關於大眾語文》。兩篇文章原刊《申報・自由談》1934年6月18、23日，收入《文藝大眾化問題討論資料》，上海：上海文藝出版社1987年版。以下所引大眾語討論文章未標明原出處者均收入該書及任重編：《文言、白話、大眾語論戰集》，上海：民眾讀物出版社1934年版。概括起來，言文一致、代表大眾意識、能為大眾所使用、今後的發展方向是拼音化，可謂倡導者基本認同的大眾語內涵。

[89] 在大陸，語言文字的大眾化隨著抗戰文藝的興起和解放區文藝的提倡取得了一定的進展，但討論中理想的大眾語形態始終沒有真正成為占統治地位的文學語言。1949年以後，伴隨著語言文字改革、全國性的掃盲運動和教育普及，「國語統一」（1949年以後稱為「推廣普通話」）終獲成功，大眾化更多地具有思想內容上的意義，漢字拉丁化和進一步簡化的嘗試到1970年代都中止，白話文和普通話已經自然地、沒有遭遇挑戰地成為現代漢語言文字的主體。

倡導其實基於白話文在臺灣本地沒有民眾基礎，難以為臺灣大眾所掌握的現實，其最直接的原因是白話文不能適用於臺灣，同時倡導者對這種不適用性多少也有些無奈；他們的理論依據基本來自大陸白話文運動，這從他們對胡適的尊崇中可見一斑；白話文雖被認為有貴族化傾向，卻沒有被當作需要深刻反省和檢討的對象，甚至白話文在大陸的成功也增強了臺灣話文倡導的信心；言文一致雖然被強調，但倡導者實際上也注意到其中的困難，試圖以過渡的方式逐漸實現臺灣話文的改造，達致「優雅圓滑」；左翼思潮的影響基本體現在關懷大眾的層面上，並未突出強烈的階級和鬥爭色彩。而由左翼知識分子主導的大眾語討論從開始就顯示了超越白話文和已發生的國語運動的動機。此前的文藝大眾化討論中，瞿秋白等從左翼立場出發，將大眾文藝直接與文化領域內的階級鬥爭相連繫，[90]認為「五四」以來的文學革命和白話文運動仍然主要屬於資產階級的革命，已不能滿足無產階級革命的要求，因此稱白話文為「新文言」和「貴族主義」的，「必須完全打倒才行」；[91]「五四以來的白話文運動是失敗了的。五四式的白話，實際上只是一種新式的文言，……所以五四式的白話，是不能用的。」「我們要用的話是絕對的白話，是大多數的工農大眾所說的普通話，這種普通話既不是五四式的假白話，也不是章回體上的舊白話」，「用這種大眾日常所說的絕對白話寫出來的東西，才能為大眾看得懂，聽得懂，因之，這樣的作品也才能在大眾中起作用。」[92]文言和五四式白話被稱作「前者是封建的殘骸，後者是民族資產階級的專利。」[93]在這

---

[90] 瞿秋白：《大眾文藝的問題》：「現在絕不是簡單的籠統的文藝大眾化的問題，而是創造革命的大眾文藝的問題。這是要來一個無產階級領導之下的文藝復興運動，無產階級領導之下的文化革命和文學革命，」「無產階級的五四，——這固然有時是反對資產階級的鬥爭，可是在現在的階段上，這顯然還是資產階級民權主義的任務。問題是在這裡！」見《瞿秋白文集》卷2，北京：人民文學出版社1953年，第886頁。

[91] 瞿秋白：《歐化文藝》，見《瞿秋白文集》卷2，第882頁。

[92] 寒生：《文藝大眾化與大眾文藝》。

[93] 起應（周揚）：《關於文學大眾化》。

種思維的影響下，隨後的大眾語討論雖更多討論了語言問題，但部分大眾語提倡者對國語運動取得的成就仍持消極態度：「現在的大眾語運動，並不是語言文字的改良運動，和所謂國語運動兩樣」；「鬧了多年的國語運動之所以沒有結果，就因為它是一個孤立的語文改良運動，和社會現實不相連繫。」[94]「大眾語不能認為是『五四』式的白話文的延長或改良，」「大眾語運動正是配合著更高級的社會發展浪潮，針對著白話文的危機而勃起的。」[95]即便其中有論者比較客觀地評價了白話文的功用，卻也認為「所謂『國語』運動事實上是失敗的了。」[96]無產階級立場和左翼社會運動的興起促使左翼知識分子要求確立無產階級對文化運動的領導地位，由於國語運動中官方和所謂「資產階級」發揮了巨大作用，對國語運動（甚至「五四」新文化運動）成就的消極認識其實來源於對非無產階級領導文化運動和語言變革的不滿。因此，他們明確地將大眾語與白話文區隔開來；將語言運動和社會運動連繫起來，認為大眾語「雖然是隨著文言──白話之後產生的一種語言，但它必然是超過文言和白話一種較高級的語言。」[97]「大眾語運動是應該和實際的社會運動連繫起來的。」「和大眾語運動相連繫的這個歷史的活動，比和白話文運動相連繫的那個，是更偉大更高級的。」[98]「為了徹底的戰勝文言與新文言，我們必然要去找得一個更新的武器。──於是乎，所謂『大眾語』者被人提出來了。」[99]將白話文和大眾語看作等級不同的語言，將語言運動視為社會運動，都是階級立場和革命意識在語言問題上的突出表現，它有別於此前的國語運動，也有別於臺灣話文的倡導，更激進、更富有鬥爭性和革命

---

[94] 徐懋庸：《大眾語簡論》。

[95] 聞心：《大眾語運動的幾個問題》。

[96] 黃賓：《關於白話文與文言文論爭的意見》。

[97] 任白戈：《「大眾語」的建設問題》。

[98] 起應（周揚）：《關於文學大眾化》。

[99] 胡繩：《文言與新文言》。

性。[100]由此可見，所謂白話文的不足在臺灣和大陸的具體內涵並不相同。

　　由於大眾語討論的上述動機和立場，提倡者擱置了國語統一這一在國語運動期間已經初見成效的現實，回到了從清末就開始追求的言文一致。從現代漢語的發展歷程來看，這也和臺灣話文倡導一樣成為難以實現的理想。提倡者為解決這一矛盾，紛紛繼續提出漢字拼音化的主張，認為這是未來實現言文一致的最佳途徑，而對漢字的存廢並未表現出過多的焦慮，甚至直接提出打倒象形漢字。這與臺灣話文倡導者保留漢字的主張相比同樣是激進和革命的。

　　溫和與激進、繼承「五四」與試圖超越「五四」、思考語言問題本身與強調階級意識，既體現臺灣話文倡導和大眾語討論的差異，又顯示臺灣與大陸不同的社會境遇。簡言之，1930年代初期大陸左翼思潮的鬥爭對象是復古勢力和資產階級，階級鬥爭成為主旋律；臺灣話文倡導則必須兼顧在殖民時代維護民族傳統的責任。在言文一致的追求上，保留漢字比拼音化有著更大的內在矛盾，但是放棄漢字無疑意味著臺灣知識分子主動放棄了對殖民者語言文字的抵抗。[101]差異並不意味著優劣高下之分，試圖超越「五四」不等於比繼承「五四」更具進步性和現實性，它們和臺灣話文論爭雙方的主張一樣，都是同一時期不同人群根據不同需要提出的不同設想，只是前兩者存在於不同的社會空間之中。

　　分析臺灣話文論爭很難不令人聯想到大陸的國語運動，本文並非試圖尋找兩者間的一一對應，只是嘗試在國語運動的參照下對臺

---

[100] 這種鬥爭性和革命性主要針對討論中比較激進的觀點而言，還有一些論者對白話文運動的歷史地位和功績給予了適當的評價：「白話文運動是戰後受民族自決主義的影響，中國民族資產階級要求革新並建立現代中國的表現。」見樊仲雲：《關於大眾語的建設》；「在內容上，白話文現在創造了不少的進步的作品，是理論翻譯文的唯一工具。」見高荒：《由反對文言文到建設大眾語》。

[101] 此前臺灣話羅馬字的嘗試沒有取得進展，放棄漢字自然等於殖民者語言文字不受抵抗地全面通行。

灣話文論爭做出某種解讀。缺少這一參照，解讀的面貌可能會有所不同，這應該是引入國語運動的意義。無論是長達40年的國語運動還是歷時四年的臺灣話文論爭，漢民族在時代遽變中期冀以語言文字變革尋求民族新生之路，是它們的共同特質，其中臺灣知識分子的處境無疑更加艱難，他們能夠依靠的力量那麼少，面臨的困境卻那麼多，論爭雙方的理想雖沒有在當時實現，但他們的艱辛努力值得後人尊敬。

第四節　作為媒介和工具的語言以及日文寫作中的民族文化形態

　　1937年中文寫作的中止造就了臺灣具有鮮明殖民地特徵的文學奇觀：被殖民者只能使用殖民者的語言文字寫作表現本民族生活的文學。這打破了通常意義上的寫作格局——以本民族的語言書寫本民族的生活。儘管在世界範圍內「語言完全不必和一個種族集體或一個文化區相應」，[102]且當今民族交流融合以及對國家民族的理解日益多元化的情形下，民族語言或母語與寫作語言分離的現象並不罕見，殖民時期臺灣的日文寫作還是提供給人們認識語言具有的某些超越民族地域特性的絕好機會，因為這是在一個比較完整的時段內，經由殖民者的語言同化而實現的被殖民者集體性的語言大轉換的一部分，也是殖民地文化的重要特徵之一。民族性格、思維、心理、習俗以及臺灣地域特徵通過非本民族語言的傳達、折射而實現的反映和變形恰恰可以說明：語言轉換過程中哪些東西得以保留，哪些東西遭受了損失。在保留與損失的交織中，日文寫作的意義會更加清晰。然而，日文寫作不僅僅作為一個純粹的剖析對象而存

---

[102] 〔美〕愛德華・薩丕爾（Edward Sapir）：《語言論》，陸卓元譯，北京：商務印書館1985年版，第187頁。

在，它還見證著漢民族文學所曾經歷的來自外力的扭曲和屈辱。在這裡，研究者的文化立場和科學立場不應發生衝突，客觀分析的同時，文學的創傷不能被忘記。

通常對文學語言的考察會集中在語言的審美層面上，也就是被稱為語言藝術的部分，如語音、節奏、韻律、象徵和比喻、文體修辭等，也包括一些風格的或感悟性的範疇，如柔美、詼諧、冷峻、怪異等，這些是一種語言難以與另一種語言所共享的，也是在翻譯中容易部分或全部損失的因素。由於語言藝術方面的研究一般都是在寫作語言與所形成的民族或國別文學相一致的情況下進行的，也就不會遭遇到類似殖民時期臺灣的日文寫作在漢民族文學場域內顯現的問題和挑戰性。[103]但是當人們面對殖民時期文學語言轉換可能導致的一系列文學、文化乃至民族的矛盾和衝突時，審美層面之外的語言功能的認識可能對解決問題有所幫助。語言學家認為，文學中交織著兩種不同類或不同平面的語言，「一種是一般的，非語言的藝術，可以轉移到另一種語言媒介而不受損失；另一種是特殊的語言藝術，不能轉移。」這樣，語言作為媒介被分成兩層，「一是語言的潛在內容——我們的經驗的直覺記錄，一是某種語言的特殊構造——特殊的記錄經驗的方式。」[104]審美部分屬於第二層，即「特殊的記錄經驗的方式」，也就是不同語言各自不同的形式和質料，或許可以稱之為語言的物質性，這是語言轉換中不能被轉移的部分。本文所探討的是語言媒介功能的第一個層面，也可以稱作語言的非物質性，即不受語言形式和質料的限制，不同語言都有可能

---

[103] 考察日文寫作的語言藝術並非不可能，當然，如果不是日文研究專家，這一工作會遇到相當大的障礙，但這對於突出殖民時期臺灣日文寫作包含的多重內涵並不一定是關鍵性的。因大陸境內資料的限制，研究者難以見到這些日文作品的原文，研究必須通過中譯本進行，這裡所採取的研究角度或可避免這種限制可能導致的研究缺陷，但如此動機究竟是第二位的。事實上，臺灣研究者也大都以中譯本從事研究，一些懂日文的研究者並未把重心放在語言藝術方面。

[104] 〔美〕愛德華・薩丕爾（Edward Sapir）：《語言論》，第199頁。

共同表現出來的內容本身。在具體文本中，語言的這兩種特質相互滲透和影響，界限其實並不十分清晰，所謂「不能轉移」在很多情況下是相對的，翻譯文本中經過轉移的非物質性時常會顯露出物質性的痕跡。

殖民時期臺灣的日文作家由於自幼接受日文教育，對日文的物質性當然不會陌生，毋寧說是相當熟悉，[105]在文本的藝術經營上自然不可能不受日文物質性的規定。即便已經譯成中文，日文物質性的一些特點，如常見的日式句式、耽美的詩性表述、大量的日文辭彙[106]等仍然保留下來。此時，僅僅作為一種語言文字，日文的使用可以說不再受作家的出身、民族和文化立場的影響，因為只要作家試圖寫作，他只有日文一種工具可供使用。[107]在這種情況下，區別寫作者身分的不再是語言的種類，使用何種語言寫作變得不那麼重要，重要的是語言究竟傳達了什麼。觀念上本來帶有強烈文化、民族色彩的語言問題在具體的寫作中被弱化，語言本身被工具化，作家的文化觀念和民族意識不會投射到日文的物質性上，甚至他還會被這種物質性具有的美感所感染；而是會投射到日文作為工具所傳達的思想和情感上。當日文進入創作思維的時候，作家的民族身分和語言使用之間的衝突不會像在理論上從文化衝突的角度去把握那

---

[105] 楊逵、呂赫若、龍瑛宗1930年代中期獲得日本文學獎可以作為臺灣作家日文寫作達到相當高水準的證明。

[106] 辭彙的情況比較特別，有些屬於口語或地域風俗色彩較強的辭彙，其物質性也比較強；有些具有觀念性和科學性的辭彙，則比較容易在轉移中獲得另一種語言的對應表達。

[107] 這也包括中文被禁之前，曾經留日的臺灣作家的日文寫作。雖然賴和、王詩琅堅持了語言使用的民族立場，但這不是體現作家強烈民族意識的唯一方式，即反過來不能說明當時使用日文寫作意味著民族立場的喪失。語言國別和民族屬性的文化象徵意義在不同的作家那裡或凸顯，或消隱，原因是多方面的。正像白話文的主要提倡者多有大陸生活和學習經驗一樣，日文寫作也基本由有留日經歷者完成；前者除了意識到白話文的進步性因而大力提倡外，他們個人較高的白話文水準無疑也是重要因素（就當今的臺語運動而言，也有研究者如呂正惠提出了倡導者白話文水準不高這一被人忽略的現象），對於後者，使用日文顯然要比白話文更得心應手。殖民時期臺灣當然不乏主動迎合殖民者、以使用日文為榮的現象，但在全面禁止中文之前，文學創作上尚缺乏相關的例證。

樣明確和深入，作家得以自然地以殖民者的語言為媒介和工具，去描述被殖民者的處境，由於使用異族語言而導致的作品中某些民族特性的喪失並不會對這種表現構成大的障礙，語言種類和寫作者身分的不一致消弭於語言的非物質性之中。

臺灣新文學發展的前10年，日文作品數量很少。從30年代起，日文寫作日漸增多，特別是1933年日文文學刊物《福爾摩沙》的創辦，直接促成一批日文作品的面世，此後《臺灣文藝》、《臺灣新文學》等刊物的日文欄也成為臺灣作家發表日文作品的園地。當然，在1937年禁止白話中文之前，日文寫作在數量上仍然無法和中文寫作相比，但楊逵、巫永福、翁鬧、呂赫若、張文環等日文作家的出現，已經使日文寫作邁上了一個新的臺階。除早逝的翁鬧外，這些作家，加上1937年登上文壇的龍瑛宗，構成了此後日文寫作乃至整個殖民時期臺灣文學創作的重要力量。經由他們的努力，日文寫作走向成熟，且由於中文寫作被禁，1937年後的日文寫作實際上完全等同於本時期的臺灣文學。禁止中文對中文寫作來說是毀滅性的，但沒有跡象表明日文寫作在此前後發生了重大的變化。如果摒除殖民末期的「皇民文學」和戰爭時期殖民當局對文學的規定和扭曲，日文寫作可以說在一定程度上承續了中文寫作的主題及寫作者的文化立場，這正是分析日文作為媒介和工具的重要依據。

以殖民者語言作為媒介和工具描述被殖民者的處境，可謂殖民時期臺灣日文寫作的根本性質和無可回避的宿命，在這一點上日文寫作和中文寫作的不同只在於語言的限定。從直觀的角度看，如果沒有特別注明的話，在閱讀中區分日文作品的中譯本與地道的中文作品其實是相當困難的，[108]因為兩者的表現對象和情感、敘述角度、文化立場均無大的差異。[109]綜觀所能見到的日文寫作，敘述者

---

[108] 一些優秀譯者如鍾肇政等的譯本尤其如此。

[109] 當然在具體想像形態上中日文寫作存在著明顯的變化，如第二章所述；但變化不涉及文學的「臺灣屬性」。

無一例外均為臺灣人身分，以臺灣人的眼光觀照臺灣，即便是「皇民文學」，這一「臺灣屬性」也沒有改變（日本人作為敘述者從未出現過）。這些寫作當然不乏日本和日本人形象，但他們仍然是臺灣人眼中的日本和日本人，臺灣人的命運和生活圖景沒有因日文的使用而發生變形。和眾多中文寫作一樣，部分日文寫作的關注焦點仍是廣泛的臺灣社會圖景，苦難、壓抑的殖民時期人民的生活也為日文寫作染上了濃重的哀愁與悲憫的色彩。無論是《送報伕》、《豚》（吳希聖）、《牛車》，還是《憨伯仔》（翁鬧）、《重荷》（張文環）、《大妗婆》（邱富）都描繪了凋敝破敗的廣大農村和農民在生存上的掙扎，作家對苦難民眾的同情、對殖民壓迫的憤怒透過語言流露無疑。《送報伕》、《牛車》等更是直接將殖民時期人民的屈辱和農民的悲慘命運與殖民者的經濟壓迫連繫在一起。楊逵、呂赫若等深受左翼思想影響的日文作家，已經自覺地以明確的階級意識表達對現實的關注。[110]他們的創作實踐證明，無論一種語言曾經屬於哪個民族或階級，它都可以被當下的使用者當作文學現實表達的工具。故而雖然日文原本具有的殖民者文化印記與它所傳達的反殖民意識之間形成的張力[111]在這些文本中達到最強，但語言的工具性特徵也異常明顯，甚至壓倒了附著於語言之上的其他文化意義，即作家對文本意識形態內涵的強調恰和語言意識形態色彩的淡化成鮮明對比，語言種類的文化象徵意義在這裡被徹底忘卻。[112]

---

[110] 30年代中期，呂赫若等已能夠運用馬克思主義理論和左翼文藝家如盧那察爾斯基等的文藝觀去倡導文藝的大眾化和現實主義文學觀。「藝術離開了階級的利害是無法存在的，而且無法有所發展」，「如果文學要忘卻社會性與階級性，我們就必須要將藝術史全部燒毀，再隨意創造出新的藝術史吧。」呂赫若：《舊又新的事物》，見《呂赫若小說全集》，林至潔譯，臺北：聯經出版公司1995年版，第556、559頁。當然殖民末期的日文寫作已不再可能具有明顯的社會政治意識，上述列舉的表現社會苦難的日文小說均寫於1937年日本加緊對臺灣的全面控制之前。

[111] 這種張力與第二章中談及的隱性焦慮相仿，但隱性焦慮更多地涉及作家主體感受和身分問題。

[112] 類似的情形還出現於光復前吳濁流秘密寫作的反殖民統治的日文小說《亞細亞的孤兒》和他寫於1944年，發表於戰後的日文短篇《陳大人》中。

1937年的到來雖未給日文寫作帶來巨大衝擊，但殖民統治的進一步強化和日益嚴苛的思想言論控制對左翼運動的壓抑，使日文寫作中昂揚的民族性和階級性被迫消隱，作家們逐漸將關注的目光聚焦於這些領域：臺灣特定的民俗風物；在啟蒙意識觀照下的個性解放、婚姻自主和婦女命運；臺灣人的生存狀況。這幾方面往往糾結在一起，組成複雜多彩的臺灣畫卷。相比於凸顯明確的反殖民意識和抗爭精神，對上述領域的著力描繪更有助於對民族文化深層形態的注視和理解。當日文作家不再能通過寫作實現直接的意識形態抗爭時，那些濡染著濃濃的臺灣色彩的風情畫隨即成為記錄民族歷史和現實生活狀況的有效手段，而日文如同藝術家手中的畫筆，在這些風情畫的繪製過程中又一次扮演了工具的角色。張文環、龍瑛宗、呂赫若等的大量寫作都將筆墨灌注於令人感懷的臺灣風物之中。當植有木瓜樹的亞熱帶小鎮瀰漫著令人窒息的空氣時，群山中的夜猿正發出陣陣空曠的啼聲；海潮和颶風伴隨著農夫的艱苦墾殖（呂赫若《風頭水尾》），蓮霧和玉蘭喚醒了對友人的追憶（龍瑛宗《蓮霧的庭院》、呂赫若《玉蘭花》）。獨特的自然風物一次次化為識別文本「臺灣屬性」的標記，然而這類標記仍不足以表述臺灣人的文化性格和命運，大量日文文本對臺灣社會中普遍存在的養女習俗和納妾現象投射了關注的目光，[113]它們與各類民俗、民間娛樂方式以及傳統文化意識，如鄉村祭祀、布袋戲、歌仔戲、風水意識和「孝道」觀念等[114]一起，展現了一個「傳統中的臺灣」；那些抒發個性解放、婚姻自主情懷和年輕人內心欲望和衝動的文本，[115]

---

[113] 這類作品包括賴慶《納妾風波》、陳清葉《寄生蟲》、陳華培《王萬之妻》、徐瓊二《婚事》等。

[114] 在《豚》、《豬祭》（陳華培）、《大妗婆》、《論語與雞》、《閹雞》等作品中，有大量關於祭祀和民間娛樂方式的描寫，而呂赫若的許多作品，如《財子壽》、《闔家平安》、《風水》、《清秋》、《石榴》、《山川草木》等，對傳統的「孝道」觀念有較集中的描述。

[115] 這類作品有追風《她要往何處去》、吳天賞《龍》和《蕾》、張碧華《上弦月》、翁鬧《天亮前的戀愛故事》、楊千鶴《花開時節》、呂赫若《藍衣少女》和《婚約奇譚》、

又描繪了一個被啟蒙之風吹拂著的、「變動中的臺灣」。這一切的存在再一次確立了文本的「臺灣屬性」，而且依然和語言的民族屬性無關。小說中一群群臺灣人在這片土地上或哀怨或昂揚、或哭或笑，它們無論如何總是真真切切地屬於臺灣、屬於這一漢民族文化浸潤的地域，它們所透露出的氣韻已經透過異族的語言文字濃濃地散發開去，使遠離歷史現場的人們能夠從中觸摸到臺灣人生活的律動。

當面對日文寫作透露出的某些超越具體的「臺灣屬性」，呈現人的生存狀態、人性特點或成長歷程的部分時，日文的運用就變得更加容易理解，因為在文本內容的「臺灣屬性」不十分明晰的情況下，語言原有的民族屬性與之發生劇烈衝突的可能性大大降低。畢竟，任何語言，不管它們附著的文化背景之間存在多麼大的差異或衝突，它們都可能對共同的人類存在狀況做出相通的言說。這時語言的功能就不僅僅是工具性的。且看這樣的描寫：

> 一天又一天，她沒有改變坐的地方，像生根似地一動也不動在那裡坐著。她的眼睛及頭髮差不多都失去了黑色，臉孔看來像是大岩石的一部分。那簡直是在說：把該看的都看完，該聽的都聽盡，該想的都想過似的。阿蕊婆的臉上既無感覺，也沒有表情，可以說她漸漸遠離人而接近大自然。
>
> ——翁鬧《可憐的阿蕊婆》（廖清秀譯）

面對這種人的存在狀態，語言功能的條分縷析已經喪失了意義，這種表述不但超越了語言的物質性，也超越了語言的非物質性，而接近於「絕對語言」，[116]在此，存在遠遠大於具體的語言，

吳濁流《泥沼中的金鯉魚》等。

[116] 這種語言是無形的，永久的。它就是人類對世界，對人性，對美的共同認識、共同嚮

它令讀者徹底忘記具體的語言對存在的束縛，因而忘記語言自身。翁鬧小說往往具有某種穿透力，能夠超越事件、故事、地域對文本的限定，實現對某種狀態和流程的展示。少年對音樂鐘的記憶（《音樂鐘》）可以喚起所有人成長歷程中有可能經歷的類似體驗；貧苦幼兒羅漢腳的心中，幾里外的小鎮「員林」幾乎與他貧賤的生命間有著無法企及的距離，當「他心底湧起莫大的喜悅：『我也要到員林去了！』」的時候，他已經被車撞傷，不得不前往員林的外科醫院。成長的啟迪原來是這樣完成的：

> 他終於知道員林的意義了，但仍不知道它在何處。
>
> 輕便車爬上緩坡，經過濁水悠悠的大河，然後下坡滑行，許多陌生的景色次第映入他的眼簾。這是羅漢腳生平第一次遠離這條小街。
>
> ——翁鬧《羅漢腳》（陳曉南譯）

這個臺灣苦孩子的生命流程帶來的是超乎地域的感動，正如世界範圍內許多傑出的文本歷經翻譯仍不失對存在的深刻把握一樣，翁鬧對人生的提煉其實已經與使用何種語言完全沒有關係。

上述對殖民時期臺灣日文寫作語言功能的考察表明，日文寫作的成熟和發展恰恰伴隨著日文逐漸脫落其民族文化屬性、走向純粹工具化的過程。經歷了語言轉換前後過程的作家很自然地把日文的使用當作語言文化殖民的重要標記而加以抗拒，這時日文作為殖民者的語言不可能擺脫民族和文化壓迫的印記，也就不可能作為純粹的工具而自然地被被殖民者所使用；對於在語言轉換過程完成之後進入創作的作家，情況就有所不同，雖然他們不會不意識到日文

往與共同理解。參見曹文軒：《20世紀末中國文學現象研究》，北京：北京大學出版社
2002年版，第335頁。

原本的文化和民族歸屬，[117]但是，倘若寫作，他們其實是別無選擇的。日文作家賴明弘曾對王詩琅說：「我們有很多事想用漢文表達，但是我們和中國的新文化距離遙遠，又日漸退步。雖然不想用日文寫作，不過懂的語彙較多，到頭來就不得不用日文寫了。」[118]正是在這種情況下人們才會發現，本質上作為工具的語言並不能阻止作家對所要表現的東西做出言說，即便語言種類與寫作者的文化和民族身分並不一致；同時，語言的物質性也不能從根本上阻止語言的非物質性表達及其在不同語言之間的傳遞，即便這種非物質性與物質性之間可能存在著象徵的或實在的文化、民族或地域的衝突。文學自有超越語言的內涵在，殖民時期的臺灣人不會因熟練運用日文而變為日本人，日文寫作也不因使用日文而變為日本文學。

儘管如此，日文寫作本身的被殖民特徵仍然不可忘記，雖然日文的使用並未阻斷殖民時期臺灣的文學發展，但日文寫作依然是殖民社會的特殊產物，它的發展恰與民族語言文字的萎縮和中文寫作遭遇的滅頂之災相伴而行，[119]這發展就染上了濃重的悲劇色調，昭示著殖民地文學遭受的創傷。同樣嚴重的悲劇性後果出現在日文寫作終結的一刻，這一刻意味著日文作家暫時或永久性寫作生命的終結，也為此後文學發展的諸多問題埋下了悲劇性的種子。除此之外，日文寫作在其存續期間仍然顯現了語言的物質性對另一種文化特徵的阻隔，即通過日文媒介時文本的部分「臺灣屬性」所遭受的損失。這損失最直接和具體的表現就是地域文化，特別是方言色彩的喪失。直接的證據是，儘管多數日文寫作的翻譯文本注意到用方

---

[117] 因為他們不得不身處日常母語（閩南話和客家話）和異族書面語的夾縫之間。

[118] 《從文學讀臺灣》，第57頁。

[119] 〔日〕下村作次郎《文學中所見的臺灣》指出：「他們（臺灣人）被強迫學習的異民族語言──日本語，其水準已經提升到可以把它當作文學用語來使用的地步了。然而這種『喜悅』，內地的日本人畢竟無法體會。他們學習日文的過程，等同於喪失中國語言（也包含母語『閩南語』）的過程，是不可增減，相連而重疊的。」見《從文學讀臺灣》，第5頁。

言口語對應日文寫作中的相關表述——這大大減弱了方言色彩的喪失程度；但臺灣本地的土語和風俗、事物的特殊表達仍然難以在日文中實現，更不可能在翻譯中復原，這在與中文寫作的對照中顯得更為突出。以《光復前臺灣文學全集》收入的中日文作品為例，中文作品後面常常附有相當數量的注釋，以解釋正文中出現的大量方言和民俗事物，而在日文作品後面，這樣的注釋十分稀少甚至徹底缺失。在不同的翻譯家那裡，翻譯對地域色彩的追求因人而異，[120]它表明翻譯文本的地域色彩在很大程度上是翻譯家提供的，而方言對所表述對象命名的獨一無二性註定了這類命名不可能在另一種語言中得到全面再現，[121]因而日文寫作對臺灣方言特色的丟失是不可避免的，從語言藝術的角度來看，這種損失是巨大的。而日文作家對日文的藝術經營同樣不可避免地會在翻譯的過程中丟失，更何況語言與對象間的異質關係會使這種經營無所依傍，因而得不到確認。這一切都是日文寫作作為殖民地文學抹不去的烙印。

第五節　語言創傷的繼續：第二次語言轉換

被強迫遺忘本民族的語言文字已經給臺灣人留下了難以彌合的創痛，詩人巫永福曾就臺灣人遺忘語言的悲哀寫下了這樣的詩句：

> 遺忘語言的鳥呀
> 也遺忘了啼鳴
> 趾高氣揚孤單地

---

[120] 呂赫若作品的不同譯本說明了這一現象。林至潔的譯本具有較多的日文特徵，包括句式、情調等；其他人的譯本則較有臺灣特色。

[121] 這種命名甚至很難在同一共同語內部的其他方言那裡找到對應，但由於共同語的關係，人們仍可心領神會。

飛啊　又飛啊
飛到太陽那樣高高在上

離開巢穴遠遠飛去
離開了父母兄弟姐妹
也遙遠地拋棄祖宗
能遠飛才心滿意足似的
像不知回歸的迷路孩子
固陋的心，遺忘了一切
遺忘了自己的精神習俗和倫理
遺忘了傳統表達的語言
鳥　已不能歌唱了

什麼也不能歌唱了
被太陽燒焦舌尖了
……

——《遺忘語言的鳥》[122]

　　當臺灣人逐漸學會以本不屬於自己的語言為自己歌唱之時，他們已經找到了在異族統治下艱難地書寫自己的方式，[123]日文寫作對臺灣民眾命運的繼續關注使臺灣文學在中文被禁止後仍取得了相當的進展，但中文作家被迫遺忘祖國語言、中止寫作生命的痛苦因失去了歌唱的可能而漸漸沉入歷史的深處，經歷多年的喑啞失聲，他們中的絕大多數已經錯過了創作的高峰期，中文寫作的重要力量，

---

[122] 沈萌華主編：《巫永福全集》卷12「日文詩卷」，陳千武譯，臺北：傳神福音文化公司1995－1999版，第135－136頁。這首詩還感歎一些臺灣人攀附殖民者，以遺忘祖國語言為榮，但總體上不單是批判和諷喻，而且抒發遺忘語言的悲哀。

[123] 對單個的、能夠熟練使用日文的作家來說，這種艱難主要不是語言上的。

如賴和、朱點人於臺灣光復前後辭世，只有少數人如王詩琅等戰後還有少量作品發表。光復本是臺灣掙脫日本殖民統治、重歸祖國懷抱的偉大時刻，但也預示著臺灣文學面臨又一次重大轉折。這一次，是正當創作盛期的日文作家踏上了中文作家曾經走過的悲劇之路——臺灣文學又一次遺失了語言，這語言雖然不屬於臺灣，但作為寫作工具，它的失落，標誌著又一代臺灣作家的創作生命暫時或永久的沉淪，也標誌著由殖民統治直接引發的語言問題又一次在戰後導致了文學的嚴重創傷。殖民社會成長起來的日文作家在跨越歷史的時候因政府的語言政策而放棄了日文，但第一次語言轉換造成的對祖國文字的陌生使他們喪失了寫作的基本條件。中日文俱佳、身為國民黨黨員的王詩琅，也對臺灣作家的語言困境發出感歎。[124]臺灣文學的一部分再一次暗啞失聲了，它似乎比第一次有更濃重的悲劇意味，因為這是在找回民族語言文字過程中的犧牲。

首先，禁用日文、恢復中文本是消除殖民者文化同化的嚴重影響、重建民族自信的合理之舉，從長遠來看符合臺灣民眾的心願。光復之初民眾自覺地消除日常生活中的日本印記，並以高度的熱情學習國語；[125]部分日文作家也迅速投入國語學習，以期儘快開始使用祖國語言文字寫作，呂赫若、葉石濤等在很短的時間內已經寫出了他們的中文作品。[126]日文作家寫作生命暫時中斷的悲哀在時代大潮的衝擊下顯得無足輕重而容易被忽略，他們的處境也異常尷尬：

---

[124] 廖清秀《悼念王詩琅先生》一文提到：「又有一次我向他說我的文字還是不行，他也共鳴地說：『我們在文字上實在是吃虧了。』」見《陋巷清士——王詩琅選集》，第353頁。

[125] 殖民時期的「國語」指日文，光復後的「國語」指中文。光復後臺灣民間廣泛開展國語學習，開辦國語講習所，報刊大力提倡國語。政府方面發起全面的國語推行運動，1946年4月，設立臺灣省國語推行委員會，同時利用教育和傳媒系統普及國語。參見林淑心：《臺灣文化百年——史的回顧》，收入《臺灣文化百年論文集（1901－2000）》，臺北：臺灣國立歷史博物館2001年版。關於光復後國語推行運動的記敘還可參見張博宇編：《臺灣地區國語運動史料》，臺北：商務印書館1974年版。

[126] 相反，在第一次語言轉換時，中文作家沒有因中文被禁而改用日文寫作，原因當然不言而喻。

時代需要的是他們短期內難以生產的東西；他們擁有的是過去殖民時期的文化遺留，是新的時代迫切需要消除的東西。他們甚至不能像中文作家當年失去語言時那樣憤怒，因為他們失去了憤怒的對象——強制實施語言同化的殖民者——而且，他們個人或群體的悲哀構不成拒絕恢復民族語言文字的理由。曾經被當作工具的日文在此刻又一次凸顯其文化象徵意義，它不再作為單純的工具被使用，它存在的社會基礎已經被摧毀。日文作家文化身分與語言歸屬之間的衝突是如此強烈，以至作家不再能尋求一條兩全的道路，多數臺灣日文作家不得不在第二次語言轉換中承受痛苦。

問題的複雜性還在於，有著合理外殼的戰後語言政策其內涵卻與臺灣社會實際步調產生了嚴重的錯位，當局沒有認識到臺灣遭受殖民者語言同化的現狀，沒有給臺灣民眾的語言轉換以充足的時間，造成了對語言平緩過渡的粗暴冒犯，導致的語言斷裂的嚴重程度甚至超過了第一次語言轉換時期，因為第一次轉換經歷了較長時間，這一次卻是以突變的方式完成的。同時，強制性的國語推行與激烈的社會矛盾和大規模的社會衝突相伴而行，二二八事件、對左翼運動和知識分子的鎮壓和權力機構嚴重的貪汙腐敗將當局推向了臺灣民眾的對立面，國語推行也染上了政治高壓的色彩。某種意義上，國語成為跟隨國民政府來臺人士（雖然他們中的許多人操各省方言）的身分標記而外在於臺灣。[127]更有甚者，國語的推行還伴隨著臺灣本地方言的被壓抑，人為地形成了國語和臺灣方言的對立，[128]加劇了民眾對國語的疏離。學習國語遂由光復之初的自覺自願之舉演化為政治高壓下的被迫行為。雖然國語推行作為政府行為

---

[127] 二二八事件期間，部分臺灣人將對國民黨的不滿發洩在大陸來臺的民眾身上，他們區分本省人和外省人的方法之一就是看是否會講臺灣本地方言。

[128] 在學校裡，學生講臺灣方言被禁止，違反者會受到罰款處罰；正式公開場合的演說、教學禁用臺灣方言；「廣播法」限制閩南話廣播。參見林淑心：《臺灣文化百年——史的回顧》。

最終被實施，但這種疏離感長期存續，時至今日仍被一些人提及和強化。

　　臺灣原本就缺乏大陸官話的基礎，殖民時期的白話文運動並未徹底改變這一狀況，加上長期的殖民語言同化，民眾對早已通行於大陸的國語更加陌生，語言的學習必須從頭開始。在日文被廢止，中文尚不熟練的語言真空期內，民眾所能使用的只有使用範圍受到限制且沒有書面形式的臺灣方言，因而不得不忍受在政治文化權力空間內被迫失語的痛苦。因此，這種失語不單是語言的，更是政治、文化和心理的。毫無疑問，文學寫作經歷的語言真空期會更加漫長。這次語言轉換雖然發生於**民族內部**，但觀念層次的民族向心力仍不足以彌合現實中失語的創傷，這創傷喚醒了臺灣民眾對第一次失語的慘痛記憶，使他們無形中將兩者相提並論。甚至，殖民者語言同化導致的傷害早已在意料之中，而擺脫了被殖民者身分的臺灣民眾對經歷民族內部的失語卻猝不及防。他們無法要求異族統治者維護他們的權利，卻有理由期待祖國（至少是具體作為祖國代表的國民政府）體諒他們的境遇。這種情緒與臺灣長期的屈辱歷史和孤兒處境相疊加，進一步加深了臺灣民眾的受難意識和受難者身分定位。

　　日文作家除面對政治高壓、語言轉換的艱難外，其中一些人的個人遭遇不但影響了他們學習國語的熱情，而且在語言因素之外導致了他們對文學寫作的回避和缺乏自信。表面看來他們寫作生涯的中止直接肇因於語言，而背後還潛藏著更深刻的原因。固然由於被迫沉默使作家們當時的痛苦難以為人所知，但如果注意到他們中的一些人為語言轉換耗費了十幾年至幾十年的光陰，以及幾乎沒有人能夠倖免於政治壓力的事實，這種痛苦當然是可以想見的。曾在殖民時期寫下《愛》、《祖國》、《遺忘語言的鳥》等著名詩篇的巫永福，戰後出任臺中市政府秘書，由於不懂國語，事項的辦理只能依賴筆談來達成溝通，這被認為是他始終講不好國語的原因之

一；[129]另一個原因與政治環境有關，按照巫永福晚年的說法，「光復後一時興奮，猛學北京話及中文。二二八後卻深感失望又荒廢，所以我至今還不能說北京話，但對中文因深感做一個完整的臺灣人，就得好好學習完整的臺灣話及寫自如的中文。」[130]於是他以一種獨特的個人化方式將語言和文字，即口語和書面語區別開來，一方面以拒講國語表明抗議的、不合作的政治姿態，一方面在寫作上學會以中文思考，用中文寫作。也就是說，他把國語當作國民黨統治的象徵物而排斥，將中文當作屬於自己的民族文字而接受。1971年，在沉默了21年之後，巫永福回到文壇，開始了他的中文寫作時期。雖然他難以忘懷小說創作，但漫長的語言轉換仍「使他不敢自信能掌握住中文文字的精髓，在敘事和論述的觀點上，他很難用長串的文詞加以表現，因此，他只好選擇詩，到底用漢音思考以中文撰稿的方式，是比較適合於語字凝煉度較高的詩創作。」[131]這樣，巫永福的語言轉換僅僅完成了一半，書面語實現了轉換而口語沒有；詩寫作實現了轉換而小說沒有，直至1995年他才創作了第一篇中文小說《薩摩仔》。由於殖民末期的文學活動，光復後的龍瑛宗感到了巨大的壓力，語言轉換遲遲沒有完成，至1980年才發表了第一篇中文小說《杜甫在長安》。至於張文環，則終其一生沒有實現寫作上的語言轉換。光復後欣慰於「再也沒有民族問題打擾我們」[132]的張文環，在二二八事件中因受政治牽連而逃往深山避難，事後他將所有書籍資料付之一炬，多年來改換各種職業，絕少涉足文藝活動，直至1972年才恢復寫作，完成了日文長篇小說《在地

---

[129] 杜文靖：《老而彌堅的前輩詩人巫永福》，《臺灣作家全集‧翁鬧集‧巫永福集‧王昶雄合集》，第305頁。

[130] 《巫永福全集》卷10「小說卷II」，第218頁。

[131] 杜文靖：《老而彌堅的前輩詩人巫永福》，《臺灣作家全集‧翁鬧集‧巫永福集‧王昶雄合集》，第307頁。

[132] 張建隆：《生息於斯的「滾地郎」──張文環》，《臺灣作家全集‧張文環集》，第267頁。

上爬的人》；[133]1977年又開始寫作另一日文長篇《從山上望見的街燈》，未完成即辭世。張文環雖然自稱「光復後，我因為有種種理由，不但不寫小說，連國文國語我也不會」，但早在1957年他已能夠以中文將自己的小說《藝旦之家》改編為劇本《歡煙花》；1965年在《臺灣文藝》發表中文回憶文章《難忘當年事》，說明語言問題不是影響他寫作的唯一障礙。[134]光復後積極學習中文的作家，如楊逵、葉石濤等均受到嚴重的政治影響，以至長期無法寫作；[135]呂赫若更因投身於中國共產黨領導的臺灣地下武裝鬥爭而獻出了生命。

語言問題和政治處境交織在一起的現實表明，語言轉換的意義早已超越了語言本身，對日文作家而言，意味著文學和政治的雙重壓力和揮之不去的身分標記，這種壓力和標記被日後的部分本省籍作家所記憶和承襲，上一代人的蒙冤受難逐漸成為後世表達對當政者不滿時可憑藉的文學和政治資源，也是戰後文學界省籍矛盾和近20餘年來逐漸興起的臺語文學運動的重要來源。種種徵候無一不可歸結為語言創傷的後遺症。

由於語言轉換過程的複雜漫長，在轉換開始後不久能夠反映作家語言轉換程度和新的語言與表現內容的關係的寫作十分稀少。不過呂赫若發表於1946年2月至1947年2月的四篇中文小說為人們考察轉換在語言本身，以及作家如何使用新的語言描述乃至「預言」社會時政方面提供了適宜的案例。[136]從兩次語言轉換的過程可以發

---

[133] 日文原名為《地に這うもの》，又譯為《生息於斯的人》。該小說於1975年由日本現代文化社出版，入選當年「全日本優良圖書一百種」。1976年由臺北鴻儒堂出版中文版，題名《滾地郎》，譯者廖清秀。

[134] 張建隆：《生息於斯的「滾地郎」——張文環》，《臺灣作家全集·張文環集》，第268頁。

[135] 楊逵光復後積極從事兩岸文化交流活動，將中國左翼作家的作品譯為日文，並向自己的小女兒學習中文，但1949年卻因參與簽署《世界和平宣言》被判入獄12年；葉石濤50年代也坐牢3年。

[136] 四篇中文小說是《故鄉的戰事一——改姓名》、《故鄉的戰事二——一個獎》、《月光

現，轉換的「當下」，而不是此前或此後相對穩定的時期，正是語言種類的文化象徵意義及其所體現的作家文化立場最為突出，而語言的工具性較為隱蔽的時刻，也是語言對社會心理和創作心理的衝擊比較強烈的時刻。「此刻」，接受或放棄（被動或不自覺的接受和放棄除外）何種語言當然昭示著人們的文化和政治選擇。賴和等拒絕接受日文，因為日文是殖民者的文化表徵，接受它意味著放棄民族文化身分；楊逵、呂赫若等積極學習國語中文，因為深知它代表著民族文化身分的回歸。而語言政策的嚴重偏差使接受和放棄變得非常複雜，甚至導致語言屬性認識的誤區，比如，那些遭遇政治壓力，沒有完成或沒有徹底完成語言轉換、或雖完成了語言轉換卻仍因此而加深了受難者意識的日文作家和臺灣民眾，有可能淡化國語的民族文化身分而強化其政治色彩。這樣，國語雖然是民族的，仍然可以被當作「外來統治者」[137]政治文化壓迫的標誌而被排拒。具體到呂赫若的戰後中文寫作，雖然沒有任何文本以外的材料說明作者的寫作動機，但文本本身已經透露出相當豐富的資訊。首先它們顯示了作者對回歸民族文化身分的熱切願望和在此願望下對語言工具性的忽略。呂赫若捨棄了得心應手的日文，而以稚拙的中文在光復後不到半年的時間內迅速寫出了表現民眾厭惡殖民者的小說《故鄉的戰事一──改姓名》，小說篇幅短小，情節簡單，與呂赫若日文作品一貫的藝術經營完全不可同日而語，這毫無疑問源於中文使用的不熟練。然而思想傾向卻十分鮮明，與此前日文作品（除

光──光復以前）和《冬夜》，均見《呂赫若小說全集》。對於這四篇小說已有臺灣研究者作出論述，如陳芳明《紅色青年呂赫若》，收入陳芳明：《左翼臺灣》，臺北：麥田出版公司1998年版；但論述基點在於小說體現的作家政治立場的變化。

[137] 這是1990年代以來部分臺灣文學論者對來自臺灣以外的當政者的稱謂，這一稱謂以臺灣島內與島外的地理區隔為界限，將荷蘭、日本殖民者和國民政府混為一談，混淆民族矛盾和民族內部統治者和被統治者的矛盾，以弱化臺灣的國家民族歸屬，突出其本土性和「自主性」。它也為將國民黨統治納入所謂戰後「再殖民」的概念作了鋪墊。

早期的《牛車》、《暴風雨的故事》外）關注民俗、消隱主觀傾向性同樣不可同日而語：

> 不消說這些小學生是拿「改姓名」的這個名詞來做「假偽的代名詞」，是認為改姓名是假偽的。世說，少（小）孩子是純真的，這句話很對了。日本人聲聲句句總說臺灣人改姓名是一視同仁的，是要做過真正的日本人。但敢不是在此曝露了他的肚子嗎？[138]

　　值此殖民統治終結之際，語言的生澀、藝術經營的要求完全不能阻止呂赫若以其中文作品終結殖民文化的強烈願望，在此願望之下，任何藝術上的苛求均顯得蒼白無力。第二篇中文小說《故鄉的戰事二——一個獎》與《改姓名》在情節組織和語言運用上比較相近，通過選取一個相對簡單的生活場景，突出日本警察的顢頇無理和貪生怕死。《月光光——光復以前》中文運用比前兩篇明顯成熟，描寫光復前民眾被迫裝扮成所謂「國語家庭」的失語之苦。小說發表的當月，國民政府即宣佈日文廢止，小說雖然表達對殖民者文化同化的控訴，卻猶如臺灣民眾再次失語的預言。到了《冬夜》，呂赫若全心擁抱祖國的熱情開始受到現實暴風雨的猛烈侵襲，語言運用更加熟練，但作品的批判鋒芒卻既指向殖民者，又指向新的政治勢力。中文使用體現的文化認同與內容包含的政治不滿奇異地交織在一起，帶來更加悽愴的色彩——在民族內部，語言的回歸不等於心理的社會的回歸。主人公「一直跑著黑暗的夜路走，倒了又起來，起來了又倒下去」的茫然與無助幾乎是當時臺灣民眾惶惑不安的心理寫照。又是小說發表的當月，二二八事件發生了，呂赫若再次以小說對臺灣的社會風暴發出了讖語。

---

[138] 《呂赫若小說全集》，第518頁。

在上述看似巧合的文學對社會事件的預言中，作家的主觀意願和意識究竟如何似乎並不重要，作品的出現與時世形成的不可能有意為之的對應關係才更發人深省。呂赫若憑藉其政治敏感和寫實意識做出的社會預言說明：民族文化身分的復歸尚不能減輕政治動盪導致的傷害。四篇中文小說形成的思維軌跡使第二次語言轉換有了新的意義：既是回歸民族文化身分的標誌，又不能替代作家最終的現實政治選擇。呂赫若終於極富象徵性地放棄寫作，而以行動參與中國共產黨領導的革命，他的無可選擇的選擇代表了殖民時期臺灣日文作家的一種慘烈的歸宿。

第五章
從殖民記憶到戰後論述

　　殖民時期臺灣新文學不但是人們認識臺灣文學的起點，也是戰後臺灣文學發展的重要傳統之一，或者說，由於它的存在，臺灣文學形成了獨特的歷史及其對後世的重要影響；同時，作為文學研究的對象，它從1960年代到1980年代逐漸走進研究者的視野，開始了被不斷闡釋的過程。早在光復之初，臺灣作家如楊逵、龍瑛宗等已經和外省來臺作家、文化人一起開始了對臺灣文學發展的構想，而這構想顯然沒有脫離殖民時期文學的歷史存在而憑空進行，當時人們對臺灣文學性質和未來發展方向的粗略而真誠的討論[1]無疑有著殖民時期文學的歷史前提。隨後的政治高壓中止了進一步探討的可能，但殖民時期臺灣新文學並未被徹底遺忘，殖民時期新文化和新文學的親歷者如王詩琅、廖漢臣、黃得時、楊雲萍等在1950年代對當年的歷史與文學作了翔實的記錄，這些記錄直至今天仍然是研究這段文學和歷史的重要依據，[2]其中最為全面的是黃得時的長文《臺灣新文學概觀》，該文詳細記敘了臺灣新文學從誕生到1937年以前的文學運動和文學創作過程，是後世臺灣文學史寫作的重要參考文獻。此後，1960年代葉石濤《臺灣的鄉土文學》[3]為確立本省

---

[1] 參見《1947－1949臺灣文學問題論議集》。
[2] 這些記錄大多發表於50年代的《臺北文物》等刊物上，後有一部分收入《日據臺灣新文學明集5‧文獻資料集》。
[3] 葉石濤：《臺灣的鄉土文學》，臺北：《文星》雜誌第97期，1965年11月。

作家的文學地位而開始了對殖民時期臺灣新文學的歷史回顧；1970年代的《臺灣新文學運動簡史》[4]從文學運動的角度梳理了本時期文學的歷史發展。1979年葉石濤的《臺灣鄉土文學史導論》[5]成為建構臺灣文學史論述的初步嘗試，其中殖民時期文學已經有了分期、主題、性質的劃分和判斷；1980年代中後期以來，殖民時期臺灣文學的研究進程陡然加快，1987年《臺灣文學史綱》[6]的出版標誌著較為系統全面的臺灣文學論述的出現。此後臺灣文學特別是殖民時期文學在史料發掘、綜合研究、作家作品研究等方面都取得了相當大的進展。1990年代以來，激進的本土派臺灣文學論述[7]出現了不斷修正、推翻既有論述，乃至重新書寫歷史的趨向，其不穩定性，包括過度情感化和自相矛盾的特點使之難以形成嚴謹的論述體系；部分文學論述逐漸與政治論述合流，形成了明顯的話語暴力，直至取消學術交鋒中的平等對話。[8]以去殖民、反抗霸權、追求多元民主為指向的本土派文學論述面臨著自我解構的危機：始於反抗話語權力，終於自身話語霸權的確立，顯示了類似「翻身」[9]的權力欲望。

4　陳少廷：《臺灣新文學運動簡史》，臺北：聯經出版公司1977年版。
5　葉石濤：《臺灣鄉土文學史導論》，《夏潮》雜誌2卷5期，1977年5月。
6　葉石濤：《臺灣文學史綱》，《文學界》雜誌社1987年。
7　本土派臺灣文學論述是一個內涵和邊界不十分確定的說法，泛指強調臺灣文學的自主性、弱化其與大陸的文化連繫、尋求建構臺灣主體性的文學論述。這些論述相互間存在差異，有些比較激進，有些相對溫和；產生動機和表現形態各不相同，論述重心會隨著時勢的變化而變化，同一論述者不同時期的論述也會改變。因此無法將這一說法固定在某一論述者或論述群體上。
8　1970年代即開始臺灣文學研究的梁景峰曾談到：「臺灣文學作家和研究者通常希望得到肯定，似乎也受不了批評。由於對『中國意識』教條的反彈，產生了『臺灣意識』教條的跡象。如果你不『聲聲句句愛臺灣』，『鄉土寫實』，可能就被認為『不愛臺灣文學』。我擔心，這種趨勢會使得臺灣文學作品及研究變成另一種『歌德派』的文學和研究。」見梁景峰：《鄉土與現代：臺灣文學的片斷‧序》，臺北：臺北縣立文化中心1995年版。
9　借用「翻身」的形象化表述是為了說明激進本土派臺灣文學論述的某種性質，即以新的霸權取代舊的霸權、以一種專制取代另一種專制，進而實現弱者與強者位置的互換。實際上，「去殖民運動深刻的認識到它不是殖民主義的翻轉，繼續維持殖民主義所強加的範疇，而是全面性地打破殖民思維與殖民範疇」。見陳光興：《去殖民的文化研究》，

關鍵問題是，如此變化的出現並不單純是文學研究內在動因的驅使，而是與臺灣社會政治、文化思潮的演變，特別是「本土意識」的生發和壯大直接相關。這意味著對殖民時期臺灣新文學的研究不僅僅局限於文學研究範圍內，即它可能被賦予文學以外的其他功能而獲得文學以外的意義；事實上它的功能和意義也的確隨著社會思潮、政治局勢的變化而發生了相應的變化。熱衷於追求「本土化」乃至更大政治目標的研究者常常將殖民時期文學研究當作闡發某種政治理念的佐證，因此研究觀點和結論會隨著不同階段政治理念的需要而變化。雖然變化的背後有著深刻複雜的社會原因，但變化本身的脈絡仍然是首先需要注意的，它往往關係到臺灣文學論述整體的改變。無論如何，這種變化本質上仍是研究者對歷史再度想像的產物，「過去之所以被啟動，不僅因為對過去的事情和過去是什麼意見不一，而且因為不能確定過去是否真的已成過去，它是否真的完結、有了終結或它還在繼續」，[10]不同時期的人們擁有各自的闡釋欲望，因此作為資源的歷史永遠對今天產生影響。同時，所謂「洞見與不見」也永遠是某一時刻、某一想像的根本性質。當一些歷史敘述被照亮的時候，另一些則可能被有意無意地隱去。

第一節　殖民時期臺灣新文學局部論述的改寫

在上述局面下，歷史的改寫幾乎成為必然。而且改寫是全方位的，出現於概念、論證過程、史實、評價等多個區域，涉及作家作品、文學現象、思潮等各個方面；改寫的同時也是建構，因為1990年代以前的臺灣文學論述尚未形成激進的「本土化」傾向，[11]不同

《臺灣社會研究集刊》1996年1月。從這一點看，「翻身」的論述並不符合去殖民和反霸權的目標。
[10] 〔美〕愛德華・W・賽義德（E.W.Said）：《賽義德自選集》，謝少波、韓剛等譯，北京：中國社會科學出版社1999年版，第183頁。
[11] 但「本土化」論述自《臺灣文學史綱》出版之際即在醞釀中。《史綱》出版的同一年

論述者之間的差異也並不明顯；改寫可以建構新的、符合1990年代後臺灣「本土化」思潮需要的文學論述，同時削弱、瓦解和覆蓋原有論述。[12]改寫者大都具有明顯的「本土意識」，雖然「本土意識」並不一定等同於政治傾向。這裡僅選取兩個具體現象作為論述改寫的抽樣，一是關於殖民時期新文學運動中張我軍的文學主張和影響的評價，一是對「皇民文學」的再認識。雖然這兩個現象之間並無直接的關聯，但改寫背後的動機卻是相同的。

殖民時期臺灣新文學運動初期的張我軍，通過在《臺灣民報》大力介紹大陸五四新文學理論和創作、猛烈抨擊舊文學、熱切提倡白話文，成為推動臺灣新文學運動發展的關鍵人物而在本時期文學史上佔據重要地位。這些歷史事實和相應的評價早在1950年代由親歷者所作的歷史記錄中即可發現。廖漢臣的《新舊文學之爭》和《臺灣文字改革運動史略》[13]以相當具體的論述和引證突出了張我軍在新舊文學論爭和白話文運動中的重要貢獻，強調了他將五四新文學介紹到臺灣，並將臺灣文學視作「中國文學的一支流」的重要觀點；黃得時的長文《臺灣新文學運動概觀》同樣以很大篇幅詳細記述了張我軍在文學運動中的重要觀點和積極作用，為做出早期臺灣新文學「受第一次世界大戰後的思想解放和中國大陸文學革命的影響」和「臺灣的文學運動，最初是從語言改革（提倡白話文）出發，繼而抨擊舊文學，最後才真正推行新文學作品的產生。這和中

（1987），當時的「本土化」論述者陳芳明、彭瑞金即發表題為《釐清臺灣文學的一些烏雲暗日》的對談，見《文學界》第24期，1987年11月。「對談」顯示了相當激進的文學史觀，其主要觀點即體現在彭瑞金的《臺灣新文學運動40年》（臺北：自立晚報文化出版版1991年）之中。「本土性」、「自主性」、「主體性」是這一類論述常用的、內涵基本相同的概念。

[12] 改寫甚至可以製造「敵人」——原有論述的堅持者，以增強改寫的力度、擴大改寫後論述的影響。

[13] 廖漢臣（毓文）：《新舊文學之爭》和《臺灣文字改革運動史略》，見《日據下臺灣新文學明集5‧文獻資料集》，原文分別刊於《臺北文物》3卷2、3期，1954年8月、12月和3卷3期、4卷1期，1954年12月、1955年5月。

國大陸的文學革命完全相同」[14]的結論提供了佐證。雖然該文考慮到張我軍以白話文改造臺灣話主張的實施難度，[15]但在對白話文運動之後新文學創作的總結中提到「所有的作品，皆用白話文寫的」這一重要特徵，其實已經就白話文在創作中的地位做出了說明。上述文章，特別是《臺灣新文學運動概觀》對史實的記述和評價在1970年代的《臺灣新文學運動簡史》中得到全面的繼承。《簡史》除沿用文章中對張我軍貢獻的引證外，還在「中國新文學運動」的題目下，借用張我軍的說法，表明「臺灣新文學運動源於中國新文學運動：其關係恰如支流之與主流，乃是息息相關，不可分割的。」[16]這樣的論述在1980年代的《臺灣文學史綱》中發生了微妙的變化，由於《史綱》仍然強調臺灣新文學的誕生直接源於大陸新文學運動的影響，張我軍的重要作用也被充分肯定：

> 真正主張建立臺灣新文學以白話文為寫作工具的是當時在北京念書的張我軍。他曾經明白地指出舊文學的墮落與絕望，他猛烈地抨擊舊文學的腐敗和封建社會。……張我軍敢於批判舊知識分子，這說明張我軍的

---

[14] 黃得時：《臺灣新文學運動概觀》，見《日據下臺灣新文學明集5·文獻資料集》，第287、288頁。

[15] 文中談到：「張氏的主張，當然很合理，不過要改造臺灣語統一於國語一項，實在是談何容易？」《日據下臺灣新文學明集5·文獻資料集》，第284頁。

[16] 《臺灣新文學運動簡史》，第21頁。10年後，《簡史》作者撰文《對日據時期臺灣新文學史的幾點看法》表示《簡史》中「著力於闡述中國文學對臺灣新文學之影響」，是「為了避免被視為有『分裂主義』之嫌」；「拙書中的若干論斷，現在重新檢討起來覺得必須有所修正」；「把臺灣文學視作中國文學之支流，乃是不當之論。」見《文學界》第24期，1987年11月。《簡史》對臺灣文學和中國文學關係的認識如果首先由作者提出的話，或可謂「避免分裂主義」，但這種認識基本沿用了張我軍本人的論述和黃得時、廖漢臣的文章，因此不能說完全「為了避免被視為有『分裂主義』之嫌」，而是在相當程度上代表了作者當時的看法。上述表白顯示：文學史論述可能隨著時局的變化而變化；論述者也可能出於各種原因而在不同時局下修正論述以求符合新的局勢需要。但已形成的論述不會因事後的表白而有所改變。

民族主義已經不同於舊文人所懷有的『清朝遺民』似的
民族主義，而是受到大陸辛亥革命與五四運動鼓勵下產
生的近代民族主義，傾向於民主與科學的民族主義。張
我軍主張『建設白話文學，改造臺灣語言』，說穿了就
是胡適的『文學的國語，國語的文學』，他們兩個人的
主張有共同的理念。惟有建立統一的國語文，臺灣才有
新文學的誕生，同時這新文學跟大陸的文學是互相交流
而溝通無礙的，這樣才能攜手合作，創造新的國民文
學。[17]

因此他被稱作「臺灣新文學運動開路先鋒」。不過《史綱》
也發展了黃得時的對張我軍白話文主張的些許疑問，認為過於「理
想主義」；而把更多的肯定放在了能夠顯示臺灣文學「自主性」的
「臺灣話文」上。而且《史綱》將張我軍一系列關於建設臺灣新文
學論述的主要特徵概括為「把臺灣新文學視作整個大陸文學的一
環，並不考慮當時的臺灣是日本殖民時期這一個政治性的事實。這
固然有它的道理，但從臺灣的政治現實而言，何嘗不是構成了諸多
窒礙不通的障礙；這也是後來為什麼有臺灣話文、鄉土文學等理論
相繼出現，主張以臺灣政治性現實為基礎的臺灣新文學的主張的緣
故。」[18]張我軍關於臺灣文學和中國文學關係的「主流支流」說
已被徹底隱去，他的「過度中國化」的論述開始受到委婉含蓄的
質疑。

---

[17] 《臺灣文學史綱》，第23頁。
[18] 《臺灣文學史綱》，第31頁。這裡所謂「諸多窒礙不通的障礙」以及因此而產生「臺灣
話文」和「鄉土文學」論爭的判斷帶有虛擬想像的性質，因為「臺灣話文」和「鄉土文
學」論爭主要是左翼思潮興起的產物；論爭也沒有取得任何實際的效果，中文寫作仍然
只有白話文一種形式。當今「本土化」臺灣文學論述熱衷於強調當年白話文與臺灣民眾
的隔閡，卻對「臺灣話文」在創作上如何與民眾結合不作深入論述，因為這種結合沒有
成功，「臺灣話文」本身也處於虛擬狀態。相關論述見第四章第二、三節。

很明顯，《史綱》出現之前，張我軍的被肯定一方面是由於無可否認的存在，即他在臺灣新文學史上的重要地位，另一方面也在很大程度上與他繼承五四新文學和強調臺灣文學與大陸文學的連繫相關。《史綱》出現之際，恰逢「本土意識」逐漸興起，作為歷史資源的張我軍的理論主張開始不能滿足顯示「本土意識」的臺灣文學論述的需求，甚至與「本土化」論述形成矛盾，所以論述者在肯定的同時又流露出質疑。質疑的焦點集中於張我軍對臺灣特殊性的「忽略」，也就是說，正是由於張我軍強調臺灣文學和大陸文學的連繫無助於「自主性」的建立，對他的評價才發生了變化。

更清晰的變化出現於陳芳明、彭瑞金題為《釐清臺灣文學的一些烏雲暗日》的「對談」和隨後由彭瑞金撰寫的《臺灣新文學運動40年》中。「對談」雖然相對粗疏、過度感情化，缺少基本邏輯架構，但改寫原有臺灣文學論述的欲望卻相當強烈。由於不是嚴謹的論述，「對談」並沒有直接針對張我軍的論述，但極力突出臺灣文學與中國文學、臺灣意識與中國意識的不相容性，尋求站在臺灣人立場、體現「臺灣史觀」的文學史論述的建立。「對談」明確提出的「臺灣沒有產生過中國文學」，並堅決否認「臺灣文學是中國文學的一支流」、「臺灣文學具有中國意識」[19]的說法，已經潛在地否定了張我軍的理論主張。幾年後，全面體現激進「本土意識」的《臺灣新文學運動40年》[20]已將「對談」的基本主張固定為文學史敘述，臺灣新文學遂成為「臺灣民族覺醒運動的一環」和「臺灣人意識的堡壘」。由於史實和廖漢臣等人著述的客觀存在，《40

[19] 這種否認的直接針對者是與對談者意見相左的陳映真，對談者認為陳映真強調臺灣文學是中國文學的一支流只是他個人的、帶有政治意識的看法，而回避了這種看法其實作為歷史存在由來已久。他們對陳映真這一觀點的批判當然也意味著對張我軍主張的否定。

[20] 該書的論述中心是戰後臺灣新文學運動，但為了尋找「本土意識」的歷史資源而將殖民時期文學運動也作了有選擇的論述，涉及臺灣與大陸文化和文學密切聯繫的歷史敘述紛紛被主動「遺忘」。

年》也以簡短的篇幅直接引用廖漢臣的文章說明大陸新文學運動的影響，但引述之前作者加上了這樣的話：「而稍早發生的中國新文學運動則被視為直接的助力」，這樣，原有論述就被當作廖漢臣等人的個人看法，而變的不那麼確定和真切。在如此「史觀」的支配下，張我軍的文學史地位和重要作用被大大壓縮，他的名字不再單獨出現，他大力倡導白話文的功績已徹底被「消音」；論及「舊文學的破產」時，他的觀點仍被引用，但名字卻不在正文中被提及。不熟悉史實和歷史敘述的人已完全不能從中得知張我軍的獨特貢獻。顯然，一種新的文學史敘述開始生效，顯現了覆蓋原有敘述的明確意圖和效果。既然無法否認事實，回避和遮蔽事實就成為改寫者的上佳選擇，改寫者往往通過彰顯一部分史實、遮蔽另一部分史實的策略實現對歷史的變形，或至少使後人難以意識到歷史的殘缺，進而以敘述代替歷史。歷史開始在改寫中發生變形，變得有利於論述者「史觀」的建立。

然而這樣的改寫是有限度的，重要歷史存在的缺席至少說明改寫的過度片面性，因而這種方式似乎沒有得到更多的效仿；取而代之的是承認張我軍理論主張的客觀存在，卻從論述者今天的需要出發重新解釋歷史，從而使張我軍的主張從合理轉向「荒謬」。最為突出的就是對張我軍白話文主張的「荒謬化」處理，其中「臺灣語言的改造」成為問題的中心。張我軍的這段話曾被眾多論述者所引用：

> 還有一部分自許為徹底的人們說：「古文實在不行，我們須用白話，須用我們日常所用的臺灣話才好。」這話驟看有道理了，但我要反問一句說：「臺灣話有沒有文字來表現？臺灣話有文學價值沒有？臺灣話合理不合理？」實在，我們日常所用的話，十分差不多占九分沒有相當的文字。那是因為我們的話是土話，是

沒有文字的下層話，是大多數占了不合理的話啦。所以
沒有文字價值，已是無可疑的了。所以我們的新文學運
動有帶著改造臺灣言語的使命。我們欲把我們的土話改
成合乎文字的合理的語言。我們欲依傍中國的國語來改
造臺灣的土語。換句話說，我們欲把臺灣人的話統一於
中國語，再換句話說，是用我們現在所用的話改成與中
國語合致的。這不過是我們有種種不得已的事情，說話
時不得不使用臺灣之所謂『孔子白』罷了。倘能如此，
我們的文化就得以不與中國文化分斷，白話文學的基礎
又能確立，臺灣的語言又能改造成合理的，豈不是一舉
三、四得嗎？[21]

　　這段話在殖民社會裡可能帶有理想色彩和對方言土語的輕視，
但傳達了張我軍希望臺灣新文學能夠在白話文基礎上迅速發展、臺
灣文化不與中國文化分離的迫切願望，所謂「改造臺灣話」是對
實現這一願望的手段的設想，這一設想獲得了新文學創作實踐的
印證。
　　事實上同時期的連溫卿和郭秋生也曾提出改造臺灣話以應社
會要求的主張，連溫卿認為臺灣話十分混亂，「除了幾句新名詞，
都沒有進步，反卻被他混雜攪亂的樣子，我們要表現思想的時候，
不時沒有不躊躇，」「這不是可悲哀的事麼？」因此他提出了改造
臺灣話的具體方案：「第一，要考究音韻學以消除假字，第二要一
個標準的發音，」「第三要立一個文法，沒有文法，臺灣話像野獸
一般，任他縱意疾驅山野，使臺灣的人們，必極力追逐，猶恐怕不
能摩提風影」；「其實臺灣話不是沒有文法，你們想想，難道中國

[21] 張我軍：《新文學運動的意義》，見張光正編：《張我軍全集》，臺海出版社2000年
　　版，第56頁。原刊於《臺灣民報》67號，1925年8月26日。

有中國話，而引他系統的臺灣人就沒有和他相似的文法麼？」[22]只是連溫卿沒有像張我軍那樣刻意強調「欲依傍中國的國語來改造臺灣的土語」，因此改造本身並不是今天的論述者關注的，以什麼來改造才是所要質疑的。所以連溫卿對臺灣話缺陷的認識並未招致批評，而張我軍的觀點則變成了「無視現實上環境特殊的敵對意見」[23]，被認為是「一個有北京生活經驗的人，從中國的核心視野來看問題，忽略了各族群的語言皆是文化之本，看不起母語，乃是被強勢的語言、文化所同化導致異化了母語之本質」。[24]一個從祖國經驗出發解決臺灣文學切實問題的主張就變成了被「強勢文化」扭曲的產物。[25]論述者帶有感情色彩地判斷張我軍「看不起母語」，設定其「不愛惜本土文化」、「被同化」的「道德缺陷」，張我軍的主張因而被「荒謬化」，成為「本土意識」的敵人，當然也就有了這樣的結論：「輕視與生俱來的母語——臺灣話，試圖改造臺灣的土語以接近中國的國語（北京話），在日本殖民統治下的臺灣，缺乏北京話的官方義務教育機關，單憑文人、作家的『祖國憧憬』，無論如何無法在殖民地臺灣普及北京話之寫作與閱讀。此

---

[22] 連溫卿：《將來之臺灣語》，《臺灣民報》3卷4號，1925年2月1日。這段話與張我軍「我們的話是土話，是沒有文字的下層話」的說法沒有大的差異。

[23] 游勝冠：《臺灣文學本土論的興起與發展》，臺北：前衛出版社1996年版，第42頁。兩種探討臺灣社會語言發展的幾乎同時而且平行的不同看法成了一種看法對另一種看法的「無視」，如果是這樣，相反觀點的論述者也可以從連溫卿的觀點看到對張我軍觀點的「無視」。但當時兩種觀點並非敵對的關係。該著接著認為連溫卿的觀點「並未受到應有的重視」，這正表明是張我軍而不是連溫卿的觀點在新文學界取得了較大的影響力，但影響力的取得並非張我軍個人所能決定，如果沒有新文學創作的支持，任何個人都不能決定張我軍的語言觀念必定受到重視。「本土」論述意在將兩種原本平行的觀點相對立，再推論「中國意識」和「本土意識」的對立。

[24] 林瑞明：《張我軍的文學主張與小說創作》，見彭小妍主編：《漂泊與鄉土——張我軍逝世四十周年紀念論文集》，臺北：行政院文化建設委員會1996年版，第127頁。

[25] 按照這樣的說法，只有終身生活於臺灣的人才能提出解決臺灣問題的合理主張，如果有大陸經驗的臺灣人意識到白話文是解決臺灣語言問題的良方，就是受到了強勢文化的同化。但是這種說法無法解釋同時受到了更強勢的殖民文化同化的、生活於島內的臺灣人為什麼不主張普及日文以解決臺灣問題。

一現實環境之場域制約，張我軍完全不考慮，其主張無異於緣木求魚，終究是一廂情願之空想。」[26]事實恰恰相反，在張我軍提出這一主張之後，新文學才出現了成熟的白話文小說；即便在主張提出之前，臺灣的中文小說使用的仍是白話文而不是臺灣話文，流傳至今的殖民時期中文小說絕大多數都是白話小說，[27]賴和為實踐臺灣話文理論主張所作的《一個同志的批信》和此後臺灣話文實踐的中止只能證明作家接受了白話中文為小說語言，而最終沒有選擇尚未成形的臺灣話文。張我軍的主張在當時受到的是舊文學的攻擊，並沒有被新文學家拒絕，因為借助白話文迅速推進臺灣文學是一條維護民族文化且便捷可行之路；「臺灣話文論爭」出現於1930年代初，是左翼思潮和文藝大眾化議題的產物，而不是源於對張我軍主張的批判。文藝大眾化本質上是知識分子的啟蒙要求，因為大眾化要求的表達和何時表達的決定權並不在沒有話語力量的大眾手裡，而是由知識精英所掌控；沒有受教育的大眾並沒有能力分辨究竟是白話文還是「臺灣話文」更符合自身的欣賞習慣，[28]而當時的新文學作家似乎也並未嘗試以口頭傳播的方式普及新文學。[29]白話新文

---

[26] 林瑞明：《張我軍的文學主張與小說創作》，見《漂泊與鄉土——張我軍逝世四十周年紀念論文集》，第127頁。

[27] 「本土」論述稱「啟蒙運動時民族文化減絕的危機，並未因為中國白話文的推行而得以改善。」見《臺灣文學本土論的興起與發展》，第46頁。但畢竟是白話文留下了中文創作的遺產。

[28] 這一事實當然被「本土」論述所忽略。許俊雅對此有持平之論：「雖以臺灣話文寫鄉土文學，農夫小民仍舊不懂，遂有『大眾依然是大眾，文藝依然是文藝』之歎。」《日據時期臺灣小說研究》，第74頁。游勝冠則認為「在教育未能普及的現實中，『大眾依然是大眾，文藝依然是文藝』的自嘲，恐怕是中國白話文派和臺灣話文派都不可避免的結局，儘管如此，臺灣話文的提出，還是有標明臺灣主體性的意義。」見《臺灣文學本土論的興起與發展》，第47頁。原本被強調的臺灣話文因其「大眾化」而具有取代白話文的「進步性」的說法終於讓位於確立「主體性」的需要。

[29] 中國大陸儘管相對具備白話文的社會基礎，廣大未受教育的民眾仍然不可能閱讀白話文學作品（這一點足以反駁「白話文在臺灣沒有基礎，不如臺灣話文易於被臺灣大眾所接受」的知識分子想像），尋求文藝大眾化的新文學家們曾經嘗試以評書、話本、秧歌劇的方式使大眾得以領略新藝。在殖民地臺灣，除了郭秋生曾建議整理歌謠俚歌，再將其歸還給下層民眾外，並未見到有更清晰的文藝大眾化的具體主張；除了一部《臺灣民

學創作的終止不是由於受到文藝大眾化的擠壓，而是由於殖民統治的暴力。「本土」論述實際上是以民眾的名義將張我軍的白話文主張與大眾化議題對立起來，以後者否定前者。由於刻板的文化想像和對白話文學史的陌生，「本土」論述還認為當時中文作家使用的白話文是融合了臺灣口語的白話文，而不是張我軍提倡的「純正的白話文（北京話）」，但無論是白話舊文學、章回體現代通俗小說還是通常意義的現代小說創作，都能夠包容各類方言和外來語，因此融合臺灣口語甚至日文辭彙的白話文依然是白話文，而不是與虛擬的「純正的白話文」相區別的文字。[30]「本土」論述所做的是將正常的語言探討改寫成水火不容的敵對關係，並虛擬出臺灣話文勝利的想像，在這一虛擬勝利之上，「臺灣文學已獨樹一幟，既非日本文學的支流，也非中國文學的亞流。」[31]

重新建構文學史本是文學史家的權力，只是如果這種權力與非文學因素結合在一起，就可能使文學論述淪為現實功利目標的附庸。應該說，「本土論」（無論是政治的還是文學的）的建構者很有耐心，從一點一滴的引申、變形、誇大、塗抹做起，逐漸掏空原有論述的實質，再注入符合需要的想像，以實現建立臺灣「主體性」的目的。對張我軍評價的變異與這一目的的連繫是毋庸置疑的。

另一個改寫的重點是「皇民文學」。這種配合殖民侵略、顯示被殖民者屈從的文化想像在光復後一直作為不光彩的印記塵封於歷史之中而沒有得到認真的清理與批判，從「去殖民」的角度而論，

間文學集》外，也再未發現更多的臺灣話文的整理和發掘；這部集子如何在民間傳播，取得了哪些效果也無從查考。倒是當時的演講會和新劇有一些教化功能，但前者並非文藝。

[30] 張我軍自己也沒有任何「純正白話文」的論述，而且談到「用漢字寫臺灣土話的，也未嘗不可以稱作『白話文』」，轉引自《臺灣文學本土論的興起與發展》，第20頁。引用者認為這是張我軍的妥協。

[31] 林瑞明：《張我軍的文學主張與小說創作》，見《漂泊與鄉土——張我軍逝世四十周年紀念論文集》，第133頁。很顯然，「非中國文學的亞流」才是論述中心，「非日本文學的支流」始終不存在異議。

這可能不是恰當的正視歷史的方式，[32]但畢竟透露出以依附殖民者為恥的社會心態，類似的心態也普遍存在於曾發動法西斯戰爭的國家之中。[33]但是1990年代以來，「皇民文學」卻成為臺灣「本土化」文學論述者熱衷討論的話題，當然討論並非為了「去殖民」，而是呼籲「同情、理解」「皇民文學」，將其正面化，以屈辱的被殖民歷史經驗作為資源，強調與祖國的差異，實現文學的「去中國化」。[34]

至少在《臺灣文學史綱》出版之時，「皇民文學」依然被回避和基本否定，雖然此前不是沒有對個別「皇民作家」的同情。[35]

---

32 國民黨在臺的「去殖民」一方面過於生硬（如語言政策），另一方面又和政治高壓相結合，部分臺灣人因而產生了對前殖民者的懷戀。1980年代後，這種懷戀因政治壓力的解除而公開化，臺灣的抗日歷史反而逐漸模糊消隱。

33 德國制定了嚴格的法律，禁止傳播納粹法西斯的言論，文學上沒有人試圖為「法西斯文學」翻案；戰後的日本也沒有人研究「大政翼贊文學」（國策文學）。一位日本《朝日新聞》文藝欄的記者談到：「因為經歷了日本軍國法西斯的慘痛的歷史教訓，戰後日本知識界，不管左中右，都有一個共同的珍貴的精神遺產，那就是對軍國法西斯的過敏體質；對於戰前無數的倡導法西斯的言論或作品，誰都不想也不敢去觸碰。」曾健民：《一個日本「自虐史觀批判」者的皇民文學論》，見陳映真、曾健民編：《噤啞的論爭》，臺北：人間出版社1999年版，第224頁。

34 這當然仍是「去中國化」社會思潮的反映。從社會各方面入手，以肯定殖民統治來否定光復後臺灣的歷史道路是其中的一種策略。在概念上，「日據」被改稱為「日治」、「日領」，改動的一個理由是：日本據臺不是非法的而是經過馬關條約合法取得，是「治理」而不是「佔據」。按照這樣的說法，中國政府1941年12月對日宣戰，宣佈廢除包括馬關條約在內的一切對日不平等條約，進而戰後收復臺灣，其合法性就不那麼確定不疑。

35 1979年，鍾肇政曾發表《日據時期臺灣文學的盲點——對皇民文學的考察》，將「皇民文學」當作「可憐的受害者的血淋淋的記錄」，對「皇民作家」表示了同情，並在自己主持的《民眾日報》上發表了陳火泉《道》的中譯本，引起了一些不同意見。李南衡在當年的「七七抗戰紀念會」上的演講談到：「我們寧可相信那些作者可能有難言之痛，或一時糊塗，但時間已過了那麼久，我們不忍舊事重提，希望時間能將這些人、這些作品沖洗掉，不要讓我們和我們的後輩、子孫知道有這種令人羞愧的東西，我們應該寬恕他們、原諒他們。但是，如果今天有人硬說『皇民文學』是被虐待、被壓迫的臺灣同胞的椎心泣血之作，如果有人厚顏硬要把當年的『皇民文學』或漢奸文學重刊在報紙上，雜誌上或重印出書，不管那些文章當年是在臺灣、上海或北平發表的，我們都要批判它！唾棄它！」《光復前臺灣文學全集》的編輯之一的羊子喬在「光復前臺灣文學座談會」上也談到「這些作品我們站在中國人的民族大義的立場上，便把它割捨了。」見王曉波：《楊逵的文學與思想——兼論日據下臺灣的「皇民文學」》，收入王曉波：《臺

和1979年編輯的《光復前臺灣文學全集》[36]一樣，《史綱》沒有給「皇民文學」顯示其存在的機會：「戰爭的黑暗愈來愈加深，皇民化運動的浪潮越來越洶湧的時候，有些作家在理念上認同了殖民時期政府的政策，走向親日的路。」[37]這就是該論述對皇民文學的全部評價。《臺灣新文學運動40年》有簡短而明確的否定評價：「除了極少數甘為御用，真的響應皇民化運動，為『聖戰』效力外，絕大部分的臺灣作家，即使為自己的文學和行為披上迷彩加以偽裝，都還沒有喪失作家的良知、癡傻到出賣自己的地步」。[38]不過與此同時出現了越來越多的同情「皇民文學」的聲音，《史綱》作者葉石濤十分感情化地取消了「皇民文學」：「也許他們（臺灣作家）之間有些人躲避，精神結構上有『曲折、傾斜』的傾向，但在強大的法西斯力量的摧殘下，這也不算是什麼罪大惡極的『皇民文學』。他們的消極、逃避、沮喪也是人之常情，並不是他們真正奴顏婢膝的協助了皇民化運動的推展。」「請停止侮蔑他們為『皇民作家』，請原諒他們某些懦弱的表現；因為他們也是人之子，並不是神祇，在生活和強權的重壓下，有時他們也不得不違心願，對統治者的政策美言幾句。然而大致而言，他們是英雄，而不是投降者。沒有『皇民文學』，全是『抗議文學』。」[39]文章的主旨是同情以「張文環、楊逵、龍瑛宗、吳濁流、呂赫若為主的眾多日文作家」，但沒有將周金波等極少數「皇民作家」從日文作家中剝離出

灣抗日五十年》，臺北：正中書局1997年。

[36] 《光復前臺灣文學全集》（實為選集）的「出版宗旨及編輯體例」就未入選作品有明確的說明，在「有下列現象者，則不得不割棄之」的第7條有這樣的說法：「寓褒貶於編選之中，凡是皇民化意味甚濃的御用作品，以不選錄來隱示我們無言的、寬容的批判。」

[37] 《臺灣文學史綱》，第66頁。

[38] 《臺灣新文學運動40年》，第27頁。

[39] 葉石濤：《『抗議文學』乎？『皇民文學』乎？》，見《臺灣文學的悲情》，第111－112頁。

來；[40]從結論上看，「皇民文學」已經被全部改成了「抗議文學」。論述者由此顯示了兩個隱含目的：一是通過對主流日文作家的肯定實現對所有日文作家的肯定，二是以「抗議文學」覆蓋「皇民文學」。「皇民作家」這個由當年殖民者提出的概念，變成批評「皇民文學」者對所有日文作家的「侮蔑」，在概念和敘述的混亂中，「皇民文學」取得了合理性。另一論者則不避諱「皇民文學」的使用，但以過度的歷史相對主義完全取消「皇民文學」的負面意義：

> ……生為日本人只能站在大和立場，生為臺灣人只能堅守漢家本位，人是否必得臣服於如此宿命的定律？所謂認同危機，必然是大逆不道的嗎？在決戰下的臺灣人難道沒有另一種選擇、另一種認同？而此一選擇、此一認同是否是不可饒恕的罪過？若如此，則人類之文明、思想之解放如何賴以維繫，又何以彰顯？……
> ……（陳火泉戰後）何以未敢公然宣稱我愛大和文化願做日本子民？社會不寬容，使人心中另有一珍藏私秘之小宇宙，其心靈陰霾如何？[41]

論述者將對「皇民文學」的批判視為狹隘的民族主義，特別是「中國民族主義」，認為這種批判威脅到人類文明和思想解放的維繫，並顯示了社會的不寬容，而完全無視「皇民文學」配合侵略戰爭、背離臺灣人利益的事實，也無法解釋為什麼絕大多數作家拒絕寫作這樣的「皇民文學」。發人深思的是，與上述論者共同編輯《光復前臺灣文學全集》的羊子喬也徹底忘記了當年他們拒絕收錄

---

[40] 〔日〕中島利郎：《「皇民作家」的形成——周金波》認為「在『沒有「皇民文學」，全是「抗日文學」』這段話中，推測應該也包含周金波在內。」見《文學臺灣》第31期，1999年7月。

[41] 張恆豪：《〈奔流〉與〈道〉的比較》，見《文學臺灣》第4期，1992年9月。

「皇民文學」的事實：

> 對於日據時期皇民文學的釐清，到現在已是刻不
> 容緩的工作；由於皇民文學也反映了當時臺人的生活情
> 景，也傳達部分自東京返臺知識分子的心態；畢竟這些
> 作品曾經存在過，也產生了影響力，對於這段不算光榮
> 的歷史，我們理應還給他們一些公道，而不能站中國本
> 位、大漢民族的立場來苛責這些作品，而應以臺灣人的
> 觀點，重新給予定位。[42]

　　「皇民文學」需要正視其存在，但當年站在「中國人的民族
大義的立場上」拒絕「皇民文學」的論述者，今天卻以「臺灣人觀
點」肯定本是臺灣人恥辱的「皇民文學」，表明論述者對歷史的失
憶，以及「皇民文學」實際上被當作歷史資源發揮對抗「中國意
識」的功能的動機。[43]
　　上述對「皇民文學」的肯定具有如下特點，或者混淆「非皇
民文學」和「皇民文學」的區別，或者以感情化的表述和對歷史的
健忘引發對「皇民文學」作為「受害者文學」的同情，沒有顧及這
種同情等於是對拒絕依附殖民者的絕大多數臺灣民眾和作家的真正
侮辱，甚至也沒有顧及「皇民意識」與他們提出的從殖民時期即有
「反抗性」、「自主性」的「臺灣意識」的不相容，也說明所謂
「臺灣意識」只是用於對抗中國，[44]卻不拒絕與殖民意識合流。這

---

[42] 羊子喬：《歷史的悲劇‧認同的盲點》，見《文學臺灣》第8期，1993年10月。

[43] 上文還提到：「我們深信對日本在臺作家和皇民文學的再釐清，有助於未來臺灣文學史
家，當臺灣獨立建國之後，要對一九四九年至今的所謂『在臺灣的中國文學』定位時，
不致於倉惶失措」，將現在對「皇民文學」的定位作為今後對「在臺灣的中國文學」定
位的演練，也就是說，試圖將「在臺灣的中國文學」當作類似「皇民文學」的、投靠統
治者的文學。不過今天對「皇民文學」的肯定絕不意味著「當臺灣獨立建國之後」「在
臺灣的中國文學」會受到肯定。

[44] 陳芳明：《臺灣新文學史》第八章〈殖民時期傷痕及其終結〉闢開相當大的篇幅探討皇

些論述無論側重點如何，其核心都在於「去中國化」，為此否定歷史、否定臺灣人曾遭受的深重苦難，不但使「皇民文學」合理化，也使殖民主義合理化，因而失去了基本的理性精神。

　　殖民時期臺灣新文學論述的改寫總體上有著共同的目標，但改寫者個人的論述動機和立場卻不盡相同，以對「皇民文學」的改寫而言，有的主要與個人的歷史經驗有關，[45]有的直接出於對抗中國意識的需要，也有的「本土」論述並不認同對「皇民文學」的肯定。[46]在歷史記載客觀存在的今天，改寫的致命弱點可能是：不能使所有的人都相信改寫後的歷史；在未來社會人群關係再次變更之際，改寫的努力可能被證明是徒勞的。

　　近年來，在改寫的衝動因時勢的變化得到較為充分的釋放後，改寫似已不再是一個急迫的訴求和論述焦點，一方面，改寫取得了一定的成效，改寫的結論在特定人群中已形成習慣性思維，其轟動效應減弱；另一方面，隨著臺灣文學研究漸趨學理化和一大批受學院化訓練的研究者的出現，論述的嚴密性也在加強。由於臺灣社會時勢的變動未有預期，改寫怎樣被固定為既有論述、改寫者是否會有新的調整，都值得關注。

第二節　當代臺灣文學論述演變的個例分析

　　當代臺灣文學論述指的是戰後至今出現的關於臺灣文學的文學史論述和理論批評，而不特指以戰後臺灣文學為對象的論述。對

民文學，將其歸結為文化認同問題，雖沒有正面肯定「皇民文學」，卻認為「以庸俗的中華民族主義去審判皇民文學，就更不能窺探歷史面貌。」這並不排除論述者把基於民族立場和歷史事實對「皇民文學」的評判都歸結為「庸俗的中華民族主義」的可能。見《聯合文學》第191期，2000年9月。

[45]　殖民末期的文學青年葉石濤與「皇民文學」的倡導者之一西川滿有較為密切的文學聯繫，這無疑會影響到葉石濤對「皇民文學」的認識。

[46]　林瑞明：《騷動的靈魂——決戰時期的臺灣作家與皇民文學》通過對《道》的分析傳達了對「皇民文學」的強烈批判意識。

其演變的分析或許已經在一定程度上超出了殖民時期臺灣新文學論述的範圍，然而殖民時期臺灣新文學不但是當代臺灣文學論述的重要對象，而且也是論述的重要源頭。對殖民時期臺灣新文學的改寫也是當代臺灣文學論述演變的一部分，由前者擴展到後者實為研究關注點的自然延伸。作為臺灣文學研究領域重要的現實問題，文學論述的改寫不僅發生於殖民時期臺灣文學研究，也發生於戰後和當下的文學論述之中，它們具有相同的性質和共同的社會原因。體現這種演變的重要人物葉石濤，又恰恰是「日據時期臺灣新文學的最後一位作家」，[47]他的文學經歷自然連繫著殖民時期和當今的臺灣文學，他的文學論述也涵蓋從殖民時期至今的整個臺灣文學發展歷程。對其文學生涯，特別是文學論述的細緻考察或可作為抽樣分析，從微觀的角度認識文學論述演變這一現實問題。

選擇葉石濤為分析對象，不僅因為他長達半個多世紀的文學生涯，以及活躍於臺灣文壇，並集作家、評論家、文學史家於一身的特殊地位，更因為他在當代臺灣文學理論建構中扮演了舉足輕重的角色，成為影響臺灣文學論述發展的重要人物。在他身上濃縮了臺灣文學從創作、評論到文學史論述的諸多方面，集中了不同時期出現的若干有代表性的問題，如語言轉換、鄉土文學論爭、「臺灣文學」概念的演化以及部分臺灣文學論述的內在矛盾等；他的臺灣文學論述已構成臺灣文學史論的重要部分。當然，當下臺灣文學研究的學院化趨勢和新生代研究力量的崛起已經使葉石濤的臺灣文學論述的影響力日趨減弱，但他的文學旅程在某種意義上仍然可以看作是臺灣文學發展進程一個側面的縮影，足以當作剖析臺灣文學的重要切入點而擁有重要的位置。

綜觀葉石濤的文學生涯，一個非常值得注意的特質是矛盾性。在他的寫作內部，他的寫作和文學觀之間，以及文學觀的前後發展

---

[47] 彭瑞金：《出入人間煉火──葉石濤集序》，見《臺灣作家全集‧葉石濤集》，高雄：前衛出版社1991年版，第9頁。

過程中，都能發現複雜深刻的矛盾性。因此，在分析其臺灣文學論述的演變之前，考查這種矛盾性在寫作中的曲折表現，是認識葉氏文學論述實質的一個開始。

1943年，不滿20歲的文學青年葉石濤以日文小說《林君寄來的信》和《春怨》登上文壇，這兩篇充滿耽美、感傷情調和詩意風格的小說是作者被稱作「日據時期最後一位作家」的主要根據。光復後短期內他仍以日文寫作小說和隨筆，同時開始了語言轉換的過程。與同時代的許多以日文寫作的作家相比，葉石濤的這一過程較為短暫和順暢，到1948年他已開始用中文寫作，但劇烈的語言轉換仍在他的心頭造成了創傷，以至於多年後仍感慨萬端、不能釋懷。[48]殖民時期的葉石濤由於出身和經歷的緣故，似乎「欠缺對殖民地統治殘暴真相的認識」，[49]倒是在殖民地教育體制下培養了對文學的濃厚興趣。關於如何走上文學之路，葉石濤有這樣的自述：「我高中五年級夜以繼日地讀了差不多在當時殖民地臺灣所能買到的任何中外所有的小說。」「我之所以能夠讀我心愛的書，而不須為生活煩惱，那是拜我出生在一個小地主之家的福氣。」「讀小說太多的結果顯而易見，我就覺得技癢了，於是開始模仿我心愛的作家寫起小說來。我並不喜歡日本近代文學主流的寫實主義和自然主義。我喜歡故事性強、富於幻想，個性和氣質發揮得淋漓盡致的浪漫主義文學。」他開始投稿於日人西川滿主編的《文藝臺灣》，因為「那雜誌的耽美和浪漫的格調頗符合我的胃口的關

---

[48] 葉石濤在《二·二八前的臺灣文化界》一文中提到：「戰後不到一年（如果從1945年8月15日算起應為一年零兩個月——筆者注）就廢止日文的結果，使得臺灣文化水準倒退，恢復洪荒狀況。回想，日本帝國主義一八九五年侵臺以至於一九三七年查禁中文，大約有四十多年的歲月，允許臺灣人用漢文去抒發意見，准許私塾的存在以傳授中國古文，可以說泱泱大國的氣度委實太狹窄了些。」見葉石濤：《臺灣文學的困境》，高雄：派色文化出版社1992年版，第51頁。這種說法應被視作情緒化的表述，因為戰後廢止日文是停止使用殖民者的語言，恢復民族語言文字；與殖民者查禁中文不能相提並論。

[49] 葉石濤：《幼少年時代》，見葉石濤：《一個臺灣老朽作家的五〇年代》，臺北：前衛出版社1991年版，第41頁。

係。」[50]但時代的疾風暴雨使這種耽美和浪漫很快逝去，葉石濤後來的文學主張幾乎走到了這種氣質的反面。

真正促使他改變文學觀念的，既有時代巨變導致的劇烈動盪，也有本人在動盪中的具體境遇的原因。戰後的臺灣，日本殖民者遺留下來的各種社會組織和政治經濟結構面臨著徹底的重建，長期受殖民主義統治的臺灣人也正面對中國文化和政權的全面復歸所導致的劇烈心理震盪和社會變動。「人們在新舊兩種截然不同的制度之中搖擺不定，破壞和建設在物質和心靈上雙管齊下，掀起了擾亂，衝突的風暴。」[51]「二二八」事件更直接埋下了此後省籍矛盾乃至分離主義的禍根。文化上，日文的廢止使一些臺灣新文學運動後期出現的日文作家暫時或永久地終止了創作生涯，這對他們心理的衝擊是不言而喻的。1949年國民政府全面撤退到臺灣，基於鞏固政權和將臺灣當作反攻大陸基地的目的，開始了反共肅共的白色恐怖時期。大批知識分子受到株連，葉石濤也因「知情不報」被捕入獄三年。在此前後，葉石濤被迫來到生活底層，目睹了窮苦農民的生存狀況，結合自身的遭遇，文學觀逐漸發生改變，由浪漫的藝術至上主義走向批判現實主義。從執著於藝術的象牙之塔過渡到關注底層人的生存處境和社會的不公不義，進而以經典的文學反映論從事寫作和批評，他後來的「土地情結」乃至「本土情結」的產生和發展均可由此找到依據；其寫作和批評中呈現的從對當局的不滿逐漸到對大陸文化的疏離的傾向也可從此找到最初的萌芽。

葉石濤創作上的「由浪漫的藝術至上主義走向批判現實主義」並非截然以後者取代前者，而是後者漸漸強化，與前者交織在一起的過程。戰前發表的《林君寄來的信》和《春怨》充滿了年輕主人公浪漫、敏感、纖細而富有詩意的情感和心靈活動，以及色彩斑

---

[50] 葉石濤：《沉痛的告白》，見《一個臺灣老朽作家的五〇年代》，第12－13、14、15頁。

[51] 葉石濤：《行醫記》（小說），見《臺灣作家全集・葉石濤集》，第94頁。

爛、如詩如夢的亞熱帶臺灣風情，絲毫看不到殖民者與被殖民者之間的緊張衝突，也看不到小說寫作前後，殖民統治瀕臨終結時人們的不安和騷動。它們彷彿可以產生於任何一個風物優雅、詩性盎然的地域，並不帶有殖民地的深切創痛。作為藝術追求，上述特色並無不妥，但對照葉石濤後來主張的文學反映論，二者間的巨大反差顯而易見。少年初涉文壇，選擇了浪漫氣質的《文藝臺灣》而不是堅持寫實的、由張文環主持的《臺灣文學》，固有後者曾對葉氏的投稿作品提出批評的偶然因素，但與前者氣質上的投合應是重要原因。這一點可以在他後來的寫作中找到根據，也就是說，這種氣質上的浪漫並未因文學觀的變化而被徹底拋棄。戰後初期的小說《三月的媽祖》開始嘗試探索社會事件，但其筆調仍充滿浪漫唯美的色彩。由於個人遭遇，整個1950年代和1960年代前半期，葉石濤的寫作是一片空白。從1965年小說《青春》的發表起，他恢復了寫作並開始了文學批評的漫長旅程。重要作品，發表於1966年的《獄中記》，以抗日青年知識分子李淳在獄中與殖民者的交鋒和他的回憶、幻想和心理活動為主線，觸及了慘痛的殖民地創傷和臺灣人抗日的社會主題，顯示了作者關懷現實人生的寫作追求。同時，大量的想像、心理活動和具有傳奇性的故事仍帶有濃重的詩化特徵。《葫蘆巷春夢》（1968）以小人物灰色破敗的生活為內容，嘗試說明生存本身的荒謬，更接近於象徵小說。1970年代，葉石濤主要從事文學評論和文學觀念的建構，1980年代初再次恢復小說寫作，其文學觀中的「土地情結」愈發執著，小說中的政治理念也愈發清晰，但並未放棄文學情境的營造和多種藝術手段的運用。《有菩提樹的風景》（1980）是一篇富有幻想和寓言色彩的小說，以恐怖的夢境和幻覺的描述，曲折隱晦地書寫政治高壓下人的處境。《西拉雅族的末裔》、《野菊花》和《黎明的訣別》系列小說（1989），表述平埔族女性的成長歷程，其間穿插了少數族裔女性和漢族男子交往中的不平等和白色恐怖中的迫害事件，而平埔族的風情、習

俗和思維方式、平埔族女子潘銀花強健的生命力才是小說表現的主體。

由此看來，葉石濤寫作中的「批判現實主義」獨具特色，首先對現實的批判並不意味著對幻想甚至浪漫情境的排拒，許多時候，幻想、浪漫、神秘的情調會將明確的現實批判隱藏在幕後；此外，這種「批判現實主義」並不注重直接表現問題，往往採用迂迴和側面的表述方式，以某種生存情境暗示社會問題。這在與1970─80年代寫實作家王拓、楊青矗、宋澤萊寫作的對比中表現得更為清晰。因此，它可能有其內在的複雜性，這並不意味著是一種缺陷，而應該解釋為作者在所熱衷的浪漫幻想的藝術手段與嚴酷的現實內容之間試圖尋求一個既矛盾又統一、既衝突又和諧的途徑，以實現保有個人文學氣質和批判現實的雙重效果。如果說在政治高壓時期如此表述方式可能是為了回避麻煩而採取的策略的話，那麼在1980年代後期政治禁忌解除後仍然維持這種方式應歸於氣質和藝術立場的原因。

從上述寫作歷程不難看出，葉氏小說的氣質總體上是詩性和知識分子式的，與他的文學批評和文學觀念表述之間存在某種距離，帶有某種複雜性和不確定性，甚至可以從側面印證葉石濤文學論述中存在的矛盾。1965年，葉石濤發表了《臺灣的鄉土文學》一文，從此開始了他在臺灣文學理論批評界發揮重大影響的時期。此後的30餘年，在臺灣的歷次文學思潮、文學論爭當中，都能夠發現葉石濤的身影。他的一些主要觀點代表著從1960年代至今臺灣文學潮流的主要傾向。人們注意到1965年是葉石濤文學生涯中的一個重要年份：在沉寂多年後，他恢復了小說創作，並登上臺灣文學批評和建構臺灣文學理論觀念的舞臺。不僅如此，這一年份的前後還是當代臺灣文壇本土思潮萌芽和興起的時刻，《臺灣的鄉土文學》其實是這一思潮在理論上的突出體現。文章首先表明作者長期以來持有的一個「熾烈的願望」，即「把本省籍作家的生平、作品，有系統的

加以整理，寫成一部鄉土文學史。」隨即就臺灣鄉土文學的特質、歷史和傳統做出簡明而清晰的描述，明確提出了以土地和省籍為依歸的鄉土文學內涵。這是第一篇旨在為本省籍作家作品確立其文學史地位、突出臺灣鄉土文學的獨特價值和重要意義的理論文章，無論是葉石濤本人的文學觀還是後來逐漸興盛的本土文學意識，都以此作為出發點，衍生出一系列的變化和矛盾。

作者上述「熾烈的願望」是如何產生，又為什麼在這個時刻才得以表達呢？這不得不涉及戰後本省籍作家的境遇和情緒、臺灣社會政經局勢的演變和文壇格局的調整問題。由於眾所周知的原因，戰後，特別是1949年以後，大多數本省籍作家在語言轉換和「二二八」的陰影下被迫沉默，活躍於文壇的大部分為來自大陸的外省作家，雖然他們當中的一些人因不滿國民黨統治也受到當局的迫害，但在本省籍作家的眼中，他們仍然是依附於統治者的一群，他們作品中的大陸風情和濃厚的去國懷鄉意識也被看作是遊離於這片土地的流浪情懷，與臺灣的新文學傳統沒有關係。從省籍的角度看，大陸來臺人士「在臺灣各階層都成為主管，構成了政治權力機構。因此，文學界和大眾廣播媒介也幾乎由這些來臺人士所控制，建構了獨自的需給體制，臺灣作家也就不容易抬頭了。」[52]的確，1950年代到1960年代中期的臺灣出版界，「出版社的經營者及主要文學圖書的作家大都是由大陸播遷來臺者。」[53]而各種文藝雜誌，也大多由大陸來臺人士創辦和經營，本省籍作家在這樣的局面下難以有所作為，雖然部分省籍作家加入一些文學團體，也在不少文學刊物上發表作品，卻不能成為主導力量，對當時文學發展沒有重要影響。1957年，鍾肇政在幾位文友間發行了一份小型油印刊物《文

---

[52] 葉石濤：《七十年代臺灣文學的回顧》，見葉石濤：《沒有土地，哪有文學》，臺北：遠景出版社1985年版，第33頁。

[53] 林訓民：《文學圖書的廣告與行銷》，見《臺灣文學出版——五十年來臺灣文學研討會論文集（三）》，臺北：行政院文化建設委員會1995年版，第60頁。

友通訊》，「這份維持了一年零四個月，用手刻鋼板印刷，只在文友間互相郵寄傳遞的刊物，是以作品輪閱及評論，並互通訊息為目的」，[54]發行對象不超過10人。本省籍作家的寫作環境由此可見一斑，他們的壓抑和不滿也是可以想見的。

從另一個角度看，國民黨政府代表「中華民國」，跟隨國民黨來臺的作家雖來自大陸各地，也書寫各地的風土人情，但並沒有建立各自地方文學的意識，他們有著共同的經驗，加上話語權力的掌控，他們作品的身分顯而易見屬於「國家文學」；而原有臺灣本地的文學由於其地方性、無法分享來臺作家的共同經驗和語言障礙等多種原因，不得不處於「地方文學」的地位。這在當時並沒有明確的理論區分，卻是實際的存在，也是後來本土作家強調鄉土意識和自主性，以確立「抗衡文學」[55]的現實和心理原因之一，他們在臺灣歷史和自身的現實處境中萌生並強化了受難者的意識。

這樣的狀況到1960年代中期漸漸發生了改變。此時的臺灣進入了社會發展的相對穩定時期，本省籍作家的語言轉換也基本完成。1964年，由本省籍作家主編，發表省籍作家作品的《臺灣文藝》和《笠》詩刊先後創辦，本省籍作家的寫作狀態得以改觀，理論建設也勢在必行。葉石濤的《臺灣的鄉土文學》即是在本省籍作家打開寫作局面後應運而生的。這篇文章不但在戰後第一次正式將本省籍作家作品定位於臺灣鄉土文學，而且為本省籍文學找到了自己固有的文學傳統——殖民時期臺灣新文學。本省籍作家戰後的非主流處境自然使作者聯想到殖民時期，並希望從中發掘某些一脈相承的意識當作本省籍文學安身立命的傳統。「從日據時代起一直到現在，本省作家個個像受難的使徒背著沉重的十字架，又像揮矛向風

---

[54] 應鳳凰：《五十年代臺灣文藝雜誌與文化資本》，見《臺灣文學出版——五十年來臺灣文學研討會論文集（三）》，第93頁。

[55] 游喚：《八〇年代臺灣文學論述之變質》，見鄭明娳主編：《當代臺灣文學評論大系·文學現象卷》，臺北：正中書局1994年版，第246頁。

車挑戰的唐・吉訶德，為了建立自己的文學，前仆後繼，蹣跚地走過滿披荊棘的坎坷之路。」[56]這樣就將殖民時期臺灣新文學和戰後的本省籍文學連繫到一起，以前者具有的強烈反抗意識和社會問題意識，作為後者當下和未來應遵循的方向，以實現抗衡和發展的目的。此時突出「省籍」意識既是團結本省籍作家、為寫作爭取生存空間在理論上的鋪墊，也是強調本省籍文學特殊性的前提。與此密切相關的是「泥土」抑或「土地」意識，這也是「鄉土」的重要內涵。值得注意的是，這種意識事實上成為1980—90年代激進的本土論述中「土地迷思」的濫觴。[57]從這時起以後的幾十年間，「土地」逐漸發展成一種符咒，一種隨時可以祭起的、排斥異己的萬能招牌。「臺灣鄉土文學」不單是作家要出身於這片鄉土，而且寫作要以這片鄉土為依歸，即土地意識和省籍兩者缺一不可，僅有省籍沒有土地意識也不能算作地道的鄉土文學：「光復以後回臺的作家

---

[56] 葉石濤：《臺灣的鄉土文學》。以下未標明出處的引文均見於此文。

[57] 彭瑞金：《臺灣文學應以本土化為首要課題》一文即強調「土地」對臺灣文學的決定性作用：「只要在作品裡真誠地反映在臺灣這個地域上人民生活的歷史與現實，是植根於這塊土地的作品，我們便可以稱之為臺灣文學。因之有些作家並非生於這塊地域上，或者是因故離開了這塊土地，但只要他們的作品裡和這塊土地建立存亡與共的共識，他的喜怒哀樂緊緊繫著這塊土地的震動弦律，我們便可將之納入『臺灣文學』的陣營。反之，有人生於期（斯）、長於期（斯），在意識上並不認同這塊土地，並不關愛這裡的人民，自行隔絕於這塊土地和人民的生息之外，即使臺灣文學具有最朗廓的胸懷也包容不了他。有人把這樣的檢視圖稱為『臺灣文學』的『本土化』特質。其實不止是一項特質而已，應該是臺灣文學建設的基石。」見《文學界》第2期，1982年夏季號。「土地」不再是自然的、地理意義上的概念，而成為人為規定的話語概念，並由這一概念的發明者掌握解釋權；繼而「土地」被宗教化，成為絕對崇拜的對象，但這又與本土論者刻意強調的與大陸相區別的所謂臺灣的「海洋性格」相矛盾。

龔鵬程援引馬爾庫塞對法西斯主義的論述說明這種「土地迷思」：「新的歷史和社會學說，堅持用『種族』『民眾』『血』與『土地』這些自然主義生物學術語。把那些『自然——有機的』材料，想像為是本質性的『歷史——精神的』事實，而由此事實中產出歷史的『命運共同體』。」他指出「與土地崇拜相連結的，其實是權力意志。」「只有讓本地人重新回到舞臺的中心，重新佔有了所有的媒體與文學園地，重新界定這個地盤內部的權威關係，才被認為是符合正義的，才是本土化、民主化。」見龔鵬程：《臺灣文學在臺灣》，臺北：駱駝出版社1997年版，第174－175、187－188頁。這與本文前述的「翻身」是一致的。

已沒有此地泥土的氣息。以林海音來說，鄉土對她已不重要，雖然她的小說有些是以養女為主題的，但她提出這主題顯然並非要強調臺灣的特殊習慣，而是以普遍的人性，同情弱者的立場提出來的。」「林海音的小說也並非完全沒有鄉土色調。但因為她已不重視這一份畛域觀念，心裡也不再有這種心理葛藤了。」這種敘述能夠非常清晰地將1949年後在臺灣產生的文學分為「鄉土文學」和「非鄉土文學」兩大類，突出前者有異於後者的「殊相」。「鄉土」即是「本土」；「鄉土文學」即是「本土文學」。作者也意識到，戰後成長起來的本省籍作家可能會「超越鄉土」或「揚棄鄉土」，畢竟隨著時間的推移，作家的省籍界限將逐漸模糊，本土意義上的鄉土文學終將與「非鄉土文學」融合在一起，「年輕的一代既沒有日文的羈絆，他們當然更少畛域的觀念，自然地熔化在中國文學裡，更進一步地努力形成為世界文學的一翼。這是鄉土文學的歸宿，也就是上一代作家夢寐以求的結果。」此時的鄉土文學話語不但有「真正屬於中國文學一環」的內涵，而且有其階段性的意義，它可能在「自然地熔化在中國文學裡」之後自行消失。由此看來，鄉土文學概念在形成初期內涵相對單純，除了要為本省籍作家爭得文學發展空間之外，尚看不出其他重大企圖。

　　經過長時期對本省籍作家作品的評論研究後，1977年，在鄉土文學論戰的高潮中，葉石濤發表了著名的《臺灣鄉土文學史導論》（以下簡稱《導論》），發展了《臺灣的鄉土文學》的基本觀點並加以系統化、理論化。在繼續就臺灣鄉土文學的發展做出歷史性描述的同時，《導論》又就臺灣歷史命運的特殊性以及鄉土文學的道路和傳統問題進行深入探討，使鄉土文學有了比以往更加明確的定義：是臺灣人（居住在臺灣的漢民族及原住種族）所寫的文學。但還有一個前提，即「臺灣的鄉土文學應該是以『臺灣為中心』寫出來的作品；換言之，它應該是站在臺灣的立場上來透視世界的作品。」繼而第一次在文學上明確提出「臺灣意識」：「作

家可以自由地寫出任何他們感興趣及喜愛的事物，但是他們應具有根深蒂固的『臺灣意識』，否則臺灣鄉土文學豈不成為某種『流亡文學』？」[58]這裡「臺灣意識」實際是在省籍和土地內涵之上的理論化表述：「所謂『臺灣意識』──即居住在臺灣的中國人的共通經驗，不外是被殖民的，受壓迫的共通經驗；換言之，在臺灣鄉土文學上所反映出來的，一定是『反帝、反封建』的共通經驗以及篳路藍縷以啟山林的，跟大自然搏鬥的共通記錄，而絕不是站在統治者意識上所寫出來的，背叛廣大人民意願的任何作品。」這樣，界定鄉土文學有了一個更明確的標準──要視其具有「臺灣意識」與否，而原有的非鄉土文學顯然並不合乎這一標準。鄉土文學的界定範圍並未擴大，但其表述卻深化了。事實上，此時的「臺灣意識」還是一個歷史的概念，正像文章的小標題：「『臺灣意識』──帝國主義下在臺中國人精神生活的焦點」，它來源於殖民時期新文學的反帝反封建傳統和現實主義精神，作者將「臺灣意識」定位於此，無疑是借用其歷史性涵義來張揚當下的現實願望。文章對臺灣新文學的傳統作了比以往更深入全面的回顧，但對「臺灣意識」如何體現在戰後的鄉土文學中並沒有任何具體的論證，只是籠統地指出殖民時期新文學的「根本精神仍然由新一代的臺灣作家所承繼；從光復到現在的這三十多年來的此地文學的蓬勃發展，證明了這種精神永不磨滅」。到此，《臺灣的鄉土文學》中「鄉土文學」暗含的階段性意義已經消失。

那麼，「臺灣意識」這樣一個歷史的概念是否完全適應於戰後的鄉土文學、它會不會隨著時代的發展而有所發展變化呢？畢竟，戰後的臺灣社會性質發生了本質的變化，「臺灣意識」也會隨之變化。儘管文章是回顧歷史、書寫歷史，但以歷史喚醒現實的意圖是明確的，或許，「民族的抗爭經驗猶如那遺傳基因，鏤刻在

---

[58] 葉石濤：《臺灣鄉土文學史導論》；「流亡文學」暗指1949年來臺的大陸作家的寫作。以下未標明出處的引文均見於此文。

每一個作家的腦細胞裡，左右了他的創造性活動。」社會性質雖然改變了，但抗爭精神不會改變，只是抗爭對象發生了變化，由帝國主義和殖民者變成了國民黨統治者及其依附者，這應該是作者提倡的戰後「臺灣意識」中反抗精神的實質內涵，但當時作者還不能公開地、直截了當地提出這一點，因而對「臺灣意識」內涵發展變化上的有意無意的略過就顯出了一定的意義。《導論》在強調臺灣的「殊相」的同時，仍將「臺灣意識」闡明為中華文化的一部分：「臺灣獨得的鄉土風格並非有別於漢民族文化的，足以獨樹一幟的文化，它乃是屬於漢民族文化的一支流。縱令在體制、藝術上表現出來濃厚、強烈的鄉土風格，但它仍然是跟漢民族文化割裂不開的；臺灣一直是漢民族文化圈子內不可缺少的一環；因為臺灣從來沒有創造出獨得的語言和文字。」當然，漢民族和漢文化此時已不一定等同於「中國」的概念。《導論》在此規定了鄉土文學不分階段的反抗意識，它被後來的「臺灣文學」概念所沿襲，並提供了後者走向政治論述的可能；而「臺灣從來沒有創造出獨得的語言和文字」的認識，又決定著作者對現代漢語言文字的認同。可以說，此後20餘年中作者臺灣文學論述的一些重要觀點，已經在《導論》中萌生。

《導論》在當時鄉土文學論戰中的又一重要意義是在鄉土文學陣營內部明確了傾向「本土意識」和傾向「中國意識」兩大派別的分野。它的出現直接引發了陳映真的批評。後者從《導論》中發現了葉石濤「臺灣立場」的「很曖昧而不易理解的一面」，即刻意對「臺灣文學之中國的特點」的忽略，以及企圖從殖民地臺灣歷史引申出來的「分離自中國的、臺灣自己的『文化的民族主義』」，並認為「這是用心良苦的，分離主義的議論。」[59]從這時起，原來目標一致對抗官方意識形態的鄉土文學陣營開始出現分化。從這一

---

[59] 陳映真：《「鄉土文學」的盲點》，見《臺灣文藝》雜誌革新二期，1977年6月。

點看，《導論》又是具有明確「去中國化」特質的「本土論述」的開端。

　　走進1980年代，國民黨的威權體制逐漸走向衰落，經過鄉土文學論爭，本省籍作家的生存空間已大大擴展。隨著年輕一代的成長，老一代省籍人士當年被壓抑的狀況已經改觀，移民潮帶來的社會震盪理應逐漸平息，匯入臺灣歷史發展的洪流中去。但是，國民政府遷臺導致的社會震盪的餘波並未隨時間的推移漸漸散去，基於省籍概念的「臺灣意識」不但沒有減弱，而且日益增強。這首先源於民主化運動的興旺，文學上出現對白色恐怖時期真相的披露和反思；政治上反對運動日益高漲，清算國民黨威權政治的時機逐漸成熟。其次是鬱積在反對人士心中的受難情緒一直因多年的政治高壓而無從抒解，從「二二八」直至「高雄事件」，受難的記憶不斷疊加、膨脹，形成強大的壓力。鄉土文學論爭之中和之後的臺灣文壇，回歸鄉土、認同土地的文學觀盛行一時，文學上「臺灣意識」的旗幟自然較以往更為鮮明，其集中體現即為葉石濤的《臺灣文學史綱》（以下簡稱《史綱》）。

　　經過20年的思考和積累，作者不但實現了他寫作臺灣鄉土文學史的願望，而且成為在臺灣書寫從明末到20世紀80年代臺灣文學的第一人。《史綱》在臺灣文學史論述中的地位有目共睹，但它在葉石濤文學觀念發展過程中的位置、它對以往的觀念表述有何種承繼和突破、又對未來觀念的發展形成了怎樣的論述前提也許仍值得探討。它雖然不是一部專門的臺灣鄉土文學史，但明顯承襲了《臺灣的鄉土文學》和《臺灣鄉土文學史導論》的基本觀點並有所發展卻是毫無疑問的。與前兩篇文章一樣，它的產生本身即帶有明確的省籍或本土特徵：是由本土傾向鮮明的雜誌《文學界》的同仁共同倡議、發起，由葉石濤執筆完成的。[60]因此它不但體現葉石濤本人的

---

[60] 葉石濤：《寫在〈臺灣文學史綱〉出版前》：「民國七十二年春，《文學界》的同仁，鄭炯明、陳坤崙、曾貴海、彭瑞金、林瑞明、我和趙天儀、陳千武、陳明台等人有過一

文學觀，而且也是強調本土意識的群體觀念的代表，「其目的在於
闡明臺灣文學在歷史的流動中如何地發展了它強烈的自主意識，且
鑄造了它獨異的臺灣性格。」[61]

《史綱》對鄉土文學的肯定不言而喻，除了以較大的篇幅給予
正面描述外，這種肯定還體現在三個方面：

其一，確立以鄉土文學為臺灣文學正宗的地位，將臺灣鄉土文
學傳統描述為從殖民時期開始到戰後中斷，又到1970年代接續的過
程，並當作臺灣新文學史的主線和主流：「日據時代的臺灣文學其
實就是鄉土文學，」「鄉土文學在七〇年代重新耀登歷史的舞臺，
成為臺灣文學的主流」，「光復所造成的新文學傳統的中斷，五〇
年代的荒廢，並沒有使建立以本土為主的現實主義文學的臺灣作家
的意願因而消退。」「在七〇年代經鄉土文學論爭之後，……日據
時代的臺灣新文學與戰後臺灣現代文學接續，構成貫徹始終的一個
完整的文學體系。」這意味著「非鄉土文學」仍然無法被納入作者
建構的文學體系中，甚至主張「在臺灣的中國文學」的《文學季刊》
的一群也被認為「這些年輕一代的作家跟老作家吳濁流接觸較少，
已經不是樸實、忠厚的老調鄉土文學了。這可能是這些新一代的作
家不太認識臺灣本土意識濃厚的日據時代新文學運動的傳統，而是
著重思考整個中國的命運。」鄉土文學內部被分成不同層次，從中
國角度考慮問題的群體也不在「正宗」之列，《導論》時期出現的
意識分野繼續擴大，鄉土文學概念的絕對化和封閉性已顯露無疑。

其二，是對1950—60年代大陸來臺作家的文學活動以表現與認
同臺灣與否為標準，基本上持武斷的貶抑態度：「五〇年代、六〇
年代的大陸來臺作家的作品，很少描寫臺灣農民和勞工的生活現

次集會，咸認為臺灣文學史的撰寫是目前最重要的工作，必須群策群力，採用集團寫作
方式去完成，……之後，我從這幾位同仁手中陸續拿到堆高如山的影印資料。」見葉石
濤：《走向臺灣文學》，臺北：自立晚報文化出版部1990年版，第173頁。
[61] 葉石濤：《臺灣文學史綱・序》。以下未標明出處的引文均見於《史綱》。

實，即使他們描寫了農民和漁民也只限於大陸的原鄉，而且來臺作家都是依附權力機構謀生的，[62]……由於缺少了知識和經驗，他們所描寫的原鄉勞動人民的形象既模糊又不明確，他們不懂人間疾苦。」「五〇年代和六〇年代的文學傾向，跟臺灣、中國以及整個世界的現代文學思潮脫離，不但未能發揚民族性格，反而增加臺灣人民的迷惘和挫折。這違背了文學是反映人生的根本命題。在臺灣必須建立嶄新的文學觀念，而唯有落實在臺灣民眾現實生活的鄉土文學，才是能滿足臺灣民眾的精神食糧。」通過這樣的表述，大陸來臺作家首先被劃歸為與臺灣民眾相對立的階層，以此推斷他們不能或沒有資格反映臺灣現實，他們對臺灣文學的貢獻因此得不到應有的評價。

其三，繼續以土地為中心，褒揚現實主義；對西方現代主義的態度則較為含混，一方面將其視為「無根與放逐」的一代用來彌補傳統的缺失和與土地脫離的替代物，「與臺灣文學傳統格格不入」；一方面又認為西方現代主義有某種「前瞻性」和「嶄新思想」。這應與作者在創作上追求藝術性有關，當現代主義作為外來思潮被看作與鄉土文學對立時，它就受到貶抑；當它作為一種藝術表現方式時又得到肯定。如果將這一點與作者在創作上隱含的矛盾相連繫，可以發現它們之間的一致性和葉石濤因不同身分而持有的不同觀點。作為小說作者，他不能忘懷純粹的藝術表現；作為批評者和文學話語生產者，他需要剪裁對象以實現傳達特定觀念的目的。

作者對鄉土文學的辯證態度似乎也可作為佐證：「過分注重本土現實及社會性觀點的文學，難免也會產生一些弊端；亦即失去較寬廣的、世界的立場來分析鄉土問題的巨視性看法，以及歐美現代文學嶄新思想的吸收和容納。」只是在大力弘揚鄉土文學的當下，

---

[62] 部分外省作家受到國民黨殘酷迫害的事實在這裡完全被忽略。

這種辯證思維顯得異常無力，且並未在此後的臺灣文學論述中受到重視。《史綱》出版前不久的1984年，葉石濤曾作《七十年代臺灣文學的回顧》，其中大部分內容和段落均收入《史綱》，但在有關鄉土文學如何表現本土歷史的相同段落裡，兩者卻有相當大的論述差異。前者就部分鄉土作家對歷史的執著有這樣的評價：「文學是反映普遍人性的，過分根據歷史來取捨題材，將使臺灣作家走進拔腳不得的泥沼，路也就愈走愈窄了。臺灣歷史本來就是整個中國和人類歷史的一部分，必須從巨視性的立場來看待臺灣歷史，才會使臺灣文學堅強的本土性性格不至於走火入魔。」[63]及至後者，取代上述評價的則是對本土作家普遍採取相同的歷史表現結構的理解，認為「光復以來的某種政治性重壓還沒有消失，所有作家儘量避免把題材取自於戰後生活的現實」，[64]試圖表明作家的題材選擇完全是不得已而為之。這種觀點的修正是顯而易見的，即在最大限度上做出有利於對鄉土文學的肯定式論述，過去在他看來明顯的弱點，現在也已變成歷史的必然。

　　《史綱》對《臺灣的鄉土文學》和《臺灣鄉土文學史導論》的重大突破是以「臺灣文學」稱謂取代「鄉土文學」的命名。[65]這也是將臺灣新文學傳統與1970年代鄉土文學的繁盛連繫起來之後得出的結論：既然殖民時期「臺灣的作家們一向把自己所建立的文學稱為臺灣文學」，那麼繼承臺灣新文學傳統且已獲得迅猛發展的1970年代鄉土文學承襲這一稱謂也是順理成章之事。但是這一概念如不加特別說明和界定則容易在使用中產生某種混亂。《史綱》有這樣

---

[63] 葉石濤：《七十年代臺灣文學的回顧》，見《沒有土地，哪有文學》，第48頁。

[64] 葉石濤：《臺灣文學史綱》，第152頁。以下未標明出處的引文均見於本書。

[65] 1990年代的葉石濤提出當年「鄉土文學」的稱謂其實是權宜的辦法：「由於政治主權的模糊和未定位，戰後臺灣文學有漫長的時間為了逃避政治性迫害，只好以鄉土文學的名稱屈就，猶如一條不見天日的地下水脈。八十年代臺灣邁入多元化社會以後，臺灣文學才得名正言順的確立了它的歷史性位置。」見葉石濤：《不完美的旅程》，臺北：皇冠出版社1993年版，第165頁。但1965年發表《臺灣的鄉土文學》時，葉石濤是否有明確的將「鄉土文學」稱謂發展為80年代出現的「臺灣文學」的意識是很值得懷疑的。

的論述：「鄉土文學的發展，變成名正言順的臺灣文學，且構成臺灣文學的主流」；「一進八〇年代，鄉土文學的名稱已被丟棄，改稱為臺灣文學」；「進入了八〇年代的初期，臺灣作家終於成功地為臺灣文學正名，公開提倡臺灣地區的文學為『臺灣文學』。」不難發現這裡的「臺灣文學」論述有兩種不同的涵義，一是「臺灣地區產生的文學」，一是「臺灣的鄉土文學」。按照作者的上述論述，後者可能是前者的一部分，也可能完全等同於前者。從《史綱》的論述內容看，「臺灣文學」指的是臺灣地區產生的文學，既包括殖民時期新文學，也包括戰後鄉土文學和大陸來臺作家的文學活動；但在具體論述，特別是關於鄉土文學的論述中，「臺灣文學」常常特指鄉土文學。這就有可能在論述的含混中有意無意地將參與臺灣文學發展的非鄉土文學摒除於臺灣文學概念之外，使概念內涵窄化，導致封閉和排他。這一點已被此後激進的臺灣文學論述所證明。即便是「臺灣文學」的第一種意義，即「臺灣地區產生的文學」，《史綱》賦予的涵義也與大陸方面在中國文學的大範疇中所稱的「臺灣文學」略有不同，更強調與大陸文學的差異，並儘量淡化作為地方文學的色彩，這在《史綱》對以大中國視角考察臺灣文學的《文季》派作家的微妙態度中不難發現。無論「臺灣文學」的哪一種涵義，其命名意義都十分重大，它直接提升了論述對象的理論層次，賦予對象以相當的話語權力；其涵義的含混也為未來不同論述的各自發展提供了空間，含混中褒揚「本土性」的意識卻並不含糊。

　　《史綱》是臺灣文學論述發展中的重要標誌，它總結了解嚴以前有關鄉土文學的諸多論述，概括了臺灣文學史上的各種現象，其認識代表了當時臺灣文學論述的深廣程度。就葉石濤個人的理論批評生涯而言，《史綱》也是以往觀念的集大成者。更有意義的是，《史綱》的出版恰逢解嚴，客觀上宣告了一個論述時代的結束和新的論述時代的開始。

以解嚴為標誌，葉石濤的臺灣文學論述進入了一個新的階段。政治高壓一旦解除，臺灣政治思想文化界開始形成多元的、眾聲喧嘩的態勢，一些以往難以直接傳達的思想觀念和諱莫如深的歷史事件紛紛浮出水面，對各類觀念意識的論爭和反撥幾成風尚。有著深重受難經歷和受難意識的本省籍文學家有了更多的可能和機會回顧歷史、展望未來，建構更能代表他們最新意識的臺灣文學創作和理論框架。解嚴後的葉石濤儘管並未再次推出類似《史綱》的文學史著述，卻在眾多回憶、雜感和批評文章中繼續他對臺灣文學的一向關懷，一些觀點在《史綱》的基礎上有所發展、深化和修正，這無疑與解嚴後的社會環境密切相關，並且標明了葉石濤臺灣文學論述的又一個階段性特徵。不過，由於這些文章多數屬於散論性質，有時頗具感情色彩，論證的嚴密性和概念的清晰度仍然受到影響，內在的矛盾性和與以往論述的衝突之處也比較常見，體現了「思考和感性之間的互動和掙扎」。[66]

在這一階段的臺灣文學論述中，臺灣文學概念的內涵相對集中，更多地表現為對前述第二種涵義的發展，但時有更加激進的、本質的變化，由文學論述走向政治論述。它仍然被看作是從殖民時期臺灣新文學經1970年代鄉土文學繁盛局面至今的、具有強烈「本土性」和「自主性」的文學，與「臺灣意識」和土地情懷密切相連。無論是《開創臺灣文學史的新格局》還是《〈臺灣文學史〉的展望》[67]均在這一涵義上展開論述。政治意識十分明顯的《撰寫臺灣文學史應走的方向》又向前邁進一步，將「臺灣意識」加入了「認知臺灣是獨立自主的命運共同體」的成分，將臺灣文學描述為「就是紮根於這臺灣意識，跟臺灣民眾打成一片，描述在外來民族的壓制下艱辛地生存下來的臺灣民眾生活的文學。」[68]以往的非

---

[66] 葉石濤：《展望臺灣文學‧自序》，臺北：九歌出版社1994年版。

[67] 二文均見葉石濤：《臺灣文學的悲情》，高雄：派色出版社1990年版。

[68] 葉石濤：《撰寫臺灣文學史應走的方向》，見葉石濤：《臺灣文學的困境》，高雄：派

鄉土文學和非省籍文學已經完全被摒除於臺灣文學之外。由於臺灣是「獨立自主的命運共同體」，臺灣文學也就成了「世界文學的一環，而不是附屬於任何一個外來統治民族的附庸文學。日據時代的臺灣新文學決非日本的『外地文學』，也並非日本文學的延伸。戰後的臺灣文學也絕非中國文學的一環，隸屬於中國文學。」[69]這一結論不但同「臺灣文學是中國文學的一環，但有其特殊性」的既往論述截然相反，而且將國民政府劃歸為「外來統治民族」，與殖民主義者相提並論。這種論證方式在這一階段的論述中時常可以見到，即首先將國民黨統治等同於「外來的」殖民統治，[70]再引入自主的、反抗壓迫的臺灣文學概念，使之成為推翻統治者的「臺灣人解放運動中最重要的一環」，而「臺灣人的解放運動中，首要的任務在於政治環境的改革，爭取臺灣人在政治上的當家作主。」[71]臺灣文學也就成了某種政治理念的代名詞，從文學論述轉變為政治論述。單就反抗統治者而言，如此論述有其合理性，但如果將統治者限定為「外來者」（卻又不僅是異族殖民者），如此論述終將面臨危機，滑向自我解構之路：當「臺灣人當家作主」、「外來者」不再是統治者的時候，臺灣文學又該反抗誰、它的反抗精神又該體現在何處呢？這也說明，標榜反抗的「臺灣文學」政治論述並非以建立合理公正的社會為鵠的，而是以掌握權力（包括話語權力和現實政治權力）為目標。

　　服務於這種觀念的質變，作者的論述時常將臺灣的「自主意識」，特別是「擺脫大陸影響」的「自主意識」，與殖民時期臺灣

色出版社1992年版，第15頁。

[69] 葉石濤：《撰寫臺灣文學史應走的方向》，見《臺灣文學的困境》，第14頁。

[70] 這與陳芳明在《臺灣新文學史》（《聯合文學》雜誌第178－180期，1999年8－10月；第183－185期，2000年1－3月；第187期，2000年5月；第191期，2000年9月；第197－200期，2001年3－6月；第202期，2001年8月）中將殖民時期臺灣社會稱為殖民時期、將國民黨統治時期稱為「再殖民」時期，將解嚴後稱為「後殖民時期」的說法相吻合。《臺灣新文學史》2011年由臺北聯經出版公司出版。筆者的本節論述完成於2002年。

[71] 葉石濤：《撰寫臺灣文學史應走的方向》，見《臺灣文學的困境》，第16頁。

民眾反抗日本殖民者、追求民族自覺的抗爭混為一談，以證明這種意識由來已久。如論及「決戰時期」臺灣作家時有這樣的歸納：他們「已不同於白話文作家，較有自主獨立的臺灣意識，擺脫了來自大陸的影響，確立了臺灣文學是屬於臺灣人的文學這一清晰的觀念。」[72]再有：「在五〇年的日本殖民時期的統治中臺灣民眾成功地培養了脫離大陸母體的自主意識。」[73]這種論述十分令人費解，殖民時期臺灣民眾萌生自主意識反抗殖民者，那是因為他們被迫與祖國分離；如果說他們「擺脫了來自大陸的影響」，「成功地培養了脫離大陸母體的自主意識」，那麼與大陸的分離就成了自覺的、主動的行為，這顯然有悖於史實。

　　如此激進、隨意的論述其實並不是葉石濤這一階段論述的全部，確切地說，它們是作者本時期論述的一個方面，與此同時或前後的其他表述仍延續原有的思維軌跡。關於1940年代及以前「中國意識」和「臺灣意識」的關係問題，作者仍主張臺灣意識源於中國意識：「在日人統治下，臺灣民眾以中國意識武裝自己，形成全島性社會團結的意識。」「日據時代的臺灣民眾的抗日活動，其精神的原創動力都源自於廣泛而深刻的中國意識。」「我們不得不發現臺灣意識其實是中國意識的另一個層面，因為臺灣民眾所繼承的是傳統的漢人文化。」即便是二二八以後的臺灣作家，「縱令他們有更強烈的地方意識，……但他們未曾越軌，把臺灣文學看作為脫離中國文學之外的文學。」[74]這與激進論述的衝突至為明顯。在談到兩岸文學交流時也有這樣的說法：「由於大陸十年的文化大革命使得那時期的大陸文學出現了巨大的斷層，幾乎沒有任何作品存在。臺灣文學剛好是填補這時期中國文學空白的唯一代表。」[75]這又與

---

[72] 葉石濤：《四〇年代的臺灣日文文學》，見《臺灣文學的悲情》，第49頁。

[73] 葉石濤：《臺灣，一個共同命運體》，見《臺灣文學的悲情》，第106頁。

[74] 葉石濤：《接續祖國臍帶之後》，見《走向臺灣文學》，第13、35、36、22頁。

[75] 葉石濤：《日據時代、戰後初期的兩岸文學交流》，見《臺灣文學的悲情》，第62頁。

臺灣文學屬於中國文學一環的論述相吻合。

　　上述相互矛盾的兩極為何幾乎同時出現在解嚴後葉石濤的臺灣文學論述中？這仍然要從解嚴後的臺灣社會思潮中尋找主要原因。儘管國民黨的威權統治從1970年代後期開始逐漸鬆動，但只有解嚴和「黨禁」、「報禁」的解除真正意味著思想言論的自由和反對運動的合法化。長期深感壓抑的本省籍人士看到了「臺灣人出頭天」的希望，從社會各個領域開始爭取權力的鬥爭。激進的「本土化」臺灣文學論述也產生並服務於這一社會潮流，原有的文學論述遂發生扭曲、裂變，匯入政治論述。「解嚴的確是一道關卡，它給臺灣文學最大的衝擊，便是政治傾向的臺灣文學之明朗化」，「作家政治立場與政黨認同，完全取代了臺灣文學的文化意圖，並改變了臺灣文學的質料。」[76]身為激進論述者集中的「南派詮釋團體」[77]的核心人物，葉石濤的激進論述似不足怪。但這只能說明作者激進論述產生的主要原因，仍不能說明論述兩極的矛盾性，況且，在該詮釋團體中，葉氏的激進論述是比較零散和溫和的。

　　不妨再次從個體方面進行考察。論述矛盾的存在除了篇章零散、不成系統的技術性原因和疏於論證、隨意性較強的表述方式[78]外，根本原因在於作者思想本身存在矛盾，即在本質上葉石濤不是一個徹底的激進論述者，他仍然在一定程度上認同原有的論述，雖然總體上向激進論述靠近，但並未完全將文學論述匯入政治論述，因此他搖擺於論述的兩極之間，時而激進，時而平和。有證據表明這一點：1990年代，激進論述的主要表現之一是「臺語文學

---

[76] 游喚：《八〇年代臺灣文學論述之變質》，見《當代臺灣文學評論大系·文學現象卷》，第240、266頁。

[77] 指主要居住於臺灣南部的文學論述者葉石濤、彭瑞金、高天生等，他們與「北派」的陳映真、王曉波等形成觀念的對壘。參見游喚：《八〇年代臺灣文學論述之變質》。

[78] 葉氏自稱「我是個比較感性而富有情緒的人，浪漫的幻想多於嚴密的思考。我一輩子缺少知性和思想性是不可否認的。」葉石濤：《沉痛的告白》，見《一個臺灣老朽作家的五〇年代》，第11頁。這倒不全是夫子自道，在他不同時期的論述中都能發現某些矛盾和隨意之處。

運動」，主張「臺語」是獨立於漢語之外的另一種語言；創作「臺語文學」更能表明臺灣文學的非中國性質。葉石濤並不認同這種表述，在1997年「臺灣現代小說史研討會」上的專題演講中，他肯定了臺灣文學先輩作家黃得時在1943年對臺灣文學範疇的開放性論述，並談到「我以為臺灣文學由於多種族共同創作的關係，必須擁有『公用語文』；那便是中國白話文和中國古文。」[79]它表明作者對文學本位而不是政治主張的認同。當然，也許還應注意到這一認同背後的其他因素。在葉石濤所屬的「南派詮釋團體」中，不少人持相當激進的論述立場，但幾位核心人物，如鍾肇政、李喬、彭瑞金等，其客家人身分使他們並不認同所謂「臺語文學」，而傾向於以中國白話文為臺灣的共同語文，[80]在語言問題上暫時拋開政治論述。與他們關係密切的葉石濤也可能受到這一團體共同傾向的影響，他對中國語文的認同可能有文學本位之外的微妙原因。

這不由得令人再次聯想到作者文學寫作上的矛盾性。配合理論批評的本土意識，葉石濤大力弘揚批判現實主義和反抗意識，主張描寫土地和下層勞動人民，同時又強調寫作要反映人性。他自己的寫作也常常帶有濃重的知識分子情調，十分注重作品結構和藝術氛圍的經營。他不止一次表示在寫作上較認同擅長表現小知識分子感傷情懷和猶疑、徘徊心境的前輩作家龍瑛宗，「因為他具有現代人知識分子的氣質，和敏銳的思考，在那時代是獨樹一幟的罕有的資質，臺灣新文學因他的出現而開闢了更前衛、更深刻的境界。」[81]這也正是葉石濤的文學追求，與他的理論主張有一定的距離。「我是帶有濃厚的社會主義傾向的新自由主義者。說穿了自由主義似乎

---

[79] 葉石濤：《臺灣文學的多種族課題》，見陳義芝編：《臺灣現代小說史綜論》，臺北：聯經出版公司1998年版，第11頁。類似論述還可見於葉石濤：《臺灣文學五十年以後的新方向》，收入江寶釵編：《臺灣的文學與環境》，嘉義：中正大學1996年版。

[80] 參見林央敏：《臺語文學論戰始末》，收入林央敏：《臺語文學運動史論》，臺北：前衛出版社1997年版。

[81] 葉石濤：《苦悶的靈魂——龍瑛宗》，見《走向臺灣文學》，第113頁。

是屬於資產階級或小資產階級的意識形態，常是搖擺不定，夾在極端的意識形態中痛苦掙扎的夾心餅乾」。[82]或許還是葉石濤的這段自述最能說明這種複雜、矛盾的文學性格。

葉石濤半個多世紀的文學生涯，從戰前寫作的浪漫情懷，經戰後批判現實主義文學觀的確立，到鄉土文學理論的建樹，再到臺灣文學概念及其不同內涵的衝突消長，走過了一條充滿矛盾、猶疑和抗爭意識的艱辛之路。在重點考察其臺灣文學論述變遷之時，他的文學寫作成為印證其藝術追求和論述矛盾的部分根據；而不論是寫作還是文學論述的矛盾性都是臺灣社會變遷和個人氣質與體驗的綜合產物，它反過來也成為臺灣文學乃至社會現象和特質的一部分。作為一個跨越時代的文學家，他是臺灣文學思潮的記錄者、表現者、參與者甚至創造者之一，1960—90年代，臺灣文學思潮的發展與他個人文學論述的發展幾乎同步，這就決定了對葉石濤文學論述的考察是認識臺灣文學論述發展的重要部分。

十分明顯，從1960年代的「鄉土文學」到1970年代的「臺灣意識」再到1980年代的「鄉土文學等於臺灣文學」，葉石濤的論述是一個不斷提升臺灣本土（省籍）文學的重要性，最終確立其為臺灣文學正宗的過程，也是一個建構「臺灣文學」話語的過程。這一過程從為臺灣本土文學爭取生存權和發展權始，到具有明顯的權力意識和排他性，其話語性質逐漸增強，到1990年代甚至時時淪為政治論述，而使它的建構者也迷失於文學論述和政治論述的糾葛中。與熱衷於將文學論述轉為政治論述以服務於政治目的的徹底的激進論者不同，葉石濤有為臺灣本土文學爭取生存權和發展權的強烈意識，又無法拋開文學本位，認同文學論述的徹底政治化，其猶疑和矛盾呈現出論述沒有徹底政治化的必然狀態，這種狀態已經成為臺灣文學論述發展至今累積下來的合理性、複雜性和偏狹性的綜合體現。

---

[82] 葉石濤：《青年時代》，見《一個臺灣老朽作家的五〇年代》，第49頁。

上述文學論述無論改寫還是演變，其背後的社會政治動因相當清楚。不過，以追求權力為目標的「本土化」論述在「翻身」的願望已經成為現實[83]的情況下如何修正論述中原有的「在野」色彩，如「反抗意識」等，倒是值得關注的問題。「反抗意識」的目標其實早已轉移，從國民黨統治轉移到大陸中國，但在瞬息萬變的當今臺灣社會，「本土化」論述會怎樣發展還難以預測。文學論述如此受制於社會政治，也為臺灣文學研究帶來了相當大的阻礙。

第三節　兩岸臺灣文學史寫作中的想像構成

　　當今，想像已被賦予重新認識、闡釋甚至構建歷史、社會的權力，並形成歷史敘述實體和新的想像的基礎；或者反過來說，人們已經開始把各種敘述歸結為想像的產物。這樣做直接的好處是，敘述者獲得了更大的自由和權力，敘述成為開放不居的、在參與歷史的過程中意義增殖的文本，因而歷史的生命也得以在不斷的想像中延長。歷史想像當然難以擺脫既往歷史敘述（文本）的壓力，但其根本意義在於對既往敘述的再定義和再處理，以符合敘述者當下的需要並重塑文本。新材料的補充所帶來的意義增殖是顯而易見的，但在相反情況下，彰顯、遺忘或改寫某些既有敘述常常是再定義和再處理的常用方法，而起決定作用的則是敘述者的動機和立場。自臺灣文學研究在海峽兩岸萌發之際，臺灣文學史寫作的想像歷程即已開始，所歷經的時空已足以呈現想像的基本面貌和變化軌跡，因此這裡選取兩岸自20世紀80年代以來不同時段寫作的各三部臺灣文學史，包括臺灣出版的《臺灣文學史綱》、《臺灣新文學運動40年》、《臺灣新文學史》，[84]以及大陸出版的《現代臺灣文學

---

[83]　激進的「本土論」者並不滿足於「翻身」。

[84]　《臺灣新文學史》，陳芳明著，臺北：聯經出版公司2011年版。大部分章節最初發表於《聯合文學》雜誌1999-2002年，第178-180、183-185、187、191、197-200、202、

史》、《臺灣文學史》、《簡明臺灣文學史》[85]，把它們當作想像臺灣文學的不同立場和方式的抽樣，考察文學史想像的成因、寫作者想像變異的表徵和運作軌跡，分析不同的文學史想像對現象的彰顯或遺忘，以及這些行為的動機和效果。

空間的分野已將上述文學史寫作區隔為兩大類敘述文本，即臺灣文本與大陸文本。[86]雖然指出這一點可能引發關於意識形態對立的聯想，但這不僅出於論述的方便，也符合文本自身的指向。在文學史想像過程之初，兩類文本的差異並不明顯；隨著想像過程的延伸，兩者在立場和史觀上的分野日趨明顯，甚至截然對立。[87]上述文本在兩岸研究的各個階段均具有相當的代表性，特別是臺灣文本，幾乎囊括了除70年代的《臺灣新文學運動簡史》和50年代的《臺灣新文學運動概觀》之外的全部有影響的臺灣文學史寫作。[88]橫的方面，這些文本的出版時間幾乎一一對應，可以顯示同一時段兩岸想像的對比和差異；縱的方面，它們又各自形成鏈條，表明自身前後的想像變化。

在文學史寫作中，寫作者需要通過對歷史資源的選擇、取捨和剪裁來展示史觀和想像中的歷史面貌，來影響讀者對歷史的認知並重塑歷史。因此，彰顯、遺忘和改寫等處理手段必然呈現出寫作者

207、208期。本節寫於2004年，所依據的是《聯合文學》連載版。

[85] 白少帆等主編：《現代臺灣文學史》，瀋陽：遼寧大學出版社1987年版；劉登翰等主編：《臺灣文學史》，福州：海峽文藝出版社1991－1993年版；古繼堂主編：《簡明臺灣文學史》，北京：時事出版社2002年版。

[86] 如此表述服務於論述的方便。事實上，臺灣島內的敘述立場同樣存在很大差異，有的和大陸文本並無明顯區別。對上述三部臺灣文本來說，用「本土文本」概括之更為適宜。

[87] 1980年代的大陸文本大都受到臺灣文本，如《臺灣新文學運動簡史》、《臺灣文學史綱》的影響，在敘述者立場、文學史分期、作家作品評價方面大體一致，《現代臺灣文學史》甚至被稱為「葉石濤『史綱』的大陸版」，見黎湘萍：《文學臺灣》，北京：人民文學出版社2003年，第10頁；而《簡明臺灣文學史》的主要寫作動機就是反駁《臺灣新文學史》（1999－2002）的文學史觀。

[88] 近年又有兩部文學史論出版：孟樊：《文學史如何可能？——臺灣新文學史論》，臺灣揚智文化出版公司2006年版；陳建忠等：《臺灣小說史論》，臺灣麥田出版公司2007年版。它們的影響力尚在觀察中。

的再評價和重寫歷史的欲望。僅就寫作中的「遺忘」現象而言，已有研究者做出了某種說明。[89]通常，「遺忘」涉及兩種情況，一是由於對文學史現象的陌生、對材料的不熟悉、對對象價值認識模糊等導致的敘述缺失，大陸文本普遍存在的對「日據時代以日文為寫作媒介的文學作品缺少全面認識」，[90]就屬於這種「遺忘」，本文稱之為「被動遺忘」；二是基於現實需要、個人或集團的特定立場而做的有意塗抹，或可稱為「主動遺忘」，它往往和改寫連繫在一起，構成想像的不同形態。

上述三部臺灣文本存在一些共同的特點。首先，它們都產生於1980年代中後期開始的臺灣文學研究迅速擴展和深化的進程中；第二，它們的作者均為強調本土意識的敘述者，雖然本土立場的表述經過了一個過程。鑑於這些文本幾乎能夠代表20年來在臺灣有影響的文學史論述，可以發現本土寫作者書寫歷史的熱衷和對文學史話語的掌控欲望；第三，它們都通過遺忘、修正或改寫實現了對以往歷史敘述的再度想像；而再度想像的方向也基本一致，即逐漸趨向激進，建構本土化文學史觀，雖然程度各不相同。作為這些文本再度想像的重要參照，《臺灣新文學運動概觀》和《臺灣新文學運動簡史》這兩部文學史敘述其產生雖相距20餘年，但基本敘述仍保持一致，以戰前的臺灣文學敘述而論，後者基本沿用了前者及相關史料的表述，沒有形成再度想像。

臺灣文本的再度想像是從對臺灣新文學運動和張我軍的認識評價[91]開始的。《史綱》的再想像程度相對較低，仍然十分明確地肯定大陸社會文化運動對臺灣的重要影響：「從甲午戰爭到戊戌變法運動以至辛亥革命，新中國走向近代化的動向和步驟，都影響到臺灣。」「大陸的文化運動給臺灣帶來強大且正式的影響，當推五四

---

[89] 黎湘萍《文學臺灣》「導言：被『遺忘』的『浪漫』」即涉及「遺忘」問題。

[90] 同上，第12頁。

[91] 關於對張我軍評價的改變見本章第一節。

運動的發軔。五四運動的語文改革主張，使臺灣真正覺醒，產生規模宏大的抗日民族文學——臺灣新文學運動的展開。」[92]但明顯地不再繼續《概觀》和《簡史》對新文學運動的定位，即臺灣新文學為大陸新文學的一支流，這表明對臺灣新文學基本性質的看法發生了一定的改變。更清晰的再度想像出現在《臺灣新文學運動40年》中。該著的論述中心是戰後臺灣新文學運動，但為了尋找本土意識的歷史資源而將殖民時期臺灣新文學運動作了有選擇的表述，涉及臺灣與大陸文化和文學密切連繫的歷史敘述紛紛被主動遺忘，「大陸」或「中國」的字眼絕少出現，白話文的來歷也語焉不詳。「擊發臺灣新文學運動的原因極為複雜，不過，來自文學本身的覺醒，接受臺灣內部政治的、社會的、文化的求變求新的徵召仍是最主要的。」[93]

　　直至2011年方結集出版的《臺灣新文學史》按照作者的說法，是試圖建立「後殖民史觀」，而後殖民主義者「非常重視歷史記憶的再建構」，[94]這一點在該文本中有充分的表現。文本延續《史綱》和《40年》的想像脈絡，繼續強化本土史觀，明確表示對「中華沙文主義、漢人沙文主義」等大敘述的瓦解欲望，其核心是以「邊緣的立場」「抗拒中國的霸權論述」，[95]以建立新的主體或中心，顯示出更清晰、更理論化的想像衝動。「重新建構臺灣文學史」的直接動機是源於「臺灣文學主體的重建」受到大陸中國對臺灣的「虛構的想像」的「嚴厲的挑戰」，因此這一文本也可以看作是對大陸文本的直接對抗。[96]作者將1917年俄國革命、1918年一次

---

[92] 《臺灣文學史綱》，第20頁。

[93] 《臺灣新文學運動40年》，第11頁。

[94] 《臺灣新文學史》第一章：「臺灣新文學史的建構和分期」，見《聯合文學》第15卷第10期，1999年8月。

[95] 魏可風：《站在邊緣的觀察者——陳芳明談〈臺灣新文學史〉》，見《聯合文學》第15卷第10期，1999年8月。

[96] 但作者忽略或遺忘了那些構成「嚴厲的挑戰」的大陸文本，如《現代臺灣文學史》和《臺灣文學史》等，其基本觀點和史料運用與《臺灣新文學運動概觀》和《臺灣新文學運動簡史》並無二致的事實，而使再度想像的重心落在以臺灣論述取代中國論述上。

大戰後的民族自決思想和1919年五四運動並列為影響臺灣新文學運動的因素，以弱化以往非本土化論述對五四影響的強調，以至這一影響被表述成一個有爭議的問題；對臺灣新文學運動重要人物如陳端明、黃呈聰、黃朝琴的論述，更傾向於普及文化、培養「民族性」的一面，而不是借鑒大陸經驗的一面；張我軍並沒有被遺忘，但其「最大貢獻便是破除舊文學的迷障，建立新文學的信心」，對五四新文學的介紹成為「從事破壞的工作之餘」的活動，其「主流支流」說成為「時代限制」，是「全然忽略了臺灣是屬於殖民地社會的事實」的產物。和《40年》不同，《臺灣新文學史》對妨礙本土史觀建構的重要史實和歷史人物並未主動遺忘，而是從建構史觀的需要出發重新想像歷史，通過強調事物的一面和貶抑另一面的方式修正既往論述，建立新的想像。由於明確表達的再建構雄心和宏大的理論架構，這一文本比前兩部臺灣文本具有更明顯的「大敘述」特徵，雖然「大敘述」正是作者申明要瓦解的。

　　三部臺灣文本彰顯臺灣意識和本土史觀的願望促使它們為這一目標尋找適宜的歷史資源。或許可以說張我軍的作用之所以被弱化正因為他作為歷史資源的不適宜性，而在臺灣話文論爭中突出臺灣話文的優勢則是因為有助於從歷史的角度彰顯臺灣意識的源遠流長。《史綱》將臺灣話文視作「本身逐漸產生和建立自主性文學的意念」；《40年》將其與「民族文學的確立」直接連繫到一起；《臺灣新文學史》中，臺灣話文由於能夠解決文學「為誰而寫」的問題而得到充分肯定，相應地，白話文的地位有所下降：「白話文只是整個臺灣語文改革的主張中的一支」，「中國白話文並非唯一的介紹對象」，「無論是主張中國白話文，或羅馬字，或臺灣話，最後都未能阻擋日本語的強勢地位」[97]等論述把白話文從被大力推廣而直接決定了臺灣新文學基本語言文字形態的地位降至與其他

---

[97] 《臺灣新文學史》第二章，見《聯合文學》第15卷第11期，1999年9月。

語言文字形態作用相仿的地步，並將殖民者對白話中文的強行禁止改寫成後者與羅馬字、臺灣話一樣被強勢語言所征服。在上述想像中，以「大眾」和「臺灣」的名義，白話文的「中心」地位被瓦解。

正像臺灣話文能夠被想像為「自主性文學的意念」一樣，從殖民時期發展到1970年代鄉土文學運動的本土寫作無疑也是極為適宜的歷史資源。《史綱》從鄉土文學到臺灣文學的論述已如前述，其中的認知在另兩部臺灣文本中都得到了繼承，雖然各自的論述內容都涉及「非本土文學」；《臺灣新文學史》稱「凡是發生在臺灣的，都應該是臺灣文學史的一部分」，但三部臺灣文本作為概念使用的「臺灣文學」往往只有本土文學的涵義，在具體論述中常特指臺灣鄉土文學或本土文學。這種命名直接提升了論述對象的理論層次，賦予對象以相當大的話語權力，實為本土文學想像的重大突破。這種想像的發展使《40年》幾乎成為一部本土文學運動史，並連繫到臺灣文學的解釋權問題。[98] 為淡化本土文學與大陸的連繫，即便是被肯定的光復初期來臺大陸文人與臺灣文人的合作，也刻意強調來臺者對臺灣的無知和兩岸間的隔膜，直至「彼此之間已經沒有交合點可言」；對於非本土文學，《40年》相比《史綱》大大壓縮了論述篇幅，擴展了已有的一些負面表述，以絕對的本土、非本土劃分尺度和對土地的忠誠度界定文學，決定貶抑或褒揚的想像表述，形成了明確的正統／非正統、本土／非本土的二元對立，鄉土（本土）文學已通過論述從知識走向信仰，固定為神聖不可冒犯的歷史資源。《臺灣新文學史》由於建立了從殖民時期到解嚴的全部殖民／被殖民架構，本土／非本土的二元對立已演變為「本土」和「中國」的尖銳衝突，使戰後臺灣文學成為抵抗「中華民族主義」的「去殖民」文學。至此，臺灣文本的本土想像達到高潮。

---

[98] 《臺灣新文學運動40年・序》：「若以臺灣文學記錄臺灣民族成長經驗的角度進行思考，我堅持臺灣文學的正字解釋權還在臺灣作家或臺灣文學史家的手裡」。顯示出某種想像焦慮，即認為非本土想像可能妨礙或阻斷本土想像，使後者喪失言說歷史的可能。

1980年代大陸學界開始出現想像臺灣文學的可能性，但可以利用的卻是臺灣學界累積的資源，因此大陸文本形成之初即帶有明顯的臺灣文本影響的痕跡，這也是《現代臺灣文學史》被稱作《史綱》的大陸版的原因之一。由於當時兩岸關係和臺灣社會內部變化仍均相對穩定，大陸文本與臺灣文本甚至顯示了某種想像的重合和結盟，它們共同的意識形態敵人是曾經被打敗和將要被打敗的國民黨政權。[99]《現代臺灣文學史》不但在分期上與《史綱》類似，其馬克思主義史觀也和後者的左傾立場相仿；二者對文學思潮、作家作品的評價也有大體一致的標準，即肯定、讚美寫實主義，懷疑現代主義；在現代主義和鄉土文學論戰的論述上毫不猶疑地站在寫實和鄉土一邊。但兩岸立場的差異已經浮現：大陸文本無可懷疑的大中國文化政治立場和統一理念決定了文學史想像與國家想像的合流，[100]文學史的編寫應「給祖國統一大業帶來積極影響」。[101] 在這樣的前提下，臺灣文學的性質完全不是問題，符合這一前提的臺灣文本《概觀》和《簡史》的觀點被全盤接受。與此同時「主流支流說」已從《史綱》中悄然隱去。而兩岸文本表相的類似也並不一定意味著動機的相同，以寫實主義為例，《現代臺灣文學史》的想像與此前大陸通行的文學史寫作相同，均受馬克思主義唯物史觀和反映論的影響，強調文學反映現實社會，關注社會問題；相反，所謂脫離現實的文學直到《現代臺灣文學史》寫作之時一直在大陸現當代文學史上居於尷尬的地位，因此對臺灣寫實文學的肯定更多地出於文學史思維的慣性和傳統。反觀臺灣文本，肯定寫實主義側重在它的草根性、本土性和民間色彩，這一特性既可滿足建構本土文學傳統的需要，又能用來對抗外省政權代表的官方意識形態。對現代

---

[99] 在批判「反共文藝」的時候，兩岸文本的意識形態指向相當一致。

[100] 這種合流沒有絲毫勉強或被迫。在臺灣問題上，大陸官方和民間、政治和學術的立場一致，臺灣文學史書寫獲得了國家權力的意識形態支持。這和1990年代以前的臺灣文本寫作者的處境有所不同。

[101] 《現代臺灣文學史·編寫前言》。

主義的想像也是這樣,雖然《現代臺灣文學史》出版之際大陸文學的現代主義浪潮已經興起,但文學史闡釋仍然相當謹慎,現代主義與革命文學傳統的格格不入及其「資本主義屬性」使之仍然備受爭議。而現代主義脫離本土和現實社會問題以及主要由外省作家提倡的特點是臺灣文本貶抑它的依據。[102]除此之外,大陸文本還普遍存在因兩岸隔膜或材料發掘不夠等因素而導致的遺忘和忽略,如寫作語言對殖民時期乃至戰後臺灣文學的重要作用通常沒有引發學術敏感,殖民主義殘存、本土文學特質等問題也大都沒有進入視野。這種遺忘和忽略除客觀條件和研究水準的限制外,還可能出於大中國文化想像的影響,只是這一想像早已存在,無需刻意建構,因而導致的遺忘和忽略多具有被動性或無意識性。國家統一的憧憬和難以預見的臺灣社會變遷使《現代臺灣文學史》的前瞻想像出現了今天看來與臺灣文本的重大差異:寫作者樂觀地想像著臺灣文學「民族歸屬邁向統一」的發展前景,認定「『臺灣文學是中國文學的一部分、一支流』。這是自臺灣新文學運動伊始直到今天海峽兩岸文壇和全體中國同胞的共識」;[103]讚美《史綱》作者及其對臺灣意識的張揚,對臺灣意識做出了有利於大陸想像的解說:「他所強調的臺灣文學中的『臺灣意識』和陳映真所強調的『中國意識』的關係,也就是辨證統一的關係:『中國意識』是『臺灣意識』的基礎;『臺灣意識』是『中國意識』的特殊表現。」[104]這說明寫作者在當時完全沒有或不可能意識到《史綱》對既有歷史敘述的初步修正和開啟一個本土想像時代的重要意義,而樂於將本土意識的強調納入中國意識的範圍;也說明臺灣社會內部醞釀的重大變化尚不為對岸學界所察覺;同時意味著想像的意義是疊加的,如果沒有後來臺灣

---

[102] 《臺灣新文學史》樂於為現代主義尋找臺灣本土的歷史資源,以削弱現代主義的「外省屬性」,打破主要由外省作家對現代主義的「壟斷」。

[103] 《現代臺灣文學史》,第923頁。

[104] 同上,第925頁。

文本對《史綱》本土性的擴展和超越，《史綱》再度想像的話語力量和意義可能將大大減弱。

篇幅達120萬字的《臺灣文學史》，以相對冷靜的表述和宏大的架構成為迄今為止最為全面翔實的大陸文本。按照《臺灣新文學史》作者的理解，這一文本肯定是激發臺灣文本再度想像的動力之一，或者說，它更明確地顯示了大陸建構臺灣文學史話語的努力和成效。這一文本的特質不在於繼續堅持大中國文化立場——這一點對大陸文本來說不言而喻，而在於堅持其立場的同時注意到了臺灣社會和文學的演變過程，比較有耐心地看待臺灣的複雜性。一些問題的提出和解答顯示了這一點，比如對「中國情結」和「臺灣意識」的辨析，一方面承認「強調對於『文化中國』的認同，在客觀上也形成了對事實上存在著的『文化臺灣』的忽略」，另一方面感受到「臺灣意識」「在特定的情況下也可能發展成為地方排他主義的區域意識和導致民族分裂的政治離異傾向。」[105]它的基本想像格局，包括想像立場、角度、價值判斷等沒有發生變化，但解嚴初期臺灣社會文學的劇烈動盪和轉向使之意識到大陸想像與臺灣本土想像開始出現重要分野，注意到葉石濤的文學史論述向本土化迅速傾斜的可能和一些本土刊物、作家對中國意識的背離，並做出了相應的調整。這種調整主要體現在總論部分和部分作家思想傾向的論述中。由於本土意識在該文本寫作之時尚未形成強大的話語力量，這種調整是局部和溫和的，尚未從問題的角度作深刻辨析，主要表現為闡發「鄉土／本土」現象的民族（中華）性；對作家的「本土性」大多點到為止，取靜觀其變的態度，沒有改變以往的肯定評價。這表明大陸文本想像的調整隨臺灣社會、文學的發展而動，是出於對臺灣文本想像變異的被動反應。和《現代臺灣文學史》關注「現代」的著眼點不同，這一文本以較多的篇幅描述了臺灣古代到

---

[105] 《臺灣文學史》，第27頁。

近代的社會與文學及其與中原的密切關係，儘管這種描述出於建構完整臺灣文學史的動機，也出於大陸方面一貫的社會政治文化想像，並不特地針對本土文學史想像的變異，但其存在仍然具有強烈的昭示大中國文化立場的效果，因為此時對岸的挑戰已經出現。

《臺灣文學史》之後，相對臺灣本土想像的迅速擴展，大陸想像並未出現及時的應對，直至《簡明臺灣文學史》的出現。寫作者出於對《臺灣新文學史》的批判欲望，回到了《現代臺灣文學史》階段的情感化表述方式，開始有針對性地回應本土想像中的激進論點，顯示了強烈的鬥爭意識。為對抗本土文學史建構，闡明臺灣文學的中國屬性，這一文本從具體摒棄來自臺灣文本的沿用多時的文學分期，代之以「時空架構」，以「更能體現出臺灣文學與大陸文學的內在關係」；[106]到概括和提出若干論點和概念，處處顯露與本土想像的尖銳對立。在一些史實，如鄉土文學、臺灣話文論爭、戰後初期關於臺灣文學發展的討論等方面的分析上都做出了與本土想像截然相反的、有利於大中國文化想像的論述。它比前述兩部大陸文本更急切地表明臺灣及其文學從古至今與祖國大陸的密切連繫，明確地將明代以來臺灣文學概括為「移民文學」和「移民後代文學」，以突出臺灣文學來自大陸，同時回擊《臺灣新文學史》的「後殖民史觀」和「再殖民」說。雖然這一文本並未在殖民、後殖民理論框架內做出反擊，但「移民」和「移民文學」的概括已經包含了對「本土」與「外來」對立想像的瓦解。文本對激進的本土想像則直接給予「文學臺獨」的命名，不僅從學理上，也從政治上予以堅決否定。這無疑源於本土想像已經形成強大話語權力的現實，即《簡明臺灣文學史》的出現還是由於中國想像在臺灣遇到了嚴峻的挑戰。但是作為回應，該文本卻尚未做好充分的準備，它意識到了問題的存在，但囿於應對想像空間有限，想像手段相對單一，難

---

[106] 《簡明臺灣文學史・前言》。

以做出恰切的解說。比如，當「想像的共同體」可能不再依賴「客觀特徵」如血緣、歷史等而被認知和建構；「區別不同的共同體的基礎，並非他們的虛假／真實性，而是他們被想像的方式」[107]的時候，新的應對想像必須被建立。文本昭示的急切情感和決絕姿態往往導致簡單的結論和強硬的否定，其批判更接近於遭遇挑戰之初的應激反應。

雖然三部大陸文本存在各自的關注點和論說風格，但不難發現它們的文學史想像構成、想像立場和方式相對固定，沒有發生大的變化，特別是在遵循國家意識形態原則上沒有絲毫動搖，它們要表述的是寫作者始終如一堅持的大中國文化想像；它們要對抗的是對這一想像的背叛、侵蝕和消解。這種大中國理念也帶有信仰的特徵，只是它不像本土想像那樣從無到有，從潛藏到張揚，而是一以貫之，在過去相當長的時間內也為臺灣想像所認同。它們不是主動的挑戰者，而是被動地應對挑戰的一方。臺灣文本的想像力度顯然要大的多，它們不但要創造新的本土想像空間，而且要遺忘和改寫過去的記憶；它們不但要否定過去，而且要否定過去中的自己，因此更富有「革命性」。另外值得注意的是，臺灣文本與臺灣社會、臺灣文本與大陸文本之間形成了互為文本的關係，它們彼此閱讀、彼此解釋，甚至彼此促進。很難想像沒有解嚴後日益增長的本土化思潮和本土派逐步獲得權力的現狀，還會不會有從《史綱》到《臺灣新文學史》的想像發展；《臺灣新文學運動40年》和《臺灣新文學史》的出現又與作者不能容忍大陸文本的想像立場直接相關；反過來，沒有《臺灣新文學史》也就不會有《簡明臺灣文學史》的應對。這種互文本性在今後一段時期內可能不會消失。

現在，讓我們試著對文學史想像變與不變的原因作些分析。臺灣文本想像的變異可能不是像想像者所說的那樣——過去的論述完

---

[107] 《想像的共同體》，第6頁。

全是政治高壓下的違心之論——而是有深層的社會文化原因。臺灣1980年代末以來的社會變遷、權力更迭，以及不同群體利益關係的變動使一部分人認為需要修改記憶以便以新的記憶影響現實。「所有意識內部的深刻變化都會隨之帶來其特有的健忘症。在特定的歷史情況下，敘述（narratives）就從這樣的遺忘中產生」。[108]臺灣歷史學界也有這樣的分析：「族群是一種以『文化親親性』（cultural nepotism）為根基，以『集體記憶』（collective memory）為凝聚人群的工具，以維護、爭奪群體利益的人類社會結群現象。因此，當群體利益關係改變時，認同變遷也以『結構性健忘』（structural amnesia），以及凝聚新集體記憶來達成。」分析者還引證1950年代英國人類學家古立弗（P.H.Gulliver）在非洲Jie族中觀察到的一個有趣的現象：「為了凝聚與解釋當前的社會人群組合，同一家庭的兩代對本家族歷史（族譜）的記憶都會有差異，父親的記憶並不能影響現實，而顯然當父親死了以後，兒子的版本將成為『正確無誤』，因為它最能解釋當前的人群關係。」「因此，無論是『集體記憶』或是『結構性健忘』的研究，都有一個共同的主題，那就是：人群如何以選擇、創造、重組及遺忘過去，來凝聚、調整或合理化當前的人群組合。」[109]臺灣文本的再度想像作為一種記憶上的「弒父」，其根本還源於想像者所代表的群體的利益，以「臺灣意識」對抗「中國意識」也在於這一利益群體自認為「去中國化」符合現實臺灣社會關係，更於自身有益。在「去中國化」的過程中，「中國」往往被當作話語性質上的敵對力量，而實際的中國則被忽略，無論是具體的白話文表現形態的豐富性，還是宏觀的中國文化的多樣性，都不被本土論者所正視，因為一旦正視這種豐富性和多樣性，刻意強調與中國差異的臺灣「主體性」可能被淹沒。

---

[108] 同上，第233頁。

[109] 王明珂：《過去、集體記憶與族群認同：臺灣的族群經驗》，見《認同與國家：近代中西歷史的比較》，臺北：中研院近代史研究所1994年版，第250、251頁。

大陸文本想像的相對穩定無疑源於國家統一的理念及其不可變異性，它的局部調整也源於臺灣文本對這一理念的反動。這一理念不僅出自現實的考慮，也來自歷史。漫長歷史中綿延不絕的中華文化傳統逐漸孕育出某種「帝國式的」想像，今天這種想像又與大陸中國人對現代民族國家的想像合二為一，它是「民族」或「全民」的，而不只是「官方」或「民間」的。「在一個『歷史』本身還普遍被理解成『偉大的事件』和『偉大的領袖』，還被想像成是由一條敘述（narrative）之線所串成的一顆顆珍珠的年代，人們明顯地會忍不住想要從古代的王朝中解讀這個共同體的過去。」[110]同時，中華民族在近代遭受的歷史創傷已經由體驗上升為意識形態，凝聚成集體記憶，持續激發出維護統一的願望。大陸文本對臺灣與大陸關係的歷史解說和現實強調顯然與這樣的想像有關。

　　任何想像必定體現想像者的選擇。當不同想像針對同一對象發生對立衝突的時候，雙方都需要證明自己一方「正版」無誤，因而想像的衝突也是爭奪解釋權的較量，哪一方擁有解釋權，哪一方就擁有敘述的「合法性」。簡言之，立場不同，想像不同，歷史的面目就不同。就上述文本而言，最終哪些想像將被固定為歷史，還要看兩岸現實力量的消長。也就是說，解釋權的爭奪很難決出勝負，關鍵還要依據現實關係的角力；爭奪背後顯現的想像變異是饒有興味的。當然，這不意味著對解釋權的獲得沒有意義。值得注意的還有想像和信仰的關係，兩岸文學史想像的一些基本前提均帶有信仰的特徵。臺灣文本想像的變異其實是否定過去的信仰，建立、發展甚或極端化新的信仰的過程。由於信仰問題很難在知識層面被討論，想像如果不能擺脫極端信仰的控制，非理性敘述就可能出現。

---

[110] 《想像的共同體》，第123頁。

結　語

　　殖民時期臺灣新文學研究是一個充滿挑戰性、有著相當研究難度甚至研究局限的領域，又是一個存在較大開拓空間和諸多求解問題的領域，它融合了歷史與現實、學術與政治、兩岸學術風格和意識形態差異等複雜面向。認真觀察殖民時期臺灣新文學的時候，原有的對臺灣文學的一般性認識會在真切現象的衝擊下發生改變。在對前述問題做了尚不充分的探討之後，還有一些認識和理解值得歸納：

　　第一，就筆者而言，殖民時期臺灣新文學的複雜性超出了原有的想像，其變異性和值得探索的空間也超出了以往的估計。本文已有的對問題的提出和歸納因此尚存相當多的縫隙；由於其複雜和變異的特性，現象的清理較之其他領域尤為重要；由於研究與基礎建設（材料發掘、闡釋等）同步進行，結論的穩定性面臨挑戰，當新材料被發現後，原有的結論會受到重新檢驗。如果考慮到殖民時期臺灣新文學在某些語境中被當作重要歷史資源與政治意識形態相結合的現實，其複雜性還會進一步增強。

　　殖民社會經驗，包括群體性和個人性的，是殖民時期臺灣文學複雜性的重要部分，它比其他重大社會問題更內在地影響著文學的複雜面貌。個體性經驗的認識需要考察包括情感經驗、個人生活史等在內的細微因素，以及殖民經驗的後續影響等。情感結構分析就是嘗試之一，雖然目前僅僅限於問題的提出，還遠遠未得出有說服力

的結論。群體性經驗方面，縱向與橫向的多重脈絡，如殖民時期臺灣傳統與現代、臺灣與中國、臺灣與日本的關係等等不僅應是探討對象，而且應是深入查考的基本視野。

第二，應和文化研究的熱潮，殖民時期臺灣新文學研究幾乎成為各類文化研究理論的實驗場，因為它本身的寓意的確提供給研究者在理論觀照下萌生新認識、新意義的可能。殖民後殖民理論、現代性論述、民族主義學說以及女性主義等都有可能用來解說這一對象。然而這些理論學說在針對同一現象時各自得出的結論卻有可能在同一論述立場下出現相互矛盾，如何協調這些理論使之融會貫通而不是各取所需地隨意剪裁，可能需要首先將對象作為論述的核心，以理論去激活原本蘊含的寓意，而不是使現象成為理論的支撐；其次，盡可能增強對理論的全面瞭解，關注其發展動向，這樣或可減少理論應用中的偏差或對理論的迷信與盲從。例如，20世紀初興起的民族自決學說曾經為眾多殖民地民眾擺脫殖民統治、爭取民族解放提供了有力的理論支持，然而在冷戰結束，乃至911後的世界格局中，民族自決已顯示出越來越多的問題與弊端，需要認真反省。[1]瞭解這一點，在面對將殖民時期臺灣民眾借民族自決說在文化上反抗殖民統治作為歷史資源以支持某些分離論述的時候，會有比較清醒的認識。此外，在很多時候，研究者的文化或意識形態立場可能有意無意間左右著材料和理論觀念的選擇或應用，如果能夠盡可能將對象放置於較寬廣的文化視野中，不滿足於已有的哪怕是符合想像的結論，距離相對的客觀與全面會更近一些。拿1930年代的臺灣話文論爭來說，論述的文化視野不同，對象的意義也大為不同。

---

[1] 相關論述可參見〔英〕亞當·羅伯茨（Adam Roberts）：《超越錯誤的民族自決原則》，〔英〕愛德華·莫迪默（Edward Mortimer）、羅伯特·法恩（Robert Fine）主編：《人民·民族·國家》，劉弘、黃海慧譯，北京：中央民族大學出版社2009年版。

第三，在現有研究格局中，殖民時期臺灣新文學的文化意義闡釋遠未完結，還有相當多的問題有待探索，但藝術層面的研究相對薄弱，大多數研究成果包括本文沒有將注意力集中於這一方面。以初期中文寫作為例，雖然藝術上相對稚嫩，但明顯存在的敘述模式和觀念演化痕跡其實是現代白話文學藝術發展的一部分，其經驗值得重視。日文寫作原文形態藝術表現的研究由於難度太大，研究成果十分鮮見，然而要最終理清臺灣文學的語言問題，這方面的研究勢必不可或缺。

第四，近代以來臺灣的命運和殖民時期臺灣新文學的曲折歷程對於作為中國人的研究者而言，情感的激發恐怕是難以避免的，研究的過程實為認識民族歷史傷痛的過程。這與面對一個純粹客觀的對象有所不同。只要正視這段民族歷史，就會承認這種情感是自然存在，無關乎話語性質的民族主義、「統獨」之爭，或意識形態灌輸，它甚至不是民族內部一部分人對另一部分人的情感投射，而是反思自身歷史處境後的將心比心。意識形態和政治立場的相對超越可能使情感自然存續而不受扭曲，儘管情感沒有也不應流露於研究文本之中，但會驅使研究者對殖民時期臺灣新文學注入盡可能多的理解，並盡可能減少武斷和臆想。

第五，殖民時期臺灣新文學研究在大陸可能依然是「戴著腳鐐的舞蹈」，不僅是單純的學術問題，而且可能和現實政治發生關聯。研究者容易在各種學術的或政治的局限和複雜因素的干擾中瞻前顧後、過度謹慎，或出於解決現實政治問題的動機將學術探討等同於政治批評。尋找一條既能平等對話，又堅持自身文化立場；既注重對象的複雜性，又追求研究的創新性的學術之路是這一領域研究的理想。

這些認識有的已經體現在前述問題的探討中，有的仍然只是設想，這些論述可能是初步的、不完善的，但也留下了思考的軌跡和繼續探討的空間，從這一點來說它們或許並非毫無意義。

後　記

　　這些文字中的一大部分寫於多年以前，最早的已是十餘年前了；一小部分則是近年思考的結果。如今看來，特別是前一部分已略顯平淡，一些最新的材料和研究成果未及吸收借鑒，雖然經過修改補充，還是更接近於給自己的一個交代和總結，不敢說是深入的研究，相比近年兩岸臺灣文學研究的深廣程度而言更是如此。之所以遲遲未能出版，個人的拖拉是主要原因，當然也包括一些理念上的因素。在這個充滿變數的環境中，拖拉常常等於錯過各種機會。

　　這些章節中的絕大部分都在海內外刊物上公開發表過。除第五章涉及戰後時期外，所有論述均圍繞殖民時期臺灣文學的若干問題展開，這或許是個人面對時空皆有距離、很難全面把握的對象時比較容易切入的方式吧。一些本領域比較為人所知的背景、問題、材料等大多略去，這也是一直以來的書寫習慣。對於今天臺灣學界的研究而言，這裡呈現的論述也可能大多已經成為常識。在臺灣文學研究成果浩繁的今天，從自身的文化語境出發，尋找新的立論、方法和角度，倒是超越具體問題之上的更具挑戰性的問題。

　　本書從寫作到出版的漫長過程，也是本人在這一領域不斷摸索、積累、感受的過程，雖然其間不乏挫折、困惑甚至掙扎，但也收穫了師長的關心愛護、同行的鼓勵支持。洪子誠教授多年來以為

人與治學的嚴謹品格影響著後學，使我把他的治學風範當作尺度和標準，始終抱持雖不能至心嚮往之的崇敬。劉登翰教授作為大陸臺灣文學研究的前輩學者，他的成就和胸懷，以及對後輩的關心愛護，都令人銘記在心。從大陸的同行師友朱雙一、黎湘萍、劉俊幾位教授那裏，我得到了真誠善意的批評指教和許多交流學習機會，如果沒有他們，我絕不能肯定還會繼續這一領域的探討。感謝臺灣文學研究專家施淑教授、呂正惠教授、陳萬益教授，以及梅家玲、李瑞騰、邱貴芬、張誦聖、黃美娥、柳書琴、游勝冠、黃英哲、陳建忠諸位教授，他們的研究成果使我獲益匪淺。特別要感謝蔡登山先生和秀威出版公司慨然給予拙稿與臺灣讀者見面的機會。加州大學臺灣研究中心和杜國清教授為本書的資料使用和部分章節的發表提供了支援；北大圖書館臺灣文獻中心的鄒明先生也為我的工作給予了許多方便，在此一併深表謝意。本書第一章第三節是在研究生劉芳的讀書報告基礎上修改而成，也應予以說明。至於家庭成員，本來就是我生命的一部分，就不必自我感謝了。

由於體質不夠強健，長期精力不足的我對世事常持悲觀態度，繼而對事物的意義常表懷疑，又繼而在懷疑中彷徨，在彷徨中浪費時間，因此看待事物不十分積極，不那麼充滿探究和表達的欲望。絕大多數情況下，這些文字的產生都比較被動，行文也缺少揮灑，顯得刻板甚至沉重，有些論述節點明明還大有文章可做，卻有可能在彷徨中失去進一步言說的心理驅動力。這樣的唯一「好處」是，已經呈現的都是不得不寫的文字，自認沒有敷衍或可有可無的表述。這個領域的言說對象其實具有足夠深厚的寓意，已經呈現的這些感知只是初步的，而且很可能是落伍的，它們只是一個讀書人的思考軌跡，希望在未來得以繼續延伸。

從經驗出發，一點微不足道的心願是：個人的工作，無論多麼淺陋，都能被閱讀者視為盡可能地理解研究對象、以學術為本的努

力；如果臺灣讀者認為這些敘述在隔靴搔癢之餘多少流露出一點作者的感同身受之意，我將深感榮幸。

寫於2010年6月；
2014年2月改就。

參考文獻

作品集

鍾肇政、葉石濤主編：《光復前臺灣作家全集》小說卷（1－8卷），臺北：遠景出版社1979年版。

羊子喬、陳千武主編：《光復前臺灣作家全集》詩卷（9－12卷），臺北：遠景出版社1982年版。

《臺灣作家全集》（短篇小說卷）殖民時期11卷，前10卷由張恆豪編，臺北：前衛出版社1991年版；《周金波集》由〔日〕中島利郎、周振英編，臺北：前衛出版社2002年版。包括：

《賴和集》

《楊雲萍集・張我軍集・蔡秋桐集》

《楊守愚集》

《陳虛谷集・張慶堂集・林越峰集》

《王詩琅集・朱點人集》

《翁鬧集・巫永福集・王昶雄集》

《楊逵集》

《呂赫若集》

《龍瑛宗集》

《張文環集》

《周金波集》

彭瑞金編：《臺灣作家全集》（短篇小說卷）戰後第一代，臺北：前衛出版社1991年版。涉及：

《吳濁流集》

《鍾理和集》

《陳千武集》

《葉石濤集》

李南衡編：《日據下臺灣新文學明集1‧賴和先生全集》，臺北：明潭出版社1979年版。

張良澤編：《鍾理和全集》，臺北：遠行出版公司1976年版。

張光正編：《張我軍全集》，北京：臺海出版社2000年版。

陳芳明等主編：《張深切全集》，臺北：文經出版社1998年版。

呂赫若：《呂赫若小說全集》，林至潔譯，臺北：聯合文學出版社1995年版。

沈萌華主編：《巫永福全集》，臺北：傳神福音文化公司1995年版。

楊逵：《楊逵文集》，北京：臺海出版社2005年版。

陳萬益主編：《龍瑛宗全集》，臺南：文學館籌備處2006年版。

《聯合報》社編輯部編：《寶刀集——光復前臺灣作家作品集》，臺北：《聯合報》社1981年版。

楊逵：《鵝媽媽出嫁》，臺北：香草山出版社1976年版。

張炎憲、翁佳音編：《陋巷清士——王詩琅選集》，臺北：稻鄉出版社2000年版。

吳濁流：《亞細亞的孤兒》，北京：人民文學出版社1986年版。

〔日〕河原功、中島利郎編：《日本統治期臺灣文學‧臺灣人作家作品集》第五卷，東京：綠蔭書房1999年版。

文學史

陳少廷編撰：《臺灣新文學運動簡史》，臺北：聯經出版公司
　　1977年版。

葉石濤：《臺灣文學史綱》，高雄：《文學界》雜誌社1987年版。

白少帆等主編：《現代臺灣文學史》，瀋陽：遼寧大學出版社
　　1987年版。

劉登翰等主編：《臺灣文學史》上、下卷，福州：海峽文藝出
　　版社1991、1993年版。

彭瑞金：《臺灣新文學運動40年》，臺北：自立晚報文化出版
　　部1991年版。

陳芳明：《臺灣新文學史》，《聯合文學》雜誌1999－2002
　　年，第178－180、183－185、187、191、197－200、202、
　　207、208期；臺北：聯經出版公司2011年。

陳建忠等：《臺灣小說史論》，臺北：麥田出版公司2007年版。

孟樊：《文學史如何可能？——臺灣新文學史論》，臺北：揚
　　智文化2006年版。

文獻資料、歷史著作、傳記

連雅堂：《臺灣通史》，臺北：羅文圖書公司1979年版。

《臺灣民報》（含《臺灣新民報》）創刊號至第410號終刊，1923年
　　4月15日－1932年4月9日，臺北：東方文化出版公司1974年。

吳密察、吳瑞雲編譯：《臺灣民報社論》，臺北：稻鄉出版社
　　1992年版。

李南衡編：《日據下臺灣新文學明集5‧文獻資料集》，臺北：
　　明潭出版社1979年版。

〔日〕中島利郎編：《1930年代臺灣鄉土文學論戰資料彙編》，高雄：春暉出版社2003年版。

黃英哲主編：《日治時期臺灣文藝評論集・雜誌篇》，臺南：臺灣文學館籌備處2006年版。

連溫卿：《臺灣政治運動史》，張炎憲、翁佳音編校，臺北：稻鄉出版社1988年版。

臺灣總督府：《臺灣社會運動史——文化運動》，王詩琅譯，臺北：稻鄉出版社1988年版。

臺灣總督府：《臺灣社會運動史——勞工運動・右派運動》，翁佳音譯注，臺北：稻鄉出版社1992年版。

葉榮鐘：《日據下臺灣政治社會運動史》，收入藍博洲主編：《葉榮鐘全集》第1卷，臺北：晨星出版公司2000年版。

〔日〕矢內原忠雄：《日本帝國主義下之臺灣》，周憲文譯，臺北：海峽學術出版社1999年版。

王詩琅編著：《日本殖民地體制下的臺灣》，臺北：眾文圖書公司1980年版。

〔日〕井上清：《日本帝國主義的形成》，宿久高等譯，北京：人民出版社1984年版。

張洪祥主編：《近代日本在中國的殖民統治》，天津：天津人民出版社1996年版。

蔡相輝編：《臺灣社會文化史》，臺北：空中大學出版社1998年版。

派翠西亞・鶴見（E・Patricia Tsurumi）：《日治時期臺灣教育史》，林正芳譯，臺北：仰山文教基金會1999年版。

文訊雜誌社編：《記憶裡的幽香——嘉義蘭記書局史料論文集》，臺北：文訊雜誌社2007年版。

陳芳明：《殖民地臺灣：左翼政治運動史論》，臺北：麥田出版公司1998年版。

陳永源主編：《臺灣文化百年論文集》，臺北：國立歷史博物館2000年版。

張炎憲等編：《臺灣近百年史論文集》，臺北：吳三連臺灣史料基金會1996年版。

王曉波：《臺灣抗日五十年》，臺北：正中書局1997年版。

楊建成：《臺灣士紳皇民化個案研究》，臺北：龍文出版社1995年版。

陳其南：《臺灣的傳統中國社會》，臺北：允晨文化公司1987年版。

陳昭瑛：《臺灣與傳統文化》，臺北：中山學術文化基金會1999年版。

陳昭瑛：《臺灣儒學的當代課題：本土性與現代性》，北京：中國社會科學出版社2001年版。

張炎憲等：《臺灣史論文精選》，臺北：玉山社1996年版。

林承節主編：《殖民主義史‧南亞卷》，北京：北京大學出版社1999年版。

梁志明主編：《殖民主義史‧東南亞卷》，北京：北京大學出版社1999年版。

楊威理：《雙鄉記》，陳映真譯，臺北：人間出版社1995年版。

吳濁流：《無花果》，臺北：前衛出版社1988年版。

吳新榮：《吳新榮回憶錄》，臺北：前衛出版社1989年版。

彭瑞金：《葉石濤評傳》，高雄：春暉出版社1999年版。

陳萬益主編：《呂赫若日記》，鍾瑞芳譯，臺南：臺灣文學館籌備處2004年版。

文學研究與批評

陳曉明主編：《現代性與中國當代文學轉型》，昆明：雲南人民出版社2003年版。

黎湘萍：《文學臺灣》，北京：人民文學出版社2003年版。

朱雙一：《臺灣文學思潮與淵源》，臺北：海峽學術出版社2005年版。

朱雙一：《海峽兩岸新文學思潮的淵源與比較》，廈門：廈門大學出版社2006年版。

「中國現代文學國際研討會論文集」編委會編：《民族國家論述——從晚清、五四到日據時代臺灣新文學》，中研院中國文哲所籌備處1995年版。

龔鵬程編：《臺灣的社會與文學》，臺北：東大圖書公司1995年版。

林瑞明：《臺灣文學與時代精神》，臺北：允晨文化公司1993年版。

林瑞明：《臺灣文學的歷史考察》，臺北：允晨文化公司1996年版。

林瑞明：《臺灣文學的本土觀察》，臺北：允晨文化公司1996年版。

莊淑芝：《臺灣新文學觀念的萌芽與實踐》，臺北：麥田出版公司1994年版。

洪銘水：《臺灣文學散論——傳統與現代》，臺北：文津出版社1999年版。

陳明台：《臺灣文學研究論集》，臺北：文史哲出版社1997年版。

施淑：《兩岸文學論集》，臺北：新地出版社1997年版。

許俊雅：《日據時期臺灣小說研究》，臺北：文史哲出版社
　　1994年版。

許俊雅：《臺灣文學散論》，臺北：文史哲出版社1994年版。

許俊雅：《臺灣文學論——從現代到當代》，臺北：南天書局
　　1997年版。

梁明雄：《日據時期臺灣新文學運動研究》，臺北：文史哲出
　　版社1996年版。

林載爵：《臺灣文學的兩種精神》，臺南：臺南市立文化中心
　　1991年版。

〔日〕岡崎鬱子：《臺灣文學——異端的系譜》，葉笛譯，臺
　　北：前衛出版社1997年版。

黃英哲編：《臺灣文學研究在日本》，涂翠花譯，臺北：前衛
　　出版社1994年版。

〔日〕下村作次郎：《從文學讀臺灣》，邱振瑞譯，臺北：前
　　衛出版社1997年版。

〔日〕垂水千惠：《臺灣的日本語文學》，涂翠花譯，臺北：
　　前衛出版社1998年版。

〔日〕中島利郎：《臺灣新文學與魯迅》，臺北：前衛出版社
　　2000年版。

呂正惠：《文學經典與文化認同》，臺北：九歌出版社1995
　　年版。

呂正惠：《戰後臺灣文學經驗》，臺北：新地出版社1995年版。

呂正惠：《殖民地的傷痕——臺灣文學問題》，臺北：人間出
　　版社2002年版。

臺灣東海大學中文系編：《臺灣文學中的歷史經驗》，臺北：
　　文津出版社1997年版。

江自得編：《殖民地經驗與臺灣文學》，臺北：遠流出版公司
　　2000年版。

陳昭瑛：《臺灣文學與本土化運動》，臺北：正中書局1998年版。

游勝冠：《臺灣文學本土論的興起與發展》，臺北：前衛出版
社1996年版。

陳芳明：《左翼臺灣——殖民地文學運動史論》，臺北：麥田
出版公司1998年版。

陳芳明：《殖民地摩登——現代性與臺灣史觀》，臺北：麥田
出版公司2004年版。

陳芳明：《後殖民臺灣——文學史論及其周邊》，臺北：麥田
出版公司2002年版。

龔鵬程：《臺灣文學在臺灣》，臺北：駱駝出版社1997年版。

陳義芝編：《臺灣現代小說史綜論》，臺北：聯經出版公司
1998年版。

陳映真、曾健民編：《噤啞的論爭》，臺北：人間出版社1999
年版。

曾健民等編：《臺灣鄉土文學、皇民文學的清理與批判》，臺
北：人間出版社1998年版。

陳映真、曾健民編：《1947－1949臺灣文學問題論議集》，臺
北：人間出版社1999年版。

陳映真等：《呂赫若作品研究》，臺北：聯合文學出版社1997
年版。

陳芳明：《楊逵的文學生涯》，臺北：前衛出版社1988年版。

陳建忠：《賴和的文學與思想研究》，高雄：春暉出版社2004
年版。

陳建忠：《日據時期臺灣作家論》，臺北：五南圖書出版公司
2004年版。

臺灣文學研究會編：《先人之血，土地之花》，臺北：前衛出
版社1989年版。

康原編：《種子落地》，臺中：賴和文教基金會1996年版。

梁景峰：《鄉土與現代：臺灣文學的片斷》，臺北縣立文化中心1995年版。

彭小妍主編：《漂泊與鄉土——張我軍逝世四十周年紀念論文集》，臺北：行政院文化建設委員會1996年版。

葉石濤：《臺灣鄉土作家論集》，臺北：遠景出版社1979年版。

葉石濤：《沒有土地，哪有文學》，臺北：遠景出版社1985年。

葉石濤：《臺灣文學的悲情》，高雄：派色文化出版社1990年版。

葉石濤：《走向臺灣文學》，臺北：自立晚報文化出版部1990年。

葉石濤：《展望臺灣文學》，臺北：九歌出版社1994年版。

葉石濤：《一個臺灣老朽作家的五〇年代》，臺北：前衛出版社1991年版。

張錦忠、黃錦樹編：《重寫臺灣文學史》，臺北：麥田出版公司2007年版。

〔日〕柄谷行人：《日本現代文學的起源》，趙京華譯，北京：三聯書店2003年版。

邱貴芬：《後殖民及其外》，臺北：麥田出版公司2003年。

陳芳明主編：《臺灣文學的東亞思考——臺灣文學藝術與東亞現代性國際學術研討會論文集》，臺北：行政院文化建設委員會2007年版。

柳書琴、邱貴芬主編：《後殖民的東亞在地化思考：臺灣文學場域》，臺南：臺灣文學館籌備處2006年版。

〔日〕河原功：《臺灣新文學運動的展開——與日本文學的接點》，莫素微譯，臺北：全華科技圖書公司2004年版。

其他著述

〔英〕安東尼・史密斯（Anthony D・smith）：《民族主義——理論，意識形態，歷史》，葉江譯，上海：上海人民出版

社2006年版。

〔英〕安東尼・史密斯（Anthony D・smith）：《全球化時代的民族與民族主義》，龔維斌、良警宇譯，北京：中央編譯出版社2002年版。

〔英〕埃里克・霍布斯鮑姆（Eric J・Hobsbawm）：《民族與民族主義》，李金梅譯，上海：上海人民出版社2000年版。

〔美〕本尼迪克特・安德森（Benedict Anderson）：《想像的共同體——民族主義的起源與散佈》，吳叡人譯，上海：上海人民出版社2003年版。

〔法〕吉爾・德拉諾瓦（Gil Delannoi）：《民族與民族主義》，鄭文彬、洪暉譯，北京：三聯書店2005年版。

〔英〕厄內斯特・蓋爾納（Ernest Gellner）：《民族與民族主義》，韓紅譯，北京：中央編譯出版社2002年版。

〔英〕埃里・凱杜里（Elie Kedourie）：《民族主義》，張明明譯，北京：中央編譯出版社2002年版。

〔美〕杜贊奇（Prasenjit Duara）：《從民族國家拯救歷史——民族主義話語與中國現代史研究》，王憲明譯，北京：社會科學文獻出版社2003年版。

〔印度〕帕爾塔・查特吉（Partha Chatterjee）：《民族主義思想與殖民地世界》，范慕尤、楊曦譯，南京：譯林出版社2007年版。

〔英〕愛德華・莫迪默（Edward Mortimer）、羅伯特・法恩（Robert Fine）主編，：《人民・民族・國家》，劉弘、黃海慧譯，北京：中央民族大學出版社2009年版。

佛克馬（Douwe Fokkema）、蟻布思（Elrud Ibsch）：《文學研究與文化參與》，俞國強譯，北京：北京大學出版社1996年版。

〔英〕安東尼・吉登斯（Anthony Giddens）：《現代性的後果》，田禾譯，南京：譯林出版社2000年版。

羅崗主編：《帝國、都市與現代性》（知識分子論叢第四輯），南京：江蘇人民出版社2006年版。

〔英〕齊格蒙特・鮑曼（Zygmunt Bauman）：《流動的現代性》，上海：上海三聯書店2002年版。

〔英〕齊格蒙特・鮑曼（Zygmunt Bauman）著，《現代性與矛盾性》，北京：商務印書館2003年版。

黃力之等主編：《馬克思主義文化哲學與現代性》，上海：上海三聯書店2006年版。

葉汝賢、李惠斌主編：《馬克思主義與現代性》，北京：社會科學文獻出版社2006年版。

〔法〕利奧塔：《後現代性與公正遊戲──利奧塔訪談、書信錄》，談瀛洲譯，上海：上海人民出版社1997年版。

〔英〕彼得・奧斯本（Peter Osborne）：《時間的政治》，王志宏譯，北京：商務印書館2004年。

〔美〕詹姆遜（F・R・Jameson）：《詹姆遜文集》，王逢振主編，北京：中國人民大學出版社2004年版。

〔英〕雷蒙德・威廉斯（Raymond Williams）：《馬克思主義與文學》，王爾勃、周莉譯，開封：河南大學出版社2008年版。

〔英〕雷蒙德・威廉斯（Raymond Williams）：《文化與社會》，吳松江、張文定譯，北京：北京大學出版社1991年版。

江宜樺：《自由主義、民族主義與國家認同》，臺北：揚智文化公司1998年版。

臺灣「中研院」近代史研究所編：《認同與國家：近代中西歷史的比較》，臺北：中研院近代史研究所1994年版。

彭小妍主編：《認同、情欲與語言：臺灣現代文學論集》，臺北：中研院文哲所籌備處1996年版。

香港嶺南學院翻譯系「文化・社會研究譯叢」編委會：《解殖與民族主義》，香港：牛津大學出版社1998年版。

石之瑜：《後現代的國家認同》，臺北：世界書局1995年版。

羅鋼、劉象愚主編：《後殖民主義文化理論》，北京：中國社會科學出版社1999年版。

（英）巴特・莫爾－吉伯特（B・M・Gilbert）等編撰：《後殖民批評》，楊乃喬等譯，北京：北京大學出版社2001年版。

王嶽川：《後殖民主義與新歷史主義文論》，濟南：山東教育出版社1999年版。

徐賁：《走向後現代與後殖民》，北京：中國社會科學出版社1996年版。

陳培豐：《「同化」の同床異夢》，臺北：麥田出版公司2006年版。

荊子馨：《成為日本人——殖民地臺灣與認同政治》，鄭力軒譯，臺北：麥田出版公司2006年版。

王明珂：《華夏邊緣——歷史記憶與族群認同》，北京：社會科學文獻出版社2006年版。

林呈蓉：《近代國家的摸索與覺醒》，臺北：吳三連臺灣史料基金會2005年版。

范燕秋：《疫病、醫學與殖民現代性》，臺北：稻鄉出版社2005年版。

呂紹理：《水螺響起》，臺北：遠流出版公司1998年版。

中國社會科學院語言文字應用研究所社會語言學研究室編：《語言・社會・文化》，北京：語文出版社1991年版。

（美）愛德華・薩丕爾（Edward Sapir）：《語言論》，陸卓元譯，北京：商務印書館1985年版。

郭熙：《中國社會語言學》，南京：南京大學出版社1999年版。

朱文俊：《人類語言學論題研究》，北京：北京語言文化大學2000年版。

顧嘉祖、陸昇主編：《語言與文化》，上海：上海外語教育出版社1990年版。

鄒嘉彥、游汝傑編著：《漢語與華人社會》，上海：復旦大學出版社2001年版。

李如龍：《漢語方言學》，北京：高等教育出版社2001年版。

林央敏：《臺語文學運動史論》，臺北：前衛出版社1997年版。

洪惟仁：《臺語文學與臺語文字》，臺北：前衛出版社1992年版。

呂興昌、林央敏主編：《臺語文學運動論文集》，臺北：前衛出版社1998年版。

鄭良偉：《走向標準化的臺灣話文》，臺北：自立晚報文化出版部1989年版。

鄭良偉：《演變中的臺灣社會語文》，臺北：自立晚報文化出版部1990年版。

許極燉：《臺語文字化的方向》，臺北：自立晚報文化出版部1992年版。

曹而雲：《白話文體與現代性——以胡適的白話文理論為個案》，上海：上海三聯書店2006年版。

夏曉虹、王風等：《文學語言與文章體式——從晚清到「五四」》，合肥：安徽教育出版社2006年版。

文字改革出版社編：《清末文字改革文集》，北京：文字改革出版社1958年版。

黎錦熙：《國語運動史綱》，上海：商務印書館1934年版。

李獻璋編著：《臺灣民間文學集》，臺北：新文學社1936年版。

張中行：《張中行作品集》卷1，北京：中國社會科學出版社1995年版。

文振庭編：《文藝大眾化問題討論資料》，上海：上海文藝出版社1987年版。

任重編：《文言、白話、大眾語論戰集》，上海：民眾讀物出版社1934年版。

張博宇編：《臺灣地區國語運動史料》，臺北：商務印書館1974年版。

蔣立峰、湯重南主編：《日本軍國主義論》（上），石家庄：河北人民出版社2005年版。

主要參考論文

林承節：《關於殖民主義「雙重使命」的幾點認識》，《北大史學》第3期，1996年。

〔法〕敏米：（Albert Memmi）《殖民者與受殖者》，「文化／社會研究譯叢編委會」編譯：《解殖與民族主義》，香港：牛津大學出版社1998年版。

周婉窈：《從比較的觀點看臺灣與韓國的皇民化運動》，張炎憲、李筱峰、戴寶村主編：《臺灣史論文精選》（下），臺北：玉山社出版公司1996年版。

李筱峰：《一百年來臺灣政治運動中的國家認同》，張炎憲等編：《臺灣近百年史論文集》，臺北：吳三連臺灣史料基金會1996年版。

翁佳音：《臺灣漢人武裝抗日史研究1895—1902》，《臺灣大學文史叢刊》，1986年。

〔日〕河原功：《戰前臺灣的日本書籍流通》，黃英哲譯，《文學臺灣》第27期，1998年7月。原文刊於日本《成蹊人文研究》第5號，1997年3月。

林訓民：《文學圖書的廣告與行銷》，臺北：行政院文化建設委員會編：《臺灣文學出版——五十年來臺灣文學研討會論文集（三）》，臺北：行政院文化建設委員會1995年版。

應鳳凰：《五十年代臺灣文藝雜誌與文化資本》，臺北：行政院文化建設委員會編：《臺灣文學出版——五十年來臺灣文學研討會論文集（三）》，臺灣「行政院文化建設委員會」1995年版。

林瑞明：《國家認同衝突下的臺灣文學研究》，《文學臺灣》第7期，1993年7月。

王明珂：《過去、集體記憶與族群認同：臺灣的族群經驗》，臺北：中研院近代史研究所編：《認同與國家：近代中西歷史的比較》，臺北：中研院近代史研究所1994年版。

呂正惠：《殖民地的傷痕：脫亞入歐論與皇民化教育》，江自得編：《殖民地經驗與臺灣文學》，臺北：遠流出版公司2000年版。

林淑心：《臺灣文化百年——史的回顧》，陳永源主編：《臺灣文化百年論文集（1901－2000）》，臺北：國立歷史博物館2001年版。

〔日〕島田謹二：《臺灣文學的過去、現在和未來》，葉笛譯，《文學臺灣》第23期，1997年7月。原文刊載於西川滿創辦的《文藝臺灣》第8號，1941年5月。

王曉波：《五四時期文學革命與日據下臺灣新文學運動》，王曉波：《臺灣抗日五十年》，臺北：正中書局1997年版。

施淑：《文協分裂與三十年代初臺灣文藝思想的分化》，施淑：《兩岸文學論集》，臺北：新地出版社1997年版。

張季琳：《楊逵的魯迅受容》，《東亞魯迅學術會議報告集》，東京：東京大學1999年版。

陳明台：《楊熾昌・風車詩社・日本詩潮》，陳明台：《臺灣文學研究論集》，臺北：文史哲出版社1997年版。

施淑：《首與體——臺灣小說中頹廢意識的起源》，陳映真等：《呂赫若作品研究》，臺北：聯合文學出版社1997年版。

施淑：《日據時代小說中的知識分子》，施淑：《兩岸文學論集》，臺北：新地出版社1997年版。

施淑：《書齋、城市與鄉村——日據時代的左翼文學運動及小說中的左翼知識分子》，施淑：《兩岸文學論集》，臺北：新地出版社1997年版。

〔日〕松永正義：《臺灣文學的歷史與個性》，葉石濤：《沒有土地，哪有文學》，臺北：遠景出版社1985年版。

顏元叔：《臺灣小說裡的日本經驗》，鄭明娳主編：《當代臺灣文學評論大系·小說批評卷》，臺北：正中書局1994年版。

梁景峰：《日據時期臺灣小說中的殖民者和被殖民者》，梁景峰：《鄉土與現代：臺灣文學的片斷》，臺北縣立文化中心1995年版。

陳萬益：《於無聲處聽驚雷——析論臺灣小說第一篇〈可怕的沉默〉》，國現代文學國際研討會論文集」編委會編：《民族國家論述》，臺北：中研院中國文哲所籌備處1995年版。

施淑：《稱子與稱錘——論賴和小說的思想性》，《臺灣文藝》第80期，1983年1月。

王曉波：《臺灣新文學之父——賴和與他的思想》，王曉波：《臺灣抗日五十年》，臺北：正中書局1997年版。

林瑞明：《賴和與臺灣新文學運動》，林瑞明：《臺灣文學與時代精神——賴和研究論集》，臺北：允晨文化出版公司1993年版。

張恆豪：《澗水嗚咽暗夜流——陳虛谷先生及其新文學創作》，張恆豪編：《臺灣作家全集·陳虛谷集·張慶堂集·林越峰集》，臺北：前衛出版社1991年版。

許俊雅：《楊守愚小說的風貌及其相關問題》，許俊雅：《臺灣文學散論》，臺北：文史哲出版社1994年版。

陳芳明：《現代性與殖民性的矛盾：論朱點人的小說》，江自
　　得編：《殖民地經驗與臺灣文學》，臺北：遠流出版公司
　　2000年版。

張建隆：《生息於斯的「滾地郎」──張文環》，張恆豪編：
　　《臺灣作家全集・張文環集》，臺北：前衛出版社1991年版。

〔日〕野間信幸：《張文環的文學活動及其特色》，黃英哲
　　編：《臺灣文學研究在日本》，涂翠花譯，臺北：前衛出
　　版社1994年版。

柳書琴：《殖民地文化運動與皇民化：論張文環的文化觀》，
　　江自得編：《殖民地經驗與臺灣文學》，臺北：遠流出版
　　公司2000年。

陳映真：《激越的青春》，陳映真等：《呂赫若作品研究》，
　　臺北：聯合文學出版社1997年版。

〔日〕垂水千惠：《呂赫若文學中〈風頭水尾〉的位置》，北
　　京：北京大學、日本大學主辦「現代文學與大眾傳媒學術
　　會議」，2001年11月。

林瑞明：《呂赫若的「臺灣家族史」與寫實風格》，陳映真等：
　　《呂赫若作品研究》，臺北：聯合文學出版社1997年版。

陳芳明：《紅色青年呂赫若》，陳芳明：《左翼臺灣》，臺
　　北：麥田出版公司1998年版。

羅成純：《龍瑛宗研究》，張恆豪編：《臺灣作家全集・龍瑛
　　宗集》，臺北：前衛出版社1991年版。

林瑞明：《不為人知的龍瑛宗──以女性角色的堅持和反
　　抗》，林瑞明：《臺灣文學的歷史考察》，臺北：允晨出
　　版公司1996年版。

〔日〕星名宏修：《『大東亞共榮圈』的臺灣作家（一）──
　　陳火泉之皇民文學形態》，黃英哲編：《臺灣文學研究在
　　日本》，涂翠花譯，臺北：前衛出版社1994年版。

〔日〕星名宏修：《『大東亞共榮圈』的臺灣作家（二）——
　　另一種『皇民文學』：周金波的文學形態》，黃英哲編：
　　《臺灣文學研究在日本》，涂翠花譯，臺北：前衛出版社
　　1994年版。

〔日〕垂水千惠：《臺灣作家的認同意識和日本》，垂水千惠：
　　《臺灣的日本語文學》，涂翠花譯，臺北：前衛出版社1998
　　年版。

陳建忠：《徘徊不去的殖民主義幽靈》，《文學臺灣》第29
　　期，1999年1月。

周金波：《我走過的道路》，邱振瑞譯，《文學臺灣》第23
　　期，1997年7月。

林瑞明：《騷動的靈魂——決戰時期的臺灣作家與皇民文學》，
　　《日據時期臺灣史國際學術研討會論文集》，臺北：臺大
　　歷史系1993年。

〔日〕尾崎秀樹：《戰時的臺灣文學》，肖拱譯；王曉波編：
　　《臺灣的殖民地傷痕》，臺灣帕米爾書店1985年版。

〔日〕藤重典子：《周金波的贈禮》，邱振瑞譯，《文學臺
　　灣》第23期，1997年7月。

陳芳明、彭瑞金：《釐清臺灣文學的一些烏雲暗日》，《文學
　　界》第24期，1987年冬季號。

陳少廷：《對日據時期臺灣新文學史的幾點看法》，《文學
　　界》第24期，1987年冬季號。

呂正惠：《陳芳明『再殖民論』的質疑》，《聯合文學》第206
　　期，2001年12月。

林瑞明：《張我軍的文學主張與小說創作》，彭小妍主編：
　　《漂泊與鄉土——張我軍逝世四十周年紀念論文集》，臺
　　北：行政院文化建設委員會1996年版。

曾健民：《一個日本「自虐史觀批判」者的皇民文學論》，陳

映真、曾健民編：《噤啞的論爭》，臺北：人間出版社
1999年版。

王曉波：《楊逵的文學與思想——兼論日據下臺灣的「皇民文
學」》，王曉波：《臺灣抗日五十年》，臺北：正中書局
1997年版。

〔日〕中島利郎：《「皇民作家」的形成——周金波》，《文
學臺灣》第31期，1999年7月。

葉石濤：《「抗議文學」乎？「皇民文學」乎？》，葉石濤：
《臺灣文學的悲情》，高雄：派色文化出版公司1990年版。

張恆豪：《〈奔流〉與〈道〉的比較》，《文學臺灣》第4期，
1992年9月。

羊子喬：《歷史的悲劇‧認同的盲點》，《文學臺灣》第8期，
1993年10月。

葉石濤：《臺灣的鄉土文學》，《文星》第97期，1965年11月。

葉石濤：《臺灣鄉土文學史導論》，《夏潮》2卷5期，1977年
5月。

陳映真：《「鄉土文學」的盲點》，《臺灣文藝》革新二期，
1977年6月。

林瑞明、林玲玲：《從鄉土文學到臺灣文學——葉石濤與臺灣
文學的建構（1965－2000）》，《文學臺灣》雜誌第37、
38期，2001年1月、4月。

應鳳凰：《葉石濤的臺灣意識與文學論述》，《文學臺灣》第
16期，1995年10月。

游喚：《八〇年代臺灣文學論述之變質》，鄭明娳主編：《當
代臺灣文學評論大系‧文學現象卷》，臺北：正中書局
1994年版。

彭瑞金：《臺灣文學應以本土化為首要課題》，《文學界》第2
期，1982年夏季號。

彭瑞金：《臺灣文學定位的過去和未來》，《文學臺灣》第9
　　期，1994年1月。

彭瑞金：《當前臺灣文學的本土化與多元化》，《文學臺灣》
　　第4期，1992年9月。

葉石濤：《撰寫臺灣文學史應走的方向》，葉石濤：《臺灣文
　　學的困境》，高雄：派色出版社1992年版。

葉石濤：《臺灣文學的多種族課題》，陳義芝編：《臺灣現代
　　小說史綜論》，臺北：聯經出版公司1998年版。

張振興：《臺灣話與日語同化反同化鬥爭的回顧》，中國社會
　　科學院語言文字應用研究所社會語言學研究室編：《語
　　言・社會・文化》，北京：語文出版社1991年版。

呂正惠：《日據時代「臺灣話文」運動平議》，龔鵬程編：
　　《臺灣的社會與文學》，臺北：東大圖書公司1995年版。

呂正惠：《臺灣文學的語言問題》，呂正惠：《戰後臺灣文學
　　經驗》，臺北：新地出版社1995年版。

楊式昭：《光復後臺灣重要文化政策之觀察1945－1994》，陳永
　　源主編：《臺灣文化百年（1901-2000）論文集》，臺北：
　　國立歷史博物館2001年版。

陳恒嘉：《以「國語學校」為場域，看日治時期的語言政
　　策》，張炎憲等編：《臺灣近百年史論文集》，臺北：吳
　　三連臺灣史料基金會1996年版。

林瑞明：《現階段臺語文學之發展及其意義》，林瑞明：《臺
　　灣文學的歷史考察》，臺北：允晨出版公司1996年版。

林央敏：《臺語文學論戰始末》，林央敏：《臺語文學運動史
　　論》，臺北：前衛出版社1997年版。

呂興昌：《多音交響的可能——論臺灣文學語言的歷史發
　　展》，張炎憲等編：《臺灣近百年史論文集》，臺北：吳
　　三連臺灣史料基金會1996年版。

王昭文：《超越「殖民地肯定論」和「反抗史」的思考方向》，《臺灣歷史學會會訊》17期，2003年12月。

呂正惠：《抉擇：接受同化，或追尋歷史的動力？——戰爭末期臺灣知識分子的道路》，「亞洲現代化進程中的歷史經驗——地區衝突與文化認同」國際研討會論文集，北京：中國社會科學院亞洲文化論壇2007年10月。

吳叡人：《東方式殖民主義下的民族主義：日本治下的臺灣、朝鮮和沖繩之初步比較》，「亞洲現代化進程中的歷史經驗——地區衝突與文化認同」國際研討會論文集，北京：中國社會科學院亞洲文化論壇2007年10月。

語言文學類　AG0175　文學視界61

被殖民者的精神印記
——殖民時期臺灣新文學論

作　　　者／計璧瑞
主　　　編／蔡登山
責任編輯／林世玲
圖文排版／詹凱倫
封面設計／陳怡捷

發 行 人／宋政坤
法律顧問／毛國樑　律師
出版發行／秀威資訊科技股份有限公司
　　　　　114臺北市內湖區瑞光路76巷65號1樓
　　　　　電話：+886-2-2796-3638　傳真：+886-2-2796-1377
　　　　　http://www.showwe.com.tw
劃撥帳號／19563868　戶名：秀威資訊科技股份有限公司
　　　　　讀者服務信箱：service@showwe.com.tw
展售門市／國家書店（松江門市）
　　　　　104臺北市中山區松江路209號1樓
　　　　　電話：+886-2-2518-0207　傳真：+886-2-2518-0778
網路訂購／秀威網路書店：http://www.bodbooks.com.tw
　　　　　國家網路書店：http://www.govbooks.com.tw

2014年7月　BOD一版
定價：390元
版權所有　翻印必究
本書如有缺頁、破損或裝訂錯誤，請寄回更換

國家圖書館出版品預行編目

被殖民者的精神印記：殖民時期臺灣新文學論 /
計璧瑞著. -- 一版. -- 臺北市：秀威資訊科
技, 2014.07
    面；　公分. -- (語言文學類；AG0175) (文
學視界；61)
    BOD版
    ISBN 978-986-326-267-1 (平裝)

1. 臺灣文學史　2. 文學評論

863.09   103011221

讀者回函卡

感謝您購買本書,為提升服務品質,請填妥以下資料,將讀者回函卡直接寄回或傳真本公司,收到您的寶貴意見後,我們會收藏記錄及檢討,謝謝!
如您需要了解本公司最新出版書目、購書優惠或企劃活動,歡迎您上網查詢或下載相關資料:http:// www.showwe.com.tw

您購買的書名:_____

出生日期:_____年_____月_____日

學歷:□高中 (含) 以下　　□大專　　□研究所 (含) 以上

職業:□製造業　□金融業　□資訊業　□軍警　□傳播業　□自由業
　　　□服務業　□公務員　□教職　　□學生　□家管　　□其它_____

購書地點:□網路書店　□實體書店　□書展　□郵購　□贈閱　□其他

您從何得知本書的消息?

　□網路書店　□實體書店　□網路搜尋　□電子報　□書訊　□雜誌

　□傳播媒體　□親友推薦　□網站推薦　□部落格　□其他_____

您對本書的評價:(請填代號　1.非常滿意　2.滿意　3.尚可　4.再改進)

　封面設計____　版面編排____　內容____　文／譯筆____　價格____

讀完書後您覺得:

　□很有收穫　□有收穫　□收穫不多　□沒收穫

對我們的建議:_____

_____

_____

_____

11466
台北市內湖區瑞光路 76 巷 65 號 1 樓
秀威資訊科技股份有限公司　　　收
BOD 數位出版事業部

....

（請沿線對折寄回，謝謝！）

姓　　名：＿＿＿＿＿＿＿＿＿　年齡：＿＿＿＿　性別：□女　□男

郵遞區號：□□□□□

地　　址：＿＿＿＿＿＿＿＿＿＿＿＿＿＿＿＿＿＿＿＿

聯絡電話：(日)＿＿＿＿＿＿＿＿＿　(夜)＿＿＿＿＿＿＿＿＿

E-mail：＿＿＿＿＿＿＿＿＿＿＿＿＿＿＿＿＿＿＿＿